DIE *besondere* AUSSENSEITERIN
Geheimnisse

SASKIA KRÜGER

DIE *besondere* AUSSENSEITERIN

Geheimnisse

SASKIA KRÜGER

Liebe Jasmin,

ich wünsche dir ganz viel Spaß beim lesen.

Saskia 💗

Bibliografische Information der Deutschen Nationalbibliothek:
Die Deutsche Nationalbibliothek verzeichnet diese Publikation in der
Deutschen Nationalbibliografie; detaillierte bibliografische Daten sind im
Internet über dnb.dnb.de abrufbar.

© 2022 Saskia Krüger
Instagram: @saskias.worte.auf.papier
Deutsche Erstausgabe April 2022
Band 1 von 3

Lektorat: Svenja Fieting (www.lektorat-fieting.de)
Korrektorat: Dominique Daniel (www.korrektorat-rechtschreibretter.de)
Cover+Layout: Désirée Riechert (www.kiwibytesdesign.com)
Buchcoverdesign unter Verwendung
Bildnachweise: Adobe Stock, Veris Studio, #208829924, naddya, 88333158

„Herstellung und Verlag:
BoD – Books on Demand, Norderstedt

ISBN: 9783754359433

*Das Werk, einschließlich seiner Teile, ist urheberrechtlich geschützt. Jede
Verwertung ist ohne Zustimmung des Verlages und des Autors unzulässig.
Dies gilt insbesondere für die elektronische oder sonstige Vervielfältigung,
Übersetzung, Verbreitung und öffentliche Zugänglichmachung.
Handlungen und Personen dieses Werkes sind frei erfunden. Etwaige
Ähnlichkeiten mit real existierenden Personen, ob lebend oder tot, wären rein
zufällig.*

Triggerwarnung

Mobbing, Drogen, Erbrechen (nicht detailliert)

Kapitel 1

Meine beste Freundin Leni materialisiert sich neben mir im Wagen. Ich werfe ihr einen kurzen Blick zu, ehe ich mich wieder auf die Straße konzentriere.

Ich sehe Geister, seit ich denken kann. Sie sind überall. Selbst wenn ich sie nicht sehe, spüre ich ihre Präsenz und weiß, dass sie da sind.

Als Kind musste ich mir oft die Ohren zuhalten und die Augen schließen, weil sie mir auflauerten, alle auf mich eindrangen. Ich weinte viel. Erst wenn ich sie vor panischer Angst nicht mehr sehen konnte und Day – meine Pflegemutter – kam und mich umarmte, konnte ich mich wieder rühren.

Mittlerweile ist es angenehmer. Sie sprechen nicht mehr alle mit mir und es kommen nur noch vereinzelt Geister, die meine Hilfe wollen. Meistens, um jemandem eine letzte Nachricht zu überbringen.

Wenn ich daran denke, schlägt mein Herz wieder so schnell wie damals. Die Luft drückt schwer auf meinen Brustkorb.

„Nina, guck auf die Straße."

Ich öffne meine Augen und korrigiere die Position auf der Fahrbahn mit einer kleinen Bewegung am Lenkrad. Lenis vorwurfsvoller Ton klingt bei mir nach und sorgt für ein schlechtes Gewissen.

Wie oft musste sie schon dafür sorgen, dass ich mir nichts breche oder – noch schlimmer –, dass ich nicht verunglücke? Ehrlich gesagt habe ich aufgehört, zu zählen.

„Danke", murmele ich. „Die Nacht war ziemlich kurz. Ich saß wegen meines nervösen Darms mehr auf dem Klo, als ich im Bett lag."

Leni kichert hinter vorgehaltener Hand und nickt bestätigend. „Ich weiß, ich habe dich gesehen. Da hast du gerade auf der Toilette geschlafen. Hast du dich nicht gefragt, wo du das Fliesenmuster in deinem Gesicht herhast?"

Ich strecke mich, um einen prüfenden Blick in den Rückspiegel zu werfen. Jetzt, wo sie das sagt: Ja, Fliese kommt hin.

„Liegt es nur am Fest heute oder auch an deinem Aufzug?"

Ich hole verärgert Luft. Aufzug? Andere würden es als „Kleid" bezeichnen oder als „Outfit". Dann stoße ich seufzend meine Luft wieder aus. Sie hat recht. Es ist ungewöhnlich für mich, dass ich ein Kleid trage. Denn normalerweise kaufe ich in der

Herrenabteilung ein, um meinem Tomboy-Stil gerecht zu werden.

Aber während der Autofahrt war ich so schlau gewesen, meinen geliebten Kaffee zu trinken und dann kam es ganz unweigerlich zu einer Kaffee-Kollision, sodass mein Anzug, den ich extra für heute gekauft hatte, hinüber gewesen war.

Also drehte ich trotz Zeitdruck auf halbem Weg um. Die Strecke von zu Hause bis ins Internat dauert bei gutem Verkehr eineinhalb Stunden. Aber weil ich nichts Passendes in meinem Wohnheimzimmer habe, blieb mir nichts anderes übrig.

Zu Hause räumte ich meinen kompletten Kleiderschrank aus, doch es war nichts Passendes dabei. Deshalb habe ich mich an Days Kleiderschrank bedient. Die Sache ist nur die, dass sie einen sehr femininen und körperbetonten Stil hat. Dementsprechend hat die Suche länger gedauert, ehe ich fündig geworden bin.

Nun trage ich ein weißes Bohemienkleid mit langen Ärmeln und einem für mich viel zu tiefen Ausschnitt. Aber alles andere wäre noch sexyer geworden. Röcke, die kaum den Oberschenkel bedecken, und Ausschnitte bis zum Bauchnabel. Ganz abgesehen davon, dass einige Kleider wie eine zweite Haut sitzen und man keine Luft bekommt.

Aber jetzt ein Kleid zu tragen, ist, als würde man Osterhasen unter den Weihnachtsbaum legen. Es ist auch Schokolade, fühlt sich nur nicht richtig an.

„Ich hoffe einfach, dass heute mal nichts schiefgeht. Da steckt viel Arbeit in der Planung. Das Veranstaltungskomitee hat sich wirklich selbst übertroffen."

Ich fahre auf den Parkplatz der Schule und stöhne auf, als ich sehe, wie voll er ist. Manche Autos parken in zweiter Reihe und sogar die Feuerwehrzufahrt wird von hochpreisigen Wagen blockiert.

Vermutlich ist es aussichtslos, aber die Alternative besteht aus einem Parkplatz etwa zwei Kilometer weiter, da meine Schule außerhalb der Stadt liegt. Noch einen weiteren Zeitfresser kann ich mir aber nicht erlauben.

„Da vorn ist noch eine Lücke." Leni zeigt auf die Stelle und ich fahre langsamer, sodass ich fast stehe.

„Ja, die ist zu schmal, sodass sich keiner reingetraut hat."

Ein fetter BMW hat seine Parklücke nicht mal ansatzweise getroffen. Ich kneife meine Augen zusammen, presse meine Lippen aufeinander und fahre präzise hinein.

Es ist so eng, dass ich über den normalen Weg nicht unbeschadet herauskomme. Aber wenn man nicht parken kann, muss man damit leben, dass andere einen zuparken.

Ich sehe zu Leni rüber, die mich anschaut, als wäre ich ihre Heldin. „Wie du herauskommst, ist mir klar. Aber hast du keine Sorge um dein Auto?"

„Keiner möchte sein teures Auto auch nur ankratzen. Und wenn doch, habe ich eine Vollkaskoversicherung", antworte ich schulterzuckend.

Dann sehe ich sie ernster an. „Bleibst du heute an meiner Seite oder hast du wieder Pflichten zu erfüllen, die dich komplett einnehmen?" Ich bin nervös und wenn ich nervös bin, mache ich etwas Dummes oder etwas kaputt. Meine Freundin in meiner Nähe zu wissen, würde mir die Sache enorm erleichtern.

Sie lächelt und hebt ihre rechte Hand. Ich mache es ihr nach und klatsche sie ab. Erst danach sehe ich mich verstohlen zu allen Seiten um.

Für Fremde muss es aussehen, als würde ich der Luft einen „High five" geben und das würde sie nur darin bestätigen, dass ich sie nicht mehr alle habe.

Denn außer Day weiß niemand von meiner Gabe. Und sie hat mir, seit ich denken kann, eingetrichtert, dass ich niemals jemandem davon erzählen dürfe. Damals sagte sie immer, dass ich dann Ärger bekäme. Heute weiß ich, dass ich, sobald es die falsche Person erfährt, verfolgt werden könnte.

Nur sehr wenige Menschen auf der Welt besitzen Gaben. Und der Rest der Menschheit ist verängstigt und geht mit den Begabten um wie früher mit den Hexen.

Menschen mit Gaben werden verfolgt, für Experimente genutzt oder sie werden getötet. Es ist noch nicht lange her, da habe ich in den Medien einen Fall mitbekommen, der mich zutiefst schockierte. Es wurde bekannt, dass eine Gruppe Gabenhasser ein 7-jähriges Mädchen in ihre Gewalt gebracht hatte, um an ihr Experimente durchzuführen. Alles nur, weil sie besonders schnell laufen konnte. Sie wurde gefoltert und verstarb am Ende.

Bei dem Gedanken läuft es mir kalt über den

Rücken. Obwohl wir schon im 21. Jahrhundert angekommen sind, gibt es noch genug, woran wir arbeiten müssen. Wieso sind die Menschen so stur und beschäftigen sich nur mit anderen statt mit sich selbst? Und wieso lässt unser Kaiser das zu? Warum nutzt er seine Macht nicht, um die Verfolgungen aufzuhalten und die Leute zu bestrafen? Dass er einfach wegsieht, werde ich nie verstehen können.

„Du solltest los. Die Eröffnungszeremonie hat schon stattgefunden."

Ich reiße meine Augen auf und sehe auf meine Armbanduhr. „Scheiße." Mit einem Ruck springe ich auf den Sitz und knicke direkt um. „Doppelte Scheiße." Leni lacht auf, während ich mir meinen Knöchel reibe.

Ich schmeiße Days High Heels hinter das Auto und klettere erst auf den Rücksitz und von dort über den Kofferraum hinaus. Manchmal ist es wirklich vorteilhaft, ein Cabrio zu fahren. Dann schlüpfe ich in die Schuhe und verschließe die Riemchen. Dabei stehe ich nicht besonders fest auf den Beinen und muss mich immer wieder an meinem Wagen abstützen, um nicht zu fallen. Leni kichert hinter mir.

„Wann hattest du das letzte Mal High Heels an?"

„Zu lange her", murmele ich, ohne lange nachdenken zu müssen.

Ich betätige den Funkschlüssel, woraufhin das Verdeck zufährt.

„Bis später", sagt Leni und verschwindet.

Sie weiß genau, wie unangenehm es mir ist, in der

Öffentlichkeit mit ihr zu sprechen. Einerseits, weil mich die Leute dann seltsam ansehen, andererseits, weil immer die Gefahr besteht, dass jemand die richtigen Schlüsse zieht und ich tief in der Scheiße stecke.

Ich schaffe es nicht mehr, mein Gepäck vom Wochenende in mein Zimmer zu bringen, deshalb lasse ich es im Kofferraum und beschließe, es später zu holen.

Als ich über den Parkplatz hechte, bemerke ich die Schleifen und Dekotücher in den Büschen. Es sieht sehr elegant aus. Beim Eingang zur Aula steht eine Schülergruppe, weshalb ich langsamer werde. Direkt unter dem Banner mit der Aufschrift „20-jähriges Jubiläum des Lilienstern-Internats" steht mein persönlicher Albtraum.

Mein Blick wird automatisch von Marek, der von allen nur Mace genannt wird, angezogen. Er sieht aus, wie aus einer Modezeitschrift entsprungen. Seine Haut ist makellos und weiß wie Porzellan und wird von seiner platinblonden Mähne umrahmt, die ihm strähnig über die Augen hängt.

Er ist gerade in ein Gespräch mit Sam verwickelt und ignoriert Tiffany, die an seinem Arm hängt und ihre Brüste an ihm reibt. Die Masche ist genauso billig wie sie und ihre beiden Freundinnen Ina und Bella.

Mace nimmt einen Zug von seiner Zigarette und pustet ihr den Rauch mitten ins Gesicht. Sie hustet und wendet sich mit einem pikierten Gesichtsausdruck von ihm ab. Ich muss mir das Lachen verkneifen. Es gefällt mir, dass er kein Interesse an ihr hat.

Dafür klammert sie sich nun an den Arm von Rapha. Der ist gerade dabei, Bella förmlich aufzufressen. Das zu beobachten, ist wie ein Unfall: Man weiß, man sollte nicht hinschauen, tut es aber trotzdem. Die meiste Zeit sind ihre Zungen außerhalb des Mundes. Eklig.

Rapha ist der Einzige, der mit seinem Outfit etwas aus der Reihe tanzt. Während seine Freunde schick in Hemd und Krawatte gehüllt sind, konnte er sich nicht von seinem Biker-Outfit trennen. Es wundert mich, dass er seinen Motorradhelm nicht überall mit hinschleppt. Immerhin scheint er doch auch sonst geradezu mit seiner Maschine verschmolzen zu sein.

Abgesehen davon mangelt es ihm nicht an Bettgeschichten. Die Mädchen lieben seine Impulsivität und das vorlaute Mundwerk.

Ich gehe weiter und mein Blick kreuzt sich mit dem von Jasper. Offensichtlich hat er mich noch nicht erkannt, denn in seinen stechend grünen Augen fehlt der Spott, der immer darin funkelt, wenn er mich anschaut.

Es ist kein Wunder, dass ihm die Mädchen reihenweise zu Füßen liegen, wenn er sie so ansieht, mit seinem Modelgesicht und dem Bad-Boy-Image. Dabei ist er lange nicht so „bad" wie sein bester Freund Rapha.

Sein Blick ist viel zu intensiv. Ich kann das nervöse Kribbeln in meiner Magengegend nicht verhindern und fühle mich nackt. Als könnte er durch jede meiner Schichten bis auf den Grund meiner Seele blicken.

Ich wackele nervös auf der Stelle herum. Da passiert es: Ich knicke um und lege mich der Länge nach hin.

„Au, verdammt!"

Gelächter ertönt und ich blicke auf. Natürlich haben sich alle mir zugewandt und sehen mich nun am Boden liegen. Es wäre zu schön gewesen, wenn ich mal ohne Zwischenfälle durch den Tag gekommen wäre.

Schnell stehe ich auf, stolpere dabei fast wieder über meine Füße und klopfe mir den Dreck vom Kleid. Meine Wangen glühen und ich stimme verhalten in ihr Gelächter ein. Das ist wie ein Zwang. Lieber lachen, statt zu weinen.

Ich will an den Jungs und ihren Mädchen vorbeigehen, aber Bella stellt sich mir in den Weg. Gedanklich rolle ich mit den Augen, aber ich möchte keinen Stress, sondern bloß schnell rein.

„Was hast *du* denn da an?", fragt Bella. „Willst wohl im Mittelpunkt stehen, oder? Aber da ist schon ein bisschen mehr nötig."

Sie und ihre beiden Freundinnen lachen. Die Royals, wie die Jungs sich selbst nennen, obwohl sie alles andere als königlich sind, sehen mich bloß misstrauisch an.

„Ist das wirklich unsere Kröte?", fragt Jas und ich stöhne genervt auf. Ich hasse die Spitznamen, die sie sich für mich ausgedacht haben. Sie sind beleidigend, herabwürdigend und sexistisch. Aber ich ignoriere sie weitestgehend.

„Da zeigt es sich: Man kann Nina zwar in ein Kleid stecken, aber es ändert trotzdem nichts." Lorenzo, der nur Enzo genannt werden will, ist ihr Anführer. Sein Kleidungsstil ist aalglatt; meist trägt er Pullunder, Hemden und Fliegen oder Krawatten. Aber man darf sich von seiner äußeren Erscheinung nicht täuschen lassen. Er weiß genau, was er sagen und tun muss, um die Leute von sich zu überzeugen. Selbst wenn er den Unterricht stört, schwänzt oder Schüler - vorzugsweise mich - mobbt, kann er sich irgendwie aus der Affäre ziehen. Ich habe nur nie herausgefunden, wie er das macht. Aber diese Fähigkeit wird einer der Gründe sein, weshalb er Schulsprecher geworden ist.

Der Letzte von ihnen ist Samu. Sam ist das Küken in der Gruppe und trotzdem bei genauerer Betrachtung ziemlich unverschämt im Umgang mit Frauen. Keine Ahnung, ob er sich das bei seinem Pflegebruder Rapha abgeguckt hat oder andersrum. Dennoch erliegen die Mädchen seinem Charme und lassen sich von seinem guten Aussehen und seinem Skater-Outfit blenden. Obwohl sie wissen, dass er bisher keine Beziehung eingegangen ist, versuchen sie, die Eine zu sein, die ihn ändern kann. Aber er interessiert sich bloß für sich selbst. Ich habe oft genug mitbekommen, wie er irgendwelche Mädchen ignoriert hat, die sich die Augen wegen ihm ausgeheult haben. Das Einzige, was er ihnen sagte, ist, dass sie wussten, worauf sie sich einließen. Wie gefühllos kann man eigentlich sein?

Gerade mustert er mich mit hochgezogener Augenbraue von oben bis unten. Die anderen grinsen überheblich. Ihren Spott und die Abneigung engen mir die Brust ein. Ein Frosch setzt sich in meinem Hals fest und sorgt dafür, dass ich meine Lippen fest aufeinanderpresse.

Sie machen sich so oft über mich lustig, dass es mich nicht treffen sollte, aber gerade heute tut es das. Ich vermisse die Zeit, in der es nur die Royals und mich gab. Wir waren ständig zusammen, aber als ich in die Pubertät kam, haben sie sich von mir distanziert und angefangen, mich zu mobben.

Ich wusste gar nicht, wo mir der Kopf stand, aber dann trat Leni in mein Leben und holte mich aus meinem Tief.

„Hast du etwa erwartet, dass sich die Royals direkt in dich verlieben, wenn du diesen Fummel trägst?", fragt Ina.

Ich bin einen Moment sprachlos. Zwar will ich nicht, dass sie sich in mich verlieben, aber ich würde mich über ihre Aufmerksamkeit freuen. Nur ob ein einfacher Outfitwechsel dafür sorgt, ist fraglich.

„Na klar. Jeder Einzelne. Aber wieso sollte ich bei ihnen Halt machen? Wenn, dann möchte ich gleich jedem Typen der Schule den Kopf verdrehen."

Mit großen Augen sieht sie mich an und ich lache. Hätte nicht gedacht, dass sie so dumm ist und das glaubt.

Als ich an der Gruppe vorbeigehe und nicht anders kann, als die Jungs nochmal anzusehen, bemerke ich ihre amüsierten Blicke und das schiefe Grinsen auf ihren Lippen.

Da geht mir das Herz auf, weil ich hoffe, dass es sich um Bewunderung für meinen Spruch handelt. Aber vermutlich sind sie eher von der Vorstellung amüsiert, unsere Mitschüler könnten sich in mich verlieben.

„Schmeiß dich nochmal hin. Dann haben die da drinnen wenigstens auch was zu lachen", spottet Rapha.

Ich zwinge mich, nach vorn zu sehen. Es bringt nichts, gegen ihn anzugehen oder ihm einen vernichtenden Blick zu schenken. Er ist ein Arsch, genauso wie seine Freunde. Aber es ändert leider nichts daran, dass sie wirklich faszinierend sind.

Ich trete endlich in die Aula und bin viel zu spät dran. Die Zeit ist mein Endgegner, genauso wie die Erdanziehungskraft. Hoffentlich hat niemand meine Abwesenheit bemerkt, denn eigentlich sollte ich für eine Mitschülerin des Veranstaltungskomitees einspringen, die wegen einer Operation im Krankenhaus liegt. Also musste ich mich um einen Caterer kümmern und sollte beim Aufbau überwachen, dass er alles richtig macht und gegebenenfalls unterstützen.

Ich sehe mich erstmal um, um die Lage zu sondieren. Der Raum ist festlich geschmückt. Die Innendeko ist das Pendant zur Außendeko. Nur dass hier noch Dutzende Lichterketten hängen und den sonst eher dunklen Raum erstrahlen lassen.

Das Stimmengemurmel, ähnlich wie das Summen in einem Bienenstock, schlägt mir sofort entgegen. Man hört hier und da ein paar Gesprächsfetzen, aber nichts, was mein Interesse weckt. Alles ist unterlegt von klassischer Musik, die von dem Schüler-Streichquartett kommt.

Ein paar Kellner huschen durch den Raum mit Häppchen auf Silbertabletts. Außerdem stehen an den Seiten Tische mit allerlei Leckereien und der Torte mit dem Logo unserer Schule. Aber das Highlight ist die Champagnerpyramide in der Mitte des Saals. Sie sieht beeindruckend aus und ich sollte besser nicht in ihre Nähe kommen.

Ich sehe überall die Schüler, ihre Eltern sowie die Schulverwaltung und unsere Direktorin Frau Grunnemann.

Ehrlich gesagt wundere ich mich, dass unser Kaiser nicht ebenfalls anwesend ist. Immerhin ist er der Namensgeber unserer Schule und war sogar bei der Eröffnung anwesend. Aber wenn er bei allen Feierlichkeiten und Eröffnungen dabei sein müsste, die ihm zu Ehren stattfinden, würde er wohl gar nicht mehr zum Regieren kommen.

Was mich auch nicht zwingend stören würde. Ich schätze die Monarchie nicht gerade und spiele mit dem Gedanken, Europa nach meinem Abschluss zu verlassen, vielleicht Richtung USA. Denn die Länder anderer Kontinente leben in einer fortschrittlichen Demokratie und nur hier ist es, als würden wir im Mittelalter feststecken.

Ein Winken reißt mich aus meinen Gedanken. Ich fokussiere es und erkenne Day neben dem Buffet. In ihrer anderen Hand hält sie ein Häppchen. Es scheint ihr zu schmecken.

Kichernd setze ich mich in Bewegung und dränge mich durch die Menge. Bis sich mir jemand in den Weg stellt und ich abrupt stoppe. Frau Grunnemann steht vor mir und sieht nicht glücklich aus, obwohl die Feier gut zu laufen scheint.

„Frau Greiffenberg, schön, dass Sie uns mit Ihrer Anwesenheit beehren. Sie wurden hier vermisst. Eigentlich dachte ich, Sie hätten auch eine Aufgabe übernommen und sollten den anderen zur Hand gehen?"

„Bitte entschuldigen Sie, es gab da ein Problem mit meinem Anzug. Er wollte auch etwas von meinem Kaffee probieren. Aber ich habe festgestellt, dass ein schickes Outfit und ein Kaffeefleck nicht gut zusammenpassen. Und ich bin gerade auf der Suche nach den anderen. Ich hoffe, Sie sind mit dem Caterer zufrieden, den ich organisiert habe?"

Die Direktorin verdreht die Augen und gibt ein missbilligendes Schnaufen von sich. Obwohl ich mit Ärger oder wenigstens einer Standpauke rechne, kommt nichts weiter über ihre Lippen als ein gezwungenes Lächeln.

„Nun denn. Ich hoffe, dass der Rest des Tages dafür weit weniger von Missgeschicken gespickt ist. Ja, das Essen kommt sehr gut an. Vor allem bei Ihrer *Mutter*."

Sie dreht sich um, verschwindet in der Menge und lässt mich ziemlich ratlos zurück. Frau Grunnemann war gerade ziemlich arrogant, so kenne ich sie gar nicht. Für gewöhnlich ist sie sehr herzlich. Die Art, wie sie das Wort „Mutter" ausgesprochen hat, irritiert mich. Es ist kein Geheimnis, dass Day meine Pflegemutter ist.

Ich schiebe ihre Laune einfach auf den Stress und als ich zum Buffet blicke, ist Day nicht mehr dort, weshalb ich mich umsehe.

Bevor ich auch nur einen Schritt machen kann, schiebt sich wieder eine Person in mein Blickfeld. Diesmal ist es Gea. Sie ist genauso wie ich Teil des Schülerradioteams.

„Hi, Gea. Hattest du ein schönes Wochenende?"

Sie winkt ab und kichert nervös. „Ich bin hiergeblieben. – Ich hätte dich fast nicht erkannt! Das Kleid steht dir, du siehst wirklich hübsch aus."

„Danke. Es gehört meiner Mutter, mein Anzug ist unpässlich gewesen." Gea wird rot und ich verlegen.

„Ach, du wolltest nur die Aufmerksamkeit der Lesben! Sag das doch gleich. Aber die müssen schon auf deinen vorherigen Look gestanden haben, oder? Gibst doch den perfekten männlichen Part ab."

Gea hört gar nicht mehr auf zu leuchten unter Bellas gehässigem Gerede. Und ich ärgere mich, dass ich dankbar für diese Unterbrechung bin. Trotzdem ändert es nichts daran, dass nur Müll rauskommt, wenn sie den Mund aufmacht.

Bella, Ina und Tiffany haben nicht ohne Grund den Titel „Bitches" von mir erhalten. Sie sind richtige Plagegeister.

„Also, erstmal ist es ein Vorurteil, dass es auch einen männlichen Part in einer lesbischen Beziehung gibt, und dann kannst du dir den Atem bei mir sparen.

Es interessiert mich nicht, was du zu sagen hast, geschweige denn, was du denkst."

Wütend starrt sie mich an, aber ich habe keine Angst vor ihr. Wir duellieren uns mit unseren Blicken und mein Ehrgeiz ist geweckt. Ich bin nicht bereit, nachzugeben. Nicht bei jemandem wie Bella.

Als hätte sie sie herbeigebeamt, sehe ich die Royals im Augenwinkel.

„Hey, Chaos-Queen", sagt Enzo. Und er spricht dabei so laut, dass alle Umstehenden ihn hören und die Aufmerksamkeit auf uns liegt. „Ist es eigentlich gewollt, dass man deinen schwarzen BH unter dem Kleid sehen kann?" Entsetzt sehe ich zu ihm und verliere damit mein Blickduell. Das ist mir auf einmal völlig egal geworden.

An meinen BH habe ich nicht gedacht. Ich war so froh, ein akzeptables Kleid gefunden zu haben, dass ich es mir einfach drüber geschmissen habe. Meine Wangen fangen Feuer, nicht nur, weil die Royals mir nun auf die Brüste starren, sondern auch die umstehenden Leute. Dennoch versuche ich, cool zu bleiben.

„Sieh einfach nicht hin, wenn es dich stört."

Dann wende ich mich ab und hasse es, dass das Karma hier noch keine Arbeit geleistet hat. Sie sind noch immer die beliebtesten Schüler, schleppen reihenweise Mädels ab und sehen verdammt heiß aus. Wenn sie wenigstens hässlich geworden wären, würde es mir sicher leichter fallen, sie aus dem Blick zu verlieren. Aber sie sind absolute Hingucker und damit ständig präsent.

„Das Kleid hilft dir nicht, um heißer zu werden. Du bist einfach unattraktiv", erklärt Rapha kopfschüttelnd und hat nicht mal mehr einen Blick für mich übrig.

Ich erstarre augenblicklich und muss schlucken. Meine Beine zittern, als drohten sie mir, jederzeit den Dienst zu versagen. Seine Worte verletzen mich, obwohl ich es nicht will. Mittlerweile liebe ich meinen Style, aber damit angefangen habe ich nur, um weiterhin zu den Royals dazuzugehören.

Wir waren so eng miteinander befreundet, dass ich mir oft selbst vorkam wie ein Junge. Und als ich Brüste bekam und meine Periode, ließen sie mich von einem auf den anderen Tag stehen. Natürlich tat ich alles, um sie von meinem Äußeren abzulenken und sie wieder für mich zu gewinnen. Aber es brachte nichts außer Hohn und Spott.

Vielleicht ist es mein Aussehen, dass die Jungs der Schule abschreckt. Denn bisher hat mich keiner von ihnen nach einem Date gefragt. Aber möglicherweise denken sie auch alle, dass ich lesbisch bin.

Unwillkürlich kommen mir schokobraune Augen in den Sinn, mit denen er mich mustert, als wäre ich das schönste Wesen, das er jemals gesehen hat. Ich sehe sein Gesicht vor mir mit den Lachfältchen um die Augen, dem Bartschatten um den Mund herum und seine Grübchen, wenn er grinst.

Meine Finger zucken bei dem Gedanken daran, wie gut sich seine Haut anfühlt. Wie sich die Muskeln darunter abzeichnen und wie er zu stöhnen beginnt, wenn ich sie in tiefere Gefilde gleiten lasse.

Ein Schauer überkommt mich und sorgt für ein wohliges Gefühl und einem Kribbeln in meinem Innersten, wenn ich mir vorstelle, wie seine rauen Hände meinen Körper erforschen, ohne auch nur ein Stück auszulassen. Ich spüre förmlich seine Küsse auf meiner Haut.

Cas.

Er ist mein Ex und ich bedauere es. Ich habe über die Monate hinweg nie bemerkt, dass er ein Geist ist. Offenbar hat er sich ziemlich viel Mühe gegeben, es zu verschleiern. Aber vor einigen Tagen war er etwas nachlässiger und ich habe es gesehen. Vielleicht wollte ich es mir vorher auch nur nicht eingestehen. Natürlich beendete ich unsere Beziehung sofort.

Mit einem verträumten Lächeln auf den Lippen wende ich mich von der Gruppe ab und verschwinde schnell. Besser, wenn ich ihnen keine weitere Möglichkeit gebe, mich zu verletzen.

Es ist so viel los, dass ich noch immer niemanden vom Veranstaltungskomitee ausmachen kann. Deshalb drehe ich meine Runde in der Hoffnung, jemanden zu sehen.

Leni taucht neben mir auf und ich versteife mich etwas. Es ist das eine, ihre Präsenz zu spüren, aber das andere, wenn sie sich materialisiert.

„Soll ich einer von ihnen einen kleinen Schrecken einjagen?"

Während ich noch immer lächele, schüttele ich möglichst unauffällig den Kopf. Ich habe versprochen, dass heute nichts weiter schiefgeht, und außerdem haben die Bitches unsere Aufmerksamkeit nicht verdient.

„Na, dann nicht. Aber nur, damit du es weißt: Es wäre mir ein Vergnügen."

Ich kichere und entdecke Day. Sie steht bei der Champagnerpyramide und sieht gedankenverloren auf die Gläser. Eigentlich wollte ich mich von potenziellen Gefahrenquellen fernhalten, aber wenn Day dabei ist, sollte eigentlich nichts passieren.

Leni löst sich wieder auf. Da erkennt mich Day und beginnt, über das ganze Gesicht zu strahlen. Sie breitet ihre Arme aus und ich lasse mich hineingleiten.

„Du siehst schick aus. Ist das mein Kleid?"

Meine Wangen werden warm und mir wird heiß. Ich nicke vorsichtig und sehe sie beschämt an. Normalerweise bediene ich mich nicht einfach an ihren Sachen. Sie hat mir schon mehr gegeben, als sie jemals gemusst hätte.

„Braucht dir nicht unangenehm sein. Ich nehme mir doch auch mal ein Shirt oder eine Jogginghose von dir. Du solltest dich öfter mal an meinem Schrank bedienen."

Das Brennen in meinen Wangen nimmt zu. Day hat es bereits aufgegeben, mich zu einem feminineren Stil zu überreden. Das Kleid ist für sie nun der Aufhänger, das Thema wieder aufzugreifen. Wie sehr ich mich da schon drauf freue – nicht.

„Wo warst du? Du bist doch eine gute Stunde vor mir losgefahren, um dich mit deinen Mitschülern zu treffen?"

Ich seufze. „Bin ich auch, aber da war so ein Vollidiot auf den Straßen und hat mir die Vorfahrt genommen ..."

Augenblicklich wird sie ganz blass. Sie tastet mich ab, wie um zu prüfen, ob noch alles dran und heil ist. Ist ja nicht so, als würde ich unversehrt vor ihr stehen. Manchmal übertreibt sie es mit ihrer Fürsorge.

„Geht's dir gut? Vielleicht solltest du auf die Krankenstation. Es kann sein, dass du durch den Schock noch nichts merkst, aber trotzdem ein Schleudertrauma hast. Deine Mutter würde sich im Grab umdrehen, wenn sie wüsste, dass –"

„Day", unterbreche ich sie nachdrücklich. Dass sie meine leibliche Mutter, ihre beste Freundin, ins Spiel bringt, lässt mein Lächeln erlöschen. Obwohl ich mich nicht mehr erinnern kann, tut der Gedanke an sie weh. „Es geht mir gut. Wirklich. Unsere Autos haben sich nicht mal berührt. Aber mir ist Kaffee auf den Anzug gekippt. Ich musste also wieder zurück und mich umziehen."

Day beginnt, zu lachen. „Ja, das klingt ganz nach dir."

Obwohl ich vermutlich beleidigt sein sollte, bin ich es nicht. Immerhin hat sie nicht unrecht. Ich lächle sie an und bin bloß froh darüber, sie zu haben.

Nachdem meine Eltern gestorben sind, hat sie mich bereitwillig bei sich aufgenommen und liebt mich seither wie ihre eigene Tochter. Also liebe ich sie wie meine eigene Mutter.

„Hallo, Dainora. Schön, dich hier zu sehen."

Enzo hat sich mit den Händen in den Hosentaschen zu uns gesellt und lächelt sie charmant an. Ich spanne mich ganz automatisch an, sobald ich einen von ihnen sehe. Vor allem, wenn sie sich von hinten anschleichen.

„Hallo, Lorenzo. Sind deine Eltern heute nicht hier? Ich habe sie noch gar nicht gesehen." Sam, Mace und Jas tauchen ebenfalls auf und begrüßen Day genauso, wie Enzo es getan hat. Sie tun vor ihr, als wären sie die Musterknaben schlechthin. Aber wenigstens ist sie nicht doof und weiß ganz genau, wie sie zu mir sind.

„Sie sind schon wieder gegangen, hatten noch einen wichtigen Termin."

Day lächelt und nickt. „Ah, okay. Ich werde deine Mutter ja morgen beim Pokerabend sehen. Dann kann ich auch da mit ihr sprechen."

„Ist etwas passiert?" Enzo wirkt plötzlich sehr beunruhigt, was mich verblüfft. Ich hätte daraus jetzt nicht geschlossen, dass es etwas Ernstes ist. Was weiß er, was ich nicht weiß?

Aber Day winkt lächelnd ab. „Nein, nein, wir sollten nur mal besprechen, was wir dieses Jahr an Weihnachten machen wollen."

Die Anspannung, von der ich nicht wusste, dass sie da war, legt sich. Enzo und seine Freunde sind wieder ganz die Alten und entfernen sich, nachdem sie Day einen schönen Abend gewünscht haben.

Keine Ahnung, was ich davon halten soll. Aber ich werde kurz darauf durch einen hohen, schrillen Ton aus meinen Gedanken gerissen.

Dann knackt es und sämtliche Blicke rauschen wie eine Welle zur Bühne. Jemand hat das Mikrofon genommen und als ich nachsehe, erkenne ich Mace.

Ihm ist die Aufmerksamkeit aller sicher und das liebliche Lächeln in seinem Gesicht sorgt für schmachtende Blicke, auch von mir. Wie kann man so gut aussehen und so eine anziehende Ausstrahlung besitzen? Darüber vergesse ich beinahe, mich zu wundern, was er wollen könnte.

„Guten Abend zusammen, bitte entschuldigt die Störung." Seine Stimme umschmeichelt meine Ohren und entspannt mich wie ein tolles Lied. Dass er so ruhig spricht, lullt mich ein und holt mich ab. Auch alle anderen hängen an seinen Lippen.

„Ich wollte nur eine Sache loswerden. Unser Veranstaltungskomitee hat sich für den heutigen Tag wirklich selbst übertroffen. Deshalb finde ich es nur fair, wenn wir die Gelegenheit nutzen und ihnen unseren Dank zollen. Kommt gern mal alle rauf und holt euch euren Applaus ab."

Meine Mitschüler treten nach und nach auf die Bühne, doch ich bleibe, wo ich bin. Ich bin nur eingesprungen. Außerdem reizt mich der Gedanke, nach oben auf die Bühne zu steigen, gar nicht. Das wäre nur eine weitere Möglichkeit, mich vor den Augen aller zu blamieren.

Ich bin froh, dass ich weiter hinten stehe und man mich so nicht leicht ausfindig macht. Wobei Mace natürlich genau weiß, wo ich bin. Aber er hat keinen Grund, ausgerechnet mich auf die Bühne zu holen. Zumal ich für ihn die meiste Zeit nur Luft bin.

Auf den Boden sehend – weil ich das Prinzip des *Wenn-ich-euch-nicht-sehe-seht-ihr-mich-auch-nicht* noch nicht ganz verstanden habe – warte ich darauf, dass es endlich vorbei ist. Meine Hände werden ganz schwitzig, weil ich nicht sicher bin, ob es funktioniert.

Deshalb riskiere ich einen Blick nach oben und werde direkt von Maces blauen Augen gefangen genommen. Meine Härchen richten sich wie eine La-Ola-Welle auf und mein Magen verkrampft sich. Es wäre wohl besser, wenn ich eine Toilette aufsuchen würde.

„Nina, du fehlst noch." Maces Gesicht ziert ein verschmitztes Grinsen und mir bleibt für einen Moment die Luft weg.

Die umstehenden Leute drehen sich mir zu und treten einen Schritt zurück. Sie lassen mich einfach alle ins Messer laufen. Vielen Dank auch.

„Leni?", frage ich leise, erhalte aber keine Antwort. Ich sehe mich um in der Hoffnung, sie zu finden. Und gerade als ich sie mit einem anderen Wesen im Gespräch sehe, legt sich eine Hand auf meine Schulter.

„Geh ruhig. Wird schon alles gut gehen", flüstert Day und schiebt mich etwas nach vorn. Der Schweiß bricht mir aus, weshalb ich versuche, möglichst unauffällig über meine Stirn zu wischen.

Meine Wangen könnten die Schule mit Leichtigkeit in Brand stecken, als ich mich endlich vorwärtsbewege.

Kurz stocke ich, weil es sich anfühlt, als würde ich auf einen Widerstand treffen. Doch ich schiebe es auf meine Nervosität und gehe weiter.

„Nina!"

Der Ruf lässt mich anhalten und umdrehen. Day rennt mit lang ausgestreckten Armen auf mich zu. Dann stößt sie mich so fest auf die Brust, dass ich nach hinten falle und auf meinem Hintern lande. Ich verstehe überhaupt nicht, was das soll, bis ich das Klirren höre, genauso wie das erschrockene Keuchen der umstehenden Menschen.

Mein Blick klebt an der Champagnerpyramide, die klimpernd in sich zusammenfällt. Die Tischdecke liegt kaum noch auf ihrem Platz und mit ihr fallen die Gläser.

Über mich ergießt sich ein Scherben- und Champagnerregen. Schützend hebe ich meine Arme über meinen Kopf und rolle mich so eng zusammen, wie es mir möglich ist. Ich spüre, wie sich die Splitter in meinem Haar verfangen. Wie sie auf meinen Armen landen, als wären sie eine Mischung aus Hagel- und ungekochten Reiskörnern. Außerdem werde ich von oben bis unten nass und rieche den teuren Champagner an mir.

Meine Gedanken schwirren. Ich befinde mich in Schockstarre und kann mich nicht einen Millimeter rühren, aus Angst, noch mehr Schaden anzurichten.

Um mich herum ist es seltsam still geworden. Die Musik hat aufgehört zu spielen und niemand unterhält sich mehr.

Doch dann höre ich Gelächter. Es beginnt auf einer Seite und zieht sich durch den ganzen Raum.

Was ist passiert? Das kann doch nicht meine Schuld sein, oder? Auch wenn ich danebenstand, habe ich den Tisch nicht einmal berührt. Ich mag zwar ein Tollpatsch sein, aber war das wirklich meine Schuld?

„Ninou. Ist alles okay bei dir?"

Days weiche Stimme durchdringt das Rauschen in meinen Ohren, das stetig lauter zu werden scheint. Eine Hand legt sich auf meinen Rücken und langsam lasse ich meine Arme sinken und hebe meinen Kopf.

Da sich ein Kloß in meinem Hals gebildet hat, nicke ich bloß. Wenn ich jetzt etwas sage, breche ich in Tränen aus und ich will nicht vor allen weinen.

Nicht nur dass die Royals und Bitches ihr reinstes Vergnügen daran hätten, ich kann einfach nicht vor Menschen weinen. Nicht mal vor Day. Natürlich passiert es, aber dann ist es mir so unangenehm, dass ich am liebsten im Boden versinken würde.

„Okay, gut. Ich könnte mir nicht verzeihen, wenn dir etwas passieren würde."

Sie hält mir ihre Hand hin. Ich falle ihr um den Hals und drücke mich an sie. Über ihre Schulter bemerke ich erleichtert, dass die Leute offenbar das Interesse an dem Malheur verlieren und sich wieder ihren Gesprächen zuwenden.

Als ich mich von ihr löse, lächelt sie mich zuversichtlich an. Dann gleitet ihr Blick an mir herab und ihre Augen werden riesig. „O nein", flüstert sie.

Davon angestachelt, sehe ich nach unten und erkenne panisch, dass das Kleid obenrum durchsichtig ist und an mir klebt wie eine zweite Haut. Schützend schlinge ich meine Arme um meinen Oberkörper. Hoffentlich sieht mich niemand so. Ich will nur noch weg.

„Lass uns schnell von hier verschwinden."

Ich nicke und der Kloß in meinem Hals schnürt mir die Luft ab.

Day schiebt mich vor sich und hält mich direkt wieder auf. „Was ist das denn?", fragt sie murmelnd. Ich sehe zu ihr und erkenne, wie sie am Saum des Kleides friemelt. Dann hält sie eine Sicherheitsnadel in die Höhe.

Jemand hat die Tischdecke mit voller Absicht an meinem Kleid befestigt. Und obwohl mir der Kopf schwirrt, stellt sich mir die Frage gar nicht, wer das gewesen sein könnte.

Es gibt nur eine Gruppe von Menschen, die versuchen, mir das Leben so schwer wie möglich zu machen. Nur eine Handvoll Jungs, die sowas amüsant finden würden.

Alles erschließt sich mir in dem Augenblick: dass sie Day begrüßt haben, dass ich auf die Bühne kommen sollte. Aber woher wussten sie, dass ich in die Nähe der Pyramide gehen würde?

„Los, Mäuschen, lass uns verschwinden."

Ich gehe vor ihr zum Ausgang und drehe mich an der Tür ein letztes Mal um. Auch wenn ich nicht weiß, wo sie sich aufhalten, finden meine Augen sie sofort.

Sie stehen am Buffet und ihre Blicke kreuzen sich mit meinem. In ihren Gesichtern spiegelt sich Triumph wider und mir wird schlecht.

Kapitel 2

„Was wirst du wegen der Royals tun?"

Ich sehe meine beste Freundin an, zucke mit den Schultern und kämme mir das Haar. „Nichts. Wie immer."

Mir ist klar, weshalb sie das fragt. Trotzdem habe ich nicht das Bedürfnis, meine Energie dafür zu verschwenden, dass sie sich ändern. Worte richten bei ihnen nichts aus.

Über dem Spiegel sehe ich sie den Kopf schütteln. Sie ist im Rachemodus. Die Royals sollen leiden, dafür, dass ich die ganze Nacht geweint habe.

„Findest du nicht, sie sind diesmal zu weit gegangen?"

Ich seufze und lege den Mascara weg. „Doch, schon. Nur wie reagiert man am besten auf sowas, ohne dafür zu sorgen, dass es sie weiter anstachelt?"

„Du könntest mit der Direktorin sprechen", schlägt sie vor, aber ich schüttele sofort den Kopf.

„Glaubst du ernsthaft, sie würde mir glauben? Es gibt keinen Beweis, dass sie es waren. Und ehrlich gesagt, spornen mich ihre Aktionen nur noch mehr an. Fast ist es, als bräuchte ich das, um so stark zu sein, wie ich es bin. Ist das nachvollziehbar?"

Leni lächelt mich an und nickt. „Ich denke, ich weiß, worauf du hinauswillst."

Glücklich sehe ich sie an. „Außerdem sind sie nicht so schlimm, wie sie oftmals tun. Niemand ist das. Eines Tages werden sie erwachsen."

Zweifelnd sieht Leni mich an. „Na, dann drücke ich dir die Daumen, dass es eher früher als später so weit ist."

Ich kichere und sie stimmt ein. Ein Blick auf die Uhr lässt mich schlagartig verstummen.

„Verdammt, ich muss los."

Während Leni sich winkend in Luft auflöst, stürze ich aus meinem Zimmer und renne über den Campus, um rechtzeitig zum Unterricht zu erscheinen.

Es steht Politik und Geschichte auf dem Plan, bei meinem Lieblingslehrer Herrn Pegel. Die Gespräche mit ihm sind anregend und informativ. Ich schätze seine Ansichten in den Diskussionsrunden und die Leidenschaft, mit der er unterrichtet. Seine Stunden sind nie langweilig und ich habe das Gefühl, ich verstehe alles allein durchs Zuhören. Außerdem ist er echt locker, drückt gern mal ein Auge zu und gibt einem sogar bei Klausuren kleine Hinweise, wenn man auf dem Schlauch steht.

Diese Tatsachen lassen mich darüber hinwegsehen, dass er ein überzeugter Anhänger der Monarchie und geradezu ein Fan des Kaisers ist. Er weiß alles über ihn, was man nur in Erfahrung bringen kann.

Wie üblich betrete ich das Klassenzimmer als Letzte und setze mich auf meinen Platz direkt vorm Lehrertisch. Kurz nach mir tritt Mister P in den Raum. „Guten Morgen, alle zusammen."

Statt ein freudiges „Guten Morgen, Mister P" erhält er nur ein genuscheltes „Morg'n".

Die Tür geht auf und Sam tritt mit Mace ein. Ihnen folgen Enzo und Jas. Rapha bildet das Schlusslicht.

Anstatt sich miteinander zu unterhalten, starren sie auf ihre Smartphones. Sam hält seinem besten Freund sein Handy hin und die beiden lachen. Auch Jas lacht verhalten, aber Rapha übertönt sie alle.

Mich beschleicht ein ungutes Gefühl, was ich zu ignorieren versuche. Mein Blick gleitet zu Mister P, der mit den Fingern auf den Tisch klopft, das Gesicht in Falten gelegt. Doch die Jungs starren nur auf ihre Smartphones und nehmen nichts anderes wahr.

„Sie sind zu spät. Smartphones aus und setzen."

„Natürlich, Mister P", sagt Enzo und klingt ziemlich schleimerisch.

Sie grinsen breit, während ein Video läuft, und durchqueren einmal den Klassenraum, ehe sie die letzte Reihe ansteuern. Als sie an mir vorbeikommen, hält Enzo inne. Mein Magen verknotet sich und ich sehe irritiert zu ihm auf. Ich wappne mich für einen blöden Spruch, der unweigerlich kommen wird. Wenn er stehen bleibt und so grinst, ist definitiv etwas im Busch.

Doch statt etwas zu sagen, hält er mir das Smartphone unter die Nase und wirkt amüsiert. Mit hochgezogener Augenbraue lasse ich meinen Blick hinabgleiten und erkenne die Champagnerpyramide, wie sie über mir zusammenbricht.

Mein Herz stolpert und ich verkrampfe auf dem Stuhl. Das Gefühl der Scham steigt wieder in mir auf und lässt mich in Flammen aufgehen.

Auf dem Video sieht man eindrucksvoll, wie Day mich beiseite schubst, ich auf dem Hintern lande und die Splitter um mich herum förmlich explodieren. Ist das ihr Ernst? Es ist mir so unangenehm, dass ich weggucke. Wieso haben sie es aufgenommen? Wollen sie es der ganzen Welt zeigen?

„Keine Sorge, Chaos-Queen. Niemand außer uns bekommt dieses Video zu Gesicht", raunt er mir zu, als hätte er meine Gedanken gelesen. Vermutlich ist mir der Schock anzusehen. Trotzdem verblüfft mich seine Aussage. Sie haben seit Jahren keine Gelegenheit ausgelassen, fies zu mir zu sein. Das ändert man nicht von einem auf den anderen Tag. Oder?

Plötzlich fasst er sich an die Stirn. „Ach, da fällt mir ein, es hat ja bereits die Runde gemacht." Er lacht über seinen - seiner Meinung nach - unglaublichen Witz und ich sehe ihn bloß sprachlos an.

Ich will im Erdboden versinken. Es ist peinlich ohne Ende. Ich glaube zu fallen, so, wie wenn man fast eingeschlafen ist und urplötzlich zusammenzuckt. Ich schlucke das Gefühl runter und straffe die Schultern.

In einigen Tagen ist das Schnee von gestern. Am besten ignoriere ich es. Ich wende den Blick von ihm ab und nehme mein Tablet zur Hand. Er wird nicht ewig neben mir stehen bleiben.

„Herr Morgenstern, sehen Sie zu, dass Sie auf Ihren Platz kommen. Die anderen ebenso. Sie haben meine Geduld lange genug strapaziert."

Am liebsten würde ich Mister P dafür knutschen, mich aus dieser unangenehmen Situation zu retten. Mir gegenüber ist er immer sehr wohlwollend und wenn mir jemand dumm kommt, nimmt er mich in Schutz oder erkundigt sich nach dem Unterricht nach mir.

Daher fühle ich mich ihm verbunden und bin ihm sehr dankbar. Obwohl es völlig irrational und überzogen ist. Andere sind in ihre Lehrer oder Lehrerinnen verknallt und ich sehe in ihm einen Vaterersatz? Das klingt genauso seltsam.

Offenbar juckt es die Royals nicht, dass Mister P mit ihnen gesprochen hat. Denn als ich aufsehe, stehen sie noch immer um meinen Tisch herum. Ob sie auf eine Reaktion von mir warten? Ich werde so tun, als würde es mich gar nicht tangieren.

Doch statt wieder auf mein Tablet zu gucken, ist alles, was ich kann, zu ihnen aufzusehen. Mein Kopf ist plötzlich *out of order* und das liegt nicht nur daran, dass sie mich mit dem Video kalt erwischt haben. Auch ihre Ausstrahlung ist bezeichnend.

Diese Vibes, die sie umgeben, sind einnehmend. Ganz zu meinem Bedauern. Nicht nur ich starre sie an, sondern auch jedes andere weibliche Wesen hier im Raum.

Erneut werden sie ermahnt, woraufhin sie sich in Bewegung setzen und ich endlich wieder durchatmen kann. Gebannt sehe ich ihnen hinterher und bin genervt von meiner Faszination für sie. Es ist bloß so mysteriös, wie sehr sie sich ähneln, obwohl sie so unterschiedlich sind.

Jeder hat seine eigene Persönlichkeit, aber es gibt zu viele Gemeinsamkeiten. Sie leben im selben Dorf wie ich, wurden genau wie ich in Pflegefamilien aufgenommen.

Es könnte Zufall sein, aber das will ich nicht glauben. Daher würde ich gern herausfinden, ob etwas dahintersteckt und wenn ja, was. Doch ich weiß nicht, wonach ich suchen soll. Ich habe weder Einsicht in ihre Schülerakten, noch brauche ich mit Day darüber zu sprechen. Selbst wenn sie etwas wüsste, würde sie es mir nicht verraten. Sie ist der Meinung, ich solle mich von ihnen fernhalten. Nach dem gestrigen Debakel ist das vielleicht auch keine schlechte Idee.

„Ruhe, meine Herrschaften!"

Tatsächlich werden die Gespräche eingestellt und ich wende meine Aufmerksamkeit wieder nach vorn. Mister P gibt den Royals mit einem einzigen Blick zu verstehen, dass er keine weitere Unruhe hinnehmen wird, und sieht zu mir.

Ich kann seinen Blick nicht richtig deuten. Sorgt

er sich? Oder ist er wütend? Zögerlich lächele ich ihn an, dann wendet er sich ab und steht auf. Irgendwie werde ich das Gefühl nicht los, etwas falsch gemacht zu haben.

„Worüber haben wir letzte Woche gesprochen?" Er geht ein paar Schritte durch den Raum und bleibt neben mir stehen. Niemand meldet sich außer mir. Anstatt auf meine erhobene Hand einzugehen, nimmt er jemand anderen dran.

Es ist frustrierend, dass er mich so oft übergeht. Andererseits kann ich verstehen, dass er den Unterricht nicht nur für mich führt. Obwohl mir Einzelunterricht manchmal lieber wäre. Anstatt mich auf diesem teuren Privatinternat einzuquartieren, hätte Day mir auch einen Privatlehrer organisieren können. Oder ich könnte auch auf eine öffentliche Schule gehen. Ist ja nicht so, als wäre eine fünf Minuten von meinem Wohnort entfernt. Doch sie bestand immer darauf, dass ich weiterhin hierhergehen solle.

„Kayla, kannst du mir bitte sagen, wovon wir letzte Woche sprachen?" Sie hebt ihren Kopf, lässt ihr Smartphone schnell in der Federtasche verschwinden und sieht ihn erschrocken an. „Äh ... ähm ... äh ... also ..."

„Ja? Ich höre."

Doch anstatt ihm zu antworten, stottert sie weiterhin. Die Klasse beginnt, unruhig zu werden und hinter vorgehaltener Hand zu kichern. Ich weiß genau, wie beschämend sich das anfühlt. Bei mir geht Mister P sonst immer sofort dazwischen. Deshalb kann ich nicht weiter zusehen.

„Über die präsidentiellen, semipräsidentiellen und parlamentarischen Regierungssysteme", antworte ich ungefragt.

Der Blick von Herrn Pegel trifft mich. Seine Stirn ist gerunzelt. Ich sehe rüber zu Kayla, die mir dankbar zulächelt. Ich bin überrascht von dieser netten Geste. Ich lächele zurück und wende mich wieder nach vorn. Ehrlich gesagt, habe ich gar nicht damit gerechnet, überhaupt irgendeine Reaktion von ihr zu bekommen.

„Mir war nicht bewusst, dass ich Sie gefragt habe, Nina. Das nächste Mal reden Sie bitte erst, wenn ich Sie drannehme, klar?"

Ich nicke, lege meine Hand an die Wange und senke meinen Kopf.

„Heute wenden wir uns der Monarchie zu. Wir leben in der absoluten Monarchie. Dann gibt es noch die konstitutionelle und die parlamentarische Monarchie. Wer weiß, wann unsere Monarchie gegründet wurde?"

Ich melde mich als Einzige und Mister P seufzt. „Mensch, Leute, so wird das nie was mit dem Abitur. Na gut, Nina, dann klären Sie Ihre Klassenkameraden gern auf."

„1918 nach dem Ersten Weltkrieg. Kaspar Rühle von Lilienstern hat danach den Kontinent Europa für sich beansprucht und die absolute Monarchie eingeführt. Da die Menschen Angst hatten, versprach er ihnen Sicherheit und finanzielle Absicherung."

Mister P nickt bestätigend. Meiner Meinung nach war der Kerl ein Psychopath und Narzisst. Und jetzt sitzen wir in dieser Scheiße.

„Und wie hat er es geschafft, die ganzen Länder als einzelne Person unter Kontrolle zu halten? Rapha, erklären Sie uns das doch bitte, wo Sie offensichtlich alles darüber wissen. Ansonsten kann ich mir nicht erklären, wieso Sie in meinem Unterricht schlafen."

Alle Blicke wandern nach hinten in die letzte Reihe. Dort sitzt Rapha, kippelnd und den Kopf auf den verschränkten Armen lehnend, sodass einem seine Tattoos förmlich ins Auge springen. Langsam richtet er sich auf und sieht gelangweilt nach vorn.

„Ach, kommen Sie, Mister P. Die Streberin da vorn kann Ihnen sicherlich alles darüber erklären."

Er braucht keinen Namen nennen, sein Blick liegt auf mir und bohrt sich förmlich in mich. Der Ausdruck darin lässt mich zusammenzucken und mein Herz rasen.

Seine pure Verachtung und Geringschätzung jagen mir einen kalten Schauer über den Rücken.

Mit Seitenhieben kann ich umgehen. Auch mit den Anfeindungen des ganzen Internats. Streiche und gemeine Inszenierungen und der daraus resultierende Ärger oder Spott sind mir vertraut. Ich wusste immer, dass das Mobbing niedere Beweggründe hatte, und habe es deshalb nicht wirklich ernst nehmen können.

Aber dieser Blick ist anders. Er lässt mich glauben, dass ich ihm das Leben versaut habe. Als wäre ich an allem schuld, was bei ihm falsch läuft. Dass ich das Übel der Welt bin.

Dennoch halte ich ihm stand, zumindest so lange,

bis Mister P sich in den Weg stellt und wir uns aus den Augen verlieren.

Erst jetzt bemerke ich die Neugierde der Anderen, die wohl wissen wollen, wie ich darauf reagiere.

„Raphaël Kaiser! Sie sind in der Oberprima und werden dieses Schuljahr Ihr Abitur ablegen, dementsprechend erwarte ich von Ihnen mehr Respekt. Sie werden sich sofort bei Nina entschuldigen!"

Wow. Ich bewundere Mister P definitiv für seine Unerschrockenheit. Die meisten Lehrer fressen den Jungs nämlich aus der Hand. Aber er ist einer der wenigen, der dies nicht tut. Sie sind für ihn genauso wie wir anderen auch: einfache Schüler.

„Ist schon okay, Herr Pegel. Er meint es nicht so …"
„Und ob ich das tue."

„Raphaël, Ihre letzte Chance. Noch einmal werde ich Sie nicht auffordern."

Wütend fixiert Rapha mich. Um uns herum ist es absolut still. Die Aufmerksamkeit der übrigen Royals liegt auf Rapha. Und ich verstehe nicht, weshalb sie so angespannt wirken. Vor allem Enzo sieht aus, als würde er zum Sprung ansetzen, um sich jeden Moment auf seinen Kumpel zu stürzen. Rapha mag zwar temperamentvoll sein und ist auch hin und wieder in Schlägereien verwickelt, aber ich weiß, dass er niemals eine Frau schlagen würde.

Ich erwidere ungerührt seinen Blick. Dann stößt Jas ihn mit dem Ellenbogen an. Daraufhin seufzt er schwer, als sei das alles die reinste Zumutung für ihn.

„Es tut mir leid, Babe. Meine Wortwahl war unangemessen. Wenn du willst, mache ich es in der Pause auf dem Jungenklo wieder gut." Seine Stimme ist rau, maskulin und verführerisch. Er weiß genau, welche Knöpfe er drücken muss, das muss ich ihm lassen. Denn obwohl mir bewusst ist, dass er mich aufzieht, und die Entschuldigung im Grunde genommen keine ist, zieht es angenehm im Schritt.

Wenn ich schon allein durch seine Stimme scharf werde, bin ich entweder absolut notgeil oder ich wäre verloren, wenn es zwischen uns jemals ernst werden würde.

Ich werde aus meinen Gedanken gerissen.

„Sieht aus, als würde sie über dein Angebot nachdenken", spottet Enzo.

Die Klasse bricht in Gelächter aus. Ich wende mich einfach ab und versuche, sie bestmöglich zu ignorieren. Ganz egal, wie ich reagieren würde, sie wüssten, wie sie mir die Worte im Mund umdrehen könnten. Darum haben sie keine Rechtfertigung von mir verdient.

„Was ist, Babe? Würde es dir deine feuchten Träume erfüllen?" Seine Stimme ist so verführerisch, dass ich mein Herz überall wahrnehme. Es pocht fest gegen meine Rippen und mein Blut gerät in Wallung. Ob das seine Masche ist, mit der er die ganzen Mädels rumkriegt?

Ich hasse es, dass ich so auf ihn reagiere. Es ist, als wäre mein Körper von meinem Kopf getrennt. Ich weiß, dass ich ihn nicht will, nur mein Schritt agiert gerade wie ein Penis.

„Ruhe jetzt! Es reicht! Noch ein falsches Wort und ich bringe Sie höchstpersönlich zur Direktorin."

Totenstille. Herr Pegel ist vor Wut leicht rot im Gesicht. Ich drehe mich nicht nochmal zu den Royals um, kann mir aber durchaus vorstellen, dass vor allem Raphas Lippen ein amüsiertes Lächeln umspielt. Für ihn ist es fast wie ein Sport, Mädchen um seine langen, feingliedrigen Finger zu wickeln. Ich muss mich ermahnen, mich zusammenzureißen. Immerhin sitze ich im Unterricht und bin nicht in einem Sexclub.

Anstatt mir seine Finger an Stellen vorzustellen, wo sie nicht hingehören, und um die Nässe in meinem Slip nicht noch schlimmer zu machen, versuche ich, mich auf meine Notizen der letzten Stunde zu konzentrieren.

„Ich warte, Herr Kaiser."

Rapha stöhnt. Um zu wissen, dass er das tut, muss ich mich ihm nicht einmal zuwenden. Ein Stuhl schabt über den Boden, aber ich zwinge mich dazu, auf mein Tablet zu sehen. Zumindest, bis sich eine Hand in mein Gesichtsfeld schiebt.

Ich lasse meinen Blick darüber nach oben gleiten, bemerke die sichtbaren Adern und mustere dann Raphas gleichgültiges Gesicht.

Langsam greift er nach meiner Hand. Seine ist warm und weich. Dann schenkt er mir ein spöttisches Lächeln, das nur ich sehen kann. „Sorry, Babe. Kommt nicht wieder vor."

Er zwinkert mir zu und das macht die Entschuldigung direkt wieder zunichte. Dennoch nicke ich und ziehe meine Hand aus seiner.

„Na, geht doch", sagt Mister P. „Um meine vorige Frage zu beantworten: Kaspar hatte in jedem Land seine Marionetten, die sich ihm unterworfen hatten und ihm jeden Wunsch erfüllten." Danach wendet er sich um und beginnt, ans Smartboard zu schreiben. „Aus seinen Marionetten wurde später eine Person für jedes Land zum König gewählt", führt er aus.

Da bemerke ich eine neu eingegangene Nachricht im Schülerchat.

Hat jemand wieder eine Spitze gegen mich gepostet?

Mein Finger kreist über dem Button. Ich will es nicht. Doch meine Neugier ist zu stark. Prüfend sehe ich nach vorn. Mister P ist noch immer mit seinem Tafelbild beschäftigt. Also tippe ich die Nachricht an. Da beginnen meine Mitschüler zu kichern.

„Ihre feuchten Träume scheint Mr P schon zu befriedigen. In jeder seiner Stunden hängt sie an seinen Lippen, als wären sie sein Schwanz, den sie lutschen will."

Unwillkürlich beginnt mein Herz zu hämmern. Die nächste Nachricht lässt nicht lange auf sich warten.

„Sicherlich besorgt er es ihr nach dem Unterricht."

Ich bin kurz davor, zu explodieren. Das ist nicht richtig! Wenn dieses Gerücht die Runde macht, geht es nicht nur um mein Ansehen, sondern auch um das meines Lehrers. Ich habe nie einen Gedanken in diese Richtung an ihn verschwendet. Er ist mein

Lehrer. Mehr nicht.

Mag sein, dass es Schülerinnen gibt, die ihn heiß finden und sich was mit ihm vorstellen könnten, obwohl er schon in den Vierzigern ist. Sie vergleichen ihn gern mit einem bestimmten Schauspieler, der in einer Serie einen heißen Vampir spielt. Aber ich gehöre nicht dazu. Ich bin keine von denen, die extra einen tiefen Ausschnitt anziehen und sich weit vorbeugen, damit er einen guten Einblick hat.

Die Nachricht stellt es so hin, als hätten wir etwas miteinander. *Das ist Rufmord!* Er könnte seinen Job verlieren und nicht nur das: Dieses Gerücht könnte seine ganze berufliche Zukunft zerstören.

Kurz wäge ich ab, ob ich etwas unternehmen soll und damit Ärger riskiere oder lieber schweige. Dann springe ich auf. Ich kann es einfach nicht so stehen lassen.

Alle Blicke richten sich auf mich.

„Wer war das?" Ärgerlich sehe ich in die Runde und bleibe bei den Royals hängen. Sie erlauben sich gern zu viel. Deshalb bin ich mir fast sicher, dass es aus ihrer Ecke kommt.

„Was soll das, Nina? Wollen Sie etwa zur Direktorin?"

Weil er so unvermittelt neben mir steht, mache ich erschrocken einen Satz nach vorn. Dabei bleibe ich an etwas hängen und falle mit der Stirn voraus gegen die Tischkante. Ein stechender Schmerz macht sich in meinem Schädel breit. Die ganze Klasse brüllt vor Lachen. Sie klatschen und feiern, was den Schmerz in meinem Kopf noch weiter befeuert. Ich seufze gequält auf und lege meine Hand an meine Schläfe, weil mir schwindelig ist, und ich versuche, mit etwas Druck gegen den Kopfschmerz anzugehen.

„Ist alles okay mit Ihnen, Nina?"

Mister P steht noch immer neben mir und reicht mir eine Hand. Ohne nachzudenken, greife ich sie und mit einem Ruck zieht er mich hoch. So kräftig, dass ich über meine Füße stolpere und gegen seine Brust falle. Offensichtlich hält er mich für schwerer, als ich bin.

Ich halte die Luft an. Blut rauscht durch die Gefäße in meinen Wangen. Meine Alarmglocken läuten. Panisch stoße ich mich von ihm ab.

„Mir geht's gut", nuschele ich schnell und bringe so viel Abstand zwischen uns wie möglich. Doch ich gerate ins Wanken und stoße gegen den Lehrertisch. Dann sehe ich seinen erschrockenen Blick.

In der Klasse ist es schlagartig still und als ich zu den Royals sehe, sind ihre Augen weit aufgerissen und ihre Gesichter bleich wie die Wand hinter ihnen.

Jas will aufspringen, doch er wird von Rapha zurückgehalten. Was hat das zu bedeuten? Sie machen sich sonst keine Sorgen, wenn ich falle, sondern lachen mich am lautesten aus.

„Nina, Sie bluten."

Die Lippen von Mister P bewegen sich, aber seine Worte kommen nicht richtig bei mir an. Erst als ich meine Hand an meine Stirn führe und etwas Nasses, Glitschiges ertaste, reiße ich meine Augen auf. Schnell halte ich mir die Hand vor das Gesicht. Sie ist blutverschmiert.

Jemand würgt und verlässt sturzartig das Klassenzimmer.

„Wir müssen die Blutung stoppen. Hat irgendwer ein Stofftaschentuch oder so?"

Mister P hat noch nicht mal ausgesprochen, da kommt Enzo bereits mit einem T-Shirt aus seiner Sporttasche. Er faltet es und reicht es mir. Mein Magen macht einen Salto bei dem Gedanken, dass er sich um mich sorgt. Sie würden mich also nicht irgendwo auf einer Straße verbluten lassen. Das beruhigt mich.

Enzos Blick kreuzt sich mit meinem. Es liegt etwas Verurteilendes in ihm. Als wüsste er, was ich denke, und es würde ihn ärgern, dass ich wirklich gedacht habe, die Royals würden mich sterben lassen. Aber bei allem, was sie mir antun, ist das nur der nächste logische Schritt.

Er schüttelt ganz leicht den Kopf. So sanft, dass ich glaube, es mir eingebildet zu haben.

Mein Magen spielt verrückt. Mir wird plötzlich unglaublich schlecht und alles dreht sich. Ich lasse mich nach hinten gleiten und komme auf dem Tisch zum Liegen. Ich habe mich schon lange nicht mehr so schlimm verletzt.

Ob es genäht werden muss? Schon der Gedanke macht mich schwach und zittrig. Tattoonadeln auf der Haut sind das eine, aber Nadeln, die durch das Fleisch gestochen werden, sind etwas ganz anderes.

Immerhin bin ich beim Stechen meines Piercings an Ort und Stelle ohnmächtig geworden.

Dann tritt Mister P wieder in mein Sichtfeld. Er umfasst mein Handgelenk und hebt meinen Arm so, dass das T-Shirt in meiner Hand auf meiner Wunde liegt und drückt drauf.

„Kriegst du es allein hin? Du musst ganz fest drücken, damit die Blutung aufhört. Danach bringe ich dich in die Krankenstation."

„Das kann auch ich machen." Obwohl ich niemanden außer Mister P sehe, weiß ich, wem diese eindringliche Stimme gehört, und ich werde bestätigt.

„Jasper, halten Sie mich wirklich für so dumm? Sie glauben doch nicht im Ernst, dass ich Ihnen das Mädchen aushändige, welches Sie und Ihre Freunde regelmäßig bloßstellen?"

Ein Knurren dringt an mein Ohr und ich runzele die Stirn. Wer war das bitte? Und wieso? Das wird kaum von Jas gekommen sein, oder? Ist er angepisst, weil er sich nicht weiter über mich lustig machen kann? Oder weil Mister P ihn durchschaut hat?

„Ich bringe sie, Herr Pegel. Kann sie aufstehen?"

Kayla kommt in mein Sichtfeld und ich sehe Mister P einen Moment nachdenken, ehe er nickt.

„Am besten, Sie stützen sie etwas. Das T-Shirt muss die ganze Zeit auf ihre Wunde drücken."

Sie nickt und ich seufze innerlich auf. Wenn ich jetzt mit Mister P allein den Raum verließe und er eventuell noch einen Arm um mich läge, könnten meine Mitschüler alles Mögliche daraus machen. Das will ich auf keinen Fall riskieren. Umso dankbarer bin ich, dass Kayla sich freiwillig gemeldet hat.

Beide helfen mir vom Tisch. Sobald ich stehe, fühlen sich meine Beine an wie Gummi und ich knicke etwas zur Seite. Doch Kayla ist da und legt meinen freien Arm um ihren Hals. Ich stütze mich auf sie und wir verlassen zusammen den Klassenraum.

Kaum ist die Tür zu, dröhnen Mister Ps bedrohlich klingende Worte zu uns herüber und wir sehen uns mit großen Augen an.

„Was genau hat dazu geführt, dass Nina jetzt zum Arzt muss?"

Ich trete auf den Flur. Gott sei Dank musste nichts genäht werden. Die Platzwunde ist klein genug, dass ein Gewebekleber und ein paar Klebestreifen für den Halt gereicht haben. Es gibt jetzt nur ein winziges Problem: Ich darf die Wunde nicht nass werden lassen. Was für ein Glück, dass es Trockenshampoo gibt.

„Nina, gut, dass ich Sie noch treffe. Wie geht es Ihnen?"

Ich lächele ihn erfreut an. Er hat sich Sorgen gemacht und erkundigt sich nun, das finde ich echt toll. Mister P ist einfach so. Er hätte sich auch um jeden anderen Schüler gesorgt.

„Danke, es geht schon wieder besser. Der Schwindel ist weg. Der Kopf tut aber noch etwas weh."

Er sieht mich besorgt an.

„Dann gehen Sie am besten ins Bett und ruhen sich aus."

„Ich habe Herrn Bensch gesagt, dass ich es mir nicht erlauben kann, zu fehlen. In einigen Monaten schreiben wir das Abitur und einen Tag Unterricht zu verpassen, ist da tödlich."

Ich bin eine gute Schülerin und mache mir keine Sorgen, aber möchte nichts riskieren. Die harte Arbeit soll sich auszahlen.

Mister P lächelt. „Ich denke nicht, dass du dir Sorgen zu machen brauchst, wenn du einen halben Tag fehlst. Ich sage Kayla, dass sie dir ihre Aufzeichnungen vorbeibringen soll."

Ich glaube, ich sehe ihn gerade wie ein Bus an. Er schluckt, da es ihm auch aufgefallen ist. Er hat mich geduzt, das macht er sonst nie. Wärme breitet sich in mir aus, weil ich mich darüber freue. Es bestätigt mich darin, dass wir ein vertrautes Lehrer-Schüler-Verhältnis haben.

Mister P räuspert sich und sieht mich ernst an.

„Ich weiß jetzt, weshalb Sie so aufgebracht waren. Deshalb wollte ich Ihnen sagen, dass Frau Grunnemann, Herr Kaiser und Herr Morgenstern, deren Eltern und ich uns zusammensetzen und die Thematik klären werden. Die beiden haben bereits eine Verwarnung erhalten und, damit sich die Lage etwas beruhigt, wurde beschlossen, dass sie für ein paar Wochen bei Frau Wegemann in den Geschichtskurs gehen."

Mir fällt ein Stein vom Herzen, aber das reicht mir nicht. Mein Blick wird nun auch sehr ernst und ich hebe abwehrend meine Hände.

„Ich hoffe, dass Sie wissen, dass ich damit nichts zu tun habe. Sie sind cool und so, aber mehr ist da nicht."

Er tritt einen Schritt zurück und macht ebenfalls eine beschwichtigende Geste. „Das wollte ich Ihnen nicht unterstellen, Nina. Es war nur der Mist von zwei Jugendlichen, die sich zu wichtig nehmen. Gehen Sie sich nun ausruhen, ich melde Sie für den Rest des Tages ab."

Wieder schüttele ich den Kopf. „Nein, wirklich. Ich fühle mich in der Lage, zum Unterricht zu gehen."

Dann verabschiedet er sich und ich stehe allein im Flur. Niemand der Vorbeigehenden hatte sich daran gestört, dass ich mit Mister P zusammenstand. Keine Ahnung, wie die beiden auf so einen Schwachsinn gekommen sind. Aber wenigstens haben sie bekommen, was sie verdienen.

Kurz sehe ich auf meine Uhr und versuche, mich zu erinnern, welches Fach ich als nächstes habe. Den Sportunterricht habe ich verpasst, also muss ich mich als nächstes durch Mathe quälen.

Ich streife durch die breiten Flure und gehe die Treppe rauf, da sehe ich im Augenwinkel etwas flackern. Mit dem Fuß über der nächsten Stufe bleibe ich stehen. Ich setze den Fuß ab, halte mich am Geländer fest und sehe in die entsprechende Richtung.

Die Präsenz, die ich spüre, ist schwach und sie scheint unsicher zu sein. Und gleichzeitig fühlt sie sich so vertraut an, als würde ich sie schon ewig kennen. Mit zusammengekniffenen Augen starre ich in die

Ecke. Aber der Geist will sich einfach nicht zeigen. Wie so oft versuche ich, das Flüstern der Schüler, die an mir vorbeigehen, zu ignorieren. *„Guck mal die."* *„Sieh mal, was ist denn mit der?"*

Auf einmal ist der Geist weg und ich entspanne mich wieder. Doch als ich das nächste Stockwerk erreiche, sehe ich das Flirren erneut. Eigentlich müsste ich im zweiten Stock bleiben und nur noch um die Ecke gehen, doch der Geist scheint mit mir spielen zu wollen. Auch wenn ich mir vorgenommen habe, dass ich jedem Geist helfe; ich habe jetzt keine Zeit. Schon gar nicht für irgendwelche Spielchen.

Plötzlich kommt das Flirren auf mich zu und fliegt durch mich hindurch. Ein Schauer durchläuft mich und ich spüre eine Wut in mir, die nicht meine ist.

Ich runzele die Stirn und drehe mich zu dem Geist um.

Die Seele scheint sich entweder nicht zeigen zu wollen oder sie hat nicht genug Kraft, um mit unserer Welt zu interagieren. Langsam, weil ich abwarten will, ob sie wieder verschwindet, setze ich mich in Bewegung und gehe auf sie zu. Solange der Geist sich nicht zeigt und nicht mit mir spricht, weiß ich nicht, was er will.

Sobald ich in die Nähe der nebeligen Schliere komme, verschwinden sie wieder. Verwirrt sehe ich mich um und entdecke sie auf der Treppe weiter oben.

Mir wird bewusst, dass der Geist mir offenbar etwas mitteilen will, es hier aber nicht kann. Also folge ich ihm fast durch das gesamte Schulgebäude bis in den vierten Stock in eine abgelegenere Ecke.

„Wer bist du? Wie kann ich dir helfen?", frage ich, als er mich in den Vorbereitungsraum des Biologieklassenzimmers lockt.

Da keine Schüler vor dem Raum stehen und kein lautes Geplapper daraus zu hören ist, gehe ich davon aus, dass hier jetzt niemand Unterricht hat. Wir sind also allein, aber der Geist will offenbar nicht mit mir reden.

Ich tippe rhythmisch mit dem Fuß auf und seufze langgezogen. Dann versuche ich, möglichst freundlich zu gucken und setze ein gezwungenes Lächeln auf.

„Hey, wenn du dich nicht zeigst, kann ich dir nicht helfen. Ich habe gleich Unterricht, aber danach ist Mittagspause. Dann kannst du mir dein Anliegen schildern. Ich helfe gern."

Ich presse die Hände an meine Schläfen und massiere sie. Obwohl ich schon mein ganzes Leben diese Gabe besitze, weiß ich nicht immer damit umzugehen. Wenn ich wenigstens erahnen könnten, was der Geist …

Aus dem Klassenraum nebenan dringen Stimmen. Ich sehe auf und das Flimmern und Flirren ist verschwunden. Neugierig lausche ich der verärgerten, lauten Stimme und erkenne sofort Rapha an seinem rauen Ton. Ich kann sie sehr gut voneinander unterscheiden. Ihre Stimmen sind unverwechselbar.

„Ich habe es sowas von satt."

„Beruhige dich", bittet Enzo ihn. Daraufhin schlägt jemand auf einen Tisch und dann höre ich Klamotten rascheln, Schritte und Schnaufer, sodass es klingt, als würden sie miteinander rangeln.

Worum geht es? Geht es darum, dass Mister P ihn zur Rechenschaft gezogen hat? Dass sie mit ihren Gemeinheiten nicht ihr Leben lang durchkommen, musste ihm doch klar gewesen sein, oder?

Zu gern würde ich reingehen, um zu erfahren, was dort im Klassenraum genau passiert. Doch sie würden mich ignorieren und gehen und ich wäre genauso schlau wie vorher.

„Keiner versteht dich so wie wir." Jas versucht es mit einem anderen Ansatz und ich halte sogar den Atem an, um besser lauschen zu können.

„Nein. Keinem von euch geht es wie mir. Ihr habt euch damit abgefunden. Aber ich kann das nicht. Und ich kann nicht verstehen, wie ihr das könnt." Rapha knurrt die Worte mehr, als dass er sie spricht.

Er scheint wegen irgendetwas wirklich angepisst zu sein, was offenbar auch die anderen betrifft. Ich spüre es regelrecht, obwohl ich nicht mal im selben Raum bin.

„Du weißt, dass dir der Vertrag im Weg steht. Ich will gar nicht wissen, was bei Vertragsbruch passiert", sagt Sam. Er klingt besorgt, fast verängstigt. Was kann das in ihnen auslösen? Um was für einen Vertrag handelt es sich hier?

Jemand stößt seine Luft langanhaltend aus.

„Dann werde ich es herausfinden. Aber einen Tag länger ertrage ich nicht", erwidert Rapha ruhiger.

„Spinnst du?", fragt Jas empört. „Ich will so eine

Scheiße gar nicht aus deinem Mund hören, klar? Es sind nur noch ein paar Jahre und die hältst du auch noch durch."

Nur noch ein paar Jahre? Dieses ganze Gespräch scheint überhaupt keinen Sinn zu machen. Es geht nicht um einen bloßen Mobilfunkvertrag und auch ganz sicher nicht um einen Leasingvertrag oder Ähnliches.

Ganz egal, was für Verträge ich oder Day abgeschlossen haben, sie hatten immer irgendwelche Konditionen, mit denen man sich abfinden musste. Und falls nicht, dann war ein Vertragsbruch oder die Kündigung des Vertrages kein Todesurteil, wie es hier gerade rüberkommt.

Es muss etwas Bedeutenderes sein und ich möchte es herausfinden. Vielleicht ist das mein Ticket dafür, dass alles wieder wird wie früher?

Nur: Soll ich sie darauf ansprechen? Immerhin war dieses Gespräch nicht für meine Ohren bestimmt. Sie würden es mir außerdem auch nicht freiwillig erzählen. Trotzdem kann ich das nicht auf sich beruhen lassen. Dafür klingt der Vertrag zu wichtig.

Ich trete aus dem Vorbereitungsraum ins Klassenzimmer und finde ihn leer vor. Ich stutze. Wann sind sie denn bitte gegangen?

Schnell eile ich auf den Flur, um sie mit dem Gehörten zu konfrontieren. Besser, ich tue es jetzt, als wenn ich damit zu lange warte.

Verdammt, haben die es eilig. Sie biegen gerade um die Ecke am Ende des Flures.

„Hey, ihr!", rufe ich laut. Ich laufe an den teuren Gemälden entlang und versuche, sie einzuholen.

„Rapha!", versuche ich es anders, da er der Letzte ist. Doch auch darauf reagieren sie nicht. Gut, vielleicht war das auch nicht durchdacht. Als würde gerade er freiwillig mit mir sprechen.

Plötzlich jedoch stehen Bella, Ina und Tiffany vor mir und funkeln mich alles andere als amüsiert an. Wo kamen die denn her?

Kapitel 3

„Was glaubst du, wer du bist?", fragt Tiffany.

Ich habe mich noch immer nicht daran gewöhnt, dass sie plötzlich vor mir stehen. Und ehrlich gesagt, weiß ich auch nicht, was sie von mir wollen. Was erwartet sie jetzt von mir? Es gibt nichts, das ich ihr sagen könnte, was sie nicht schon selbst weiß. Stirnrunzelnd sehe ich sie also an.

„Könntet ihr bitte beiseite gehen? Ich habe es eilig."

Die drei sehen mich belustigt an. „Nein." Es wäre auch zu einfach, wenn sie mich einmal in Ruhe ließen.

Ich seufze tonlos und versuche, an den Bitches vorbeizusehen, in der Hoffnung, die Royals hätten mein Rufen gehört und würden mit mir sprechen.

Da ich meine Fragen gern jetzt klären möchte, bevor sie sich irgendeine Ausrede einfallen lassen können, versuche ich, mich an den Bitches vorbeizuschieben. Doch Tiffany stößt mich zurück.

„Was willst du Abschaum von den Royals? Sie sind viel zu gut für dich und du bist ihrer nicht ansatzweise würdig", klärt sie mich auf.

Ich halte inne und ein schweres Gewicht legt sich auf meine Brust. Sie greifen mich auf einer persönlichen Ebene an, die mir weh tut. Ihre Worte bedeuten nichts, sind nur darauf ausgerichtet, mich zu verletzen und sich selbst besser dastehen zu lassen. Trotzdem fällt es mir in letzter Zeit immer schwerer, über dem Ganzen zu stehen.

„Und kannst du mir auch erklären, weshalb?" Leider kann ich nicht ganz verhindern, dass meine Stimme zittrig klingt.

„Warum du ihrer nicht würdig bist?", fragt Bella. Ihre linke Augenbraue ist hochgezogen, als müsste ich allein daraufkommen und die Frage an sich wäre schon absurd.

„Als Erstes solltest du dich mal angucken. So, wie du aussiehst, erinnerst du eher an ein Bettelmädchen als an eine Eliteschülerin. Und zweitens hältst du dich für erhaben und denkst, du wärst die Beste von allen. Mit deinem Gutmenschen-Gelaber und wie du dich vorhin für Kayla stark gemacht hast, da könnte ich echt kotzen."

Bellas Meinung über mich kommt überraschend. Hat sie wirklich diesen Eindruck von mir?

„Es ist auch viel besser, über jemanden zu lachen, als ihm zu helfen, wenn man dazu in der Lage ist, stimmt's?"

„Du tust es schon wieder", bemerkt Tiffany.

Ich runzele die Stirn und warte ab.

„Ich verstehe nicht, wie du dich noch wundern kannst, dass keiner Bock auf dich hat. Du bist so arrogant. Ständig stellst du dich über alle und wertest dich auf, indem du glaubst, anderen helfen zu müssen."

Sie glauben, ich werte mich damit auf? Das kann nur jemand denken, der in diesem Bereich Komplexe hat, oder?

Ich hebe abwehrend meine Hand und schüttele ungläubig meinen Kopf. „Wenn es euch damit besser geht, denkt das ruhig weiter." Das ist mir echt zu krass. Gibt es Menschen, die sich über Hilfsbereitschaft aufwerten wollen? Wenn ja, gehöre ich definitiv nicht dazu. So bin ich einfach.

Weil mir das zu doof wird, drehe ich mich um und nehme Abstand von ihnen.

Da umfassen vier Hände meine Arme. Ich zucke zusammen und sehe mich erschrocken um. Bella und Tiffany haben mich gegriffen. Mein Herz rast, weil ich nicht weiß, was sie mit mir vorhaben.

„Was soll der Scheiß? Lasst mich los!"

„Halt lieber den Mund und schrei hier nicht rum", zischt Bella mir ins Ohr. „Lässt uns einfach stehen und glaubst, du kommst ungeschoren davon. Bist wohl dümmer als gedacht."

Ich schlucke schwer und versuche, sie von mir abzuschütteln. Doch sie sind stärker als angenommen. Egal, wie sehr ich zappele oder mich dagegen wehre, dass sie mich wegschleifen, ich komme nicht gegen sie an.

Hektisch schaue ich mich um. Aber ich bin tatsächlich ganz allein. Es ist sowieso fraglich, ob mir jemand zu Hilfe kommen würde. Ich weiß nicht, was sie mit mir vorhaben, und das verursacht mir Bauchschmerzen.

Kurz darauf stehen wir vor einer kleinen Besenkammer. Ina öffnet die Tür und schon werde ich hineingestoßen. Wild mit den Armen rudernd versuche ich, der Schwerkraft zu trotzen. Natürlich klappt es nicht und ich lande mit dem Gesicht voran auf dem Boden und stoße dabei einen Wischeimer um, der laut klappernd umfällt. Dieser sorgt für eine Kettenreaktion, sodass auch die Besen und Wischer zu Boden und auf mich drauf fallen. Mein Kopf tuckert und pocht. Meine Handgelenke und Knie brennen vom Sturz. Ich habe eine Befürchtung, was sie wollen, aber es ist zu absurd, als dass ich es mir vorstellen will.

„Viel Spaß", flötet Ina.

„Du bist genau da, wo du hingehörst. Nämlich auf dem dreckigen Boden der Realität", sagt Bella.

Ich rappele mich auf, stürze zur Tür und kriege sie gegen den Kopf geknallt.

„Hey, macht die Tür auf. Ich glaube, meine Wunde ist wieder aufgeplatzt."

Mein Kopf dröhnt, alles um mich herum ist schwarz. Ich glaube wirklich, dass meine Wunde wieder aufgegangen ist, weil sie sich seltsam anfühlt. Aber ich traue mich nicht, zu prüfen, ob meine Vermutung stimmt. Ich würde sowieso nichts sehen.

Über die Stiele stolpernd knalle ich gegen den Türrahmen. Ich stöhne auf und taste blind nach dem Türgriff.

Als ich ihn runterdrücke und die Tür aufstoßen will, passiert: nichts. Sie haben mich hier ernsthaft eingesperrt.

Das Blut in meinen Ohren rauscht, mein Herzschlag ist in meinem ganzen Körper spürbar. Panik will sich in mir hochkämpfen, aber ich versuche, sie zu unterdrücken.

In meinem Gesicht wird es feucht und es liegt nicht daran, dass ich weine. Mein Herz rast. Das ist sicher nicht gut.

„Okay, ganz ruhig bleiben", flüstere ich zu mir. Erstmal muss ich meine Gedanken sortieren. Ich bin eingesperrt, aber die Bitches werden mich hier nicht drin lassen. Oder?

Wieder drängt sich die Panik nach oben. Langsam lasse ich mich an der Tür herabsinken. Meine Brust zieht sich zusammen und ich wünschte, Leni wäre hier. Doch sie ist im Auftrag ihres Anführers unterwegs. Wie so oft. Aber selbst wenn nicht, ist sie noch viel zu schwach. Am Wochenende brauchte ich ihre Hilfe, um mein Motorrad aus dem Schlamm zu holen, weswegen sie keine Kraft mehr hat, um Dinge zu berühren, geschweige denn, zu benutzen.

Abgesehen davon, könnte ich sie durch meine Panik eh nicht sehen.

Also bleibt nur die Option: abwarten und hoffen, dass mich jemand findet. Oder nach Hilfe rufen.

Langsam schnürt sich meine Kehle zu und ich lege mir beruhigend eine Hand auf meine Brust, direkt über mein Herz.

Die Dunkelheit ist erdrückend. Dass keine Geräusche zu hören sind, macht es auch nicht besser.

Dann halte ich es kaum noch aus, springe auf und beginne, wie wild gegen die Tür zu hämmern.

„Hilfe! Ich bin hier drin."

Ich donnere mit den Fäusten immer wieder gegen das Holz. Auch, als ich mich mit meinem gesamten Körper dagegen schmeiße, bringt es nichts. Ich bin zu schmächtig, um die Tür aufzubrechen.

Verzweifelt schlage ich meine Hände über dem Kopf zusammen und mache mich so klein, wie es geht. Meine Tränen vermischen sich mit dem Blut und ich weiß, dass ich etwas darauf pressen müsste, aber ich habe nichts außer den Sachen, die ich anhabe. Das ist die Idee.

Kurzerhand ziehe ich mein T-Shirt aus, falte es zu einem kleinen Paket und presse es mir auf die Stirn.

Ich könnte warten, bis die Schule zu Ende ist und die Reinigungskräfte kommen. Aber irgendwann habe ich das Gefühl, keine Luft mehr zu kriegen. Deshalb schlinge ich meine Arme um mich, wiege mich hin und her und zähle durcheinander, damit ich abgelenkt bin. Doch das hilft nicht, weshalb ich aufspringe und panisch anfange, zu klopfen und zu schreien. Tatsächlich gehe ich sogar dazu über, mit dem Fuß gegen die Tür zu treten.

Doch mit jeder weiteren Minute, die verstreicht,

wird mir immer mulmiger und ich werde hoffnungsloser. Ich würde alles dafür geben, dass die Hausmeisterin kommt und mich endlich befreit. Oder dass ein Lehrer mich vermisst und man nach mir suchen lässt. Aber vermutlich glauben sie, dass ich wegen der Wunde in mein Zimmer gegangen bin.

Ich werde stocksteif. Verdammt. Jetzt verpasse ich doch Unterricht. Aber gerade in Mathe habe ich noch meine Probleme. Wenn ich da nur eine Stunde fehle, kriege ich das nie wieder aufgeholt. Wieso muss das gerade mir passieren?

Irgendwann liege ich auf dem Boden, kann mich keinen Zentimeter mehr rühren und versuche, meinen hektischen Atem zu regulieren, damit ich nicht hyperventiliere.

Mir ist heiß und die Lichtpunkte vor meinen Augen tanzen kreiselnd. Meine Kehle ist trocken und ich muss dringend pinkeln. Aber in den Eimer zu pieseln, über den ich vorhin gestolpert bin, kommt für mich nicht infrage. So dringend ist es doch nicht.

Plötzlich höre ich ein Geräusch. Hoffnungsvoll setze ich mich auf. Im nächsten Moment wird die Tür geöffnet und Licht fällt auf mich. Ich blinzele gegen die Helligkeit an und erkenne nichts.

Es dreht sich alles und mir wird schwarz vor Augen. Trotzdem stehe ich wankend auf. Als ich wieder etwas erkenne, mache ich zwei zittrige Schritte vorwärts und lasse mich in seine Arme fallen.

Dabei lasse ich das T-Shirt los und klammere mich schluchzend an ihn.

Die Tränen fließen erneut über und diesmal ist es mir sogar egal, dass ich vor jemandem weine. Ich bin einfach erleichtert und froh. Ich verstecke mein Gesicht an der männlichen Brust und murmele immer wieder: „Danke. Danke. Danke." Ganz so, als wäre es mein neues Mantra.

Mein Retter legt einen Arm schützend um mich und streichelt mir über den nackten Rücken. Mit der anderen Hand streicht er über meine Haare.

Es hilft tatsächlich. Schon nach kurzer Zeit beruhige ich mich. Ich bin frei. Je klarer mir das wird, umso mehr nehme ich wieder wahr. Dort drinnen war die Hölle und jetzt ist alles wieder in Ordnung. Abgesehen von meiner Kopfverletzung.

Mein Retter hat eine durchtrainierte Brust und er riecht fantastisch. Ich erschnuppere ein angenehmes Parfüm an ihm, aber die Chlornote lässt sich nicht verbergen. War er vor kurzem Schwimmen?

Um zu erfahren, wer mein Held ist, löse ich mich von der Brust und blicke in das braune Augenpaar von Enzo.

Meine Augen weiten sich. Er hat mich gerettet, obwohl ich eher vermutet hätte, dass er einer derjenigen ist, die mich noch länger eingesperrt hätten.

Unsicher betrachte ich seinen zarten Bartschatten, die vollen Lippen, die gerade zu einer schmalen Linie verzogen sind, die Nase und zum Schluss die Augen, mit denen er mich intensiv mustert.

Ich schlucke, weil ich plötzlich von Emotionen und Sehnsüchten heimgesucht werden, die ich nicht haben will. Schnell lasse ich meinen Kopf sinken, damit er nicht von meinen Augen ablesen kann, wie sehr mir seine Nähe gefällt. Ich will ihm nicht noch einen Grund geben, sich über mich lustig zu machen.

Federleicht legt er seinen Finger an mein Kinn. Als ich nicht reagiere, drückt er dagegen und sorgt dafür, dass ich wieder zu ihm aufsehe.

Ich kann nichts in seinen Augen lesen. Weder Spott noch sonst etwas. Er ist genauso verschlossen wie ein Banktresor.

„Geht's dir gut? Deine Wunde ist wieder aufgegangen."

Seine ehrliche Sorge, gepaart mit dem tiefen Vibrato seiner Stimme, lassen alle meine Härchen senkrecht stehen. Alles, wozu ich in der Lage bin, ist, zu nicken.

Auf einmal kann ich sämtliche Mädchen verstehen, die den Royals verfallen sind. Sie strahlen etwas aus. Etwas, dass einem das Gefühl gibt, die Einzige zu sein. Die Einzige, die sie so ansehen. Die Einzige, um die sie sich sorgen. Die Einzige, mit denen sie ihr Leben verbringen wollen.

Für diesen Gedanken schelte ich mich gleich. Es ist dämlich, so etwas überhaupt zu denken. Für die Royals gibt es nicht nur eine Frau in ihrem Leben. Und ich wäre auch keine von ihnen. Das haben sie mir viel zu oft, um es an zwei Händen abzuzählen, deutlich gemacht. Ich wäre vermutlich ihre allerletzte Wahl und auch nur, wenn die Menschheit sonst aussterben würde.

Ich riskiere einen letzten Blick in seine Augen. Er hat wirklich schöne und tiefgründige Augen. Sein Blick ist intensiv und einnehmend. Wenn ich hineinsehe, vergesse ich sogar die Schmerzen auf meiner Stirn und in meinem Kopf.

Nach einer Weile nehme ich wieder mehr um mich herum wahr. Es zieht von irgendwoher, weshalb ich fröstele und eine Gänsehaut meinen Oberkörper überfällt. Sie hat nichts mit diesem intensiven Blickkontakt zu tun. Nein, ganz sicher nicht.

Seine Hand auf meinem Rücken brennt sich in meine Haut und mir wird bewusst, wie dicht er mir gekommen ist.

Sein Atem schlägt mir gegen die Lippen. In meinem Bauch kribbelt es. Obwohl ich ihn küssen will, zögere ich.

Das kann nur eine Falle sein. Sicherlich wird das gefilmt und ich stehe am Ende wieder dumm da. Enzo lacht leise, als hätte er an einen Witz gedacht und bestätigt mich in meiner Annahme. Mein Magen verkrampft sich. Deshalb will ich einen Schritt zurücksetzen, doch seine Hand auf meinem Rücken hält mich an Ort und Stelle.

Das Herz hinter meinen Rippen pocht so heftig, dass es bis in meinen Hals schlägt. Ich sollte das nicht wollen. Und ich sollte es schon gar nicht zulassen.

Doch er überwindet den letzten Abstand und verschließt meine Lippen mit seinen.

Kapitel 4

Der Kuss überrumpelt mich.

Noch immer liegt seine Hand auf meinem nackten Rücken und presst mich eng an sich, sodass sich meine Brüste an ihn schmiegen.

Ich lasse mich auf den Kuss ein und genieße ihn. Und Enzo kann wirklich gut küssen. Seine Lippen sind weich und sein Kuss ist intensiv und trifft genau dort, wo meine Beine zusammenlaufen.

Er löst sich von mir und schon ist es vorbei. Sein Blick ist verschlossen und er weicht von mir zurück, als wäre ich giftig.

Es kommt so schnell, dass ich zurücktaumele und nichts denken kann. Ich habe ihn nicht dazu gezwungen. Der Kuss war seine Initiative. Aber wieso sollte mich das wundern? Immerhin ist es Enzo. Er hat weder Gefühle für mich noch kann er mich leiden. Deshalb wirft dieser Kuss auch viele

Fragen auf. Küsst man jemanden so, den man nicht leiden kann?

Stimmen reißen mich aus meinen Gedanken. Hat er sie schon vor mir wahrgenommen und ist deshalb auf Abstand gegangen? Wahrscheinlich sorgt er sich um sein Image, wenn er mit mir gesehen wird. Bei dem Gedanken wird mir schlecht.

Die Geräusche kommen dichter und Enzos und mein Blick gehen automatisch dorthin. Da biegen die restlichen Royals um die Ecke und als sie uns sehen, stoppen sie. In meinen Ohren rauscht es. Wird es gleich wieder hässlich für mich?

Doch sie stehen bloß da und starren erst mich an, dann Enzo. Dieser hat seine Hände mittlerweile in seine Hosentaschen geschoben und sieht vollkommen ungerührt aus. Nicht so, als hätte er gerade jemanden geküsst und es hätte ihm gefallen.

Die Jungs starren noch immer und mir wird bewusst, weshalb. Hitze schießt mir in die Wangen. Schnell bücke ich mich nach meinem T-Shirt und hebe es vor meine Brust.

„Du scheinst sie gefunden zu haben", stellt Sam fest und lächelt.

Ich sehe ihn sprachlos an und kräusele meine Stirn, was ich direkt bereue, weil meine Verletzung schmerzt. Haben sie etwa alle nach mir gesucht? Um sich über mich lustig zu machen? Oder wurde mein Fehlen bemerkt und ein Suchtrupp losgeschickt? Aber selbst wenn: Es sieht den Royals nicht ähnlich, das auch wirklich zu tun.

„Hast du wieder geblutet?", fragt Jas. Sein Blick hängt auf den Blutflecken, die mein T-Shirt überziehen.

„Als sie mich reingestoßen haben, bin ich auf einen Eimer ..." Ich stoppe in meiner Erklärung und schüttele den Kopf. „Egal, es interessiert euch eh nicht."

„Wir haben Bella reden hören", erklärt Mace.

Mechanisch nicke ich. Kurz wird mir schwarz vor Augen und ich kneife sie zusammen, um den Schwindel zu vertreiben. Aber Maces Worte erklären noch immer nicht, wieso sie mich retten wollten. Oder vielmehr, wieso sie mich gerettet haben.

„Bild dir bloß nichts drauf ein", meldet sich Rapha zu Wort. Er rollt mit den Augen und trinkt einen Schluck von seinem Energydrink. „Wir sind bloß gekommen, um uns an deiner Not zu ergötzen. Wenn es nach mir ginge, hätten wir dich noch in der Kammer gelassen."

Rapha wirft einen strengen Blick zu Enzo, der gedankenverloren vor sich hinstarrt. Jas, Sam und Mace stehen nur da und wirken ziemlich unbeteiligt.

Das war klar. Natürlich haben sie sich keine Sorgen gemacht. Wie bin ich nur auf den Gedanken gekommen? Aber für einen Moment war die Hoffnung da, ein Gefühl in ihnen zu erzeugen. Die traurige Erkenntnis ist wie ein Schlag ins Gesicht.

„Schön, tut mir leid, dass ich dir deinen Wunsch nicht erfüllen kann. Ich gehe jetzt zum Arzt. Man sieht sich."

Enzo sieht gelangweilt aus. Es ist nichts mehr von der Leidenschaft übrig, mit der er mich geküsst hat.

Vielleicht habe ich auch nur halluziniert und es ist gar nicht passiert? Wie peinlich das wäre!

Prompt drehe ich mich um und gehe zum Treppenhaus. Der Schwindel zwingt mich dazu, mich an das Treppengeländer zu klammern und ganz vorsichtig nehme ich eine Stufe nach der anderen auf dem Weg nach unten.

Da legt sich eine Hand auf meinen Arm und ich zucke zusammen. Jas steht neben mir und sieht mich ernst an.

„Du kannst kaum stehen, geschweige denn gehen. Lass mich dir helfen."

Doch ich zucke zurück und weiche ihm aus, indem ich eine Stufe tiefer gehe. „Fass mich nicht an", hauche ich.

Er sieht mich fast gequält an, versteckt es jedoch gleich wieder hinter seiner gleichgültigen Miene. Das haben die Royals wirklich perfektioniert. Vermutlich haben sie erfunden, sich nicht in die Karten schauen zu lassen.

„Kann ich dich wenigstens begleiten?"

„Nein, ich schaffe das allein. Du darfst mich in Ruhe lassen. Nur wegen euch stecke ich überhaupt in dieser Scheiße", murmele ich.

Er sieht mich fragend an, aber ich habe nicht die Kraft oder Muße, es ihm zu erklären.

Deshalb gehe ich einfach weiter und bemerke erfreut, dass er mir nicht folgt. Woher kommt diese Sorge und wieso haben sie sie jetzt? Was zur Hölle soll das? Und wie soll da noch jemand durchblicken?

Mit lauter Fragen im Kopf, die meine Schmerzen noch zu befeuern scheinen, schleppe ich mich die Treppen hinunter und schlürfe über den Flur bis zur Krankenstation.

Dort klopfe ich an und trete ein. Bis auf eine jüngere Schülerin, die auf einem Stuhl sitzt und sich den Unterbauch hält, ist niemand zu sehen.

Das Mädchen, welches höchstens dreizehn Jahre alt ist, wirft mir einen Blick zu, den ich nicht deuten kann. Es scheint eine Mischung aus Angst und Neugier zu sein. Aber dass es keine Angst vor mir zu haben braucht, muss ihm klar sein, oder?

Ich setze mich dem Mädchen gegenüber in den Wartebereich.

„Ist da noch jemand bei Herrn Bensch drin?"

Mit großen Augen sieht es mich an, krampft sich kurz zusammen und nickt.

„Hast du Periodenschmerzen?"

Wieder nickt die Kleine.

„Hab ich auch manchmal. Mir hilft es, mit einer Wärmflasche im Bett zu liegen und Trickfilme zu gucken. Das lenkt gut ab."

Ihre Augen werden so groß, dass ich Sorge hätte, sie könnten jeden Moment hinausploppen, wenn sie nicht im Kopf fixiert wären.

„Hast du denn überhaupt noch deine Tage? Ich dachte, du hättest dich operieren lassen, da geht das doch nicht mehr, oder?"

Stocksteif sitze ich auf dem Stuhl und glaube, mich verhört zu haben. Das muss ein mieser Scherz sein, so skurril, wie das klingt. Mir wird heiß in der Brust und die Hitze krabbelt meinen Hals hoch, bis in meine Ohrenspitzen.

Geht dieses Gerücht wirklich um?

„Wer sagt das?", frage ich. Obwohl ich die Antwort gar nicht wissen will. Mein Magen hat sich längst verknotet und bereitet mir Übelkeit. Vielleicht liegt es auch an meiner Kopfwunde. Sicher bin ich mir da aber nicht.

Die Kleine rutscht unangenehm berührt auf ihrem Stuhl herum und wagt es nicht mehr, mich anzusehen.

„Na ja", druckst sie. „Das sagt halt jeder hier. Oder dass du lesbisch bist. Aber so, wie du die Royals ansiehst, kann ich das nicht glauben. Deshalb dachte ich, dass das andere vermutlich eher stimmt."

Ich weiß nicht, wessen Kopf mehr leuchtet. Ihr ist es offenbar unangenehm, dass sie die Gerüchte glaubte. Mir ist es unangenehm, dass es solche Gerüchte gibt und dass es wohl ziemlich offensichtlich ist, was ich von den Royals halte.

„Ich ...", stottere ich. Mein Kopf raucht. Keine Ahnung, was ich dazu sagen soll.

„Ich bin weder lesbisch noch bin ich operiert. Aber ich finde es auch nicht schlimm, wenn es jemand ist. Freie Liebe für alle, körperliche Selbstbestimmung und so. Aber selbst wenn ich es wäre: dann ginge das keinen etwas an. Hauptsache, ich fühle mich wohl. - Und was die Royals angeht: Nun ja, ich finde sie sehr attraktiv, auch wenn es nicht darüber hinwegtäuscht, was für Arschlöcher sie sind."

Als mein Sprechdurchfallanflug vorbei ist, sinke ich in mich zusammen. Wieso, um alles in der Welt, rechtfertige ich mich vor ihr? Sie hat mit der ganzen Sache nichts zu tun und kann auch nichts daran ändern.

Andererseits ist das eine Chance, mit all den Gerüchten und Vorurteilen aufzuräumen und endlich mal Gehör zu finden. Auch wenn es nur bei einer Person ist.

„Du weißt schon, dass sie nur zu dir so sind?"

Sie hält sich die Hand vor den Mund, als hätte sie etwas gesagt, was sie nun im Nachhinein bereut. Ich sehe sie stirnrunzelnd an, kann aber nicht vermeiden, dass ich kopfstehe.

„Was meinst du?"

„Na, sie sind zu jedem an der Schule unglaublich freundlich und hilfsbereit. Gut, Rapha ist vielleicht eine kleine Ausnahme. Aber sie behandeln jeden mit Respekt. Zumindest, solange du nicht in der Nähe bist. Deshalb sehen dich viele als Störfaktor und die Jungs müssen nicht mal Gerüchte über dich verbreiten. Die meisten kommen von den restlichen Schülern."

In meinem Kopf rattern die Gedanken wie ein ICE, der durch ihn durchrauscht.

Das ergibt überhaupt keinen Sinn. Sie will sich vermutlich über mich lustig machen.

„Ich habe schon mehrfach mitbekommen, wie sie ..."

Die Tür geht auf und ein Junge aus meiner Parallelklasse kommt aus dem Zimmer. Er hat einen

Verband am Handgelenk und sieht uns beide mit hochgezogener Augenbraue an, dann verschwindet er.

Ich erwarte, dass sie zu Ende spricht, doch sie ignoriert mich, und dann wird sie schon zu Herrn Bensch reingerufen.

In mir brennt es, weil ich wie auf heißen Kohlen sitze. Keine Ahnung, was sie mir sagen wollte, und ich würde es zu gern wissen. Auch wenn ich mir noch immer nicht sicher bin, ob ich ihr glauben soll.

Ich komme gerade vom Arzt, der sich erneut um meine Wunde gekümmert hat. Er war wenig begeistert, aber als ich ihm alles erklärte, sagte er nichts weiter dazu und bot mir an, mich für den Tag krankzumelden. Dankbar habe ich das Angebot angenommen und schleppe mich nun in mein Bett, wo ich die Decke bis unters Kinn ziehe. Der Tag fordert seinen Tribut.

Ohne wirklich etwas wahrzunehmen, starre ich an meine kahle Zimmerwand und lasse den Tag Revue passieren. Ich denke an das Gespräch mit Leni heute Morgen und wie ich fast zu spät zum Unterricht gekommen wäre; die wiederholten Sticheleien der Royals und das Video vom Ball; der Chat, das Gerücht über mich und Mister P und wie ich auf die Tischkante aufschlug. Kayla, die mich zum Arzt brachte und dann tauchte dieser Geist auf. Ich folgte ihm und …

Ruckartig setze ich mich auf und fasse mir gleich an den Kopf. Mir wird gerade klar, dass der Geist wollte, dass ich dieses Gespräch mitkriege. Nur wieso?

„Hey. Wenn du mich hörst, zeig dich."

Ich warte einen Moment und starre durch mein Zimmer in der Hoffnung, jemanden zu sehen. „Ich kann dir helfen. Du musst mir nur sagen, was du von mir erwartest."

Kurz glaube ich, ein Flimmern in der Zimmerecke zu sehen, doch mehr ist da nicht.

Ich seufze schwer und bette meinen Kopf wieder in mein weiches Kissen. Hoffentlich zeigt sich mir der Geist bald und verrät mir, was ich für ihn tun kann und vor allem, was er mit den Royals zu tun hat.

So lange werde ich versuchen, ihr Geheimnis zu lüften.

Die gesamte Schule hat sich in der Turnhalle versammelt. Auf den Rängen wird laut gejubelt. Es ist das Finalspiel der Schülerliga im Volleyball der Landesmeisterschaft. Da unsere Schule seit Jahren das erste Mal wieder so weit gekommen ist, haben die Schüler alle frei bekommen. Natürlich sollen sie diesem großen Spektakel beiwohnen können.

Was ich super finde, denn ich spiele nicht nur gern, sondern fiebere bei jedem Spiel regelrecht mit.

Trotzdem verkrieche ich mich in die letzte Reihe, ziemlich in der Ecke, um ungesehen aufzuspringen, zu jubeln und die Royals beobachten zu können. Die fünf Jungs sind bereits durchgeschwitzt und lassen die Mädels auf den Rängen kreischen. Mich natürlich nicht, es sei denn, sie machen Punkte.

Nick, der letzte Junge unseres Teams, geht dabei

ziemlich unter. Er ist das genaue Gegenteil der Royals. Sie sind die Machos vom Dienst, während Nick ein typischer Punk ist. Dafür spielt er jedoch einwandfrei. Vermutlich akzeptieren sie ihn deshalb auch in ihrem Team.

Unsere Mannschaft führt. Die Gegner machen den letzten Aufschlag. Jas nimmt den Ball an, pritscht ihn zu Enzo, welcher vorn am Netz steht und ihn zu den Gegnern baggert. Dort wird er bei der Annahme fast verfehlt.

Ich spüre die steigende Spannung. In der Turnhalle ist es seltsam still. Ich verfolge den Ball. Unsere Gegner sind gut. Da wird der Ball in einem hohen Bogen über das Feld und kurz hinter das Netz zu den Royals befördert.

Rapha ruft: „Ich!", woraufhin Sam ihm vorn am Netz Platz macht. Rapha kommt von hinten angerannt, springt, holt aus und schmettert den Ball direkt hinterm Netz auf den Boden der Gegner.

Schlagartig bricht lauter Jubel aus. Die Menge und ich springen von unseren Plätzen. Unsere Schule holt den Pokal und die Jungs werden in den Himmel gelobt, was sie offensichtlich genießen.

Auf der Siegesfeier im Anschluss will ich nach einer Chance Ausschau halten, um mit den Jungs zu reden.

Die letzten Tage hatte ich keine Gelegenheit dazu, weil es sehr stressig war. Wir schrieben Klausuren in Biologie und Physik, wofür ich büffeln musste.

Dazu habe ich mit der Hausarbeit für Englisch begonnen und immer wieder kamen Geister und wollten etwas von mir. Also rief ich zusätzlich noch Hinterbliebene anonym an.

Und immer, wenn ich doch versuchte, die Royals einzeln abzufangen, war das erfolglos. Entweder waren sie nie allein unterwegs oder die Bitches kamen und sorgten dafür, dass ich nicht nah genug an sie rankam.

Umso mehr hoffe ich darauf, dass der Alkohol ihre Zungen lockert und ich ihnen heute entlocken kann, was es mit dem Vertrag auf sich hat.

Die Feier danach findet draußen bei den Wohnheimen statt. Da Enzo es mal wieder irgendwie hinbekommen hat, dass wir hier überhaupt feiern dürfen, wurde die Party aus der Turnhalle kurzfristig hierher verlegt. Deshalb wurden nur provisorisch ein paar Girlanden in die Bäume gehängt. Und wie auch immer er es geschafft hat: Es sind keine Lehrer anwesend, die prüfen, was hier passiert. Daher war es ein Leichtes, Alkohol her zu schmuggeln, sodass auch die Jüngeren mitfeiern und sich betrinken können.

Auch das Team, gegen das wir heute gewonnen haben, wurde eingeladen und feiert mit uns. Was ich ziemlich cool und sportlich finde. Man muss sich für andere freuen können, auch wenn sie besser sind als man selbst. Für mich wäre das ein Anlass, weiter an mir zu arbeiten.

Ich nippe an meinem Drink und scanne die Umgebung ab. Eigentlich brauche ich nur zu schauen, wo sich die meisten Mädchen tummeln, und ich weiß, wo ich hinmuss. Fraglich ist nur, wie ich an die Royals herankomme.

Klar könnte ich hingehen, mir einen von ihnen schnappen und sagen, dass ich mit ihm sprechen möchte. Aber egal, wen ich mir aussuchen würde, er würde mich wohl eher auslachen, als mir diesen Gefallen zu tun.

Wie befürchtet, werden die fünf Jungs von einer Horde Mädchen förmlich überrannt. Trotzdem pirsche ich mich an sie heran, tue so, als wüsste ich nicht, wo ich hingehe und dass ich nur zufällig in ihrer Richtung unterwegs bin.

Mein Blick schweift von links nach rechts und ich beobachte die tanzenden Leute.

Plötzlich stellt sich mir jemand in den Weg. Genau genommen, drei Jemande. Ich muss mir das Augenrollen verkneifen und lächele sie stattdessen übertrieben an.

„Kann ich euch helfen?"

„Ich dachte, wir haben uns letztens klar genug ausgedrückt", sagt Bella und grinst breit. „Hoffentlich hat es dir in der Kammer gefallen. Wenn du es wagst, je wieder mit den Royals zu sprechen, wird das dein neues Zuhause."

Unwillkürlich beschleunigt sich mein Herzschlag, genauso wie meine Atmung. Bilder der Kammer kommen wieder hoch und bringen die Empfindungen der Dunkelheit und Enge mit sich. Für einen Moment glaube ich, wieder darin festzustecken.

Die Panik kriecht in mir hoch, aber ich kämpfe sie nieder.

Das ist nicht echt. Ich bin da nicht wieder eingesperrt. Sie können mir nichts tun. Dutzende Leute sind um uns herum.

Sobald sich mein Herzschlag wieder normalisiert hat und ich gefasster bin, kann ich ihnen Kontra geben.

„Ihr habt hier nichts zu sagen und schon gar nicht mir. Ich werde hingehen, wohin ich will, und sprechen, mit wem ich will."

Ich drehe mich um und stoße mit jemandem zusammen. Dabei landet der Inhalt meines Glases genau auf dem weißen Hemd von Enzo. Ich starre ihm auf die Brust, die nun quasi nackt vor mir liegt, dann hoch in sein Gesicht. Er scheint nicht wütend zu sein und auch sonst kann ich keine Emotion in seinem Gesicht erkennen.

Mein Blick fällt auf seine Lippen. Ich bin wieder im Gang und liege in seinen Armen. Er zieht mich eng an sich. Meine Brüste drücken sich dabei gegen seinen trainierten Oberkörper. Und sein Kuss hat sich so gut angefühlt.

Mein Herz schlägt schneller und ich wünsche mir, dass wir uns nochmal genauso küssen. Am besten jetzt gleich. Sein intensiver Blick bringt mich durcheinander.

Enzos Mund ziert ein Lächeln und auch seine restliche Aufmerksamkeit liegt auf mir, genau wie meine auf ihm.

„Du solltest aufhören, zu schmachten."

Ich zucke zusammen und wende mich von ihm ab. Habe ich geschmachtet? Leni, die gerade erst aufgetaucht ist, hat einen verurteilenden Blick aufgesetzt. Eigentlich hatte ich mich nur entschuldigen wollen. Aber sobald ich ihn ansah, erinnerte ich mich an den Moment zwischen uns vom Montag.

„Ent…", beginne ich und werde unterbrochen, weil ich überraschend Nässe in meinem Gesicht und auf meinem Shirt spüre. Ich hole geräuschvoll Luft und springe einen Schritt zurück. Enzo lacht schallend, was die Aufmerksamkeit auf mich lenkt. Es dauert nicht lange und die um mich Stehenden lachen alle mit, während ich mich frage, ob Enzo mich mit seinem Drink übergossen hat.

Ich drehe mich herum und bemerke die Bitches und ihre leeren Gläser. Natürlich waren sie es. Schrill und laut lachen sie, sodass sie sich schon halb krümmen. Dann hebt Bella ihre Hände auf Schulterhöhe, zuckt mit den Achseln und legt den Kopf schief. Ihr Blick spricht Bände: Wenn du nicht hören kannst, musst du fühlen.

„Komm, Mäuschen. Wir sollten hier weg und dich sauber machen, ansonsten vergesse ich mich und breche ihnen noch was."

Leni legt sanft ihre Hand auf meinen Arm und schiebt mich an den ganzen Idioten vorbei. Trotzdem verfolgt mich das Gelächter bis auf die Toiletten im Wohnheim.

„Spar dir deine Kräfte lieber für etwas Wichtiges." Leni macht eine wegwerfende Handbewegung und sieht mich dann durchdringend an.

Mein Gesicht klebt und ich will mich einfach nur

schnell waschen und auf mein Zimmer, um mich umzuziehen. Am Waschbecken stütze ich mich ab und betrachte mich im Spiegel. Ich balle meine Hände zu Fäusten und presse meine Kiefer fest zusammen. Wieso immer ich? Die Jungs interessieren sich überhaupt nicht für mich, ich bin also niemandes Konkurrenz.

Mir fällt wieder ein, was ich vor einigen Tagen erfahren habe. Sie sind nur zu mir solche Idioten und ich weiß nicht, warum.

„Was ist das zwischen dir und Enzo gewesen? Der Blick zwischen euch war wahnsinnig intensiv."

Ich erschrecke und bemerke erst jetzt wieder, dass Leni bei mir ist. Ich will nicht auf ihre Frage eingehen, weshalb ich nur mit den Schultern zucke und mir das Gesicht wasche.

Sie sticht mir in die Seite und ich fahre zusammen. „Komm schon, Miststück, erzähl mir alles. Wenn du nicht drüber reden willst, ist etwas vorgefallen."

Ich seufze tief, öffne den Wasserhahn und feuchte das Papier an. „Könnte sein, dass wir uns geküsst haben."

Leni kreischt laut los. Ich fahre erneut zusammen. Sie bespringt mich und ich muss lachen. „Was soll das?"

„Ihr habt euch geküsst? Nicht im Ernst. Wie kam es bitte dazu? Und was hat das jetzt zu bedeuten?"

Ich kann nicht viel dazu sagen. „Er hat mich aus der Kammer gerettet. Ich bin ihm dankbar in die Arme geflogen. Er hat mich beruhigt und geküsst. Mehr war da nicht."

Mit großen Augen sieht sie mich an und hält meinen Arm fest, mit dem ich gerade an meinem schwarzen T-Shirt rumrubbeln wollte. „Glaubst du, er meint es ernst?"

Ich denke darüber nach. Die Frage habe ich mir auch schon gestellt. Aus genau diesem Grund habe ich entschieden, nicht weiter darüber nachzudenken. Das erkläre ich Leni auch und sie nickt.

Kaum habe ich mich einigermaßen hergerichtet, geht die Tür auf und ein Grüppchen Mädels betritt den Sanitärbereich. Ich trete auf den Flur und sehe zu Leni.

„Es wäre besser, ich gehe in mein Zimmer. Gucken wir noch zusammen einen Film?"

Lenis Mundwinkel gehen nach unten. „Ich muss leider weg. Es gibt da eine Sache, an der ich dran bin. Du weißt, ich würde es dir erzählen, wenn ich könnte."

Verständnisvoll sehe ich sie an. „Schon okay. Wir sehen uns dann morgen?"

Sie lächelt erleichtert und löst sich dann in Luft auf. Kaum bin ich allein, wandern meine Gedanken wie automatisch zu dem Blick, mit dem Enzo mich bedacht hat.

Obwohl er sich viel Mühe gibt, niemandem zu zeigen, was er denkt oder fühlt, bilde ich mir ein, Wärme in seinen Augen gelesen zu haben.

Das verursacht ein wohliges Gefühl in meinem Bauch und ein Lächeln auf meinen Lippen.

Ich stolpere, rechne jeden Moment mit dem schmerzhaften Aufprall auf dem Boden und kneife die Augen zusammen.

Stattdessen legen sich zwei Arme um mich und verhindern das Schlimmste. Vorsichtig öffne ich meine Augen und werde direkt von Sams intensivem Blick überrumpelt. Meine Haut beginnt, zu kribbeln, als wäre sie von kleinen Gewitterwürmern besiedelt.

Ich wage es kaum, mich zu bewegen, und fühle mich von seiner Nähe wie benebelt. Auch er hält mich noch immer in der Luft und macht keine Anstalten, mir in den Stand zu helfen.

„Hallo, Wildkatze", raunt er. Seine Stimme, wie immer leise und verrucht, lässt mein Herz rasen. Ohne den Blickkontakt abzubrechen, richtet er mich langsam auf und nimmt etwas Abstand zu mir ein. Ich vermisse direkt seine Hände auf meinem Körper. Langsam glaube ich wirklich, dass ich untervögelt bin.

Völlig sprachlos stehe ich da. Ich kann ihm weder danken noch kriege ich etwas anderes heraus. Ein schiefes Lächeln liegt auf seinen Lippen und bringt mein Herz zum Rasen.

Niemand außer uns ist zu sehen. Die restlichen Royals sind nicht in der Nähe. Vielleicht kam er ebenfalls von der Toilette.

Irgendwann dreht er sich einfach um und will zurück auf die Party gehen. Aber ich möchte nicht, dass er geht. Stattdessen möchte ich noch viel mehr. Macht mich das zu einem Flittchen? Ich weiß es nicht.

Spontan laufe ich ihm nach und hebe meine Hand, um ihn aufzuhalten. Traue mich aber doch nicht, ihn zu berühren.

„Geh nicht", bitte ich ihn.

Mein Tonfall ist dabei so herzergreifend, dass ich selbst ziemlich überrascht von mir bin. Aber es hilft. Sam stoppt, dreht sich um und sieht mich überrascht an.

Dann lächelt er sein Zahnpastalächeln, das auch seine grünen Augen erreicht. Dieses Lächeln ist so einnehmend und hinreißend, dass es tief in mir zu kribbeln beginnt. Weil es nur für mich bestimmt ist.

Nur eine Sekunde denke ich daran, dass es der beste Moment ist, um ihn nach dem Gespräch zu fragen. Um herauszufinden, was die Royals vor mir zu verbergen versuchen. Aber sein Lächeln bringt mich aus dem Konzept und diese ruhige Aura, die er ausstrahlt, macht mich fertig.

Ohne es verhindern zu können, werde ich von einer Leidenschaft erfasst, die wie eine Welle über mir zusammenbricht. Zwischen meinen Beinen beginnt es, zu kribbeln. Nässe breitet sich in meiner Unterwäsche aus. Die Lust rauscht durch meine Venen und lässt meinen Atem flacher werden.

Mit großen Augen sehe ich ihn an. Ich kann selbst kaum glauben, was hier passiert. Noch nie ist die Lust so über mir hereingebrochen. Nicht mal, wenn ich betrunken war. Ich versuche, herauszufinden, ob es ihm ähnlich geht, und blicke an ihm herunter. Will er mich genauso sehr wie ich ihn? Doch seine Hose ist zu weit, als dass ich etwas erkennen könnte.

Unsere Blicke verbinden sich erneut. Mein Herz pocht mir bereits bis zum Hals. Dann braucht es nur einen kleinen Schritt von ihm, um bei mir zu sein.

Besitzergreifend legt er eine Hand auf meine Hüfte und zieht mich mit einem Ruck an sich heran. Ich keuche verzückt. Dass er so zur Sache geht, überrascht mich, freut mich aber auch. Sam ist so sorglos und beherrscht, dass man sich ihm gern hingibt. Und im Moment will ich nichts anderes, als mich ihm hinzugeben.

„Wir sollten das nicht tun, Wildkatze", raunt er. Dabei ist er mir so nahe, dass ich fast verrückt werde. Mein Bauch kribbelt wie irre. Doch seine Lippen wollen meine einfach nicht berühren. Deshalb strecke ich mich ihm entgegen. Aber bevor es zu einem Kuss kommt, weicht er zurück.

„Weil deine Jungs es nicht gut fänden?", rate ich ins Blaue. Immerhin haben sie sich gegen mich verschworen, machen mir das Leben schwer und knutschen keinesfalls mit mir rum. Wobei Enzo genau das vor einigen Tagen getan hat.

Ich atme schwer, starre abwechselnd in seine Augen und auf seine Lippen. Die Nässe in meinem String nimmt zu. Mein Körper verzehrt sich nach ihm. Ich verzehre mich nach ihm. „Wenn es dir hilft, verspreche ich dir, mit niemandem darüber zu sprechen. Ich bin keine von denen, die eine große Sache daraus machen würde. Verfickt, nun küss mich endlich!"

Sofort liegen seine schmalen Lippen auf meinen. Er schmeckt nach Energydrink und Gummibärchen. Eine interessante Mischung.

Trotzdem bin ich von dem Kuss enttäuscht. Er ist nicht schlecht, aber nachdem ich so unvermittelt geil geworden bin, habe ich mit einem riesigen Feuerwerk gerechnet. Doch das bleibt aus. Und trotzdem tobt ein Sturm in mir, der das Feuer in meinen Adern noch weiter entfacht.

Ich greife in sein Haar, während seine Zunge in meinen Mund vorstößt und dort etwas mit meiner anstellt, das mich stöhnen lässt. Verflucht, ist das heiß.

Ungestüm fahren seine Hände an meinem Körper hinab und landen auf meinem Arsch, kneten und streicheln ihn. Er keucht mir leise in den Mund und ich stöhne ungehemmt.

Nur am Rande bemerke ich, dass er mich in einen freien Raum drängt, wo wir abgeschiedener sind. Kurz darauf habe ich die kalte Wand im Rücken.

Sein Oberkörper gibt mir keinen Spielraum und hält mich an Ort und Stelle. Er presst mich zwischen sich und die Wand und sein Kuss vertieft sich noch weiter. Dabei lässt er mich mehr als deutlich spüren, dass ihn das hier genauso geil macht wie mich.

Ich genieße den Kuss und lasse mich darin treiben. Auch wenn er nicht das erwartete Feuerwerk in mir entfacht hat, ist er trotzdem mehr als gut.

Meine rechte Hand gleitet von seiner Schulter, über seinen Hals in den Nacken und von dort in die blonde Föhnwelle.

„Sam? Bist du ins Klo gefallen?" Die Frage ist zu leise, als dass ich befürchte, jeden Moment entdeckt zu werden. Doch Sam löst sich mit einem Schmatzen von meinen Lippen und blickt zur Tür.

Wir stehen im Dunkeln und das Licht vom Flur

scheint durch den Türspalt nur schwach herein.

Ich seufze frustriert, weil ich kaum glaube, dass ihn jemand hier suchen würde und bekomme prompt eine Hand über den Mund gelegt. Das kann ich gar nicht haben: dass man mir verbietet, etwas zu sagen. Vor allem auf diese Art und Weise.

Da ich aber auch keinen Stress möchte, löse ich das Problem auf meine Art. Gezielt lasse ich meine Hand in seine Hose wandern und umfasse seinen Schwanz. Sam zuckt zusammen.

Seine Hand verschwindet, nur um meine Lippen einen Atemzug später mit seinen zu verschließen.

Zufrieden vertiefe ich den Kuss und schiebe sanft meine Zunge in seinen Mund. Noch immer ist meine Hand in seiner Hose und ich lasse sie sanft auf und ab gleiten. Leise keucht er und beißt mir zärtlich in die Unterlippe.

„Sam? Bist du hier und reißt wieder irgendein Girl auf? Du weißt doch, die verlieben sich immer direkt. Lass es also lieber." Der tiefe Vibrato hallt durch den Korridor zu uns herüber und kann nur von einem kommen: Enzo.

Plötzlich sind weder Muskeln noch Wärme an mir und der Penis, den ich bis eben noch in der Hand hielt, ist weg. Alles, was zurückbleibt, ist Kälte.

„Denk an was anderes, sofort! Zum Beispiel daran, dass du deine Eltern nie kennenlernen konntest", raunt er mir zu.

Im ersten Moment bin ich wie vor den Kopf gestoßen. Und denke sofort an meine Eltern. Alles in mir zieht sich zusammen. Die Erregung verpufft mit einem Schlag. Dafür erfasst mich eine Traurigkeit, die mir die Tränen in die Augen treibt.

Wie oft habe ich mir gewünscht, dass sie um die Ecke kommen und ich sie kennenlernen kann. Dass sie mich in ihre Arme schließen und mir versichern, dass sie mich lieben und stolz sind, wer ich geworden bin. Immerhin kann ich mit Geistern interagieren. Wieso also kommen sie nicht?

Mein Herz ist plötzlich so schwer, dass ich schlucken muss. Und mein Magen verkrampft sich.

Dann kommt die Wut. Ich werde unsagbar wütend auf ihn. Das war wirklich schäbig. Wie konnte er das tun? Von mir aus soll er mich von sich stoßen, wenn ich ihm peinlich bin und er nicht mit mir gesehen werden will, aber das hier hat überhaupt keinen Sinn.

Oder würde er so weit gehen, zu sagen, dass er mich hierhergelockt hat, um mich zu verletzen? War das vielleicht von vornherein seine Aufgabe? Mir nachgehen, um noch etwas in die Wunde nachzustochern? Denn dass wir uns küssen, war definitiv nicht abzusehen.

Kurz bin ich davor, ihn zu verraten und einfach rauszuschreien, dass wir hier sind und er noch immer eine ziemlich beachtliche Erektion haben sollte.

Doch etwas hindert mich. Ich kann es einfach nicht. Auch wenn sie scheiße zu mir sind, kann ich niemals scheiße zu ihnen sein.

Wieder dringt laute Musik an mein Ohr. Vermutlich hat Enzo seine Suche aufgegeben und ist gegangen. Ich funkele Sam sofort wütend an, als er sich wieder mir zuwendet.

„Was sollte das?", fahre ich ihn an.

Er verzieht jedoch keine Miene.

„Ich kann es dir schlecht erklären." Sam holt tief Luft. Ich will etwas sagen, aber er lässt mich nicht zu Wort kommen. „Wir sollten zurückgehen und am besten denkst du nie wieder darüber nach. Das wäre für alle das Beste."

Meine Neugierde ist augenblicklich geweckt, der Schmerz vergessen. Was meint er damit?

„Für alle? Wen geht es denn noch etwas an? Es hat etwas mit eurem Geheimnis zu tun, oder? Mit dem, dessentwegen ihr Rapha am Dienstag beruhigen musstet?"

Bei meinen Worten blitzt etwas in Sams Augen auf. Ihm entgleiten für eine Sekunde die Gesichtszüge.

Im Nu wird er wieder zu dem gelangweilten Jungen, der mich wie üblich links liegen lässt. Bevor ich den Mund aufmache, wendet er sich ab und verschwindet.

Ich deute das als Bestätigung. Wenn es kein Geheimnis gäbe, hätte er nicht so überrascht reagiert. Einen Augenblick hatte er Sorge, ich könnte es wissen. Zufrieden gehe ich in mein Zimmer und überlege meinen nächsten Schritt.

Kapitel 5

Ich bin auf dem Weg in die Bibliothek, um meine Hausarbeit für Geschichte fertigzukriegen. Es ist verwaist im Flur und man hört vereinzelt Stimmen aus den vollen Klassenräumen. Ich habe die ersten zwei Stunden frei.

Unvermittelt taucht etwas in meinem Sichtfeld auf. Wieder dieses Flimmern. Ich stehe sofort unter Hochspannung. Meine Arbeit ist vergessen, stattdessen habe ich nur Augen für das Flirren – als wäre ein Heizkörper unterm Fenster an und man sähe hinaus.

„Wer bist du? Warum zeigst du dich mir nicht?"

Ich starre auf die Stelle, versuche, den Geist per Gedankenkraft sichtbar zu machen, doch nichts geschieht. Stattdessen flimmert der Geist um mich herum und durch mich hindurch. Ich keuche. Mein Herz zieht sich zusammen.

Ich zittere vor Kälte. In meinem Kopf sticht es, als hätte ich einen Milchshake zu schnell getrunken. Da ist viel Schmerz in dieser Seele. Einsamkeit, Trauer und Wut.

Sie lässt mich alles nachempfinden, sodass ich nicht weiß, wo mir der Kopf steht. Meine eigenen Gefühle vermischen sich mit denen des Geistes und ziehen mich in die Tiefen meiner Psyche.

Der Geist ging viel zu früh und hatte noch viel zu erleben. Ich bilde mir ein, eine vage Hoffnung, aber auch eine Vertrautheit in ihm zu spüren. Vermutlich, weil er hofft, dass ich ihm helfen kann.

„Was ist dir passiert?"

Er verschwindet. Ich sehe mich zu allen Seiten um, die Angst drückt auf meinen Brustkorb. Ich will mehr über ihn erfahren und wollte ihn nicht verjagen.

Ein Stein fällt mir vom Herzen, als ich ihn am Ende des Ganges bemerke. Ohne darüber nachzudenken, laufe ich hinterher. Er führt mich wieder durch das Schulgebäude. Meine Schritte hallen von den Wänden wider. Ich behalte das Flimmern im Auge.

Wie beim letzten Mal führt er mich rauf in den vierten Stock. Doch diesmal ist es ein anderer Klassenraum. Einer, der seit langem nicht mehr benutzt wird. Wie bei allen anderen Türen ist auch hier ein Fenster eingelassen, sodass ich einen guten Einblick habe.

An dem Smartboard steht ein Lehrer, der mir nicht bekannt vorkommt. Der Stift gleitet über die Oberfläche und am Ende steht das Wort „Diplomatie" dort.

Ich runzele die Stirn. Was für ein Fach ist das? Fragend drehe ich mich zum Geist. „Ist es das, was du mir zeigen wolltest? Wieso?"

Er antwortet nicht. Stattdessen flirrt er um mich herum, als wolle er mich einspinnen. Ich sehe erneut durch das Fenster.

Erst da lasse ich meinen Blick genauer durch den Raum schweifen.

Es sitzen nur fünf Personen in ihm. Natürlich handelt es sich dabei um die Royals. Aber was hat das zu bedeuten? Haben sie Nachhilfe? Aber in was?

Mittlerweile hat der Lehrer weitere Punkte unter die Überschrift geschrieben. *Diplomatie mit anderen Ländern. Diplomatie im eigenen Volk.* Was hat das alles zu bedeuten?

Dann halte ich es nicht länger aus. Blind taste ich nach dem Türgriff, dessen bewusst, dass der Geist diesmal nicht verschwindet.

Wie ein Wirbelsturm fege ich in das Klassenzimmer. Erschrocken fixiert mich der Lehrer und auch die Royals drehen sich zu mir um. Ihre Gesichter schimmern blass und ihre Augen sind geweitet, als sie mich erkennen. Ganz so, als hätte ich sie auf frischer Tat ertappt. Das ist es.

Ich habe hier etwas entdeckt. Aufregung rauscht durch mich durch. Ich bin etwas auf der Spur.

„Was hat das zu bedeuten? Ihr habt Einzelunterricht?"

„Du solltest deine Nase nicht in Angelegenheiten stecken, die dich nichts angehen, Babe."

Müde über diese Aussage und vor allem den Spitznamen verdrehe ich die Augen. Rapha sexualisiert mich, obwohl er sich von den Jungs am wenigsten etwas mit mir vorstellen könnte. Glücklicherweise beruht dieses Gefühl auf Gegenseitigkeit.

„Geh wieder, Blondchen", beschwört mich nun auch Mace. Er ist heiß, wenn er nicht spricht und sobald er den Mund aufmacht, haut er sowas raus.

Ich bin zwar blond, aber nicht dumm. Dennoch kann ich meinen Blick nicht sofort von ihm losreißen.

Einen Moment blinzelt er mich durch seine platinblond gefärbten Haare an, die ihm über den Augen hängen, dann wendet er sich wieder seinem Tablet zu.

Offenbar kann ich nicht uninteressanter sein, obwohl ich in ein weiteres Geheimnis geplatzt bin. Oder hängt es vielleicht sogar mit dem Ersten zusammen? Trotzdem scheint es ihm egal zu sein, weil ich für ihn keine Bedrohung darstelle.

„Bist du festgewachsen, kleine Wildkatze? Oder findest du die Tür nicht?" Sam steht auf, geht mit tief in den Taschen vergrabenen Händen an mir vorbei und bleibt neben dem Türrahmen stehen. „Hier geht es raus. Darf ich dir behilflich sein, bevor du dich auf dem kurzen Stück noch verläufst?"

Die Jungs lachen. Ich habe nur ein Schmunzeln für ihn übrig, weil ich seinen Witz nicht witzig finde. Dieser Spruch ist genauso abartig wie der Spitzname, den Mace mir verpasst hat.

Weil ich den stechenden Blick im Nacken bemerke, fixiere ich den Lehrer. Ihm steht der Schweiß auf der

Stirn. Seine Hand zittert. Was hat das zu bedeuten?

Schwungvoll drehe ich mich zu Enzo. Er sieht mich zwar an, doch er ist wieder genauso distanziert und abweisend wie vor unserem Kuss. Das mag an seinen Freunden liegen oder ich bin für ihn doch zu abstoßend.

Er schüttelt sachte den Kopf, als wüsste er genau, was ich denke.

„Boah, nun verschwinde endlich!" Ich brauche ihm keinen Blick zuzuwerfen, nur um mich zu vergewissern, wer dort gesprochen hat. Es gibt nur einen Royal, der schnell aus der Haut fährt. Aber ihm würde ich nicht mal eine Bitte erfüllen, wenn er sie auf den Knien vorbringen würde.

Dennoch zweifele ich kurz und möchte es einfach gut sein lassen. Ich habe das Gefühl, kein Stück voranzukommen und bin mir auch für einen Moment nicht mehr sicher, weshalb ich überhaupt mit ihnen sprechen möchte. Aber dann werde ich mir des Flirrens um mich herum wieder bewusst. Der Geist will, dass ich hier bin und das Geheimnis lüfte. Also will ich endlich um sein- und meinetwillen Licht ins Dunkel bringen.

„Bevor ich gehe, will ich ein paar Antworten. Was ist das hier? Hat es etwas mit dem Vertrag zu tun, aus dem Rapha raus will? Welches Geheimnis verbergt ihr?"

Die Stimmung im Raum verändert sich schlagartig. Jas und Mace sehen von ihren Aufzeichnungen hoch. Ihnen steht das Staunen ins Gesicht geschrieben. Rapha springt ungehalten auf und seine Gesichtszüge sind so verkniffen, dass ich glaube, er würde mir jeden Moment etwas antun.

Nur Enzo lässt sich nichts anmerken. Entspannt lehnt er sich in seinem Stuhl zurück. Ein Lächeln umspielt seine Lippen. Seine Reaktion verwirrt mich. Aber noch mehr verwirrt mich das entsetzte Keuchen des Lehrers. Ganz so, als wüsste er genau Bescheid, wovon ich spreche. Also hat es etwas mit ihm zu tun? Aber inwiefern?

„Das hier ist Unterricht. Der Vertrag, den Rapha meinte, von dem ich nicht sicher bin, woher du davon weißt, ist der von unserem Paintballverein. Wie du siehst, gibt es kein Geheimnis zu lüften. Wir sind für alle ein offenes Buch. Nur weil *du* nicht unsere erste Wahl bist, musst du uns nicht hinterherspionieren. Damit steigst du nicht gerade in unserem Ansehen, Chaos-Queen."

Die anderen entspannen sich. Nur ich will mich damit nicht zufriedengeben. Das mit dem Paintball könnte sogar passen. Aber wieso diese seltsamen Reaktionen? Wenn es wirklich nur darum ginge, wie er behauptet, warum haben sie es nicht gleich gesagt und wieso haben sie mich angesehen, als würde ich sie jeden Moment zur Schlachtbank führen?

Ich lächele. „Du kannst mir deine Lügen gern erzählen, aber ich glaube sie dir nicht. Versucht nur, euch rauszureden, ich komme schon dahinter. Ihr werdet sehen."

Rapha, der noch immer steht, kommt auf mich zu. Seine Hand umschließt meinen Oberarm. Er packt nicht fest zu, aber mir entgehen die entsetzten Blicke der anderen nicht. Als hätten sie Angst, dass er mir weh tun könnte. Sollte ich in seiner Nähe denn Angst haben? Aber ich habe nicht mal das Bedürfnis, einen Schritt nach hinten zu machen.

Er zieht mich mit sich. Ich stolpere hilflos hinter ihm her. Jede Gegenwehr wird mit einem einzigen Blick von ihm im Keim erstickt. In seinen Augen flackert die pure Verachtung. Trotzdem fürchte ich mich nicht.

An der Tür zieht er seine Hand zurück, ganz so, als wäre ich giftig. In gewisser Weise kratzt das an meinem Selbstbewusstsein.

Er beugt sich mir entgegen. „Da ist die Tür, Babe. Wenn du nicht sofort verschwindest, werde ich dich übers Knie legen und so lange spanken, bis du nach mehr schreist." Rau und eindringlich flüstert er mir seine Worte ins Ohr.

Ich kann den Schauer nicht verhindern, der mir über den Rücken läuft. Die Vorstellung allein erzeugt Bilder in meinem Kopf, die ich nie wieder loswerde. Ein diabolisches Lächeln umspielt seine Lippen, während es mich schüttelt.

„Du solltest auf diese Aussicht nicht so reagieren, Babe. Ich mache keine leeren Versprechungen und du wirst keine Freude daran haben."

„Wer hätte gedacht, dass unsere Wildkatze so versaut ist." Sam hat offenbar den Worten seines Pflegebruders gelauscht. Dreckig grinsend sieht er mich an. Ich stehe bloß stockstreif da. Die Aussicht auf Schmerzen hat keineswegs das in mir ausgelöst, was sie vermuten. Vielmehr frage ich mich, ob das wirklich Lust erzeugen kann.

„Du wärst der Letzte, mit dem ich ins Bett gehen würde. Und schon gar nicht mit der Aussicht auf Schmerzen."

„Oh Babe, du hast ja keine Ahnung." Sein Grinsen ist für meinen Geschmack viel zu breit. Dann gibt er mir einen Stoß, befördert mich damit nach draußen und schließt hinter mir die Tür.

Natürlich lasse ich mich nicht davon aufhalten. Der Geist ist längst verschwunden und dennoch liege ich am Ende des Korridors auf der Lauer und warte darauf, dass die Jungs aus ihrem Privatunterricht kommen.

Als sie noch vor dem Klingeln der Schulglocke den Klassenraum verlassen, verstecke ich mich hinter der nächsten Ecke und lausche ihren langsam verklingenden Schritten.

Eilig renne ich hinüber. Ich betrete den Klassenraum und stehe vor dem Lehrer. Dieser verschluckt sich augenblicklich und läuft rot an. Es sieht für einen Moment aus, als wolle er sich verbeugen, aber vermutlich ist es eher ein Versuch, wieder Luft zu bekommen.

Hilfsbereit klopfe ich ihm auf die Schulter und tatsächlich beruhigt sich sein Husten.

„Guten Tag ... Äh ... Kann ich etwas für Sie tun?" Er stottert und kratzt sich am Hinterkopf.

Ich lächele ihn lauernd an. „Was haben Sie eben unterrichtet?"

Sämtliche Farbe weicht aus seinem Gesicht. Er stottert und sieht aus, als würde er jeden Moment ohnmächtig werden.

Stirnrunzelnd sehe ich ihn an. Geduldig warte ich, ob er noch mehr zu sagen hat. Immerhin ist es eine einfache Frage.

Der Lehrer sieht mich seltsam an und wird immer weißer im Gesicht. Dann nimmt er seine Beine in die Hand und läuft an mir vorbei, die Treppe hinab.

Kurz bin ich überrumpelt und sehe ihm bloß nach. Doch ich will meine Chance nicht verstreichen lassen, also laufe ich ihm nach. Doch ich finde ihn nicht mehr und gebe frustriert auf. Vielleicht kann Leni mir mehr dazu sagen.

Kapitel 6

„Ich habe etwas Neues über die Royals herausgefunden. Da ist ein Geist und der hilft mir, hinter ihr Geheimnis zu kommen."

Leni sieht mich überrascht an. „Was für ein Geist und wie hilft er dir?"

Entschuldigend sehe ich sie an. „Keine Ahnung. Er zeigt sich nicht. Aber keine Angst, er verstößt nicht gegen eure Regeln. Bisher hat er mich nur zu zwei Orten gelotst und der Rest lag an mir."

Sie wirkt erleichtert und ich bin entspannt. Leni hat mir ganz am Anfang erklärt, dass es jemanden gibt, der dafür sorgt, dass die Geister sich an bestimmte Regeln halten.

Unter anderem dürfen sie nichts erzählen, was für die Sterblichen von Vorteil sein könnte. Und auch nichts beeinflussen wie zum Beispiel die Ziehung der Lottozahlen. Die Geister, die dagegen verstoßen, werden im schlimmsten Fall gezwungen, weiterzuziehen, egal, ob sie noch etwas zu erledigen haben oder nicht.

„Kannst du mir vielleicht etwas über den Unterricht erzählen, den die Royals haben?" Ihre Mundwinkel sinken.

„Tut mir leid. Ich würde dir gern alles erzählen. Aber ich darf nicht."

Frustriert seufze ich auf, doch Leni lächelt sanft.

„Willst du Enzo erpressen, um ihn nochmal zu küssen?"

„Nein. Enzo würde sich nicht erpressen lassen. Und Sam würde sicher auch so knutschen." Ihre Augen werden groß und rund.

„Sam auch? Ich denke, sie hassen dich?"

Das habe ich auch gedacht. Aber irgendwie verhärtet sich in letzter Zeit der Verdacht, dass sie es mich nur glauben machen wollen.

Die Dinge, die mir Zoe, das Mädchen von der Krankenstation, erzählt hat, lassen mich zu dem Schluss kommen.

Irgendwas stimmt da nicht. Aber ich kann es einfach nicht logisch zusammenführen. Wenn sie mich noch immer mögen und gern weiterhin mit mir befreundet gewesen wären, was hält sie dann davon ab?

Aber mich durch die Royals zu knutschen ist nicht meine Intention. Ich will mit ihnen befreundet sein oder zumindest, dass das Mobbing aufhört. Wobei: Mit Mace würde ich schon gern mal knutschen - und vielleicht auch etwas weitergehen.

Ein Ellenbogen erwischt mich in der Seite und schubst mich fast um, so heftig ist der Hieb. Mit einem „Aua!" auf den Lippen sehe ich Leni vorwurfsvoll an.

„Was soll das?"

Sie grinst bis über beide Ohren. „Sorry, sollte nicht ganz so doll werden. Aber du hast vor dich hingegrinst, als hättest du die dreckigsten Fantasien, die es auf dieser Erde je gegeben hat."

Hitze schießt mir in die Wangen. Habe ich wirklich so ausgesehen? Ich reibe mir die Seite, damit der stumpfe Schmerz nachlässt, und fange wieder an zu grinsen.

„Vielleicht habe ich das ja auch." Ich hebe mehrmals die Augenbrauen und Leni fällt aus allen Wolken.

„Willst du ernsthaft mit allen knutschen?", fragt sie entsetzt.

Rapha ist und bleibt ein rotes Tuch. Seine Art ist mir zuwider und macht ihn wenig anziehend für mich. Jas ist eigentlich ganz süß, da würde ich sicher nicht nein sagen, auch wenn es nicht mein Hauptanliegen ist, mich durch sie durchzuprobieren.

Aber Mace, ja, Mace …

Wieder ernte ich einen Ellenbogenhieb in die Seite und sie trifft präzise die Stelle, die ich mir bis eben noch gerieben habe.

„Du tust es schon wieder, Miststück", sagt sie und hebt die Arme in die Luft. „Ich kann keine Gedanken lesen. Du musst also mit mir sprechen."

Ich kichere. „Und du musst dringend aufhören, mir in die Seite zu hauen. Das wird sicher ein blauer Fleck."

„Das mit Sam ist halt einfach passiert. Es kam überraschend und ist mir jetzt bei Tageslicht betrachtet ziemlich peinlich. Ich bin beinahe über ihn hergefallen, als wäre ich kurz davor, sexuell zu verdursten. Der Arme hält mich sicher für geistesgestört. Vielleicht ist deshalb nichts weiter zwischen uns passiert."

Meine Wangen brennen schamvoll und Leni schmeißt sich vor Lachen beinahe auf den Boden, so sehr krümmt sie sich. Sie ist so laut, dass es in meinen Ohren klingelt. Zum Glück höre nur ich sie.

„Hätte ich dir gar nicht zugetraut. Aber Sam nimmt jede, wenn er seinen Spaß mit ihr haben kann."

„Tja, mich wohl offenbar nicht. Keine Ahnung." Ich zucke mit den Schultern. Für mich ist das Thema abgehakt.

„Und weshalb hast du jetzt so dreckig gegrinst?"

„Das verrate ich dir nicht", antworte ich und grinse dabei wieder breit.

In der Mittagspause mache ich mich gedankenverloren auf den Weg ins Studio, von dem aus das Schülerradio betrieben wird. Im Moment bin ich die Hauptverantwortliche und bilde gerade meine Nachfolger aus. Tatsächlich sind die drei super Hilfen und sehr lernbegierig. Außerdem sind sie nett zu mir und oft ist es lustig.

Ich bekomme eine Nachricht. Neugierig öffne ich sie. Es ist Lowell, der schreibt: *„Komm schnell."*

Hastig laufe ich durch die Flure und biege gerade um die Ecke, als unsere typische Melodie erklingt.

Verdutzt, dass sie nicht auf mich warten, runzele ich die Stirn. Doch dann sehe ich Lowell, Gea und Lora vor der Tür stehen.

„Was hat das zu bedeuten?"

Aber bevor mir einer der drei antworten kann, offenbart sich das Mysterium von allein. „Guten Tag, ihr da draußen. Ich wünsche euch eine angenehme Mittagspause und möchte euch ein wenig Unterhaltung bieten", dröhnt Enzos tiefe Stimme aus den Lautsprechern.

Das ist nicht ihr Ernst. Sie haben sich einfach das Einzige unter den Nagel gerissen, das mir etwas bedeutet. Denn obwohl die Leute mich nicht mögen, finden die Schüler unser Radioprogramm gut. Das sagen zumindest Lowell und die anderen immer wieder.

„Soll ich einen Lehrer holen gehen?"

Ich verneine und sehe sie lächelnd an. „Ist schon okay. Macht ruhig Pause, ich kläre das."

Frustriert ziehen sie von dannen. Ihnen macht es genauso viel Spaß wie mir und es ärgert sie, dass ihnen das heute genommen wird.

Mir geht es genauso. Das Schülerradio ist meine Leidenschaft. Ich möchte vorbereitet sein für den Tag, an dem ich meine eigene Radioshow moderieren darf.

Jedes meiner Praktika habe ich in einem Radiosender absolviert. Ich bin gut und ich weiß, dass ich es irgendwann schaffen werde.

„Eventuell wundert ihr euch, dass nicht wie sonst unsere Chaos-Queen moderiert. Wir haben sie kurzerhand ausgesperrt. Es ist unsere Lektion an sie. Sie wird wissen, weshalb."

Das ergibt natürlich Sinn. Sie rächen sich an mir, weil ich zu sehr in ihrem Privatleben rumgeschnüffelt habe. Immerhin ist das meine einzige echte Schwachstelle.

„Wir haben uns kurzerhand etwas Interessantes für euch ausgedacht. Bevor ihr unter der euch bekannten Nummer anrufen und uns erzählen könnt, was immer ihr mögt, haben wir noch etwas anderes. Und zwar sind wir über ein altes Tagebuch von unserer Chaos-Queen gestolpert. Daraus wollen wir euch gern vorlesen."

Meine Gesichtszüge entgleiten mir. Das darf doch jetzt nicht wahr sein!

„Wollen wir doch mal schauen. Ah, da ist ein toller Auszug. *Vic ist mein bester Freund, manchmal denke ich, dass er mir etwas verheimlicht. Und manchmal glaube ich zu wissen, was es sein könnte. Er guckt immer wieder …*" Enzo bricht ab und ich atme erleichtert aus. Das ist nichts Schlimmes.

Vic gehörte ebenfalls zu den Royals, ehe er vor einigen Jahren wegzog. Das Enzo abbricht, kann ich sogar nachvollziehen. Denn immerhin steht dort sein Name. Vermutlich ist das ein ziemlicher Schock.

„Hier ist noch was viel Besseres. *Liebes Tagebuch, ich habe mich verliebt. Aber ich glaube, für ihn bin ich nur ein Kumpel. Du willst wissen, wen ich meine? Jasper Sander.*"

Ich schlage mir die Hände vor das Gesicht und schäme mich so unglaublich. Es gab mal eine Phase, da war ich wirklich in ihn verliebt. Aber da war ich zwölf. Dass Enzo das wirklich vorliest, kann ich nicht fassen.

„Ich denke, das könnte ihr schon peinlich genug sein. Und viel Interessantes steht nicht drin. Also kommen wir zum lustigen Teil. Ihr könnt anrufen und mit uns sprechen. Nur zu. Traut euch."

Seine Stimme ist kaum verklungen, da klingelt es bereits und jemand der Jungs nimmt das Gespräch an. Gespannt lausche ich. Die Idee an sich ist brillant. Die Frage wäre nur, ob das auch gut läuft, wenn ich und die anderen dieses Format übernehmen würden. Meistens spielen wir nur Musik oder geben Informationen von Frau Grunnemann weiter. Die Nummer wird üblicherweise nur für Musikwünsche genutzt.

„Hallo, sag uns deinen Namen und verrate uns, was dir auf dem Herzen liegt."

Enzo kommt absolut professionell rüber, als würde er das schon jahrelang machen und er hat dabei noch eine angenehme Stimme. Jeder der fünf Jungs könnte ein Hörbuch einsprechen und sämtliche Höschen würden dabei feucht werden. Die Abspielgeräte würden schon nach kurzer Zeit zu rauchen anfangen, weil die Dateien so oft abgespielt werden würden.

„Ich bin Kayla und würde gern mit Jas reden."

„Was gibt's?" Es ist Jas markante, dunkle und eindringliche Stimme, die bei diesen beiden Worten meine Nervenenden erzittern lässt. Sie ist von allen fünf die, die am meisten nach purem Sex klingt. Vor allem über die Lautsprecher. Ich muss mich wirklich zusammenreißen, damit ich nicht direkt verräterisch darauf reagiere.

„Hast du gerade eine Freundin? Wenn nicht, würdest du mit mir zum Abschlussball gehen?"

Mir läuft es heiß den Rücken runter. Der Abschlussball ist dieses Jahr ja auch noch. Es ist einfach, ihn zu vergessen, wenn man bisher nicht gefragt wurde. Ich wäre gern mit Cas gegangen, aber vor unserer Trennung war es schon immer schwierig, sich auf einen Termin zu einigen.

Mein Herz wird schwer. Deshalb verdränge ich die Gedanken an ihn.

„Ich habe keine Freundin." Jas lacht leise und man kann förmlich hören, wie die Herzen etlicher Mädchen höherschlagen. „Bin aber auch nicht auf der Suche. Danke für das Angebot, aber ich muss leider absagen."

„Oh, okay." Man hört ihr die Enttäuschung so stark an, dass es selbst mir beinahe das Herz bricht. Dabei ist seine Abfuhr keinesfalls unverschämt. Nur bestimmt.

So viele Mädchen an dieser Schule wünschen sich an die Seite eines Royals. Und an Frauengeschichten mangelt es ihnen wirklich nicht. Tatsächlich habe ich sie aber noch nie in einer festen Beziehung erlebt. Sie haben hier und da ihren Spaß, aber, von Rapha abgesehen, bekommt man davon meistens auch nicht viel mit. Da sind sie ziemlich diskret.

„Das bringt mich auf eine Idee", sagt Enzo und reißt mich damit aus meinen Gedanken.

Ich hämmere gegen die Tür und rufe, dass sie endlich aufmachen sollen, doch niemand reagiert. Frustriert lasse ich mich an ihr auf den Boden sinken.

„Es geht um den Abschlussball. Wie mir zu Ohren kam, wurde unsere Chaos-Queen bisher noch nicht gefragt."

Mir stockt der Atem.

„Möchte sie jemand auf den Abschlussball einladen?", fragt Jas.

Ich werde hochrot im Gesicht. Wie unangenehm. Die Leute halten mich doch schon für den größten Loser. Ich brauche niemanden, der mir hilft, ein Date zu finden. Notfalls gehe ich auch allein. Damit rechnet vermutlich eh jeder.

„Gut, vielleicht sollten wir dafür das Verbot, welches wir letztes Jahr ausgesprochen haben, aufheben", ertönt nun Raphas Stimme.

Sofort springe ich auf und rüttele am Türdrücker. Sie haben ein verdammtes Verbot ausgesprochen? Wo sind wir denn? Etwa im Kindergarten? Das ist das Kindischste, was ich bisher gehört habe. Und vor allem: Wann und wie haben sie das bewerkstelligt? Sind sie von Schüler zu Schüler gegangen und haben ihre Verbote verkündet? Flugblätter verteilt? Gibt es sonst noch etwas, was sie den Schülern in Bezug auf mich aufgetragen haben?

Andererseits würde ich jetzt gern wissen, ob mich jemand gefragt hätte, wenn es dieses lächerliche Verbot nicht geben würde.

Wieder klingelt es und ich werde aus meinen

Gedanken gerissen. Will mich jetzt jemand über das Schülerradio um ein Date bitten? Ich weiß nicht, was ich davon halten soll. Und trotzdem kribbelt es in mir und ich bin plötzlich unglaublich aufgeregt.

„Warum fragt ihr sie nicht?"

Sofort grinse ich über das ganze Gesicht. Diese Frage sollte sie aus der Reserve locken und ich weiß genau, wer sie gestellt hat. Denn diese Stimme würde ich unter tausenden wiedererkennen.

Ich bin ihr dankbar und gleichzeitig frage ich mich, was das soll. Ein Date mit einem Royal ist nicht direkt in meinem Interesse.

„Auf gar keinen Fall", spuckt Rapha aus.

„Never", stimmt Enzo mit ein. Obwohl er aufrichtig klingt, zweifele ich an seiner Aussage. Mag sein, dass er mich nicht zum Abschlussball begleiten würde, aber nach dem Kuss, der von ihm ausging, kann ich nicht ganz glauben, dass ich so ein großes „Never" bin.

„Nicht mein Typ", nuschelt Jas.

Dass seine Stimme dabei wenig aussagekräftig klingt, irritiert mich. Als würde er nicht meinen, was er sagt. Dabei bin ich mir ziemlich sicher, dass er keinen Grund hat, zu lügen.

„Ach nee", lässt Mace verlauten. Das kratzt ein wenig an mir, weil er mein Liebling ist. Aber so abweisend und gelangweilt er in meiner Nähe immer ist, war das abzusehen.

Fehlt nur noch Sam. „Ich brauche kein Date. Wozu ein Mädchen daten, dass am Ende heult, weil es sich mehr erhofft. Lieber habe ich meinen unverbindlichen Spaß."

Er glaubt doch nicht im Ernst, dass ich mir mehr erhoffen würde? Oder war das allgemein gesprochen?

Es schüttelt mich. Sie klingen so, als wäre ich derart abstoßend. Pah. Ich bin nicht wie die anderen Mädchen unserer Schule mit meinem Stil und meinen Hobbys. Aber ich fühle mich nicht so ekelhaft, wie sie es gerade hinstellen.

„Wie wäre es, wenn wir den Spieß umdrehen? Fragen wir sie doch mal, welcher Royal ihr am besten gefällt."

Bevor mir die Bedeutung seiner Worte klar werden kann, wird die Tür aufgerissen, gegen die ich lehne. Mit wild rudernden Armen falle ich nach hinten und mache unfreiwillig Bekanntschaft mit dem Boden.

Die Jungs lachen unwillkürlich los und zeigen mit dem Finger auf mich. „Wenn ihr das hättet sehen können", gibt Rapha unter Tränen von sich.

„Offensichtlich liegt sie Mace zu Füßen, im wahrsten Sinne des Wortes", ergänzt Enzo.

Ich sehe nach oben, direkt in die blauen Augen von Mace, und bleibe fasziniert daran hängen.

Dann bemerke ich das Grinsen auf seinen Lippen, das sogar kleine Lachfältchen um seine Augen hervorbringt. Spöttisch hebt er eine Augenbraue. „Genug geguckt, Blondchen?"

Ich rappele mich auf und schlage die Augenlider nieder. Mir steigt die Hitze in den Kopf, weil er mich beim Gucken erwischt hat.

„Na, ist es Mace, mit dem du dir ein Date erhoffst, Babe? Oder willst du es lieber wilder?"

Irritiert sehe ich sie der Reihe nach an, wie sie im Halbkreis hier sitzen und meinen Rückzugsort besetzen. Sie erwarten nicht ernsthaft eine Antwort, oder? Natürlich könnte ich ehrlich sein und „Mace" antworten. Aber was würde es mir bringen als Hohn und Spott? Einfacher würde ich aus der Sache rauskommen, wenn ich sie anlog.

„Hat es dir die Sprache verschlagen, Wildkatze?"

„Sehe ich so aus, als wäre ich so selbstzerstörerisch, mit einem von euch etwas anfangen zu wollen? Eure Egos sind eindeutig in zu hohen Sphären. Lieber gehe ich allein zum Abschlussball, als mit einem von euch gehen zu müssen. Und jetzt gebt mir mein Studio wieder. Ihr habt hier nichts zu suchen!"

Mein Blick soll ihnen zeigen, dass ich meine, was ich sage, und ich bleibe an den grünen, ausdrucksstarken Augen von Jas hängen. Sein Blick ist auf mich gerichtet und absolut nicht zu deuten. In einem Augenblick wirkt er interessiert und belustigt und dann auch wieder nicht.

„Gott sei Dank. Ich hab mir Sorgen gemacht, du würdest auf Bad Boys stehen und dich nach mir sehnen, Babe", wirft Rapha in den Raum, die Augen belustigt funkelnd, und alle beginnen, zu lachen.

Auch ich lache, aber aus anderen Gründen.

„Du hast nur Angst davor, was ihr alle bei mir kriegen könntet. Nämlich das, wonach ihr euch insgeheim sehnt. Ich bin keines dieser Mädchen, die euch hinterherhecheln. Zumindest nicht auf dieselbe Weise wie die anderen. Die anderen sind euch hörig und das wird mit der Zeit langweilig."

Die Jungs sehen mich sprachlos an. Nur das Wesen von Rapha verändert sich schlagartig. Er springt von seinem Stuhl auf, starrt mich wütend an und wird sofort von Enzo zurückgehalten.

Automatisch weiche ich ein paar Schritte zurück.

„Du weißt gar nichts", brüllt er mir entgegen und ich kann Rapha nur mit einem tollwütigen Tier vergleichen.

Habe ich etwa einen wunden Punkt erwischt?

Alles, was ich tue, ist, bis zum Türrahmen zurückzuweichen und die Szene vor mir zu beobachten. Rapha versucht noch immer, sich gegen Enzos Griff zu wehren, und weil er sich so hochschaukelt, mischt sich nun auch Jas ein und auch die anderen beiden erheben sich.

Während ich dort stehe, gehen mir seine Worte nicht aus dem Kopf. *Du weißt gar nichts.*

Ich ahne, dass sie viel mehr meinen, als ich begreife.

Marek „Mace"

„Du hast ja schon wieder einen Glimmstängel im Mund."

Wäre Sam nicht mein bester Freund, würde mich sein ewiges Gemecker über meine Nikotinsucht richtig abfucken. So nehme ich es augenrollend hin.

Ständig bekommen Jas und ich diese Seitenhiebe. Dass Enzo und Rapha jedoch regelmäßig in Alkoholexzesse verfallen, scheint ihn weniger zu interessieren. Und auch wenn Enzo es nicht offen zugibt, wissen wir alle, dass er auch regelmäßig bekifft ist oder irgendwelche Pillen nimmt. Da sagt auch niemand etwas.

Demonstrativ nehme ich einen tiefen Atemzug meiner Zigarette, inhaliere den Rauch, bis meine Lunge rebelliert. Dann puste ich ihn Sam entgegen.

„Jipp", antworte ich und kann mir mein Grinsen nicht verkneifen, weil er mit der Hand vor seinem Gesicht herumfuchtelt. Dabei murmelt er Schimpfwörter, die an mich gerichtet sind.

„Du Drecksack." Ich mache mir nicht mal die Mühe, mein Schmunzeln zu verbergen, und ziehe die Augenbrauen in die Höhe. Es macht viel zu viel Spaß, ihn zu ärgern. Was anderes verdient er nicht, wenn er mit seinem belehrenden Scheiß um die Ecke kommt.

„Wo bleiben die anderen?"

Ich nehme einen weiteren Zug und Sam haut mir die Zigarette aus der Hand.

„Was soll der Scheiß? Ich wollte die noch rauchen", blaffe ich. Wie gern würde ich ihm jetzt eine runterhauen, aber ich reiße mich zusammen. Immerhin kritisiere ich Rapha ständig wegen seines unangebrachten Temperaments.

„Sie kommen gleich. Ich wollte dich noch um etwas bitten."

Die Zigarette am Boden qualmt noch vor sich hin, sodass ich sie austrete und mir mit der Hand durch die Haare fahre. Trotzdem fallen mir die Strähnen wieder ins Gesicht. Auffordernd sehe ich ihn an.

„Kannst du dich so zusammenreißen, dass Enzo nichts von meinem Fehltritt erfährt?"

Das flaue Gefühl in meinem Magen ist auf einen Schlag wieder da. Eigentlich habe ich gedacht, Sam besser als die anderen Jungs zu kennen. Immerhin lachen wir über dieselben Witze, finden die gleichen

Frauen geil und haben einen ähnlichen Hass auf die Welt.

Umso wütender macht es mich, dass er gegen unsere Abmachung verstoßen hat, um mit Nina rumzumachen. Er hat kein Interesse an ihr. Alles, was ihn interessiert, ist sein Spaß.

Der Gedanke lässt mich noch mehr die Zähne aufeinanderpressen. Wenn ich mir vorstelle, wie er ihren zierlichen Körper umschlungen hält, durch ihre blonden, kurzen Haare fährt, ihre Lippen erobert und sie zum Stöhnen bringt, schnürt sich meine Kehle zusammen und ich will ihn schütteln; will ihm klarmachen, dass er nicht mit ihr spielen soll. Aber er würde nur belustigt abwinken und sagen, dass sie sich schon nicht verlieben wird.

Dass sich bisher fast alle Mädchen in ihn verliebt haben, nachdem er mit ihnen geschlafen hat, vergisst er dabei gern mal.

Aber wie will man es ihnen verdenken, wenn er ihre Gefühle nach Lust und Laune manipuliert? Wenn sie von seiner Gabe wüssten, würden sie vielleicht hinterfragen, ob sie sich ihm wirklich so zugetan fühlen.

„Ja", ist meine knappe Antwort.

Ich trete gegen meine Sporttasche und Sam grinst mich an. Vermutlich weiß er, was in mir vorgeht, und findet es witzig.

Sam hat seinen Overall, die Knieschoner und Schutzweste bereits an. Ich beobachte ihn dabei, wie er sich sein Kopftuch anlegt, und verspüre überhaupt keine Lust, es ihm gleichzutun.

Einmal im Monat fahren wir zu einem eher unbekannten Paintballplatz und spielen gegen andere Teams. Niemand, der uns kennt, weiß hiervon und dabei wollen wir es auch belassen. Es ist unsere Zeit, bei der wir entspannen können.

Da es letzte Nacht ziemlich spät wurde, bin ich dementsprechend müde. Denn mithilfe meiner Eltern habe ich ein Buch über Gaben erhalten, von dem ich mir erhoffe, dass es mir bei meiner Forschung weiterhilft. Ich konnte es nicht aus der Hand legen und bin daher erst weit nach Mitternacht ins Bett gegangen.

Da wäre ich jetzt lieber; oder an meinem Schreibtisch, um das Buch weiter zu studieren. Es ist ein ziemlich altes Buch, auf Latein, weshalb es schwieriger ist, es zu lesen. Wenigstens macht sich mein Unterricht mal bezahlt.

„Da kommen die anderen. Enzo ist ziemlich angepisst."

Ich folge Sams Blick in Richtung Parkplatz, von wo die drei kommen. Man muss weder Gefühle noch Gedanken lesen können, um sich dessen sicher zu sein. Enzos Gesichtsausdruck und seine Körperhaltung schreien es zum Himmel. Seine Augen sind so klein, dass es mich wundert, dass er überhaupt noch sieht, wohin er gehen muss.

„Mach dir weniger Gedanken, ob ich genug sehe, und gehe dich verdammt nochmal umziehen. Das Spiel beginnt gleich. Wenn Rapha nicht noch Bella gefickt hätte, wären wir auch pünktlich gewesen."

Rapha zeigt Enzo den Mittelfinger. Doch dieser stürmt ohne weitere Worte an Sam und mir vorbei in die Umkleidekabine. Jasper geht ihm hinterher, vermutlich, um ihn zu beruhigen.

„Scheißegal, was er sagt, ich rauche jetzt erstmal eine. Ich brauche meine Zigarette nach einem guten Fick."

Verlangend hält Rapha mir die offene Hand entgegen. Enzo wird ihn einen Kopf kürzen, dessen bin ich mir sicher. Aber mir soll es recht sein. Ich hole die Packung aus meiner Tasche und halte sie ihm entgegen. Er bedient sich an der Schachtel, steckt sich eine Fluppe in den Mund und zündet sie sich an.

„Wie lange willst du sie eigentlich noch in dem Glauben lassen, dass sie die Einzige für dich ist?", fragt Sam ihn und zieht sich die Handschuhe an.

Rapha hebt fragend eine Augenbraue und pustet Sam den Rauch mitten ins Gesicht. „Boah, ihr seid solche Wichser."

Wieder fuchtelt er mit den Händen durch die Luft und tritt einen Schritt zurück. „Ist mir doch egal, was du von ihr willst oder ob du ihr das Herz brichst. Ich bin keinen Deut besser. Aber ich sage den Mädels vorher wenigstens, woran sie sind."

Rapha zuckt mit den Schultern und raucht nun in die andere Richtung. „Solange sie denkt, sie sei die Einzige, gibt sie sich mehr Mühe."

Ein dreckiges Grinsen ziert seine Lippen. Dann macht er mit der Faust und seiner Zunge gegen die Wange eine eindeutige Bewegung. Ich fange an, zu lachen. Er ist so ein Macho. Mir wäre das zu viel.

Ich werfe mir die Tasche über die Schulter und schiebe meine linke Hand in die meiner Hose. Gerade will ich mich in Bewegung setzen, als ich dieses Kribbeln hinter meinen Augen verspüre. In meinem Kopf beginnt es, sich zu drehen, als würde ein Tornado darin wirbeln.

Schnell packe ich Sam an der Schulter. Er schaltet sofort und legt seinen Arm um meine Hüfte. Seit ich einmal die Orientierung verlor, stolperte und dabei so blöd fiel, dass ich mir den Arm brach, dient Sam als meine Stütze, wenn ich mich nicht hinsetzen kann.

Die Geräusche um mich herum verstummen augenblicklich. Meine Gedanken werden langsamer und rücken in den Hintergrund. Ich rieche nichts mehr und der Geschmack meiner vorangegangenen Zigarette verfliegt. Ich falle in eine andere Bewusstseinsebene.

Ich öffne meine Augen und sehe mich und die Jungs auf dem Parkplatz. Uns gegenüber steht ein gegnerischer Spieler. Er trägt seine Paintballschutzkleidung, sodass ich ihn nicht erkennen kann. Offenbar war er ziemlich gut, denn Rapha hält ihm die Hand hin, um seine Leistung anzuerkennen.

Die Szene springt. Der gegnerische Spieler will flüchten, aber Jas und ich stellen uns in den Weg. Enzo fordert, dass er die Maske und das Kopftuch abnimmt und uns sagt, wer er ist. Dann tut er es zögerlich.

Ich hole tief Luft und öffne meine Augen. Sam hält mich noch immer fest im Arm. Langsam löst er sich von mir und ich grinse vor mich hin. Wo ich bis eben noch gehadert habe, ob ich wirklich mitspiele, habe ich nun meine Antwort. Ich werde mitspielen. Gerade wurde es interessant.

„Was hast du gesehen?", fragt Sam.

Ich schüttele den Kopf. „Keine Chance. Das bleibt mein Geheimnis. Du wirst es noch früh genug erfahren."

„Dass du immer so ein Geheimnis um deine Visionen machen musst", brummt Rapha und tritt seine Zigarette aus. Er geht an mir vorbei und ich kann verstehen, dass ihn das wurmt. Es ist interessant, Dinge zu sehen, bevor sie geschehen. Andererseits kann ich das nicht steuern, weder wann ich die Visionen bekomme noch was ich sehe.

Einmal hatte ich beim Sex eine Vision. Plötzlich war ich vollkommen weggetreten, bewegte mich nicht und war nicht ansprechbar. Sie hat solche Panik geschoben, dass ich einen Schlaganfall oder sowas habe, dass sie den Krankenwagen gerufen hat.

Die Rettungskräfte nahmen mich mit, obwohl ich beteuerte, dass alles in Ordnung sei. Aber die Sanitäter ließen nicht mit sich reden und so wurde ich im Krankenhaus gründlich durchgecheckt. Eine Woche war ich da, bis sie mich gehen ließen. Immerhin konnte ich ihnen schlecht sagen, was los war.

Ich folge Rapha zu den Umkleidekabinen.

„Ey, hebt euer Gift wenigstens auf und schmeißt es in den Mülleimer."

Kurz blicke ich über die Schulter und beobachte, wie Sam sich bückt, unsere Stummel aufhebt und sie angewidert zum Mülleimer trägt. Er murmelt wieder irgendwelche wüsten Beschimpfungen und ich gehe grinsend ins Gebäude.

Ich komme keine fünf Meter, da kommt mir Enzo entgegen. „Du bist ja immer noch nicht umgezogen."

Das hat er ziemlich gut erkannt. Ich beobachte, wie sich seine Fäuste ballen, und versuche gar nicht erst, zu verbergen, wie sehr er mich amüsiert. Immerhin kann er in meinen Gedanken sehr gut lesen, dass ich seine Reaktion lächerlich und überzogen finde.

„Beeil dich. Du hast zwei Minuten."

Ich zeige ihm gedanklich meinen Mittelfinger, woraufhin er knurrt. Es macht immer wieder Spaß, ihn zu reizen, und das ganz ohne Worte.

Dann legt er seine Hände an meinen Rücken und schiebt mich zu den Umkleidekabinen. Ich versuche, seiner Berührung zu entkommen, aber er lässt nicht los. Das ist wieder der Vorteil an seiner Gabe: Er weiß Dinge, die ich nie ausgesprochen habe. Ich hasse es, wenn mich jemand außer Sam ungefragt anfasst.

„Mach das nächste Mal gleich, was ich will, und ich verzichte darauf", raunt er mir ins Ohr. Ein Schauer des Unbehagens überläuft mich und schüttelt mich. Gut: Ich schätze, wir sind jetzt quitt.

Als ich eintrete, unterhalten sich Jas und Rapha gerade gedämpft.

Ich ziehe mir das Shirt über den Kopf und schmeiße es lieblos auf die Bank vor mir. Danach schäle ich mich aus der Jeans und steige in meinen tarnfarbenen Overall. Zum Schluss lege ich meine restliche Ausrüstung an und hänge in meinen Gedanken fest. Denn wenn ich will, dass meine Vision eintritt und für alle eine Überraschung wird, muss ich für eine Sache sorgen. Und zwar, dass Enzo seine Gabe nicht nutzen kann. Das ergibt sowieso Sinn, da wir Last-Man-Standing spielen wollen. Und so könnte er sämtliche Züge boykottieren und wäre im Vorteil. Das würde natürlich keinen Spaß machen.

Ich bin der Letzte, der rauskommt. Die anderen haben bereits ihre Masken auf und ihre Markierer mit elektrischem Hopper in der Hand.

Die gegnerischen Spieler sind ebenfalls bereits da und warten darauf, dass es losgehen kann. Auch wenn ich die andere Mannschaft dadurch noch länger warten lasse, muss ich eine Sache dringend ansprechen.

Ich gehe dichter an meine Jungs heran und sie scheinen zu merken, dass das, was ich sagen will, nur für ihre Ohren gedacht ist, und beugen sich mir entgegen.

„Niemand nutzt seine Gabe. Klar?"

Dabei sehe ich Sam, Rapha und ganz besonders Enzo an. Jas' Gabe interessiert mich wenig. Ob er sie nutzt oder nicht, hat keinen Einfluss auf unser Spiel.

Rapha nickt verbindlich, genauso wie Sam; nur Enzo sieht mich grimmig an. Na, das war ja klar, der werte Herr Anführer glaubt, er sei was Besseres. Oder er hat Angst, dass er es ohne seine Gabe nicht weit schafft. Wenn man sich immer darauf verlassen kann, gibt man sie ungern auf.

„Ich werde dir zeigen, wie gut ich auch ohne meine Gabe bin", knurrt er und hält mir seine Hand entge-

gen. Lächelnd schlage ich ein. Damit ist es abgemacht.
Jetzt können wir zu spielen beginnen.

Samu „Sam"

Das muss ich Mace lassen: An Enzos Gabe habe ich gar nicht gedacht. Aber er hat recht. Wenn wir Last-Man-Standing spielen und am Ende nur noch eine einzige Person „überleben" darf, hat Enzo es viel zu leicht.

Er könnte Strategien belauschen, niemand könnte sich mehr vor ihm verstecken und er wüsste immer genau, was man im Begriff ist, zu tun - wie zum Beispiel ihn von hinten anzugreifen.

Bei Rapha gehe ich auch noch mit. Wenn er die Zeit für alle anderen langsamer laufen lässt, kann er sich irgendwo verstecken oder ist schon hundert Meter weiter. Oder er kann in Ruhe zielen.

Aber warum er explizit mich angesprochen hat, kann ich nicht nachvollziehen. Ich habe überhaupt keinen Einfluss auf die anderen. Gut, ich kann sie wütend oder traurig machen, meinetwegen auch geil; aber hilft mir das weiter?

Also keine Gaben. Das kann ich verkraften.

Enzo gibt uns mit einem Wink zu verstehen, dass wir ihm folgen sollen. Ich setze mich wie die anderen in Bewegung, da kommt aus dem gegnerischen Team jemand auf uns zugelaufen. Ich wundere mich und stoppe.

Ich versuche, seine Gefühle zu erspüren. Er ist ziemlich aufgeregt und kann es kaum erwarten. Weil ich nicht aufgepasst habe, überträgt sich sein Gefühl direkt auf mich. Ich werde hibbelig und tippele mit den Füßen hin und her.

Seine Statur ist ziemlich schmächtig im Gegensatz zu der der anderen und trotzdem lässt er keinen Zweifel daran, dass es sich bei ihm um den Teamkapitän handelt. Das zeigt sich schon darin, dass er das Sprechen für sie übernimmt.

Wir haben bisher noch mit keinem von ihnen gespielt. Üblicherweise spielen wir immer mit Leuten die wir bereits kennen, doch von dieser Gruppe wurden wir angeschrieben und wir haben uns darauf eingelassen.

„Ist noch etwas unklar?", fragt Enzo. Er scheint seine Gabe bereits abgestellt zu haben. Es ist vermutlich auch ganz angenehm, mal nur seinen eigenen Gedanken lauschen zu müssen. Ich würde nicht tauschen wollen. Es ist lästig genug, die Gefühle der anderen bruchstückhaft nachzuempfinden.

Denn wenn ich alles ganz genauso fühlen würde wie die Menschen um mich herum, würde ich schon in einer Gummizelle sitzen.

„Ich dachte, wir machen es etwas spannender." Die Stimme des Kapitäns ist ziemlich hoch. Entweder, der Arme hat seinen Stimmbruch verpasst, oder ihm wurde kurz zuvor in die Eier getreten.

Meine Jungs wenden sich ihm interessiert zu. Auch ich bin gespannt, was jetzt kommt. Ich meine, wie kann man es spannender machen, als dass am Ende nur noch einer übrig ist?

„Der Gewinner hat bei der Verlierergruppe einen Wunsch frei."

Das gegnerische Team tuschelt miteinander und sieht ratlos drein. Offenbar war das nicht abgesprochen. Aber das macht es noch viel faszinierender. Immerhin zeugt es von großem Selbstvertrauen, wenn er glaubt, er könne uns alle schlagen. Ansonsten hätte er seine Idee mit seinem Team besprochen, oder?

„Was ist das denn für ein Quatsch? Wir wollen einfach nur spielen. Brauchtest du deshalb ein Team?", wirft einer von ihnen ein und ich versuche, etwas hinter den Masken zu erkennen. Ihre Augen spiegeln die Genervtheit wider, die sie mit ihren Worten schon zum Ausdruck gebracht haben.

„Dann nur ich. Wenn ich euch besiege, darf ich mir von euch was wünschen. Wenn ihr mich besiegt, gewähre ich euch einen Wunsch."

„Bist du die gute Fee, oder was?", fragt Rapha und wir lachen. Wenn er so von Wünschen redet, könnte man meinen, er hat zu viele Disney-Filme gesehen.

„Geht ihr darauf ein, oder nicht?", fragt er nur und reagiert überhaupt nicht auf Raphas Aussage.

Ich nicke anerkennend. Die wenigstens kommen mit Raphas Art klar. Auch ich musste mich erstmal daran gewöhnen.

„Ich wüsste nicht, welchen *Wunsch* du uns erfüllen könntest, den wir uns nicht selbst befriedigen können?", fragt Enzo misstrauisch.

„Das könnte doch lustig werden", wirft Mace ein.

Ich sehe seinen verschmitzten Gesichtsausdruck.

Als wüsste er genau, was da auf uns zukommt. Ob es das ist, was er vorhin gesehen hat? Aber wenn es ihn begeistert, dann bin ich ebenfalls dafür.

„Dann wird es doch doppelt so gut, zu gewinnen", stimme ich zu. Unser werter Herr Anführer zieht eine Augenbraue in die Höhe. Dann seufzt er tief und hält dem anderen Kapitän die Hand hin.

„Abgemacht." Sein Gegner schlägt ein und dann können wir endlich spielen.

Zur besseren Orientierung bekommen wir vom Betreiber Nummern auf unsere Schutzwesten geklebt. Und die Aufregung rast nun durch meine Adern. Ich habe richtig Lust.

Obwohl ich mich frage, was er sich wünschen will, wenn er gewinnt. Nicht, dass wir das zulassen würden.

„Die Regeln sind klar?", fragt der Schiedsrichter, nachdem er uns die wichtigsten Punkte nochmal genannt hat. Wir haben begrenzte Munition; jeder hat zehn Kugeln. Ich prüfe meine im Hopper und sehe das gegnerische Team nicken. Sie scheinen genauso aufgeregt zu sein wie wir. Können kaum still auf der Stelle stehen, kontrollieren ihre Ausrüstung.

Der Kerl, der uns den Deal vorgeschlagen hat, ist der Einzige, der eine Ruhe und Gelassenheit ausstrahlt, die ich sonst nur von mir kenne. Entweder bedeutet das, dass wir ein besonders leichtes Spiel haben, weil er sich überschätzt, oder er kann uns tatsächlich gefährlich werden und es nicht abwarten, uns fertigzumachen.

Ich lächele selig. Das soll er erstmal versuchen.

„Sobald niemand mehr Kugeln hat oder nur noch zwei Personen auf dem Spielfeld stehen, gebe ich einen Sudden-Death-Point bekannt. Der Erste, der dort ankommt, gewinnt."

Wir alle gehen aufs Feld und warten darauf, dass der Startschuss ertönt. Meine Jungs und ich werden uns so lange in Ruhe lassen, bis das gegnerische Team ausgeschieden ist. Erst danach geht die Party richtig los und wir können unsere Schwänze vergleichen.

Das Signal ertönt und wir laufen alle gleichzeitig los: jeder in eine andere Richtung. Ich bleibe bei Mace in der Nähe und wir laufen in das Waldgelände. Hier hat man einen natürlichen Schutz. Anders als auf dem freien Feld, von dem wir kommen. Dort wurden künstliche Verstecke aufgebaut. Doch ich mag es lieber, wenn man glaubt, in einer richtigen Schießerei zu stecken.

Wir sind noch nicht weit gekommen, als das vertraute *Pop* erklingt. Ein Markierer wird abgefeuert. Schnell ducke ich mich. Aber Mace hat nicht dieselben Reflexe wie ich.

Drei weitere Schüsse ertönen. Ich drehe mich um und versuche, auszumachen, woher sie kommen. Ich suche hinter einem Baum Schutz und lasse meinen Blick über das Gelände gleiten.

Ich rieche Tannennadeln und Harz. Weiter entfernt höre ich Schritte durch das Unterholz auf uns zukommen und abfeuernde Markierer. Das Game ist in vollem Gange.

Neben mir stöhnt jemand und ich sehe zu Mace rüber. Er hat es nicht hinter einen Baum geschafft und wurde auf der Innenseite seines Oberschenkels getroffen. Ziemlich nahe seiner Körpermitte befindet sich ein Abdruck blauer Farbe.

Ich beiße mir auf die Unterlippe und verziehe mein Gesicht. Mein bester Freund ist nun draußen. Aber er hatte eh nicht besonders viel Lust, mitzuspielen. Vermutlich, weil er noch immer damit zu kämpfen hat, dass ich mit Nina rumgemacht habe. Es war gut, aber nichts Besonderes.

Da mache ich eine Bewegung aus. Hinter einer dicken Eiche ist einer. Ich lege meinen Markierer an, ziele und warte darauf, dass mein Gegner hinter dem Baum hervorlugt. Mein Ziel ist nicht sein Kopf, sondern die Schulter, die sich mit ihm hervordrehen wird.

Sobald ich die kleinste Bewegung registriere, drücke ich ab. Einmal. Zweimal. Ich kann einen Blick auf seine Nummer erhaschen, bevor er sich wieder hinter dem Baum versteckt.

Es ist Nummer vier. Aus dem Augenwinkel sehe ich, wie Mace mit hängendem Markierer das Spielfeld verlässt. Offenbar hatte er noch nicht vor, zu verlieren.

Da läuft Nummer vier auf der anderen Seite davon. Ich lege den Markierer wieder an, atme tief durch und drücke ab.

Die Kugel fliegt über das ganze Gebiet, an Bäumen und Büschen vorbei und zerschellt den Bruchteil einer Sekunde später an der Hüfte meines Gegners. Dieser zieht laut fluchend von dannen.

Drei Kugeln habe ich jetzt aufgebraucht. Also bleiben mir noch sieben. Ich hoffe, die anderen Jungs haben auch schon jemanden bezwungen. Dann habe ich noch genug Kugeln, um das Game für mich zu entscheiden.

Da Rapha und ich gleichstark sind, wird es wohl wieder ein Duell zwischen uns beiden. Vorher werde ich noch Enzo und Jas ausschalten müssen. Aber das habe ich schon mal geschafft.

Ich drehe mich um und eine Kugel zerbirst auf meiner Brust. Unglaubig sehe ich nach unten und presse mir die Hände auf mein Herz.

Überall ist gelbe Farbe.

Verdammt.

Ich wurde getroffen.

Als ich nach oben sehe, verschwindet Nummer fünf gerade im Gestrüpp. Es ist also doch Können, das ihn veranlasst hat, uns diese Bedingung zu stellen.

Lorenzo „Enzo"

Ich laufe durch den Wald und genieße das Gefühl der Stille in mir. Meine Gedanken lassen sich nicht dauerhaft ausschalten, weshalb jeden Tag Dutzende unterschiedliche Gedanken auf mich einstürzen.

Dabei geht es ganz häufig um Liebeskummer. Zumeist in Bezug auf uns. Der Radius meiner Gabe ist glücklicherweise nicht sehr weit. Je größer die Entfernung zu einer Person, umso unverständlicher werden ihre Gedanken, ehe die Verbindung abbricht.

Ähnlich wie beim Babyphone unserer Nachbarn.

Auf einer Seite ist es toll, wenn einen die Mädels anhimmeln und begehren, aber es ist genauso nervend. Manche wollen nur vor ihren Freundinnen angeben, andere trauen sich nicht, uns anzusprechen und führen einen inneren Stärkungsmonolog, nur um den Schwanz einzuziehen. Und andere verwechseln uns mit irgendwelchen Stars.

Es gibt Momente, in denen ich mir durchaus vorkomme wie der größte Hengst, aber mit der Zeit finde ich das Verhalten der Mädchen zunehmend nur noch armselig.

Tatsächlich gibt es bei uns in der Klasse sogar eine, die im Unterricht eine Geschichte über uns schreibt. Sie stellt sich sehr skurrile Sexszenen mit uns vor, in denen sie die Hauptrolle spielt. Wir Royals sind zwar miteinander befreundet und hängen ständig zusammen ab, aber ich bezweifele stark, dass zwischen uns ein Dreier, geschweige denn ein Sechser stattfinden würde.

Es knackt neben mir und ich fahre herum. Der Joint von vorhin macht mich langsamer. Dafür hilft er mir meist dabei, nicht in dem Gedankenstrudel zu ertrinken, der mich immer wieder überfällt.

Jeden Tag werde ich von den Gedanken unendlich vieler Menschen erschlagen und wenn ich nur für mich bin, ist es oft ein ziemlich beängstigendes Gefühl. Es gibt Momente, in denen ich glaube, durch die Stimmen schizophren zu werden, und wenn ich meine Gabe ausschalte, fühle ich mich überfordert, mit mir allein.

Zeitweise weiß ich nicht mal, ob meine Gedanken wirklich meine Gedanken oder doch die eines anderen sind.

Das Cannabis hilft mir dabei, nicht verrückt zu werden. Aber selbst das reicht manchmal nicht und ich brauche etwas Härteres.

Eine Hand klatscht auf meine Schulter. Ich fahre herum und reiße dabei meinen Markierer hoch. Mein Finger liegt am Abzug und ich bin bereit, abzudrücken.

Das ist eine weitere Sache. Ich bin ohne meine Gabe wie ausgeliefert; jeder kann sich unbemerkt anschleichen. Ansonsten kann sich mir niemand ohne mein Wissen nähern.

Mein Mund ist trocken und mein Herz rast, als ich Jas erkenne. „Ist alles gut bei dir? Du stehst schon eine Weile regungslos herum."

Ich nicke. Es wäre ein Leichtes, ihn zu bitten, meinen Zustand aufzuheben. Würde ihn weder Zeit noch Mühe kosten. Aber ich bin nicht bereit, mich meinen Gedanken ohne Dröhnung gegenüberzustellen.

„Kümmere dich um deinen eigenen Kram, Sander."

Wir sehen uns gegenseitig in die Augen und ich kann diesen wissenden Ausdruck in denen meines Freundes nicht ertragen. Deshalb schließe ich meine kurz und wende mich ab. Keiner von ihnen weiß wirklich Bescheid, aber sie sind nicht dumm. Natürlich können sie meine geweiteten Pupillen deuten.

Hätten sie genug Schneid, mich darauf anzusprechen, hätten sie mir schon gesagt, dass sie es scheiße finden. Oder dass ich aufhören soll. Nicht, dass ich auf sie hören würde. Aber sie fahren eine ziemlich klare Keine-Drogen-Linie.

„Mace und Sam wurden gerade abgeschossen."

Mace hatte eh keine Lust gehabt. Lieber wollte er zurück und mit seiner Forschung weitermachen. Aber dass Sam sich so schnell abschießen lässt, ist neu. Ich knurre, weil es bedeutet, dass unsere Gegner stärker sind, als ich annahm.

„Gut, dann entscheidet es sich zwischen uns dreien."

Jas nickt. In einigem Abstand zueinander schleichen wir zwischen den Bäumen durch. Es sind keine Vögel zu hören. Nur das Rauschen der Blätter in den Wipfeln. Ich halte nach jemandem vom anderen Team Ausschau, auf den ich schießen kann, und seufze.

Wie gern würde ich meine Gabe wieder aktivieren. Ohne sie ist es viel beschwerlicher. Mit ihr habe ich es dahin geschafft, wo ich jetzt bin. Die Menschen um einen herum sind ziemlich leicht um den Finger zu wickeln, wenn man weiß, was sie wollen. Ich kann mich bewusst dafür oder dagegen entscheiden, ihren Wünschen nachzukommen.

Man macht sich Freunde oder gewollt Feinde. Lehrer helfen einem unbewusst in Tests und Klausuren und man kann fast alles kriegen, was man will. Und niemand kann einen hintergehen. Ich weiß immer, wo ich stehe.

Auch bei Nina. Ich weiß alles über sie. Zum Beispiel, dass sie uns vermisst, obwohl wir solche Arschlöcher sind.

Ich weiß von ihrer Schwärmerei für Mace und ihrem Plan, uns einzeln abzufangen, um hinter unser Geheimnis zu kommen. Selbst, dass sie vor kurzem erfahren hat, dass sie von einem Geist entjungfert wurde und es sie ziemlich mitgenommen hat.

Meine Gedanken wandern zu dem Kuss. Sie hat bei mehr als einer Gelegenheit darüber nachgedacht. Dabei war es nicht mehr als ein Mitleidskuss. Sie war so verängstigt und dankbar, da konnte ich einfach nicht widerstehen. Es darf nur niemand erfahren und schon gar nicht ...

Ich komme auf eine Lichtung. Am anderen Ende davon kommt Nummer drei auf mich zu. Als wolle er mir direkt in die Arme laufen.

Mit dem Markierer im Anschlag zielt er auf mich und schießt. Ich brauche nicht mal Deckung suchen, weil er so stark schwingt, dass die Kugeln meterweit vor mir im Gras landen und es blau färben.

Meiner Meinung nach ist das ziemlich dumm. Lieber sollte er stehen bleiben und bei ruhiger Hand zielen. So wie ich es gerade tue.

Ich gehe auf mein rechtes Knie runter, stütze meinen Ellenbogen auf meinen linken Oberschenkel und richte meine Aufmerksamkeit auf die Nummer drei, die immer dichter kommt.

„Du hast keine Chance", murmele ich. Mein Finger zuckt, ich drücke den Auslöser durch und grinse siegessicher.

Eine weitere Kugel saust an mir vorbei, diesmal näher. Dafür trifft meine ihn voll in den Magen. Zumindest täte sie das, wenn er keine Weste anhätte. Er stöhnt und verschwindet beleidigt vom Platz.

Mit einem zufriedenen Lächeln stehe ich wieder auf. Dann höre ich Schritte hinter mir. Ich fahre herum, richte meinen Markierer auf die Person.

Dann zerplatzt eine Kugel auf meinem Arm und lässt mich aufstöhnen. Der Markierer fällt zu Boden und ich halte mir die Stelle. Verdammt, tut das weh.

Trotz der Schmerzen ist mir bewusst, dass es nicht die Nummer zwei war, die mich getroffen hat. Die Kugel kam von hinten.

Ich drehe mich um und erkenne Jas, der seinen Markierer gerade sinken lässt. Hitze steigt in meinen Oberkörper und ich will mich auf ihn stürzen. Dieser Idiot. Wir hatten eine Abmachung. Erst die anderen, dann wir.

Mein Kiefer schmerzt, weil ich meine Zähne so fest aufeinanderpresse. Die Ader an meiner Schläfe pocht.

„Du erbärmlicher Idiot. Was zur Hölle soll der Scheiß?"

Komm mal wieder runter. Das war keine Absicht. Ich habe auf Nummer zwei gezielt und du standest im Weg. Kann passieren.

Ich renne auf ihn zu und schleudere ihm meine Waffe vor die Füße. „Bist du zum Scheißen zu blöd? Der Typ stand weit genug entfernt. Da bringt dir deine Ausrede, dass ich im Weg stand, nichts."

Ganz automatisch bin ich wieder geswitcht und lausche seinen Gedanken. Die Nummer zwei ist weggelaufen und ich stehe mit geballten Fäusten vor Jasper. Wie gern würde ich ihm eine runterhauen.

Du bist nicht zurechnungsfähig, wenn du dieses Zeug nimmst. Ich habe lang genug zugeguckt und werde es nicht mehr einfach so hinnehmen. Du willst unser Anführer sein? Verhalte dich auch entsprechend.

„Sag mir nicht, was ich zu tun und zu lassen habe, und hör auf, mir etwas zu unterstellen, was nicht stimmt. Du bist nur neidisch, weil du meine Position wolltest. Von Anfang an."

Wir sehen uns an, unsere Blicke kreuzen sich. Jas zuckt mit den Schultern, was mich noch mehr auf die Palme bringt.

Ich hasse es, wenn jemand keinen Respekt vor mir hat. Und vor allem, wenn die Jungs mir keinen entgegenbringen. Wenn sie denken, dass sie mit mir machen können, was sie wollen. Weil sie glauben, ich sei zu dumm, um zu checken, dass sie sich über mich lustig machen.

Ich habe da nie Wert draufgelegt und das weißt du auch.

Tief durchatmend lasse ich seine Gedanken auf mich wirken. Er hat recht. Früher mag es so gewesen sein, doch mittlerweile ist er froh, nicht meine Verantwortung schultern zu müssen. Wobei sein Päckchen auch nicht viel kleiner ist.

Da ich getroffen wurde und es nichts mehr für mich zu tun gibt, räume ich das Feld. Ein kühles Wasser wird mir jetzt guttun.

Jasper „Jas"

Ich bin mir ziemlich sicher, dass Enzo das nicht so schnell vergessen wird. Dabei war es wirklich keine Absicht. Andererseits geschieht es ihm recht. Direkt vor unseren Augen high zu sein, ist eine ziemliche Beleidigung an unsere Intelligenz.

Obwohl ich schon länger nicht mehr bereit bin, seinen Posten in der Gruppe zu übernehmen, kann ich nicht leugnen, dass es eine Zeit gab, in der ich das anders sah. Nur wegen seiner Gabe und weil er der Älteste ist, wurde er als unser Anführer auserkoren. Die Jungs sehen mich allerdings mittlerweile eher dort als Enzo.

Das liegt einerseits daran, dass er oft genug unter Drogen steht und nicht zurechnungsfähig ist. Andererseits daran, dass er noch immer an der Vergangenheit hängt. Er schottet sich ab und kümmert sich mehr um sich als um unsere Belange. Aber niemand möchte mit ihm tauschen. Also bleibt alles so, wie es ist.

Ich reiße meinen Blick von Enzo los und bemerke eine Bewegung im Augenwinkel. Ich drehe mich um und scanne die Umgebung ab.

Rapha und ich sind die Letzten aus unserer Gruppe. Dafür haben die anderen noch drei Leute auf dem Feld. Aber Angst macht mir das keine. Rapha ist Meister auf diesem Gebiet und ich bin auch nicht schlecht. Auch wenn Enzo jetzt vermutlich etwas anderes denkt. Bei dem Gedanken grinse ich breit.

Meine Hände kribbeln vor Aufregung und ich laufe in die Richtung, von der ich annehme, dass mein Gegner dort ist. Bisher war das Spiel noch nicht sehr spannend, dafür witzig. Zumindest für mich, wenn ich an Enzos Reaktion zurückdenke.

Ich laufe auf das freie Schussfeld, auf dem wir begonnen haben, und verstecke mich hinter den Hindernissen. Wie viele Kugeln bleiben mir noch? Eine habe ich an Enzo verschwendet. Eine Zweite hat das Ziel verfehlt. Bleiben noch acht. Prinzipiell ausreichend, um noch zu gewinnen.

Allerdings kann ich mir gut vorstellen, dass wir dann eine sehr anstrengende Rückfahrt hätten. Rapha ist ein sehr schlechter Verlierer. Das lässt er einen auch gern spüren. Und dass er nachtragend ist, macht es noch schlimmer. Man steckt in einer Zeitschleife fest und erlebt die Situation immer und immer wieder, bis er sich abreagiert hat.

Der Paintballhof liegt an einer Hauptstraße, auf der gerade ein Hupkonzert stattfindet. Ich bin nur kurz davon abgelenkt und sehe die Kugel fast zu spät auf mich zurasen. Im letzten Moment kann ich mich wegducken und rappele mich wieder auf. Mein Angreifer läuft feige vor mir davon, aber mit meinen langen Beinen bin ich schneller als Nummer zwei. Es dauert nicht lange, bis ich ihn einhole.

Doch da ist er schon im Wald und läuft zickzack durch die Bäume. Ein netter Versuch, der ihm aber nichts nützen wird. Ich habe Blut geleckt, das Adrenalin rauscht durch meine Adern und schärft meinen

Blick. Mein Hirn arbeitet auf Hochtouren.

Nummer zwei kann sich verstecken und vor mir davonlaufen, so viel er will: Das verlängert sein „Leben" höchstens, aber feststeht, dass es jeden Moment vorbei ist. Wenn ich auf Anhieb treffe, ist der Drops gelutscht.

Irgendwann wird Nummer zwei langsamer, dreht sich beim Laufen nach hinten und schießt wild drauflos. Natürlich trifft er nicht und offenbar ist ihm nicht klar, dass er nur eine begrenzte Schusszahl hat. Wie kann man nur so dämlich sein und es auf gut Glück versuchen?

„Du solltest dir deine Paints gut einteilen", schreie ich zu ihm hinüber, weil ich mir das Elend nicht mitansehen kann. Fast augenblicklich stellt er das Feuer ein und verharrt stocksteif. Ist seine Munition alle? Oder geht es ihm nicht gut?

Ich lege meinen Markierer an und warte einige Sekunden. Wenn etwas mit ihm nicht stimmt, würde ich mich mies fühlen, trotzdem auf ihn geschossen zu haben.

Fast wie in Zeitlupe dreht er sich zu mir um. Sofort zuckt mein Finger und ich drücke den Abzug. Die Kugel schneidet durch die Luft, rast auf ihn zu und – trifft in die Wand.

Ich ziehe unbewusst meine Augenbrauen in die Höhe. Seine Reflexe sind verdammt gut. Das muss ich ihm lassen. Er steht hinter einem Baum und ich höre ihn schwer atmen.

Plötzlich stößt er sich vom Baum ab und läuft los.

Ich reiße den Markierer hoch, lege ich ihn an, ziele und drücke ab.

Nummer zwei springt hoch und mein Paintball trifft ihn genau zwischen den Beinen. Er jault auf, geht zu Boden und wälzt sich dort hin und her. Dabei hält er sich den Schritt fest. Ich selbst empfinde eine Art Phantomschmerz und lege meine freie Hand schützend auf meinen Schwanz und meine Kronjuwelen. Scheiße, muss das weh tun. Aber wieso zum Henker springt er?

Mittlerweile liegt er reglos da und wimmert vor sich hin. Weil ich mir Sorgen mache und mich irgendwie auch schuldig fühle, jogge ich zu ihm rüber und gehe in die Hocke.

Ich lege meine Hand auf seine Schulter, eine unverfängliche Berührung. Allein dadurch weiß ich, dass es ernster ist als ein blauer Fleck. Deshalb stelle ich mir vor, wie meine Energie auf ihn übergeht, ihm seine Schmerzen und die Prellung nimmt. Eine angenehme Wärme züngelt durch meinen Arm zu meiner Hand und geht auf den fremden Körper über.

Er stöhnt noch immer und nimmt überhaupt nichts wahr, was gut für mich ist. Es wäre schwierig zu erklären, warum ich meine Körpertemperatur nach Belieben regeln kann. Nach einigen Sekunden wird er leiser und ich nehme meine Hand weg.

Dafür halte ich sie ihm hin, um ihm aufzuhelfen. „Tut mir echt leid. Ist es besser?"

Sein Blick gleitet zu meiner Hand. Erst glaube ich, dass er sie nicht ergreift, und will sie zurücknehmen. Doch da schlägt er ein und ich ziehe ihn hoch.

„Ja, ging überraschend schnell wieder. Scheinst also nicht ganz so doll getroffen zu haben. Erinnere mich daran, nie wieder zu springen. Ich muss geisteskrank gewesen sein."

„Vielleicht wäre für das nächste Spiel ein Tiefschutz angebracht." Wir lachen beide. Er nickt.

Dann geht er vom Feld und ich werde mir wieder dessen bewusst, dass ich mich in einem Last-Man-Standing-Spiel befinde. Nummer fünf steht hinter mir. Ich zucke zusammen. Es ist der Kerl, der glaubt, er könne uns alle schlagen.

Reflexartig reiße ich meinen Markierer hoch, stelle jedoch fest, dass ich den Lauf in meine Richtung halte. Das Blut schießt meinen Hals herauf in meine Wangen. Ich höre es in meinen Ohren rauschen.

Hektisch fummele ich am Markierer rum, lasse ihn herunterfallen und stoße einen Fluch aus. Was ist bloß los mit mir? Ich hebe ihn auf und halte ihn endlich richtig auf meinen Gegner.

Dieser steht vollkommen gelassen da. Er ist die Ruhe in Person. Beobachtet mein Schauspiel und lacht.

Das irritiert mich. Nicht, dass er mich auslacht, das ist ziemlich beschämend. Sondern, dass er mich längst hätte abschießen können, es aber nicht tut.

Erst als mein Finger am Abzug zuckt, legt er seinen eigenen Markierer an, zielt und drückt ab, bevor ich meinen Finger überhaupt durchdrücken kann.

Der Paintball trifft mich genau über dem Herzen und lässt mich zurücktaumeln. Es dauert zwei Schritte, bis ich mich wieder fange. Ich sehe auf meine farbige Schutzweste runter und bin froh, dass es sich hier lediglich um ein Spiel handelt.

Ich blicke auf und der Platz, an dem er bis eben stand, ist leer.

Schulterzuckend mache ich mich vom Feld und erwarte bereits die Standpauke von Enzo, der sicher alles über die Monitore ganz genau beobachtet hat.

Raphaël „Rapha"

Mir ist sofort klar, dass Nummer fünf die größte Herausforderung darstellen wird. Wenn er schon vor Beginn eine Wette daraus macht, ist das entweder ein Zeichen von Selbstüberschätzung oder von Können.

Da er mir bisher immer entwischt ist und auch die anderen ihn noch nicht eliminiert haben, gehe ich vom Zweiten aus.

Ich habe keine Ahnung, wie viele meiner Teamkameraden noch im Rennen sind, weil ich mit einem Tunnelblick durch die Gegend laufe. Die Umgebung verschwimmt, unwichtige Details blende ich aus. Alles, was zählt, sind die Gegner, die es auszuschalten gilt. Besonders Nummer fünf.

Erst habe ich Nummer fünf aus dem Waldgebiet laufen sehen und kurz darauf wieder aus den Augen verloren. Mit angelegter Waffe begebe ich mich auf die Suche nach ihm. Es ärgert mich, dass Mace unsere Gaben verboten hat. Wenn ich jetzt dagegen verstoße, wenn auch nur der Gegner wegen, darf ich das nächste Mal nicht mitspielen und auf das

Rumgeheule habe ich auch keinen Bock.

Bei dem Gedanken rolle ich mit den Augen. Da flitzt Nummer fünf über die freie Fläche nach hinten zu den künstlichen Schutzwänden. Ich schieße, sobald ich ihn ins Visier bekomme. Zweimal, aber er ist zu schnell. Die Kugeln verfehlen ihr Ziel. Also nehme ich meine Beine in die Hand und renne ihm hinterher. Ich weiche Bäumen, Büschen und Hindernissen aus. Und am Ende verliere ich ihn aus den Augen. „Fuck."

Ich knurre unzufrieden und gehe bedachten Schrittes wieder Richtung Waldgebiet. Etwas sagt mir, dass er sich dort zu verstecken versucht. Wobei ich nicht glaube, dass er es nötig hat. Vielleicht steht er auch auf dieses Katz-und-Maus-Spiel.

Ich bin noch nicht weit gekommen, da sehe ich, wie er meinen besten Freund abschießt. Überrascht bleibe ich stehen und reiße die Augen auf. Verdammt, ist er gut. Fast zu gut. Seine Eleganz und sein Können sind bewundernswert.

Jas verlässt das Feld und ich laufe Nummer fünf hinterher, der sich einen Weg durch das Geäst bahnt. Plötzlich springt vor mir Nummer eins aus einem Busch hervor.

Ich bleibe stehen und sehe den Feigling an. Wie es aussieht, hat er sich die ganze Zeit über im Gebüsch versteckt. Wie erbärmlich. Wenn man kein Talent hat oder nicht richtig spielen will, sollte man es lassen. Gegen so jemanden zu gewinnen, macht nicht mal Spaß.

Dafür wird es für mich ziemlich peinlich. Denn ich vergeude ganze fünf Paintballs an ihn. Er macht keine Anstalten, selbst zu schießen, ist dafür aber ziemlich wendig und schnell. Bevor ihn eine Kugel trifft, geht er in Deckung. Allerdings ist er nach der vierten Kugel so dumm und schmeißt sich flach auf den Boden. Natürlich ist er nicht schnell genug für mich. Ich erwische ihn, ehe er den Hintern oben hat.

Ein Gong ertönt und ich weiß, dass wir nur noch zu zweit sind. Also gibt es ein Sudden-Death gegen Nummer fünf. Es reizt mich, meine Gabe einzusetzen. Wenn ich seine Zeit verlangsame, habe ich leichtes Spiel, zu gewinnen. Ihm ein Bein stellen, wäre zu auffällig. Außerdem finde ich, dass es im Sport weitestgehend fair zugehen sollte.

Ich grinse breit. Völlig egal, ob ungerecht oder nicht, dieses Spiel gewinne ich auch, ohne zu betrügen.

Achtlos werfe ich den Markierer zu Boden und sehe Nummer fünf auf mich zukommen. Auch er legt dabei seinen Markierer ab. Bringt den wirklich gar nichts aus der Ruhe? Man kann sagen, was man will, aber es ist bemerkenswert, wie er mit der Situation umgeht. Vielleicht ist er auch nur ein guter Schauspieler?

Enzo und Sam könnten das herausfinden. Aber die sind nicht nahe genug. Und so, wie Enzo drauf war, hat er gerade auch kein gesteigertes Interesse, seine Gabe zu nutzen. Dieser Idiot glaubt wirklich, dass wir so naiv wären und nichts von seinem Konsumverhalten mitbekommen. Ich weiß nicht, ob er einfach nur grenzenlos dumm ist oder sich sein Gehirn schon weggekifft hat.

„Da ihr nur noch zu zweit seid, gibt es nun ein Stechen. Wer zuerst am Sudden-Death-Point ist, gewinnt."

Eine Pause entsteht, in der der Lautsprecher einen schrillen Ton von sich gibt. Ich zucke zusammen und Nummer fünf geht es genauso. „Wenn das Signal ertönt, rennt ihr los. Ihr müsst zum Gipfel des Hügels hinterm Wald."

Ich weiß, wo das ist. Es ist eine ziemliche Strecke, also sollte ich mir meine Kraft einteilen, ehe ich am Ende einen Sprint hinlege. Soll er sich ruhig in Sicherheit wiegen, sich auspowern, damit ich mir den verdienten Sieg einheimsen kann.

Das Signal ertönt und wir rennen gleichzeitig los. Aber anstatt mich zu überholen, wie ich es vermutet hatte, hält er mit mir mit. Wir sind etwa gleich auf und ich weiß nicht, ob er dieselbe Strategie wie ich verfolgt oder das schon alles ist.

Seine Beine sind deutlich kürzer als meine. Vielleicht ist das mein Vorteil.

Wir rennen durch den Wald, weichen Bäumen und Ästen aus, springen über Wurzeln und laufen durch das knackende Unterholz.

Auf der Lichtung lasse ich mich etwas zurückfallen, damit er zu gewinnen glaubt. Ich will ihn im letzten Moment vernichtend schlagen. Er soll denken, ganz knapp verloren zu haben.

Dann kommt der Hügel. Ich gebe wieder Gas. Hole ihn ein und sehe zu ihm rüber. Plötzlich ist er weg. Ich bremse leicht ab und sehe auf den Boden. Er ist nicht ernsthaft gestolpert und auf die Fresse geflogen?

Wut steigt in mir auf. Ich wollte fair spielen, um den Sieg auskosten zu können, und dann macht er es mir so einfach? Doch je länger ich ihn dort am Boden liegen sehe und dann die unbeholfenen Versuche, sich aufzurappeln, schlägt die Wut in Belustigung um.

Ich werde von meinem Lachen durchgeschüttelt. Wie konnte ich ihn nur eine Sekunde für einen würdigen Gegner halten?

Dennoch kann man ihm sein Schießtalent nicht in Abrede stellen. Vielleicht ergibt sich nochmal die Möglichkeit, ihn richtig zu besiegen. Denn mit seinem Abflug hat er mir ein Geschenk gemacht, welches ich nicht wollte.

Nina „Ninou"

Verdammt!

Wie kann ich nur über meine eigenen Füße stolpern? Es sah gut aus. Ich hätte gewinnen können. Und dann wären sie mir eine Antwort schuldig gewesen.

Stattdessen liege ich bäuchlings im Gras, mit dem Gesicht im Dreck. Ich bin eine Versagerin. Vollkommen egal, ob ich flache oder hohe Schuhe trage, ich knutsche den Boden. Unelegant und wie eine Tüte Mehl. So ist es jedes Mal, wenn ich es eilig habe oder mir etwas wichtig ist. Es geht daneben.

Ich stehe auf, beobachte Rapha dabei, wie er sich mit seinen Freunden abklatscht, und versuche, mich davonzustehlen. Klar habe ich ihnen eine Sache versprochen, aber es wäre unklug, sie wissen zu lassen, wer ich bin. Immerhin habe ich das nur gemacht, weil ich dachte, dass ich gewinnen würde. Was auch geklappt hätte, wären meine Beine mir gnädiger gestimmt.

Deshalb renne ich los. In die entgegengesetzte Richtung zu der, in der die Royals sich befinden. Der Parkplatz ist nicht weit von hier. Natürlich habe ich nicht dort geparkt, sondern vorsorglich in einer Seitenstraße. Wenn sie meinen Wagen gesehen hätten, wäre mein ganzer Plan nach hinten losgegangen.

Kurz hatte ich die Sorge, dass sie mich an meiner Stimme erkennen würden. Aber die Maske macht sie dumpfer.

„Hey, wo willst du so schnell hin?", ruft mir Rapha hinterher und beginnt, zu laufen. Ich ignoriere ihn. Meine Beine zittern vor Anstrengung. Heute habe ich mich wirklich verausgabt. Mein Knie schmerzt vom Sturz.

Schwer atmend finde ich mich auf dem Parkplatz wieder und freue mich, sie abgehängt zu haben. Doch da stehen sie bereits dort, als hätten sie gewusst, dass ich hierher fliehen würde.

Ich stoppe, um ihnen nicht in die Arme zu laufen, und krache fast mit Sam zusammen.

„Ich wüsste nicht, dass wir schon unseren ‚Wunsch' geäußert hätten", sagt Enzo. Er wirkt misstrauisch und sofort habe ich Sorge, dass er weiß, dass ich unter der Maske bin.

Ich sehe mich zu allen Seiten um und suche nach einem Schlupfloch. Zwischen Sam und Mace ist eine größere Lücke; wenn ich schnell genug bin, könnte ich es schaffen. Aber da sind meine müden Beine und das kaputte Knie.

Trotzdem versuche ich es. Doch ich werde am Oberarm gepackt und festgehalten. „Bemüh dich gar nicht erst", meint Mace mit seiner ruhigen Stimme, die tief unter die Haut geht.

„Nimm die Maske ab!" Ich sehe zu Enzo und Mace nimmt seine Hand von mir.

In meinem Kopf dreht sich alles und die Gedanken fliegen. Ich habe keine Chance mehr, zu entkommen. Diese Erkenntnis lässt mich nachgeben. Sie haben gewonnen und das ist okay.

Ich füge mich meinem Schicksal und trete einen Schritt zurück. Meine Hände führe ich an meinem Kopf vorbei nach hinten und öffne den Verschluss der Maske. Bevor ich sie abnehmen kann, stößt Rapha zu uns und atmet schwer aus. „Was wird das hier: ein Kaffeekränzchen?"

„Er will uns gerade zeigen, wer *er* ist." Ich zucke zusammen. Hat Enzo es etwa bereits erkannt? Wieso sollte er das „er" sonst so betonen?

Rapha runzelt verständnislos die Stirn, sagt aber nichts. Mace grinst und die anderen beiden haben offenbar nichts mitbekommen.

„Nun beeil dich. Ich habe nicht den ganzen Tag Zeit", fährt Rapha mich an und ich nehme zögernd die Maske ab, ebenso mein Tuch.

In ihren Gesichtern steht der Schock. Enzo wirkt weniger fassungslos, sondern eher bestätigt. Und

Mace grinst überlegen, was mich irritiert. Aber es macht mich froh, sie überrumpelt zu haben.

„Damit habt ihr nicht gerechnet, was?"

Sie starren mich weiterhin an und sagen kein Wort. Hocherfreut sehe ich in die Runde. „Scheint, als hätte es euch die Sprache verschlagen."

Ich verschränke die Arme vor der Brust und sehe sie amüsiert an. Wenn ich mein Smartphone bei mir hätte, würde ich jetzt ein Foto machen. Sie sehen so herrlich überwältigt aus, dass ich mich noch in einigen Tagen daran ergötzen werde. Denn ihnen muss klar sein, dass sie gegen mich gekämpft haben. Dass ich sie ausgeschaltet habe und Rapha und ich um den Sieg gerungen haben.

Dass Rapha gewonnen hat, lag lediglich an meiner Tollpatschigkeit. Ansonsten hätte ich das Ding für mich entschieden.

„Grins nicht so dämlich. Du warst vielleicht gut, aber gewonnen habe ich. Unfassbar, dass du dich erdreistest, in unsere Freizeit einzudringen. Bist du unser Stalker, oder was? Hat man überhaupt mal irgendwann Ruhe vor dir?"

Er knurrt mir seine Sätze entgegen, aber ich habe keine Angst.

„Sagt mir, was euer Geheimnis ist, und ich werde euch in Ruhe lassen."

Jas sieht mich überlegen an. „Da du aber nicht gewonnen hast, hast du keinen Wunsch frei, wie du es so schön genannt hast. Nun können wir etwas von dir verlangen, nicht wahr, Kröte?"

Ich beiße meine Zähne zusammen. Von Rapha würde ich sowas eher erwarten, aber nicht von Jas. Vor allem, wo wir uns früher so nah waren. Ich mochte sie damals alle und habe es geliebt, ein Teil von ihrer Gruppe zu sein. Aber mit Jas hatte ich immer ein ganz besonderes Band. Offensichtlich sieht er das anders.

„Mir fällt da etwas ein." Sam grinst über das ganze Gesicht und ich will gar nicht wissen, was er meint. Wenn er so glücklich dabei aussieht, wird es mir sicher nicht gefallen.

„Mein Auto müsste gewaschen werden und ich schätze, eure auch? - Du wäschst unsere Autos." Entgeistert sehe ich ihn an.

Das ist nicht sein Ernst. Sie können sich quasi alles aussuchen und wollen nur, dass ich ihre Autos in die Waschanlage fahre?

„Mit der Hand natürlich", wirft Enzo ein. „Mein Auto kommt nicht mal in die Nähe einer Waschanlage."

Manchmal gruselt mich die Tatsache, dass ich glaube, Enzo könne in meinen Kopf eintauchen. Ich sehe ihn an und er hält meinem Blick stand. Doch ich kann nichts in seiner Mimik erkennen.

Die Jungs nicken zustimmend und ich breche fast zusammen.

Das können sie unmöglich verlangen. Dann bin ich ja die nächsten Wochenenden nur dabei, Autos zu putzen. Die haben sie doch nicht mehr alle.

Ich will eigentlich ablehnen und mich gegen diese

Frechheit aufbäumen, halte mich aber zurück. Immerhin habe ich damit angefangen und sie hätten ihren Teil der Abmachung sicher eingehalten. Also habe ich keine andere Wahl.

Zähneknirschend reiche ich Sam die Hand. Er schlägt sofort ein.

Ich bereue es jetzt schon. Aber es war einen Versuch wert. „Dann macht unter euch aus, wessen Auto als erstes dran ist. Ich werde ganz sicher nicht alle an einem Wochenende machen."

Grinsend sehen sie mich an und ich wende mich ab. Es reicht mir für heute. Mein Knie tut mir weh und ich bin erschöpft. Im Auto habe ich noch eine Flasche Wasser, die mich sehnsüchtig erwartet.

Die heutige Mission ist gescheitert, aber davon lasse ich mich nicht unterkriegen. Sie hätten verlangen können, dass ich nicht mehr versuche, hinter das Geheimnis zu kommen, haben sie aber nicht. Also kann ich meinen nächsten Zug planen.

Kapitel 8

Wie jedes Wochenende bin ich bei Day. Und wie immer stehe ich an der Haustür und rufe ins Hausinnere. „Ich bin weg. Keine Ahnung, wann ich wieder da bin. Bis später."

„Ist gut", antwortet Day aus der Küche.

Schon bin ich aus der Tür, gehe zur Garage und drücke auf den Knopf, damit das Tor hochfährt. Als ich mein Motorrad sehe, beginne ich, zu lächeln. Ein aufgeregtes Kribbeln peitscht durch meinen Körper, wenn ich daran denke, gleich über die Straßen zu heizen. Mich nach vorn zu beugen, um dem Wind weniger Angriffsfläche zu bieten. Dann fühle ich mich frei.

Ich streiche ehrfürchtig über den Sitz meiner geliebten Kawasaki. Bevor ich mich raufschwinge, bocke ich sie ab und schiebe sie in die Einfahrt. Dann setze ich mir den Helm auf und prüfe, ob er richtig sitzt.

Day hat mir genügend Bilder und Videos zur Abschreckung gezeigt, sobald ich Motorrad fahren wollte. Deshalb trage ich nicht nur eine schlichte Schutzjacke, sondern stecke in meinem schwarzen, ledernen Rennanzug mit besonderem Schutz an den Schultern, Knien, Ellenbogen, den Hüften und dem Rücken.

Ich starte den Motor und wie immer beruhigt mich das Brummen und Vibrieren der Maschine. Ich rolle vom Hof auf die Straße. Und erst als ich abbiege, klappe ich das Visier herunter.

Auf meiner Maschine fahre ich durch unser kleines Dorf, passiere die Schranke, um endlich auf die Landstraße in Richtung Autobahn zu gelangen. Dort jage ich über den Asphalt, fahre im Slalom an den Autos und Lkws vorbei, die mir im Weg sind.

Der Wind zerrt an mir und ich habe das Gefühl, dass er alle meine Sorgen mit sich davonreißt. In diesen Momenten gibt es nur die Maschine und mich. Ich lebe im Hier und Jetzt und liebe es, alles in der Hand zu haben. Jede kleine Bewegung, die meiner Kontrolle unterliegt, hat eine Auswirkung.

Auf dem Rückweg bemerke ich die ganzen Insekten, die an meinem Visier kleben. Day hasst es, das zu sehen, denn es zeugt davon, wie schnell ich unterwegs war. Also fahre ich zum Sportplatz des Dorfes, steige ab, parke meine Maschine und setze mich in das kleine Häuschen. Mit Brillenputztüchern reinige ich das Visier, damit keine Spuren mehr sichtbar sind.

Es nervt mich, dass Day so überbesorgt ist. Klar verstehe ich, dass sie ein Pflichtgefühl meiner Mutter gegenüber hat, aber ich bin volljährig. Ich liebe kleine Abenteuer und Dinge, die die meisten Mädchen meiner Schule nicht mögen. Zum Beispiel Paintball spielen, Motorrad oder Quad fahren und ich besitze sogar einen Waffenschein und gehe regelmäßig schießen.

„Warst du wieder ein unartiges Mädchen?"

Ich zucke zusammen und hebe erschrocken den Kopf. Leni steht vor mir und sieht mich aus ihren blauen Augen tadelnd an. Weil ich nicht reagiere, zeigt sie auf die benutzten Tücher neben mir. Leugnen ist zwecklos. Aber bei ihr brauche ich mir wenigstens keine Sorgen machen, dass sie mich verpetzen könnte. Dafür kann ich mich auf ihre Standpauke gefasst machen. Irgendwas ist immer.

„Und wenn schon", brumme ich. Ich stehe auf, greife nach den Tüchern und schmeiße sie in den Mülleimer.

Sie packt meinen Oberarm und hält mich mit einer Stärke auf, die ich immer wieder verblüffend finde.

„Dainora und ich sind nicht ohne Grund besorgt um dich. Ständig passiert dir etwas und dann verlangst du von uns, dass wir dich gefährliche Dinge machen lassen?"

„Beim Motorradfahren ist mir noch nie etwas passiert." Ich schreie sie wütend an, weil ich es hasse, wie in einer Glaskugel gefangen zu sein und kontrolliert zu werden. „Und selbst, wenn mir etwas passieren würde, würde ich wenigstens bei etwas Tollem sterben."

„Und was dann? Willst du als Geist dein Dasein fristen und darauf hoffen, einen Menschen zu finden, der sich hin und wieder mit dir unterhält? Glaubst du, es macht Spaß, hier zu sein?"

Schluckend lasse ich meinen Blick sinken. Sie weiß genauer Bescheid über das Leben nach dem Tod als ich. Weiß, wie es sich anfühlt, zu sterben. Ich kann darüber nur spekulieren.

„Wieso bist du denn noch hier, wenn du es so scheiße findest?"

Leni wirft sich das blonde Haar über die Schulter und löst sich langsam auf. Ich hebe meine Hand und rufe: „Stopp!"

Sie materialisiert sich wieder, sodass ich erleichtert aufseufze.

„Es tut mir leid. Ehrlich. Ich war ungerecht zu dir. Ich hätte das nicht sagen sollen und schon gar nicht in dem Ton. Das hast du wirklich nicht verdient."

Leni lächelt mich müde an und nickt.

„Ninou, ständig denkst du an die anderen. Daran, ob es ihnen gut geht oder ob du helfen kannst. Aber du musst auch an dich und deine Gesundheit denken. Natürlich hast du keine Angst vor dem Tod, weil du ständig damit konfrontiert wirst. Ein Zuckerschlecken ist das aber nicht."

Ich denke über ihre Worte nach. In mir regt sich etwas, weil ich mich darin wiederfinde, es aber nicht hören will. Deshalb schweige ich. Es gibt nichts dazu zu sagen.

„Möchtest du jetzt mal über dich reden? Was

bedrückt dich? Du musst nicht immer stark sein."

Meine Glieder versteifen sich und ein Knoten bildet sich in meiner Brust, der meine Kehle verschließt. Ich möchte nicht über die Royals reden. Am liebsten gar nicht darüber nachdenken, obwohl ich es fast ununterbrochen mache. Allerdings ist es etwas ganz anderes, mit jemandem darüber zu sprechen, als nur darüber nachzudenken.

„Komm schon, Miststück." Leni kichert und boxt mir in den Oberarm. Ich drehe mich zur Seite und komme ins Straucheln. Sie ist meine beste Freundin. Ganz egal, was ich ihr bisher erzählt habe, sie hat sich nie darüber lustig gemacht, sondern war für mich da und hat mir in den meisten Fällen weitergeholfen.

„Eine Mitschülerin hat mir etwas gesagt, was ziemlich verwirrend ist. Ich weiß nicht, was ich davon halten soll. Geschweige denn, ob ich es überhaupt glauben soll."

Mit hochgezogenen Augenbrauen sieht Leni mich an. Ich winde mich unter ihrem intensiven Blick. Wieso fällt es mir so schwer, mit ihr darüber zu sprechen?

Möglich, dass es daran liegt, dass sie genau weiß, was ich schon alles durch die Royals erleiden musste.

„Sie sagte, dass die Jungs nur so seien, wenn ich in der Nähe bin. Beziehungsweise dass sie nur zu mir so scheiße wären. Aber das ergibt überhaupt keinen Sinn, oder?"

Meine beste Freundin steht bloß da und legt nachdenklich den Kopf schief. Ich platze fast vor Spannung.

„Oder?"

„Wieso beschäftigt dich das?"

Wie von einem unsichtbaren Ball getroffen, taumele ich einen Schritt zurück. Mit dieser Frage habe ich nicht gerechnet. Ich glaube, dass ich mir darüber noch nie Gedanken gemacht habe, und trotzdem weiß ich die Antwort sofort.

„Weil, wenn das wirklich stimmen sollte, dass *ich* das Problem bin, ich nicht weiß, wie ich damit umgehen soll. Sind sie so, weil ich ihnen auf die Nerven gehe? Habe *ich* etwas falsch gemacht? Sie haben mehr als deutlich bewiesen, dass sie Mädchen mögen. Warum haben sie mir damals das Gefühl gegeben, eklig zu sein?"

Leni breitet ihre Arme aus und kommt mir entgegen. Ich lasse mich hineinfallen und drücke sie fest. Meine Stirn liegt auf ihrer Schulter.

„Oh, Ninou. Du denkst, dass du eklig bist? Wieso lässt du zu, dass dieser Gedanke sich in dir festsetzt? Keine der anderen ist so empathisch und wunderschön von innen und außen wie du. Es ist vollkommen egal, was die anderen denken, solange du dich wohl fühlst. Lass dir von niemandem etwas anderes einreden, hörst du?"

Ihre Worte gehen mir so unter die Haut, dass ich auf den Armen, im Nacken und auf dem Rücken eine Gänsehaut bekomme. Selbst meine Kopfhaut beginnt, zu kribbeln, und der Frosch im Hals ist wieder da.

Ich versuche, ihn wegzuräuspern, doch er hat sich festgesetzt. Dann tropft die erste Träne auf Lenis Kleid.

Sie ist der Beginn eines Monsuns. Schluchzend stehe ich in ihren Armen. Dieser psychische Druck, den ich seit den letzten Wochen verspüre, ist erdrückend. Manchmal glaube ich, dass er mir die Luft abschnürt.

Die Sonne geht langsam unter, als ich mich so weit beruhigt habe, dass ich mich von Leni lösen kann. Ich sehe zu ihr auf, wische mir mit dem Handrücken die Tränen fort und bemerke, wie sie ebenfalls verstohlen blinzelt. Diese Geste lässt mein Herz sich auf der einen Seite zusammenziehen, weil ich sie nicht traurig sehen kann. Andererseits aber genauso aufgehen, weil sie mir zeigt, wie verbunden wir sind.

„Denk nicht so schlecht von dir, hörst du?"

Ich nicke, bin mit den Gedanken aber längst nicht mehr bei der Sache.

„Ich glaube, ich sollte langsam nach Hause."

Sie stimmt mir zu und verspricht, heute Abend wieder reinzuschauen. Ich wende mich meinem Motorrad zu und sehe vier Kerle den Weg am Sportplatz entlanggehen. Mein Herz beginnt, zu rasen. Warum sind die Royals ausgerechnet jetzt hier?

Haben sie mich beobachtet? Haben sie gesehen, was ich getan habe? Ein Schauer läuft mir über den Rücken und ich muss mich zwingen, zu meiner Maschine zu gehen. Wenn sie etwas mitbekommen hätten, wären sie wohl längst in den Konfrontationsmodus gewechselt, oder?

Ich stelle mein Motorrad in der Garage an seinen angestammten Platz und versuche, meine Bedenken über Bord zu werfen. Dann gehe ich hoch in mein Zimmer und schäle mich aus dem Rennanzug, danach aus der Unterwäsche und schmeiße sie in den Wäschekorb. Ich verschwinde im Badezimmer und stelle das Wasser an, damit es warm wird.

Day und ich leben in einem Dorf der Reichen, wie ich es gern nenne. Statt normaler Einfamilienhäuser oder alter Mehrgenerationenhäuser gibt es hier eine Villa an der nächsten. Um das Dorf ist ein Zaun gebaut und hier patrouillieren 24/7 Securitys durch die Straßen.

Ich komme mir vor wie in einem Hochsicherheitsgefängnis, weil jeder, der hier rein oder raus will, eine Schranke passieren muss. Keine Ahnung, wie oft ich mich schon darüber lustig gemacht habe, dass es hier gesicherter ist als im Schloss von Kaiser Rühle von Lilienstern.

Aber Day ist halt übervorsichtig und ängstlich und hielt dieses Dorf für sicher genug, um hier zu leben. Ich glaube, dass es etwas mit ihrer Vergangenheit zu tun hat, aber sie spricht nie darüber. Egal in welchem Kontext wir darauf kommen, sie weicht mir immer aus.

Und obwohl wir hier in einem Bonzendorf leben, leben Day und ich am schlichtesten. Wir haben weder einen Pool noch eine Sauna und es grenzt auch nicht an jedes Schlafzimmer ein Bad.

Aber das stört mich nicht. Ich liebe unser Haus und unseren Einrichtungsstil. Eine Mischung aus Moderne und Vintage. Die großen Möbelstücke wie das Sofa oder der Esstisch sind sehr schlicht und luxuriös. Nur die Küche tanzt aus der Reihe, weil Day sich damit einen kleinen Traum erfüllt hat.

Aber mit unserer Deko haben wir unser Zuhause einmalig gemacht.

Überall hängen Bildercollagen, Fotos in Secondhandrahmen und unser Spiegel im Eingangsbereich ist wirklich eine Wucht. Und ich darf Days Pflanzen-Obsession nicht vergessen. In jedem Winkel stehen oder hängen Monstera, Efeututen, Yuccapalmen und so viele mehr. Manchmal fühle ich mich wie in einem Dschungel, aber ich liebe es.

Während ich auf das warme Wasser warte, betrachte ich das Strandbild an der Wand. Day ist eine unfassbar gute Künstlerin. Sie hat die Atmosphäre so gut getroffen, dass man sich vorkommt, als wäre man wirklich am Mittelmeer und könnte hinaus aufs Wasser blicken.

Ich drehe mich um; mein Blick schweift über den Spiegel und zeigt mein Zombiegesicht. Die Augen rotgeweint und geschwollen. Das Gesicht bleich. Schnell wende ich den Blick ab und fasse unter das fließende Wasser.

In der ersten Sekunde fühlt es sich heiß an, dann realisiere ich, dass es eiskalt ist. Ich ziehe meine Hand zurück und prüfe nochmal, was ich eingestellt habe. Aber es ist komplett auf heiß gedreht.

„Bitte nicht", stöhne ich. Ich möchte doch einfach nur duschen und den Tag abhaken.

„Mama!"

Ich warte kurz, erhalte aber keine Antwort. Auch auf meinen zweiten Ruf reagiert niemand. Vermutlich ist sie unten und zeichnet. Dabei hat sie gern Kopfhörer auf, um sich von der Außenwelt abzuschotten und sich nur auf ihr Gefühl zu konzentrieren.

Also stürme ich aus dem Bad, die Podesttreppe hinab, durch die Diele und sehe in ihr Arbeitszimmer. Doch sie ist nicht dort. Stirnrunzelnd schließe ich die Tür hinter mir und gehe in die Küche. Ob sie kocht?

Aber auch die Küche ist leer. Dann bleibt nur das Wohnzimmer. Vermutlich macht sie gerade Yoga. Dabei mag sie eigentlich nicht gestört werden, aber hier geht es um Leben und Tod. Ich brauche diese Dusche. Dringend. Jetzt.

Ich reiße die Wohnzimmertür auf, stürme hinein und bleibe stocksteif stehen. Day ist da. Aber sie ist nicht allein.

Fuck.

Sie hat erwähnt, dass die Eltern von Mace heute vorbeikommen wollen. Aber ich habe nur mit einem Ohr zugehört und es wieder vergessen. Day und ihre Freunde sehen mich mit tellergroßen Augen an.

Und zu allem Überfluss sind nicht nur Frau und Herr Gapisch da, sondern auch ihr verflucht heißer Sohn, der mich gerade mit glänzenden Augen anstarrt. Wäre ich nicht schon nackt, würde ich glauben, dass er mich mit seinem Blick auszieht. Mein Herz macht einen Satz und ich kann nicht verhindern, dass meine Brustwarzen sich aufrichten.

„Heiße Tattoos", raunt Mace. Er leckt sich über die Lippe und die kleine Geste reicht aus, damit sich ein angenehmes Ziehen in meiner Körpermitte einstellt.

Ich habe ein Lotus-Sternum, welches mit meinem Intim- und Steißbeintattoo verbunden ist und auf meinen Schulterblättern endet. Es sieht aus, als hätte ich ein Spitzen-Mandala auf meiner Haut. Mir hat die Idee gefallen, auch wenn Day aus allen Wolken gefallen ist, als sie es das erste Mal gesehen hat.

„Und erst das Piercing", fügt Mace heiser hinzu und reißt mich damit aus meinen Gedanken.

Hitze steigt in mir auf. Ich glaube, jeden Moment zu verbrennen.

Die Piercings an meinem Ohr hat er etliche Male gesehen, die wird er kaum meinen. Das einzig andere Piercing, welches ich noch habe, ist der goldene Klitorisvorhautsteg mit den verspielten Ketten.

Ich schlucke schwer und bete dafür, dass man nicht sieht, wie sich die Nässe zwischen meinen Schenkeln ausbreitet und mein Bein hinabzulaufen beginnt.

Mace ist so heiß und ich hatte nicht nur *einen* heißen Traum mit ihm in der Hauptrolle. Ihm nun schutzlos gegenüberzustehen und mit diesem Feuer im Blick betrachtet zu werden, fühlt sich wie der Beginn einer meiner Träume an – abgesehen von unseren Eltern.

Da sackt sein Kopf nach vorn. Sein Vater hat ihm einen Klaps verpasst. Der kann seine Augen jedoch auch nicht wirklich von mir nehmen. Was mir unangenehm ist.

„Ninou, was bitte soll das werden?"

Day sieht mich fassungslos an, aber meine Augen wandern wieder zu Mace.

Er sieht so heiß und verwegen aus, wie er sich auf die Unterlippe beißt, während er mich von oben bis unten abcheckt, dass ich kurz abgelenkt bin.

„Äh ... Wasser. Also, das Wasser ist kalt. Es wird nicht heiß."

„Dann habe ich es mir also heute Mittag nicht bloß eingebildet. Ich rufe morgen früh direkt einen Klempner. Ist es dringend?"

Nun bin ich es, die Day fassungslos ansieht.

„Ist das dein Ernst? Ich war den ganzen Nachmittag auf der Maschine unterwegs, in diesem verdammten Rennanzug. Es gibt wohl keinen Zentimeter Haut, der nicht durchgeschwitzt ist, und ich rieche nach Abgasen."

Letzteres finde ich nicht schlimm, aber Day hasst diesen Geruch.

„Du kannst gern zu uns rüberkommen und bei uns duschen."

Ich nicke und lächele Frau Gapisch schief an. „Danke schön." Dann will ich nur noch so schnell wie möglich weg. Auf dem Absatz drehe ich um und stoße volles Rohr mit der Tür zusammen, die hinter mir zugegangen sein muss. Ich pralle von ihr ab und lande unsanft auf meinem Hintern.

„Ninou? Ist alles gut?" Day taucht neben mir auf und legt eine Hand auf meinen Oberarm. Nur kurz dreht sich die Welt und ein Pochen zieht durch meinen

Schädel, doch es geht schnell wieder.

Erst dann bemerke ich das Gelächter hinter mir. Jetzt reicht es. Ich habe es satt, dass sie mich ständig auslachen. Er und seine Freunde.

„Das sah wirklich geil aus. Wie elegant du gefallen bist!"

„Marek", zischt seine Mutter. „So habe ich dich nicht erzogen. Entschuldige dich sofort." Sie ist wirklich stinksauer und die Röte auf ihren Wangen verrät, wie unangenehm ihr das Benehmen ihres Pflegesohnes ist.

Day hilft mir hoch, ich entwinde mich ihrem Griff und versuche, so sicher zu lächeln, wie ich nur kann. Ich hoffe, dass meine Mimik nicht grotesk wirkt, und schreite auf Mace zu.

Er sitzt im Sessel, Beine breit, als hätte er die dicksten Eier. Seine Arme liegen locker auf den Lehnen. Ich umfasse seine Handgelenke. Es ist wie ein Stromschlag, den ich spüre. Ein Kribbeln breitet sich in mir aus und ich muss mich zusammenreißen, um nicht zurückzuzucken.

Mein Magen spielt verrückt, noch viel schlimmer als zuvor, als Mace mich bloß angesehen hat. Ich berühre ihn zum ersten Mal, seit wir keine Kinder mehr sind.

Mace starrt mich mit geöffnetem Mund an. Das Grinsen ist verflogen. Seine Pupillen weiten sich und verdrängen das Blau seiner Augen. Er scheint aufgeregt zu sein, zumindest pocht seine Halsschlagader sichtbar.

Kurz frage ich mich, was ich hier eigentlich gerade tue. Es sollte mir schon peinlich sein, das lediglich vor Mace durchzuziehen. Wir sind nicht einmal allein.

Ich beuge mich ihm noch weiter entgegen, sodass unsere Gesichter so dicht voreinander sind, dass wir uns tief in die Augen schauen können. Mace schluckt. Zwischen uns besteht eine Verbindung, die alles andere ausschaltet.

Immer wieder sehe ich auf seine vollen Lippen, die perfekt aussehen.

„Sag es", hauche ich gegen sie.

Ich drohe von seinen Handgelenken abzurutschen, weil ich immer mehr schwitze. Mein Herz rast in meiner Brust unnatürlich schnell.

„Entschuldige, dass ich gelacht habe."

Er spricht so kehlig, dass sich sämtliche Haare meines Körpers aufrichten. Die Magie zwischen uns ist kaum zu ignorieren. „Aber das war es mir allemal wert."

Irgendwo, ziemlich weit weg, schnauft jemand empört auf und mein Name fällt. Aber ich bin viel zu sehr in diesem Moment gefangen.

Ich wende mich von seinen Lippen ab und seinem Ohr zu. Provozierend hauche ich hinein.

„Na, dann ist ja gut. Sieh noch einmal genau hin. Denn es wird das letzte Mal sein."

Der Versuch zu flüstern, sodass nur er mich hört, ging wohl daneben. Denn als ich mich wieder aufrichte und wieder im Hier und Jetzt lande, entgehen mir weder das spöttische Funkeln in den Augen seines

Vaters noch die anerkennenden Blicke unserer Mütter.

Damit ich nicht doch noch vor Publikum über Mace herfalle, wende ich mich seinen Eltern zu.

„Bitte entschuldigen Sie die Unannehmlichkeiten. Ich wollte nicht stören und ... äh ..."

Frau Gapisch winkt lächelnd ab. „Ach, Nina, ich glaube, dir ist das alles unangenehmer als uns. Kein Grund, dich zu entschuldigen. Und das Angebot steht. Komm gern mit zu uns rüber."

Ich bedanke mich bei ihr und sehe nochmals zu Mace, der mich noch immer sprachlos anstarrt und die Hose in seinem Schritt etwas zurechtrückt. Das Grinsen kommt ganz automatisch und lässt sich nicht kontrollieren. Es begleitet mich die ganze Zeit, in der ich mich anziehe, mir frische Klamotten, Shampoo und Duschgel und ein Handtuch zusammensuche und wieder nach unten gehe.

„Wir sind gleich fertig", lässt mich Frau Gapisch wissen.

Ich nicke.

„Mace kann schon mit dir rübergehen."

Mein Blick schnellt zu ihm. Er sieht genauso gelangweilt aus wie üblich. Hat ihn das doch so kaltgelassen oder ist er ein guter Schauspieler?

Warum macht sich Enttäuschung in mir breit? Ob ich, entgegen meiner Worte, gehofft hatte, ihm noch etwas näherzukommen?

Aufregung durchfährt mich, aber ich versuche, mich so gelassen zu geben wie Mace.

„Okay", piepse ich. War wohl nichts.

Mace sieht mich arrogant an, steht auf, geht an mir vorbei und ich folge ihm wie ein kleines Hündchen. Ist es wirklich eine gute Idee, allein mit ihm rüberzugehen?

„Kommst du oder nicht?"

Reglos stehe ich im Eingangsbereich und starre Mace an. Kann ich ihm vertrauen? Wird er irgendwas machen, um mich bloßzustellen? Ich sehe ihn prüfend an. Er erwidert meinen Blick. Allerdings lässt er mich nichts darin erkennen außer Desinteresse.

Ich gebe mir einen Ruck. Was soll schon passieren? Seine Eltern kommen ebenfalls gleich rüber.

Langsam trotte ich ihm hinterher. Er und seine Pflegeeltern wohnen direkt gegenüber von uns, aber die Grundstücke sind so weitläufig, dass wir einander nicht in die Fenster schauen können.

Mace sieht sich immer wieder um, als würde er jemanden erwarten. Oder als hätte er Angst, dass man uns zusammen sieht. Vermutlich ist es eher das Letztere. Niemand von den Royals will mit mir gesehen werden, als würde ich ihren Ruf schädigen.

Nach Jahren betrete ich das erste Mal wieder dieses Haus, in dem sich viele meiner Kindheitserinnerungen abgespielt haben. Ein wohliges Gefühl überkommt mich, das aber schnell von Traurigkeit abgelöst wird. Es fühlt sich an wie damals und trotzdem ist alles anders.

Tränen treten in meine Augenwinkel. Mace dreht sich zu mir um und ich wende meinen Blick schnell ab. Er soll nicht sehen, dass es mich mitnimmt, wieder hier zu sein.

„Das Bad ist ..."

„Ich weiß, wo das Bad ist. Danke."

Schnellen Schrittes gehe ich die Diele entlang in Richtung Badezimmer. Da umfasst er meinen Oberarm und hält mich auf. Ich werde zurückgehalten und wehre mich. Er soll mich einfach loslassen.

„Lass los!"

Anstatt meiner Anweisung Folge zu leisten, zieht er mich mit einem Ruck an sich heran und ich lande an seiner Brust. Er ist schmal gebaut und nicht so sportlich wie seine Freunde.

Stocksteif stehe ich in seiner Umarmung, ohne sie zu erwidern. Ich bin vollkommen überrumpelt und weiß gar nicht, wie ich mich verhalten soll. Was zum Teufel soll das?

Er beugt sich zu mir herab und drückt sein Gesicht in meine Halsbeuge, als wären wir ein Pärchen. Als hätten wir das schon Dutzende Male getan.

Ich kann mich noch immer nicht bewegen. Genauso wenig kann ich verhindern, auf seinen Atem an meinem Hals zu reagieren. In meinem Magen kribbelt es und Schauer durchzucken mich. Am liebsten würde ich mich fallen lassen. Mich in seine Arme sinken lassen.

„Du hast vorhin geweint. Wieso?"

Seine Worte lösen Gegenwehr in mir aus. Er will sich bloß lustig machen. Eigentlich hätte es mir klar sein müssen.

Ich winde mich in seiner Umarmung, aber seine Arme liegen über meinen und er ist stärker als ich.

„Mace, lass mich. Ich werde dir ganz sicher nicht sagen, was los ist. Du wirst mich eh auslachen."

„Ich werde nicht lachen, Nina."

Er klingt ernst und es ist seit langer Zeit das erste Mal, dass er meinen Namen ausspricht. Ich schlucke schwer und in seinen Augen tobt ein Sturm aus Emotionen.

„Sind wir zu weit gegangen?"

Die Frage erwischt mich eiskalt. Ich gebe sämtliche Gegenwehr auf und die Tränen treten wieder hervor, obwohl ich sie mit aller Macht zurückzuhalten versuche. Mein Blick verschwimmt und ich lasse den Kopf sinken und meine Stirn berührt seine. Und obwohl es total verkehrt ist, fühle ich mich geborgen. Ja, aufgefangen und gehalten.

Ich bin hin- und hergerissen, was ich davon halten soll. Die Situation lässt mich wieder fühlen, wie es früher zwischen uns war. Aber es gibt kein „Früher" mehr. Und wenn ich mich jetzt darauf einlasse, werde ich es spätestens morgen wieder bereuen.

„Welches Mal genau meinst du, mit dem ihr eventuell zu weit gegangen seid, hm? Das Mal, als ihr mir einfach die Freundschaft gekündigt habt? Oder die Male, als ihr mich vor sämtlichen Mitschülern ausgelacht habt? Oder meinst du die ganzen Beleidigungen? Vielleicht die Aktion mit der Champagnerpyramide oder die etlichen davor? Sag es mir. Was davon könnte deiner Meinung nach zu weit gegangen sein?"

Er starrt mich geschockt an. Hat er etwa geglaubt, dass ich keine Gefühle hätte? Dass mir alles egal sei?

Ich bin auch nur ein Mensch, verdammt.

„Sag mir jetzt nicht, dass ihr dachtet, dass es spurlos an mir vorbeigehe, gemobbt zu werden! Manchmal habe ich gedacht, dass ich eure negative Aufmerksamkeit brauche. Aber ich habe genug. Egal wie sehr ihr versucht, mir einzureden, dass ich eklig und abstoßend bin, Leni hat vollkommen recht. Ich bin zu gut für euch und ich darf mir nichts einreden lassen."

Ich schreie ihm meine Worte entgegen, wehre mich heftig gegen seine Umarmung und weine vor Wut und Verzweiflung. Die Tränen kommen einfach. Das Fass ist voll und er hat es zum Überlaufen gebracht.

„Du glaubst, dass wir dich eklig finden?" Maces Stimme ist kaum zu verstehen, sie klingt so erstickt, als wäre er derjenige, der vor Tränen keine Luft bekommt.

Ich kann lange nicht antworten, weil ich von meiner eigenen Traurigkeit durchgeschüttelt werde. Meine Hände verdecken mein Gesicht. Es ist schlimm genug, vor ihm zu weinen. Der Gedanke, dass irgendwo eine Kamera ist, die mich aufnehmen könnte, bereitet mir Bauchschmerzen. Aber ich kann nicht aufhören. Ich habe keine Kraft mehr.

Sobald ich mich etwas beruhigt habe, wische ich mir über das Gesicht. Ich hatte jetzt eine ganze Weile Zeit, um über seine Frage nachzudenken. Aber eine richtige Antwort ist mir nicht eingefallen.

„Was, glaubst du, würde ein vernünftig denkender Mensch annehmen? Sicherlich nicht, dass ihr mich liebt. Euren Hass mir gegenüber könnt ihr nicht deutlicher zeigen."

Mace erzittert unter meinen Händen. „Wir hassen dich nicht. Wir ..."

Das Klicken eines Schlüssels in einem Schloss lässt uns auseinanderfahren. Mit großen Augen sehen wir uns an. Schnell bücken wir uns, sammeln mein Zeug zusammen. Dabei berühren sich unsere Hände. Wieder zuckt ein Stromschlag durch meinen Arm. Er sieht mich an. Die Tür geht auf. Ich nehme meinen Kram an mich und verschwinde schnellstmöglich im Badezimmer. Ich schließe ab und lehne mich gegen die Wand, um über die letzten Minuten nachzudenken.

Am Montagmorgen ist das Tuscheln, was mich verfolgt, schlimmer als sonst. Ich werde seltsam angesehen, einige gucken, als wäre ich verrückt, andere, als hätten sie Angst vor mir.

Je weiter der Tag voranschreitet, umso lauter wird das Flüstern. Mittlerweile werde ich sogar ausgelacht. Eine ganz neue Stufe des Unbehagens macht sich in mir breit.

In der Mittagspause gehe ich zum Radio und meine drei Helfer gucken mir heute nicht mal in die Augen. Ich werde auch nicht wie sonst begrüßt. Was für ein Gerücht macht denn jetzt die Runde, das sogar sie es glauben?

„Hey, Leute", sage ich und bemühe mich, fröhlich zu klingen. In mir drin sieht es jedoch alles andere als gut aus. Den ganzen Tag über habe ich einen Stein nach dem anderen runterschlucken müssen. Da ist es kein Wunder, dass mir jetzt vor lauter Bauchschmerzen schlecht ist. Meine Hoffnung war, wenigstens in der Mittagspause entspannen zu können.

Sie winken lediglich und wenden sich ihrer Arbeit zu. Doch immer wieder flüstern alle miteinander und werfen mir verstohlene Blicke zu. Ich haue mit der Faust auf den Tisch. Die drei zucken zusammen und sehen mich mit weit aufgerissenen Augen an.

„Kann mir verdammt nochmal endlich jemand erklären, was hier bitte los ist? Alle tuscheln und lachen und ihr seht aus, als wollte ich euch gleich auffressen."

Die drei sehen sich an, als kommunizierten sie in Gedanken, wie sie weiter verfahren wollen. Dann erbarmt sich Lora, holt ihr Smartphone hervor, tippt auf ihm herum und hält es mir schüchtern entgegen. Ihre Hand zittert sogar.

Ich nehme es ihr ab und habe ein Déjà-vu. Es ist noch nicht besonders lange her, da habe ich ein Video von mir gesehen, wie ich in einem Haufen Scherben liege. Und nun sehe ich mich unscharf in einem Sporthäuschen stehen, wie ich mit mir selbst rede und die Luft zu umarmen versuche. Die Qualität ist nicht die Beste, weil ziemlich herangezoomt wurde. Aber man erkennt, dass ich das bin.

Mir wird unfassbar übel und ich glaube, mich direkt über der Tastatur erbrechen zu müssen. Tränen treten mir in die Augen. Keine Ahnung, wie oft ich in letzter Zeit geheult habe.

Die Royals haben mich also doch beobachtet und ich wusste, es kann nichts Gutes bedeuten, dass sie da waren.

„Hast du öfter Halluzinationen?"

Bittere Galle steigt mir auf. Ich suche Halt an dem Smartphone, springe auf und sehe mich wie ein gehetztes Tier um. Alle drei sehen mich an, wirken erschrocken und verängstigt. Ich sollte ihnen erklären, dass alles ein Missverständnis ist. Sollte ihnen sagen, dass ich ein Gespräch oder für eine Theateraufführung bei uns im Ort geübt habe. Aber das kann ich nicht. Wenn ich jetzt auch nur einen Ton von mir gebe, werde ich mich übergeben.

Hals über Kopf verlasse ich das Studio und renne zu den Toiletten. Ich presse mir die Hand auf den Mund, stoße die Tür auf und haue sie fast noch einer Mitschülerin an den Kopf. Lautstark ruft sie mir hinterher, was ich für eine dumme Kuh sei, doch ich renne bloß zur nächsten Kabine und erbreche mich in die Toilettenschüssel.

Ich zittere am ganzen Körper, mein Magen rebelliert und dieses ständige Würgen, sobald ich an das Video denke, macht mich fertig.

Erschöpft spüle ich, sinke auf den Boden und lehne mich gegen die Kabinentür. Ich lege mir meine kalte Hand auf die Stirn und kann doch nicht verhindern, dass meine Gedanken zu kreisen beginnen.

Wenn es stimmt, dass die Royals eigentlich gar nicht schlimm sein wollen, wieso machen die Jungs das Video dann für alle zugänglich? Die Kids brauchen es nur aus dem Schulnetzwerk herunterzuladen und auf den sozialen Medien verbreiten.

Wenn das passiert und die richtigen Leute die richtigen Rückschlüsse ziehen, muss ich das Land verlassen. Irgendwohin, wo ich untertauchen kann. Zum Beispiel nach Grönland. Ich habe gelesen, dass dort Menschen mit Gaben leben, ohne verfolgt zu werden.

Es klopft an meine Tür. Ich zucke zusammen und starre sie angstvoll an. Sie sind hier. Jetzt wollen sie mich holen. Ich presse mir die Hand auf den Mund, um keinen Ton von mir zu geben.

Reflexartig suche ich nach einem Ausweg, aber die Kabinenwände gehen bis ganz nach oben. Schnell klettere ich auf die Klobrille und versuche, dabei so leise wie möglich zu sein.

„Nina, sind Sie da drinnen? Gea hat dich hier reinlaufen sehen."

Sämtliche Anspannung fällt von mir ab und lässt mich schluchzen. Es ist Mister P. Er will sich bloß nach mir erkundigen.

Vorsichtig klettere ich von der Toilette und schließe die Tür auf. Langsam luge ich heraus und er ist es tatsächlich. Außer uns ist niemand hier.

„Geht es Ihnen gut? Mussten Sie sich übergeben?"

Ich nicke lediglich, noch immer unfähig, irgendeinen Laut von mir zu geben.

„Würden Sie mit mir kommen? Dann können wir uns in einer Umgebung unterhalten, in der ich mir nicht wie ein Spanner vorkomme."

Er sieht sich tatsächlich unangenehm berührt um, was mich zum Kichern bringt. Ein Lächeln legt sich über seine Lippen und erreicht auch seine Augen. Wir verlassen die Toiletten und er geht voraus. Ich folge ihm anstandslos und lasse mich in einen Klassenraum führen, der gerade nicht genutzt wird.

Mister P geht an das Waschbecken und füllt ein Glas mit Wasser. Wo auch immer er das Glas gerade hergezaubert hat, er kommt auf mich zu und reicht es mir. Dankbar nehme ich es entgegen, um den ekligen Geschmack hinunterzuspülen.

Wir setzen uns und er sieht mich direkt an.

„Es war wegen des Videos, oder?"

Ich nicke sprachlos.

Also hat er es ebenfalls gesehen. Die anderen Lehrer auch?

„Ist das Video echt? Haben Sie etwa eine Gabe?"

Ich werde stocksteif. Die Frage musste früher oder später kommen, aber es fällt mir schwer, darauf zu antworten.

Kann ich ihm vertrauen? Sollte ich mich ihm öffnen? Wenn ich es tue, habe ich dann einen Verbündeten oder einen Feind?

Mein Puls ist rastlos und wühlt mich auf. In meinem Magen beginnt es erneut, zu rumoren.

Jahrelang hat Day mir eingeschärft, niemandem zu vertrauen.

Ich beiße mir fest auf die Lippen. Zu gern würde ich für ihn eine Ausnahme machen. Aber ich kann es nicht.

Mit einem Lächeln versuche ich, die Sache abzutun.

„Die Royals beweisen sehr gute Bildbearbeitungskünste. Das war am Wochenende bei mir im Dorf. Ich habe mit meiner Freundin Leni gesprochen."

Ernüchtert sieht er mich an. Weiß er es und will nur testen, ob ich ihm vertraue? Ein ungutes Gefühl macht sich in mir breit, ich will ihn nicht enttäuschen.

„Schade. Ich wollte schon immer mal mit jemandem sprechen, der eine Gabe hat. Wenn man darüber recherchiert, muss man immer befürchten, verdächtigt zu werden. Es interessiert mich, wie die Gaben zustande kamen und wie sich die Personen fühlen, die eine haben."

Ich rutsche unbehaglich auf meinem Stuhl hin und her.

Aber wenn ich jetzt einen Rückzieher mache, hält er mich für eine Lügnerin und das will ich nicht. Also bete ich dafür, dass er das Thema wechselt.

„Wie dem auch sei. Für die aktuelle Stunde entschuldige ich Sie im Sekretariat. Ich gehe davon aus, Sie möchten den Rest Ihres Unterrichts besuchen?"

„Auf jeden Fall. Ich hänge noch immer hinterher. Wenigstens waren Frau Hoffmann und Herr Richter so nett und haben mir die Unterlagen kopiert."

Ich bedanke mich und Mister P steht auf und klatscht in die Hände. Irgendwie wirkt er, als wäre es ihm plötzlich unangenehm, mit mir im selben Raum zu sitzen. O nein, ist es, weil ich nicht auf seine Aussage reagiert habe? Denkt er jetzt, dass ich ihn für einen Freak halte?

Doch bevor ich noch irgendwas sagen kann, wünscht Mister P mir einen schönen Tag. Sobald ich wieder allein bin, lege ich meine Hand drucklindernd auf meinen Bauch und hoffe, dass ich diesen Tag überlebe.

Plötzlich fegt ein Windhauch über den Gang und lässt meine Härchen sich aufrichten. Ich spüre eine Präsenz. Es ist die des Geistes, der mir bei den Royals hilft. Zu allen Seiten sehe ich mich um. Doch ich bin allein.

„Du brauchst dir keine Sorgen mehr machen. Es gibt nun eine andere Version des Videos. Und da ich dir nun geholfen habe, erwarte ich auch deine Hilfe", flüstert der Geist.

Die Gänsehaut wird durch seine direkt in mein Ohr gehauchten Worte verstärkt. Seine Stimme ist so tief und dunkel, dass sie die der Royals komplett in den Schatten stellt.

„Wer bist du? Wobei soll ich dir helfen?", frage ich.

Ich drehe mich um meine eigene Achse und versuche, etwas von ihm zu erhaschen, doch ich sehe nichts; nicht mal ein Flimmern.

Dann bin ich wieder allein.

Kapitel 9

Ich erwache schweißgebadet in meinem Internatszimmer. Meine Lippen zittern bei dem Gedanken an die letzten Bilder aus meinem Traum. Ich bin noch immer wie gefangen, kann keinen klaren Gedanken fassen.

Seit Day mir vom Autounfall meiner Eltern erzählt hat, träume ich davon, obwohl ich nicht dabei war.

Sie haben mich bei Day gelassen, weil sie einen wichtigen Termin hatten. Es regnete an dem Tag stark und es wurde vor Aquaplaning gewarnt. Niemand weiß, ob sie zu schnell unterwegs waren oder sich gestritten haben. Aber die Reifen verloren den Kontakt zur Straße. Mein Vater konnte den Wagen nicht mehr steuern und sie fuhren in den Graben und überschlugen sich. Bevor die Rettungskräfte da waren, stand das Auto bereits in Flammen.

Und jedes Mal, wenn ich davon träume, sehe ich sie bewusstlos und kopfüber im Wagen hängen. Sie reagieren weder auf meine Schreie, noch kriege ich das Auto geöffnet. Und dann explodiert der Wagen und ich schrecke schweißgebadet auf. Der Traum ist jedes Mal etwas anders, aber im Grunde genommen immer gleich.

Day hat ihre beste Freundin bei diesem Unfall verloren und es hat sie so mitgenommen, dass sie nichts aus der Wohnung behalten hat. Deshalb gibt es keine Fotos von meinen Eltern oder sonstige Erinnerungsstücke.

Langsam stehe ich auf, schlinge die Decke um meinen noch immer schweißfeuchten Körper und stelle mich vor mein Fenster. Es ist mitten in der Nacht, alles ist ruhig.

Mit zittrigen Händen öffne ich es, weil ich plötzlich das Gefühl habe, jeden Moment zu ersticken. Mein Herz schlägt kräftig. Mit fahrigen Fingern streiche ich mir das feuchte Haar zurück, während ich in tiefen Atemzügen die Nachtluft einatme.

Vor unterdrückten Tränen bebt meine Unterlippe und meine Augen brennen, aber ich will sie nicht schon wieder beweinen. Wie viele Tränen habe ich bereits vergossen und es hat den Schmerz nicht eine Sekunde gelindert.

Ich komme eigentlich gut damit klar, meine Eltern nie kennengelernt zu haben. Aber gerade an Tagen wie heute vermisse ich sie unfassbar.

Seufzend wende ich mich von der Nacht ab und gehe wieder ins Bett. Wie gern würde ich die Geister nochmals darum bitten, meine Eltern zu suchen.

Aber Dutzende Male habe ich es erfolglos versucht.

Am Morgen klingt der Traum noch immer in mir nach. Meine Gedanken wirbeln und machen mich kirre. Ich würde meine Eltern gern dafür hassen, dass sie mich nicht besuchen kommen. Aber ich kann einfach nicht. Genauso wie ich die Royals nicht hassen kann, obwohl ich es sollte.

Nachdem der Geist ein anderes Video verbreitet hat, auf dem zu erkennen ist, wie ich Leni umarme, tuscheln sie zwar noch immer, aber ich bin entspannter. Ich weiß zwar nicht, woher er das Video hat und wie es in Umlauf kam, aber ich bin ihm unendlich dankbar.

Nur fühle ich mich ihm gegenüber nun noch mehr verpflichtet zu helfen. Dabei weiß ich überhaupt nicht, ob ich das kann. Ich schätze, dass es etwas mit den Royals zu tun hat, weil ich durch den Geist mehr über sie erfahren habe. Aber sicher kann ich mir nicht sein. Und selbst wenn, sie verraten mir ja nichts und egal, was ich versuche, sie bleiben stur und tun so, als gäbe es keine Geheimnisse zu lüften.

Manchmal zweifele ich selbst, ob ich die Sache nicht zu sehr aufbausche. Dann frage ich mich jedoch immer wieder, wieso der Geist mich sonst hätte zu ihren geheimen Treffen führen sollen. Das würde keinen Sinn ergeben.

Ich lege meine Hände um mein Gesicht und falle auf die Knie. Meine Gedanken treiben mich in den Wahnsinn. Wieso muss ausgerechnet ich diese Gabe besitzen? Hatten meine Eltern eine Gabe? Oder habe ich sie einfach so bekommen? Und wieso kann ich sie nicht loswerden?

Wie immer spüre ich die verschiedensten Präsenzen, wenn auch nicht klar und deutlich. Aber sie sind da, als würden sie von mir angelockt werden wie die Motten vom Licht.

Ich kann doch nicht der einzige Mensch sein, der mit Geistern kommunizieren kann. Wieso verschwinden sie also nicht einfach? Wieso sind sie immer da?

Ich möchte einfach nur in Ruhe leben. Nicht beobachtet werden oder es zumindest nicht wissen.

Meine Gedanken springen zu den Royals. Erst vor kurzem habe ich noch geglaubt, dass ich nicht weiblich sein dürfe, um wieder von ihnen akzeptiert zu werden.

Wie dumm ich doch war. Wieso sollte das etwas ändern? Sie haben sich sogar die ganze Zeit darüber lustig gemacht, wie ich aussehe.

Ohne es verhindern zu können, laufen die Tränen über mein Gesicht.

Die Royals hassen mich. Es ist egal, was ich versuche, was ich mache oder nicht mache. Nichts wird sich ändern.

Ich bin armselig. Jeder andere hätte sie längst ignoriert und nach vorn geblickt. Wieso kann ich das nicht ebenfalls tun? Bin ich überhaupt irgendwer ohne sie? Jahrelang habe ich an ihnen festgehalten, obwohl sie alles dafür getan haben, mich von sich zu stoßen. Aber ich konnte es nicht akzeptieren. Weil ich zu schwach bin. Weil ich mich ohne sie verloren fühle. Einsam.

Ich beuge mich vor, lege meine Arme auf den Boden und bette meinen Kopf darauf. Nun rinnen die Tränen über meine Nase und tropfen auf den Teppich. Schluchzer schütteln mich komplett durch.

Die Erkenntnis lässt mich erzittern und gequält stöhnen. Anstatt stark aus der Situation rauszugehen, bleibe ich stecken und drohe zu ertrinken. All ihre Worte sorgen dafür, dass mein Herz blutet. Weil sie in mir nichts sehen, weil ich ein Nichts bin. Ihnen war das lange vor mir klar.

Eine Hand legt sich auf meine Schulter und streichelt mir den Rücken. Lenis Präsenz lässt mich noch weiter zusammenbrechen. Sie ist voller Mitleid. Nicht dieses geheuchelte, sondern sie leidet mit mir. Ihr Schmerz erdrückt mich, weil ich ihn nicht verdiene.

„Wieso rufst du mich nicht?" Der Tadel verliert sich in dem Kummer, den sie meinetwegen hat.

Ich bin nicht in der Lage, zu antworten, sondern schluchze nur noch lauter.

„Ist es wegen deiner Eltern?"

Meine Brust wird eng und ich bekomme immer schwerer Luft. Das Gesicht tränenüberströmt, den Mund weit geöffnet, versuche ich, zu atmen, doch es gelingt mir nicht. Leni zieht mich hoch. Ich atme schnappend ein.

„Es ist wegen der Jungs, oder?"

Mein Schluchzen wird lauter. Sie sieht mich an, aber ich sehe sie nur verschwommen vor mir. Ich schließe meine Augen und werde von dem Schmerz förmlich überrannt. Es tut unfassbar weh.

„Ich habe für sie gelebt. Wenn ich zurücksehe, habe ich ihr Leben geführt oder das, von dem ich dachte, dass es sie mir zurückgebracht hätte. Es gibt keine Nina. Ich bin gegangen, als sie mich im Stich gelassen haben. Und dann tun sie mir sowas an. Ich hätte sterben können, wenn das Video in die falschen Hände geraten wäre, und sie haben das in Kauf genommen." Meine Worte kommen abgehackt und meine Stimme ist kratzig. Aber Leni versteht, was ich ihr sagen will, und nimmt mich fest in den Arm. Ich kralle mich an sie.

„Natürlich gibt es eine Nina. Sie ist unglaublich stark und muss nur ihren Weg im Leben finden."

Ihre Worte stechen in meiner Brust. Womit habe ich sie nur verdient?

„Wenn du das jetzt überstehst, wird dich niemand mehr brechen können, weil du die Einzige bist, die stark genug ist, das auszuhalten. Also hör auf dir einzureden, Abschaum zu sein. Denk an meine Worte, okay? Ich muss jetzt ..."

Ich falle nach vorn, als sie sich auflöst, und fühle mich unendlich leer. Sie ist einfach verschwunden.

Doch meine Zimmertür wird im nächsten Moment aufgestoßen. Ich rege mich nicht. Kann mich nicht mal ärgern, dass die Person, die reinkommt, keinen Anstand besitzt und vorher anklopft. Alles, wozu ich in der Lage bin, ist, dankbar zu sein, dass Leni gegangen ist. Wäre sie geblieben, hätte ich mich womöglich verraten.

„Nina?"

„Fuck, was ist mit ihr?"
„Sie weint."
„Ach, da wäre ich auch draufgekommen."
„Wieso fragst du dann?"
„Nina? Hörst du uns?"

Sie sind nicht zu ignorieren. Mein Herz rast, genauso wie meine Gedanken. Sie sind immer da. Lassen mich nie in Ruhe.

Ich weiß nicht, ob ich sie hier haben will oder nicht. Die Neugier in mir ist vorhanden, aber der Schmerz ist zu präsent. Mein Schiff ist gerade am Sinken und ich will nicht, dass sie dabei zusehen.

„Verschwindet", murmele ich gegen den Boden.

„Nicht, solange du so drauf bist", flüstert Mace dicht an meinem Ohr.

Ein Schauer durchläuft mich. Aber meine Tränen versiegen nicht.

„Bitte geht einfach weg." Ich höre selbst, wie schwach ich klinge. Weinen kostet enorm viel Kraft.

„Haben wir jemals auf das gehört, was du von uns wolltest?", fragt Enzo.

Mein Herz rutscht mir tief in die Hose.

„Nein, deshalb sind wir genau in dieser Lage." Ich flüstere die Worte so leise und trotzdem scheint er mich verstanden zu haben.

„Du weinst wegen uns?" Enzo klingt ehrlich überrascht, was mich geradezu lähmt.

Was haben sie gedacht? Das ich aus Stein bin? Natürlich verletzt es mich, wie sie mit mir umgehen. Wieso begreifen sie das nicht?

Hände packen mich und ich werde auf den Rücken gedreht. Jas steht über mir. Sein Blick ist intensiv, wie immer, und sorgt dafür, dass meine Tränen versiegen. Ich weiß nicht, wie er das schafft. Es ist einfach so.

Dann fasst er mich am Rücken und schiebt seinen anderen Arm unter meine Beine. Mit Leichtigkeit hebt er mich hoch und ich pralle gegen seine Brust. Erschrocken starre ich in sein Gesicht. Es gefällt mir, dass er mich so hochheben kann. Mein Herz wummert gegen meine Rippen. Ich hoffe, dass er es nicht spürt.

Er trägt mich zu meinem Bett und legt mich darauf ab. Dabei kommt er meinem Gesicht so nah, dass mein Atem stockt. Sein Blick verfängt sich in meinem und ich glaube, dass er mich jeden Moment küssen wird. Und ich hasse mich dafür, dass ich es will.

„Schön. Sie hat aufgehört, zu plärren. Dann können wir jetzt ja wieder verschwinden."

Raphas harsche Worte lassen mich zusammenzucken. Wir sind nicht allein. Wie konnte ich das vergessen? Seit wann hat Jas diese Wirkung auf mich, dass ich alles um mich einfach ausblende?

„Wieso seid ihr überhaupt hier?"

Obwohl mein Zimmer recht groß ist, nehmen sie so viel Raum ein, dass ich glaube, sie würden es komplett ausfüllen. Ihre Ausstrahlung raubt mir einfach den Atem.

Enzo grinst breit und kommt auf mich zu, Mace dicht hinter ihm. Sie krabbeln zu mir aufs Doppelbett und setzen sich links und rechts neben mich. Sie sind zum Greifen nah. Ich brauche nur meine Hand ausstrecken und ...

„Ach, kleine Wildkatze, immer so misstrauisch." Sam lächelt jungenhaft und lässt sich vor uns Dreien auf den Bauch fallen. Er wird von der Matratze wieder leicht hochgeworfen und kommt dann, sein Kinn auf seine Hände gestützt, zum Liegen. „Das ist wirklich amüsant."

Jas, der bis eben noch vor meinem Bett, die Hände in den Hosentaschen, stand, setzt sich nun ans Fußende und ich verfolge jede seiner Bewegungen mit den Augen.

„Nervig trifft es eher", brummt Rapha.

Ich wende mich von Jas ab, der sich längst seinem Smartphone zugewandt hat, und sehe zu Rapha, der sich auf dem Stuhl an meinem Schreibtisch niederlässt.

Die braunen Augen fixieren meine. Er hasst mich und er will, dass ich das weiß.

Ist das normal? Gerade noch habe ich mir meine Augen ausgeheult, weil sie mich zerstören, und jetzt bin ich vollkommen von ihrer Anwesenheit überrumpelt und alles ist vergessen. Ich bin geisteskrank. Anders kann ich es mir nicht erklären.

„Um deine Frage zu beantworten: Wir sind hier, weil wir uns Sorgen gemacht haben", klärt Enzo mich auf.

Seine Schulter streift meine und lässt meinen Bauch nervös kribbeln. Maces Bein berührt meines am Oberschenkel und verstärkt das Gefühl nur noch mehr, sodass sich mein Kopf dreht.

Sie haben so leichtes Spiel mit mir. Ich bin ihr perfektes Opfer. Aber ihre Worte ergeben trotzdem keinen Sinn.

„Ihr? Euch Sorgen gemacht?"

„Bezieh mich in diesen ganzen Kram nicht mit ein, Babe."

Mein Kopf schnellt herum, sodass es in meinem Nacken knackt. Wütend funkele ich Rapha an, aber er scheint mich mit seinen Augen nur auszulachen.

„Wenn du nicht hier sein willst, verschwinde. Niemand interessiert sich dafür, wo du bist oder nicht."

Der Schalk in seinen Augen verblasst, dafür werden sie dunkler und bedrohlicher. „Du bist so eine kleine ..."

„Rapha", knurrt Jas.

„Nein, nein. Sag ruhig, was du mir sagen willst. Bei dir weiß ich wenigstens, dass du mich nicht anlügst."

Ich richte mich auf, löse damit den Körperkontakt zu den anderen beiden und fixiere Rapha. Soll er ruhig mal die Eier in der Hose haben und mir sagen, was sein beschissenes Problem mit mir ist.

Doch Rapha sieht an mir vorbei und als ich seinem Blick folge, schüttelt Enzo mit dem Kopf. Frustriert schlage ich mit den Händen auf meine Beine. Ich zeige auf die Tür.

„Raus. Und zwar alle. Ich habe es satt, von euch belogen zu werden. Verschwindet. Und lasst mich endlich in Ruhe. Ich will mit euch nichts mehr zu tun haben. Euer verfluchtes Geheimnis ist mir scheißegal und ihr seid es auch."

Während meiner Worte beginnt mein Arm, zu zittern, und meine Augen laufen wieder über. Ich will nicht mehr weinen, nicht ihretwegen und schon gar nicht vor ihnen, aber ich bin einfach nicht stark genug. Weil sie noch immer so viel Macht über mich haben und vermutlich immer haben werden.

Es ist ruhig im Raum. Niemand bewegt sich. Man hört nur meinen schnellen Atem und die einzelnen Schluchzer. Wütend wische ich mir über die Augen. Kann ich verdammt nochmal endlich aufhören, auszulaufen? Ich balle meine Hände zu Fäusten und presse sie mir vor die Augen.

„Blondchen ..."

Das gibt mir den Rest und ich verlasse fluchtartig mein Zimmer.

Ich weiß nicht, wie lange ich weg war, um an der frischen Luft meine Gedanken zu sortieren. Leni hatte mir dabei geholfen, mich etwas zu beruhigen, indem sie einfach da war und mich abgelenkt hat.

Als ich zurück in mein Zimmer gehe, sitzen die Royals noch genauso da, wie ich sie verlassen habe.

„Da bist du ja wieder, Blondchen."

„Hört endlich mit diesen verletzenden und sexistischen Spitznamen auf. Ich bin weder dumm", sage ich und drehe mich zu Mace, „noch bin ich eklig und hässlich." Ich wende mich an Jas, der zusammenzuckt. „Ich kratze niemandem die Augen aus oder sorge für Chaos", sehe ich zu Sam, der mir ausweicht, dann zu

Enzo, der meinem Blick standhält, aber nachdenklich wirkt. „Und unter gar keinen Umständen bin ich dein *Babe*. Dass ich dich niemals anfassen würde, war ernst gemeint. Ich kann dich genauso wenig ausstehen wie du mich, also lass es einfach stecken, okay?"

Meine Brust hebt und senkt sich sichtbar, so sehr habe ich mich in Rage geredet. Andererseits fühle ich mich unfassbar erleichtert, weil ich ihnen endlich mal Kontra gegeben habe. Es fühlt sich viel befreiender an, ihnen zu sagen, was ich denke, anstatt alles in mich hineinzufressen.

Dafür ist es nun unglaublich still. Niemand sagt ein Wort und selbst Rapha sieht beleidigt zu Boden. Weil die Stimmung nun gedrückt ist, wringe ich meine Hände. Es ist unangenehm und es nervt mich, dass sie nicht verschwinden. Mir ist noch immer nicht klar, weshalb sie eigentlich hier sind.

„Du bist nicht zum Unterricht erschienen und Mister P wusste auch nicht, wo du bist. Bella hat hämisch gelacht und deshalb dachten wir, du bist wieder mit ihr aneinandergeraten."

Enzo erklärt endlich, was los ist, aber verstehen tue ich das trotzdem nicht. Ich sehe ihm tief in die Augen, versuche, eine Antwort von ihnen zu erhalten, doch sie geben wie immer nichts preis. Ob er unseren Kuss bereut?

„Was hat das alles zu bedeuten?" Ich stelle meine Frage und sehe sie der Reihe nach an, ohne jemanden besonders anzusprechen. Da sie offenbar ständig wissen, was der andere denkt, als hätten sie eine spezielle Verbindung, müsste mir jeder von ihnen antworten können.

„Was genau meinst du?" Sam setzt sich auf und lächelt mich an, dass es in mir zu kribbeln beginnt.

Ich erinnere mich an meine Hand in seinem Haar, seine Hand an meiner Hüfte und an die Küsse in der Dunkelheit. Die Wildheit der Erregung, die über mich hereingebrochen ist, kann ich auch jetzt noch fast fühlen.

„Was?"

Ich zucke zusammen, mein Herz rast und ich fahre zu Enzo herum. Er sieht zwischen Sam und mir hin und her und sieht unfassbar wütend aus.

Habe ich etwas nicht mitbekommen? Wieso ist er auf hundertachtzig? Aber auch seine Jungs scheinen verwirrt zu sein. Nur Sam guckt ihn mit großen, reumütigen Augen an, als wüsste er genau, was er falsch gemacht hat.

In meinem Kopf rattert es. Enzo scheint immer genau zu wissen, was ich denke. Das hat mich schon seit jeher stutzig gemacht – und fasziniert. Bisher dachte ich immer, dass ich für ihn wie ein offenes Buch sei, aber ich habe diesmal Sam angesehen und nicht ihn.

Was nur nicht ganz ins Bild passt, ist Sam. Woher weiß er Bescheid? Können sie es alle? Sind sie in der Lage, Gedanken zu lesen?

Mir wird heiß und das Blut rauscht wild durch meine Adern, weil ich glaube, etwas ganz Großem auf der Spur zu sein. Ich sehe zwischen den Jungs hin und her. Enzos Gesicht ist verzerrt. Man sieht ihm seine Wut an, doch etwas anderes hat sich in seinen Ausdruck geschlichen: Angst.

Er weiß, was ich denke, und er hat Angst davor, dass ich es weiß. Aber wenn das wirklich stimmt, braucht er keine Angst zu haben, dass ich ihn verraten könnte. Dann weiß er ganz genau, was bei mir Sache ist. Woran er ist. Einfach alles.

Mir wird unglaublich heiß. O Shit, dann weiß er ... Und nicht nur er, auch die anderen. Ich kann wirklich nichts vor ihnen verheimlichen. Mir war nie etwas peinlicher als diese Erkenntnis. Und ich wäre nie darauf gekommen, wenn er jetzt nicht so auf meinen Gedanken geantwortet hätte.

Ich springe aus dem Bett auf und versuche, so viel Abstand wie möglich zwischen mich und sie alle zu bringen. Alle bis auf Enzo sehen mich irritiert an. Mein Herz schlägt mir bis zum Hals. Mir wird schwindelig. Bitte, bitte, sag mir, dass das nicht wahr ist.

„Das würde ich gern."

Ich kreische erschrocken auf. Der Schwindel verstärkt sich, als mir sämtliches Blut aus dem Gesicht weicht. Nein, nein, nein. Ich habe mich auf so vielen Ebenen angreifbar gemacht. Also war ich die ganze Zeit ein noch viel einfacheres Opfer, als es zu sein ich bis jetzt sowieso gedacht habe.

„Nina, was ist los?", fragt Mace und klingt ernsthaft besorgt. Er sieht Enzo fragend an, aber dieser mich. Offenbar will er, dass ich mich beruhige.

Aber mein Atem geht immer schneller. Ich

bekomme nicht genug Luft, kann mich aber auch nicht beruhigen.

„Verschwindet. Nun haut endlich ab!"

Enzo erhebt sich und ich atme erleichtert auf, weil er meiner Bitte nachkommen will. Doch anstatt zur Tür zu gehen, kommt er zu mir. Was muss ich tun, damit er nicht in meinem Geist forschen kann? Wie weit reicht seine Gabe?

Er hebt seine rechte Hand und ich weiche weiter zurück, bis ich komplett an die Wand gepresst dastehe. Ich will das nicht.

„Fass mich nicht an. Fass mich nie wieder an."

Aber er hört nicht auf mich und legt seine Hand an meine Wange. Ich wimmere und bleibe stocksteif stehen.

Er fühlt sich warm und weich an. Die Erinnerung an unseren Kuss blitzt vor meinen Augen auf. Hat er mich nur geküsst, weil ich es wollte? Enzo schüttelt zur Antwort den Kopf.

Ich gehe alle Momente im Schnelldurchlauf durch, die mir im Nachhinein betrachtet ziemlich seltsam vorkommen. Einer davon bleibt besonders hängen. Als ich mich verletzt habe und glaubte, sie müssten sich freuen. Auch da hatte er den Kopf geschüttelt.

Aber warum das alles? Die Ausgrenzung, das Mobbing?

Seine Finger streicheln sachte meine Wange. Die Wärme seiner Hand geht langsam auf mich über und beruhigt mich. Unsere Blicke verfangen sich und mein Bauch fängt an, zu kribbeln.

„Kann mal einer von euch erklären, was hier abgeht?"

Enzo nimmt seine Hand fort und ich vermisse sie schon jetzt. Denn sofort wird mir wieder kälter und die Aufregung kommt zurück. Sosehr er mir eben Halt gegeben hat, indem er einfach da war, kann er mich in der nächsten Sekunde wieder stürzen lassen.

Dieses Gefühlschaos ist kaum auszuhalten. Vor allem, als er mich wissend angrinst, bevor er sich Rapha und den anderen zuwendet.

„Sie weiß es", entgegnet er knapp.

Alle werden der Reihe nach bleich. Jas schnappt laut nach Luft.

„Was?", fragt Mace piepsig.

„Ich habe mich eben verraten, als ich auf ihre Gedanken reagiert habe. Sie hat es schon länger geahnt und das hat ihr als Beweis gefehlt."

Sie scheinen sich wieder etwas zu beruhigen. Offenbar hatten sie Sorge, es wäre etwas anderes. Dachten sie, ich könnte ihr Geheimnis aufgedeckt haben? Ist es wirklich so schlimm?

„Darüber reden wir später nochmal." Enzo fixiert Sam, der auf seinem Platz in sich zusammengesunken ist.

Ein schweres Gefühl macht sich in mir breit, als hätte ich Steine gegessen. Habe ich ihn in die Scheiße geritten? Er wollte, dass ich nie wieder darüber nachdenke. Das war also der Grund.

„Untersteh dich." Enzo fährt zu mir herum und funkelt mich wild an.

Ich grinse, weil nun ich ihn mal in der Hand habe. Aber wenn er Sam deshalb maßregeln will, sollten sie vielleicht die ganze Wahrheit kennen.

„Du kannst mich nicht zum Schweigen bringen", antworte ich triumphierend. „Warum sollten sie es nicht erfahren?"

Er kommt auf mich zu, aber ich weiche ihm aus, bevor er mich zu fassen kriegt. Ich laufe zu den Jungs, die Enzo aufhalten, weil sie gespannt darauf sind, was ich zu sagen habe.

Ich verkrieche mich hinter Jas, der sich mit ausgebreiteten Armen vor mir aufrichtet. Auch Sam und Mace schalten schnell und stellen sich Enzo in den Weg.

„Jetzt bin ich mal gespannt, was unser Babe zu verkünden hat."

Ich werfe Rapha einen vernichtenden Blick zu, der ihn in die Luft sprengen soll.

„Bevor du Sam verurteilst, sollten die anderen vielleicht auch wissen, dass wir uns ebenfalls geküsst haben."

„Was?", fragt Jas bestürzt. „Ihr habt sie geküsst?" Er hört sich an, als würde er aus allen Wolken fallen.

Und ich glaube nicht nur Fassungslosigkeit, sondern auch Schmerz herauszuhören.

„Wer von euch kleinen Wichsern hat sie denn bisher noch nicht angefasst? Ich dachte, wir wären uns einig gewesen."

Raphas Worte bestätigen mich in meiner Annahme. Sie haben sich abgesprochen, mich nicht anzurühren. Und trotzdem haben es zwei von ihnen getan.

Die Anspannung im Raum ist kaum zu ertragen. Deshalb komme ich hinter meiner menschlichen Schutzmauer hervor. Die Jungs starren sich alle nieder und es tut weh, das zu sehen. Ist es so schlimm, mich zu küssen?

„Ihr könnt euch gleich draußen an die Gurgel gehen. Aber vorher würde ich gern noch wissen, weshalb ihr euch Sorgen um mich macht, obwohl ihr alles daransetzt, mich fertigzumachen."

„Wir wollen dich nicht fertigmachen", erklärt Jas bestürzt. „Genauso wenig, wie wir dich eklig finden."

Ich werfe Mace einen Blick zu. Natürlich hat er es ihnen erzählt. Wieso sollte ich auch annehmen, dass er es nicht tut? Für mich war der zwischen uns geteilte Moment intim, für ihn vermutlich nur Mittel zum Zweck.

„Und warum macht ihr das alles?"

Rapha seufzt genervt auf. „Das hat doch eh keinen Sinn. Können wir nicht einfach gehen? Sie will uns doch gar nicht hier haben."

Ich bin etwas verblüfft, weil Rapha offenbar weiß, wie ich empfinde. Kann er auch Gedanken lesen? Enzo schüttelt den Kopf. Gut. Aber eine Erklärung hätte ich vorher gern noch.

„Wir sind hergekommen, weil Mace recht hat. Wir sollten uns dafür bei dir entschuldigen. Es tut uns leid, wenn wir zu weit gegangen sind. Wir wollten nur dafür sorgen, dass du uns hasst. Aber irgendwie hat dich alles nur noch mehr angespornt, uns zu beweisen, dass du noch immer zu uns gehörst."

Enzo spricht, und alle anderen bis auf Rapha nicken bestätigend.

Seine Worte stechen wie Messer auf mich ein. Jetzt verstehe ich die Redewendung, dass Worte schlimmer sein können als jede Tat. Sie tun genauso weh, vielleicht sogar mehr. Eine äußere Wunde heilt innerhalb kurzer Zeit, eine innere Wunde kann für immer in einem festsitzen und einen zermürben.

„Warum wollt ihr, dass ich euch hasse?", frage ich atemlos.

Eine schwere Kraft drückt auf meinen Brustkorb.

„Du solltest dich von uns fernhalten", klärt Sam mich auf, geht aber nicht ins Detail.

„Aber warum? Ich hatte damals nie das Gefühl, dass es zwischen uns Probleme gibt."

„Wir wollten nicht, dass du von meiner Gabe erfährst."

„Aber ich habe doch selbst eine und ihr wisst es", rufe ich. Ich fühle mich plötzlich lebendig und voller Adrenalin. Bin ich endlich da, wo ich all die Jahre hinwollte? Gehöre ich wieder dazu? Da das Problem nun beseitigt ist, gibt es nichts mehr, was der Erreichung meines Ziels im Wege steht.

„Psst! Bist du bescheuert?", fragt Sam. „Das ist nichts, was man so ausposaunt. Klar, wir wissen es, aber das ändert nichts daran, dass du es lieber nicht noch die anderen mitkriegen lassen solltest."

Ich schlucke schwer. Er hat recht.

„Also können wir wieder Freunde sein?"

Die Gesichter der Jungs werden lang. Keiner sieht

mich an, alle starren auf den Boden oder an die Wand. Mein Herz rutscht mir in die Hose und die Aufregung flaut ab.

„Sorry, aber in naher Zukunft sehe ich keinen Weg, der dahin führt."

Eine Schwere erfasst mich, zieht mich nach unten und treibt mir die Tränen in die Augen. Fassungslos starre ich sie an.

„Ich kann nicht verstehen, wieso ihr überhaupt hierhergekommen seid. Raus. Raus mit euch", schluchze ich.

Zu meiner großen Erleichterung erheben sie sich und verlassen nach und nach mein Zimmer. Keiner von ihnen sieht mich an oder wirkt sonderlich zuversichtlich. Aber das ist mir nur recht. Ich will ihre Heuchelei nicht länger ertragen müssen.

Hinter ihnen lasse ich die Tür zuknallen und schmeiße mich weinend aufs Bett.

Kapitel 10

Es ist früher Abend. Der Unterricht ist längst vorbei. Ich habe mich im Sekretariat abgemeldet und den ganzen Tag in meinem Zimmer verbracht. Leni kam und wollte mich aufmuntern. Aber ich wollte allein sein, um über alles nachzudenken und die neuesten Erkenntnisse zu verarbeiten. Nicht nur dass Enzo meine Gedanken liest wie andere Romane, sondern auch, dass die Royals sich wirklich entschuldigt haben und trotzdem nicht wieder mit mir befreundet sein wollen.

Irgendwie lässt mich das Gefühl nicht los, dass ich einen Schritt vorwärtsgekommen, aber auch wieder drei zurückgefallen bin.

Die Dusche hat mir nicht geholfen, meine Gedanken abzuschütteln. Stattdessen hat sie sie noch befeuert. Mittlerweile glaube ich nämlich, dass dieses Geheimnis von ihnen etwas damit zu tun hat.

Sie haben mich von sich gestoßen und alles dafür getan, dass ich sie hasse. Keiner der Royals sollte etwas mit mir anfangen. Aber hassen tun sie mich nicht.

Das klingt für mich so, als wären sie in etwas Illegales reingerutscht und haben nun Angst, dass mir etwas passieren könnte.

Deshalb haben sie so reagiert, als Enzo meinte, dass ich ihr Geheimnis herausgefunden hätte und sie noch nicht wussten, dass es nur um seine Gabe geht. Irgendwas macht ihnen Angst. Und zwar solch eine große, dass sie nicht wollen, dass ich mit reingezogen werde.

Aber vielleicht mache ich mich auch ziemlich lächerlich mit diesen Gedanken.

Ich ziehe mir schnell einen Hoodie über, schlüpfe in eine Jogginghose und durchquere den Flur unseres Wohnheims. Von unten aus dem Wohnbereich dringen Stimmen und Musik, als ich ins Treppenhaus gehe.

Die Royals haben ihre Zimmer ganz oben, alle nebeneinander. Ich kann mir vorstellen, dass die Aussicht auf die Wiesen und Wälder rundherum atemberaubend ist. Aber für sowas haben sie sicherlich kein Auge. Außer eine nackte Frau springt durch die Blumen.

Mit zittrigen Händen stehe ich vor der Tür, die in Sams Reich führt. Ich habe das Gefühl, dass ich aus ihm am meisten rauskriegen könnte. Abgesehen davon, dass ich wissen möchte, was nach ihrem Abgang passiert ist.

Ein nervöses Magenkribbeln stellt sich ein und ich will schon wieder einen Rückzieher machen. Es ist eine dumme Idee. Besser, ich gehe zurück in mein Zimmer und hake die ganze Sache ab. Die Royals wollen nichts von mir, also sollte ich auch nichts von ihnen wollen. Nur leider ist das nicht so einfach.

Ich setze einen Schritt zurück, will mich umdrehen, da fasse ich nach der Klinke und trete einfach ein.

Ich schließe die Tür hinter mir und sehe mich um. Sam ist nicht zu sehen und auch sonst niemand. Neugierig sehe ich mich im Zimmer um.

Irgendwie hatte ich es mir ganz anders vorgestellt. Es ist aufgeräumt und mehr als in meinem Zimmer befindet sich hier auch nicht. Nur dass die Wände voll mit Fotos und Plakaten hängen.

Ich erkenne den Eiffelturm, Pyramiden, das Taj Mahal, den schiefen Turm von Pisa, die Freiheitsstatue, das Kolosseum, den Big Ben, die Chinesische Mauer und noch so viel mehr Sehenswürdigkeiten. Außerdem schneebedeckte Berge, Gletscher, Vulkankrater, Wasserfälle, himmelblaues Meer, Wildblumenwiesen mit Insekten, Laub- und Nadelwäldern in unterschiedlichen Jahreszeiten.

Mir fällt auf, dass die Bilder so angeordnet sind wie eine schlechte Weltkarte. Ich wusste gar nicht, dass Sam so aufs Reisen steht. Ob die Bilder alle von ihm sind? Oder hat er bloß Fernweh und möchte all diese Orte in seinem Leben noch besuchen?

Vermutlich wäre es besser, jetzt zu gehen. Immerhin scheint er nicht hier zu sein und auf ihn zu warten, traue ich mich nicht so recht.

„Was machst du hier?"

Ich zucke zusammen und werde aus meinen Überlegungen gerissen. Damit hat sich meine Frage in Luft aufgelöst. Ertappt drehe ich mich zu Sam um und spüre die Hitze auf einen Schlag.

Sam steht in der Tür zu seinem Badezimmer. Nackt. Nicht mal ein Handtuch liegt auf seinen Hüften. Nichts.

Ich schlucke und starre ihn von oben bis unten an. Mein Blick verweilt wohl ein Weilchen zu lange unten, denn er lacht rau und kehlig. Und dabei richtet sich sein Glied demonstrativ auf. Er ist wirklich nicht von schlechten Eltern.

Meine Mitte pocht verlangend und möchte am liebsten sofort seinen Schwanz umschließen. Allein von dem Gedanken wird mir so heiß, dass ich mir meinen Hoodie vom Leib reißen will.

„Ich, äh, wollte sicher gehen, dass die Jungs dich nicht gelyncht haben." Meine Stimme ist kaum mehr als ein Krächzen, was Sam ziemlich zu amüsieren scheint. Denn er lächelt breit und dabei erscheinen zwei kleine Grübchen, die mir viel zu selten auffallen.

Er kommt mit langsamen Schritten auf mich zu. Lässt mir die Wahl. Ich könnte jetzt abhauen und so tun, als wäre das hier nie passiert. Aber ich fühle mich wie festgenagelt und kann mich keinen Millimeter rühren.

Schon steht er so dicht vor mir, dass ich das Duschgel rieche und mir die Wassertropfen seiner zerstrubbelten Haare ins Gesicht tropfen. Sein Atem schlägt mir entgegen und ich höre mein Blut in den Ohren rauschen.

Sämtliche Gedanken sind wie weggewischt. Mein Kopf ist leer. Allein mein Körper ist noch da und reagiert. Mit klopfendem Herzen, aufgerichteten Nippeln und einem unfassbaren Ziehen im Schritt.

„Wie du siehst, haben sie mich nicht umgebracht. Dafür hast du gesorgt."

Sam haucht mir seine Worte ins Gesicht. Ich wusste nicht mal, dass diese Handlung so erregend sein kann, selbst wenn sein Atem nicht explizit die Lippen trifft.

„Dann sollte ich jetzt wohl besser wieder gehen."

Ich sehe ihm in die Augen und bewege mich doch kein Stück. Er sieht mich überlegen an. Ihm ist klar, dass ich nicht gehen werde. Vielleicht wird er auch dafür sorgen.

Erregt hebt und senkt sich meine Brust. Ich will ihn berühren und von ihm berührt werden.

„Solltest du das?", fragt er.

„Ich habe mitbekommen, wie wenig deine Freunde von unserem ersten Versuch hielten."

Sam hebt seine Hand und legt mir einen Finger auf die Lippen. Die Berührung ist nur hauchzart und trotzdem zieht sich ein Prickeln durch meinen Körper.

„Ist das das einzige Hindernis? Enzo kann nur hören, was du aktiv denkst, und das auch nur in einem gewissen Radius. Lenk dich in seiner Nähe ab und einem kleinen Abenteuer steht nichts im Weg."

Unsere Blicke treffen aufeinander und ich gehe darunter in Flammen auf. Mein Slip ist schon ganz feucht.

„Wird es bei einem Abenteuer bleiben?"

Sam tritt einen Schritt zurück und forscht in meinen Augen nach etwas, von dem ich nicht weiß, was es ist.

„Kommt darauf an", sagt er.

„Worauf?"

„Ob der Sex gut ist", erwidert er und wackelt anzüglich mit den Augenbrauen. „Und ob wir es beide wollen. Aber mehr als etwas Spaß im Bett wird es nicht werden. Das muss dir klar sein."

Er meint es vollkommen ernst. Das fällt mir schon dadurch auf, dass er nicht mehr grinst.

Ich nicke. „Ich bin nicht auf eine Beziehung aus. Es ist nur so, dass ich in deiner Nähe immer …"

Nun ist das Grinsen wieder da und er sieht mich anzüglich an. „Was ist in meiner Nähe?"

Ich kann es nicht aussprechen. Er wird mich auslachen. Das ist so bescheuert. Wieso habe ich überhaupt damit angefangen? Ich sollte nicht Geister sehen, sondern Worte zurücknehmen können.

„Lass mich raten. Du wirst richtig scharf? Und das steigert sich sehr schnell ins Unendliche?"

Mir läuft ein Schauer über den Rücken und ich sehe ihn mit großen Augen an. Er lacht rau auf. „Das sind doch gute Voraussetzungen. Oder nicht?"

„Ich bin mir manchmal nicht sicher, ob es wirklich von mir kommt."

Sam runzelt die Stirn und sieht mir tief in die Augen. „Und wenn ich dir sagen würde, dass ich nur das verstärke, was schon da ist?"

Erst kann ich ihm nicht ganz folgen. Doch dann werde ich mir seiner Worte bewusst. „Du machst das?"

Nun grinst er breit. Er wirkt stolz auf sich und seine Leistung und ich weiß direkt Bescheid. „Ja, Wildkatze. Aber ich tue nichts, was du nicht wollen würdest. Und du kannst trotzdem jederzeit nein sagen."

Dann überwindet er den letzten Abstand, packt meine Hüften und zieht mich an sich. Mit der anderen fährt er durch mein Haar und schon bewegt er seine Lippen auf meinen.

Seine Erektion bohrt sich in meinen Bauch und macht mich unsagbar an. Ich lecke ihm über den Mund und spiele mit seiner Zunge. Blitze durchzucken mich. Meine Pussy steht in Flammen.

Mit einer Hand schiebt er meinen Hoodie hoch und fährt über meine nackte Haut. Ich seufze und werde noch feuchter.

„Arme hoch."

Er keucht mir den Befehl in meinen geöffneten Mund und es ist heiß. So heiß, dass ich sofort gehorche.

„Braves Kätzchen."

Seine Finger greifen nach dem Bund meines Hoodies und er schiebt ihn Stück für Stück nach oben. Ich trage nicht mal einen BH darunter, sodass sich ihm meine steifen Nippel direkt entgegenwölben.

„Du bist so heiß und verdorben."

Seine Worte treiben die Hitze nun auch in mein Gesicht.

„V-Verdor-ben?", frage ich.

„Du trägst keinen BH drunter. Als ob du gehofft hättest, dass das hier passieren wird."

Er schiebt den Hoodie über meinen Kopf, lässt meine Arme aber darin gefangen und widmet sich meinen Brüsten. Als er sie mit beiden Händen umfängt, stöhne ich begierig.

„Trägst du etwas unter der Jogginghose?"

Ich nicke.

Sam senkt seinen Mund auf mein Schlüsselbein und zieht mit seinen Lippen eine Spur bis zu meiner linken Brust. Er umschließt meinen Nippel und saugt an ihm. Ich erzittere und beuge mich ihm entgegen. Sein heißer, harter Schwanz drückt in meinen Bauch und jagt weitere Wellen der Erregung durch mich. Ich stehe längst unter Hochspannung.

Seine freie Hand fährt über meine Seite und ein Finger hakt er in den Bund meiner Hose.

„Sam", seufze ich.

„Ja, Kätzchen. Du willst es auch, nicht wahr?"

„Habt ihr Angst, mich in Gefahr zu bringen, wenn ihr mir euer Geheimnis anvertraut?"

Er lässt mich los, weicht von mir und sieht mich fassungslos an. „Bist du deshalb hier? Du wolltest mit mir rummachen, damit ich dir etwas verrate, zu dem es nichts zu sagen gibt?"

Meine Lust verpufft auf einen Schlag. Genau wie seine. Er kann es nicht glauben. Und ich kann nicht glauben, dass ich diese Frage jetzt stellen musste. Jetzt, wo ich kurz davor war, mit ihm zu schlafen.

Er dreht sich von mir weg, schnappt sich die Hose, die auf dem Bett liegt und schlüpft hinein. In der Zeit ziehe ich meinen Hoodie wieder herunter.

„Ich fasse es nicht. Du bist echt ziemlich durchtrieben. Am besten, du gehst jetzt."

Ich bleibe stehen und sehe ihn an. „Habe ich deine Gefühle verletzt?"

Sam lacht laut. „Ach, Wildkatze. Dafür müsste ich Gefühle haben. Ich war geil und ich dachte, du wärst es auch."

Ich antworte ihm nicht. Meine heißen Wangen dafür umso mehr. Ja, ich war es auch. Nicht gerade wenig. Mein Körper steht noch immer unter Strom. Keine Ahnung, warum ich ihn ausgerechnet jetzt danach gefragt habe.

„Es ist okay, wenn du nicht bereit dafür bist. Aber dann mach mich vorher nicht heiß auf dich."

Ich schlucke und senke den Kopf. Vermutlich bin ich es wirklich nicht. Rumknutschen ist das eine, aber miteinander schlafen? Ohne Gefühle? Er will keine Beziehung und ich weiß nicht, ob ich mit jemandem schlafen kann, ohne Gefühle zu entwickeln. Am Ende würde ich wieder verletzt werden und das möchte ich nicht. Nicht schon wieder.

Sam kommt auf mich zu und streichelt meine Wange. Ich schmiege mich an seine Hand, woraufhin er lächelt. „Also doch ein kleines Kätzchen."

Er beugt sich vor und gibt mir einen sanften Kuss, der die Schmetterlinge in meinem Bauch fliegen lässt.

„Wenn du dir sicher bist, dass du das willst, darfst du gern wiederkommen und ich werde dir einen phänomenalen Orgasmus verschaffen. Solange du unsicher bist, sollten wir uns lieber voneinander fernhalten. Gute Nacht, Wildkatze."

„Ich möchte, dass ihr die nächsten Tage an einer Präsentation arbeitet. Damit es nicht wie beim letzten Mal ausartet, habe ich eure Namen in ein Losprogramm eingegeben. Genauso wie die Themen."

Mister P klatscht in die Hände und grinst breit. Die anderen sind weit weniger begeistert. Aber was will man von der letzten Stunde des Tages auch erwarten?

„Ich werde nun auslosen und ihr bleibt so lange ruhig sitzen, bis alle ihre Themen haben."

Es ist, als hätten sich meine Mitschüler abgesprochen, denn alle verschränken ihre Arme und lehnen sich gelangweilt zurück. Ganz automatisch geht mein Blick weiter nach hinten. Enzo und Rapha sind noch immer im anderen Kurs.

Mir kommt das gerade ziemlich gelegen, denn sobald ich Sam sehe, werde ich rot und muss an den vergangenen Abend denken.

Ich presse meine Beine zusammen und kann nicht verhindern, dass es angenehm zieht. Sobald ich in meinem Zimmer war, musste ich es mir selbst machen und der Gedanke, dass er vielleicht im selben

Augenblick masturbiert hat, hat mich enorm gekickt.

Dennoch bin ich froh, dass wir keinen Sex hatten. Ich möchte nicht einfach nur irgendein weiterer Name auf der Liste seiner Eroberungen sein. Außerdem ist es mit Sam echt heiß; wer weiß, ob ich mich nicht doch verlieben würde? Aber ich denke nicht, dass man sich in ihn verlieben sollte. Letzten Endes wird man immer mit einem gebrochenen Herzen dastehen.

Plötzlich hebt er seinen Blick und sieht mich direkt an. Mein Magen dreht sich um. Mir wird heiß. Sein Mundwinkel hebt sich. Hat er meinen Blick auf sich gespürt? Enzo hat mir versichert, dass niemand außer ihm Gedanken lesen kann. Und die Reaktion der anderen hat es bestätigt. Aber woher wusste er, was ich gedacht habe?

Mace sieht nun ebenfalls auf und als er unseren Blickkontakt bemerkt, wendet er sich ab und sticht Sam dafür mit seinem Ellenbogen in die Seite. Dieser sieht daraufhin nach vorn. Ich folge seinem Blick zum Smartboard, wo bereits alle ausgelosten Namen stehen.

Dann taucht da mein Name auf und ich werde schlagartig nervös. *Bitte nur keine der Bitches. Bitte nur keine der Bitches*, bete ich in Gedanken und drücke meine Daumen so fest, dass sie ganz weiß werden und schmerzen.

Als ich kurz darauf Jaspers Namen lese, drehe ich mich direkt zu ihm um. Wir starren uns erschrocken an. Sprachlos. Meine Hände beginnen, zu schwitzen. Ich soll ernsthaft mit ihm eine Präsentation vorbereiten?

Sie haben sich entschuldigt, zumindest hat Enzo es in ihrem Namen getan – abgesehen von Rapha. Trotzdem wollen sie nichts mit mir zu tun haben und wirklich sicher, ob sie mich nicht doch hassen, bin ich mir immer noch nicht.

Werde ich dann alles allein machen müssen? Werde ich überhaupt ein Wort rauskriegen, wenn wir die Präsentation vortragen? Oder wird seine Stimme mich wie immer benebeln?

Ich sehe wieder nach vorn und fange noch Mister Ps skeptischen Blick auf, ehe er auf den Bildschirm sieht und unser Thema auslost. Offenbar ist er sich auch nicht mehr sicher, dass das eine gute Idee war. Aber ich werde mich durchkämpfen und am Ende eine gute Präsentation halten. Mit oder ohne Jas' Hilfe.

Dann sehe ich das Thema und eine weitere Welle der Aufregung überkommt mich.

Was für Mysterien und Verschwörungsmythen gibt es rund um den Kaiser? Und welche haltet ihr für möglich?

Das ist so spannend. Es ranken sich so viele Gerüchte um unseren Kaiser, dass ich glaube, unser Vortrag könnte glatt eine ganze Stunde ausfüllen.

Es juckt mich in den Fingern, direkt anzufangen. Deshalb höre ich gar nicht mehr genau hin, sondern schreibe mir bereits Stichpunkte auf, wie ich vorgehen möchte. Dass Jas ein Mitspracherecht hat, ignoriere ich geflissentlich.

Ein Schatten legt sich über mich. Ich hebe den Kopf und sehe Mister P vor mir stehen. Doch er sieht nicht mich an, sondern in die Klasse und klatscht einmal kräftig in die Hände.

„So, da wir das geklärt haben, ein paar grundlegende Informationen. Jeder hat zehn Minuten Vortragszeit. Beide Partner werden zu Wort kommen. Ihr werdet zusätzlich Handouts mit den wichtigsten Punkten vorbereiten. Außerdem möchte ich, dass ihr euch eine These überlegt, die in der Runde diskutiert werden soll."

Hinter mir geht ein kollektives Stöhnen durch die Reihen. Die meisten meiner Mitschüler können entweder nicht diskutieren oder hassen es. Ich bin die Einzige, die bis zu den Ohren grinst. Diskutieren kann ich.

„Nach den Ferien werden wir uns die Präsentationen anhören und dazu habe ich etwas ganz Besonderes organisiert. Ein Abgesandter des Kaisers wird sich eure Vorträge anhören und euch einige Fragen beantworten, die ihr eventuell habt. Eigentlich wollte ich den Kaiser persönlich hierher einladen, aber dieser hat natürlich zu viel zu tun."

Ja, natürlich kann er sich keine Zeit für sein Volk nehmen, denke ich und brumme vor mich hin. Aber mir soll es egal sein. Wenn ich meinen Abschluss in der Tasche habe, werde ich nach Amerika gehen und dort studieren. Dann kann ich dem ganzen Monarchiekram aus dem Weg gehen.

Wieder legt sich ein Schatten über meine Notizen. Da ich davon ausgehe, dass es nur wieder Mister P ist, schreibe ich einfach weiter.

„Wollen wir vielleicht in die Bibliothek gehen? Ich kann mich bei dem Lärm nicht konzentrieren."

Mit klopfendem Herzen hebe ich meinen Kopf und blicke in grüne Augen. Jas hat sein Tablet unter seinen Arm geklemmt und steht gelassen vor mir, als hätte er alle Zeit der Welt.

Ich nicke mechanisch, greife blind nach meinem Tablet und folge ihm aus dem Klassenraum. Ich glaube, Blicke in meinem Nacken stechen zu spüren, traue mich aber nicht, es zu prüfen.

In der Bibliothek folge ich ihm bis in die hinterste und versteckteste Ecke. Ein seltsames Gefühl überkommt mich.

„Bin ich dir peinlich?"

Jas bleibt stehen und dreht sich mit hochgezogenen Augenbrauen zu mir um. „Wie kommst du darauf?"

Ich zucke mit den Schultern und kann ihm nicht in die Augen sehen. Sie sind zu grün, sein Blick zu stechend. Ich sehe zu Boden.

„Nein, du bist mir nicht peinlich." Jas sagt es mit einer solchen Wärme, dass ich überrascht aufsehe. Das flaue Gefühl wandelt sich in ein Kribbeln. „Aber es gibt nicht nur Bella und ihre Freundinnen, die etwas dagegen hätten, wenn man uns beide zusammen sieht."

Mir entgleiten meine Gesichtszüge. Mein Herz stolpert. Das passiert mir in letzter Zeit ziemlich häufig. Vielleicht sollte ich das mal untersuchen lassen.

Ich kann nicht wirklich glauben, was ich gerade gehört habe. Unauffällig zwicke ich mir in den Arm. Gut möglich, dass ich eingeschlafen bin. Wurde auch ziemlich spät heute Nacht.

Jas lacht kehlig, wendet sich ab und setzt sich an den Tisch, der an der Wand steht. Der einzige andere Platz ist neben ihm.

Mit klopfendem Herzen stehe ich da, unfähig, mich zu setzen. Wieso ist das für mich auf einmal ein Problem? Ich habe bereits mit zwei der Royals rumgemacht, da war Aufregung erlaubt. Bei Mace im Arm zu liegen ist aufregend. Aber ich soll mich einfach nur neben Jas setzen. Alles, was wir tun werden, ist, unsere Präsentation vorbereiten. Nichts weiter. Also wieso macht mich das nervös?

„Willst du da stehen bleiben und mich anstarren oder wollen wir uns an die Arbeit machen?"

Mein Kopf fängt Feuer. Unter Garantie könnte ich ihm seine Zigaretten nun problemlos entzünden. Schnell setze ich mich neben ihn, öffne die Hülle meines Tablets und knie mich direkt in die Arbeit. Jas amüsiert sich über mich, was bei mir für weiteres Bauchkribbeln sorgt. Tatsächlich reden wir kaum. Wir klären nur kurz, wie wir unsere Präsentation gestalten wollen und später hauen wir uns die lustigsten und absurdesten Theorien um die Ohren. Zum Beispiel, dass der Kaiser ein Gott ist und vom Himmel kam, weil er nicht mehr mitansehen konnte, wie wir uns bekriegen.

Sehr viel später schmerzt mir der Nacken, weshalb ich mich strecke. Jas sieht ebenfalls auf und betrachtet mich dabei, was ich aus den Augenwinkeln beobachte.

„Vielleicht sollten wir für heute Schluss machen?"

Ich nicke bestätigend. Wir räumen unsere Sachen

zusammen und schlendern schweigend zum Ausgang. Während wir an den Bücherregalen vorbeigehen, überkommt mich ein seltsames Gefühl. Irgendwas ist anders, aber ich komme nicht darauf, was es ist. Stattdessen sehe ich immer wieder verstohlen zu Jas. Er war wirklich nett, aber ich kann dem Frieden noch nicht ganz trauen. Ständig rechne ich damit, dass demnächst etwas passiert, dass mich wieder demütigt. Ob ich dieses Gefühl jemals wieder ablegen kann, wenn ich in der Nähe der Royals bin?

Plötzlich pralle ich gegen einen warmen Körper und stolpere erschrocken zurück. Ist er einfach stehen geblieben? Erst bin ich verwirrt, dann wird mir klar, was das zu bedeuten hat.

Er hat versucht, die Tür zu öffnen, aber sie ist abgeschlossen. Panik überkommt mich. Ich fühle mich direkt in die kleine Abstellkammer zurückversetzt. Meine Atmung geht schneller. Mir wird schwindelig und ich kralle mich in den Stoff seines dunklen Hemdes, um nicht zu fallen.

„Nina?" Jas' Stimme klingt in meinen Ohren ziemlich dumpf. Mir wird schwarz vor Augen.

„Nina? Was ist los? Geht es dir nicht gut?"

Dann knicken meine Beine ein und er hält mich, aber seine Unruhe entgeht mir nicht. Mir wird warm an den Stellen, an denen er mich berührt, geradezu heiß. Aber die Panik hat mich noch immer fest im Griff.

„Keine ... Luft", keuche ich und lege mir die Hand auf die Brust.

Er trägt mich zu einem der Fenster. Es ist wie alle anderen verschlossen, sodass man es nur kippen kann, aber der angenehme Windhauch reicht aus, um den Schwindel und die Atemnot zu vertreiben.

Ich befinde mich nicht in einem kleinen, dunklen Raum. Hier ist ein Fenster, ich bekomme Luft und ich bin nicht allein.

Die Erkenntnis hilft, damit ich mich beruhigen kann. Als ich wieder klar denke, sehe ich zu Jas rüber und erkenne die Sorge in seinen Augen.

„Was war das gerade?"

„Ich war in Gedanken wieder in der Abstellkammer, in die die Bitches mich gesperrt haben."

In seine Augen tritt ein zorniges Funkeln. Ich glaube, ihn knurren zu hören, rede mir aber ein, es mir bloß einzubilden. Der Gedanke, dass es ihn stört und er sie dafür hasst, ist befriedigend und tut gut. Andererseits: Warum sollte er?

Amüsiert sieht er mich an und zieht eine Augenbraue in die Höhe. „Die Bitches also?"

Ich kichere verlegen und halte mir die Hand an die Wange. „Hat sich so ergeben. Bella, Ina, Tiffany und dann habe ich nur das CH angehängt." Schulterzuckend weiche ich seinem Blick aus. Er lacht bloß und ich liebe es, wie er lacht. So rau und tief.

„Was machen wir jetzt?", frage ich. „Ich habe kein Smartphone dabei."

Während ich mir den Kopf zermartere, wie wir hier rauskommen und wie es überhaupt passieren konnte, dass wir eingeschlossen wurden, scheint

Jas sich dafür überhaupt nicht zu interessieren.

„Ich habe auch nichts dabei. Es wird uns schon jemand vermissen und suchen. Lass uns so lange hier sitzen und ...", er sieht sich im Raum um und macht eine ausschweifende Geste, „... lesen."

Sein schiefes Lächeln raubt mir den Atem und lässt mich verlegen kichern. Soll ich das einfach so hinnehmen und abwarten? Irgendwie würde ich mich wohler fühlen, wenn ich etwas tun würde, um uns schnellstmöglich hier rauszubringen.

Aber gleichzeitig genieße ich die Zweisamkeit mit Jas. Er ist ein großes Mysterium. Denn man scheint nie zu wissen, wie er wirklich ist.

„Du hast recht. Unsere Taschen stehen noch bei Mister P im Klassenraum. Und deine Jungs können sicher auch nicht lange ohne dich."

„Eifersüchtig?" Er zwinkert mir zu und seine gute Laune steckt mich an.

„Vielleicht."

Wir schlendern zu der Lesecouch und machen es uns darauf bequem. „Wenn ich ehrlich bin, kann ich noch immer nicht ganz glauben, was gestern passiert ist."

Er spreizt die Beine und legt seine Arme auf die Rückenlehne. „Was davon?"

Ich hingegen mache mich klein und sehe ihn mit schiefgelegtem Kopf an.

„Dass ihr euch entschuldigt habt. Ich will euch gern glauben, aber ich habe die ganze Zeit das Gefühl, dass ihr es wieder zurücknehmt und euch etwas

Neues ausdenkt."

Sein Blick ist warm und gleichzeitig so intensiv. Als wollte er mir damit versichern, dass ihre Entschuldigung ernst gemeint war.

„Würdest du mich küssen wollen?"

„Nein."

Das Wort kommt so schnell aus seinem Mund, dass ich nicht eine Sekunde an dem Wahrheitsgehalt zweifele. Und irgendwie kränkt es mich, wobei das vollkommen surreal ist. Immerhin habe ich nicht vor, mich durch alle Royals zu knutschen.

Aber vielleicht ist es eher die Tatsache, dass er nicht mal überlegt hat und die Vorstellung direkt ablehnt.

Ich richte mich etwas auf und verschränke meine Arme vor der Brust.

„Willst du denn mich küssen?"

Seine Frage überrascht mich. Ich linse zu ihm rüber und sehe aufrichtiges Interesse in seinen Augen blitzen. Er will sich nicht über mich lustig machen, sondern eine ehrliche Antwort.

„Würdest du es tun, würde ich vermutlich nicht nein sagen. Aber genau weiß ich es nicht."

Er mustert mich, versucht, mich zu verstehen. Dabei weiß er vermutlich mehr über mich, als mir bewusst ist. Sie alle tun das. Vielleicht kennen sie mich auch besser als ich mich selbst.

Schneller, als ich gucken kann, beugt er sich plötzlich über mich. Ich weiche erschrocken nach hinten aus, weil ich nicht mit diesem Übergriff gerechnet habe. Er kommt mir nach und pustet mir eine Haarsträhne aus dem Gesicht.

Mir wird heiß und eine Gänsehaut überläuft mich. Unsere Augen verbinden sich und jagen mir noch heißere Schauer über den Rücken. Sagte er nicht, dass er mich nicht küssen wolle?

„Du bist ziemlich schnell zu erregen. Die beiden hatten also ein leichtes Spiel mit dir."

Ich reiße meine Augen auf. Habe ich mich gerade verhört?

„Bitte was? Ich bin überhaupt nicht erregt."

Er schmunzelt überlegen. Seine Augen funkeln amüsiert.

„Dein Atem geht flach. Deine steifen Nippel sehe ich sogar unter dem weiten Shirt. Wenn ich meine Hand jetzt in deine Hose gleiten lassen würde, würde ich auf die Wüste oder eine Oase treffen?"

Ich schlucke. Seine Worte sorgen dafür, dass ich feucht werde. Wenn ich es vorher noch nicht war, bin ich es spätestens jetzt.

„Du sagtest, dass du mich nicht küssen willst."

„Stimmt. Aber man kann auch andere Dinge tun, ohne jemanden zu küssen."

Mein Herz wummert heftig in meiner Brust. Das Blut rauscht in meinen Ohren. Ich bin gerade hin- und hergerissen zwischen Erregung und eingeschnappt sein. Immerhin bin ich keine Sexpuppe.

„Und warum sollte ich das ausgerechnet mit dir tun, wenn ich es gestern bei Sam schon abgebrochen habe?"

Die Worte sind schneller aus meinem Mund draußen, als ich es will. Frustriert schließe ich meine Augen. Wenn Sam bisher keine Probleme bekommen hat, dann vermutlich spätestens jetzt. Zumindest nach dem Blick von Jas zu urteilen.

„Er war gestern noch bei dir und ihr habt rumgemacht?"

Ich weiche seinem Blick aus und verziehe meinen Mund. „Na ja. Eigentlich war ich bei ihm."

Jas weicht vor mir zurück und sieht mich ungläubig an. „Wolltest du mit ihm schlafen?"

Ich rolle mit den Augen. „Auch wenn du es mir vielleicht nicht glaubst, aber ich bin nicht notgeil. Ich wollte mich nach ihm erkundigen, weil ihr alle ziemlich entsetzt wart, als ihr erfahren habt, dass wir rumgemacht haben."

Er schnauft ungläubig. „Als ob das nötig gewesen wäre", murmelt er und verschränkt die Arme vor der Brust.

Irgendwie werde ich das Gefühl nicht los, dass er nicht bloß angepisst ist, weil Sam ihre Abmachung umgangen hat, sondern dass er eifersüchtig ist. Aber dann hätte er mich doch auch geküsst, oder?

„Ihr weiht mich ja in nichts ein. Also musste ich mich vergewissern. Immerhin habt ihr durch mich erfahren, dass zwischen uns was lief. Es wäre doch jetzt eine gute Gelegenheit, um mir euer Geheimnis zu verraten. In was für einem Vertrag steckt ihr und wieso habt ihr abgemacht, nichts mit mir anzufangen und scheint es trotzdem alle zu wollen?"

Er ignoriert meine Fragen einfach. Ich bohre weiter nach, doch er schweigt bloß. Lange. Irgendwann schließt er die Augen und ich gebe auf und tue es ihm gleich. Wie ein Embryo zusammengerollt versuche ich, zu schlafen.

Am Rande zur Traumwelt werde ich wieder ins Hier und Jetzt zurückgeholt. Etwas streicht über meine Wange. Ich will meine Augen aufschlagen, halte mich aber im letzten Moment zurück und versuche, weiterhin gleichmäßig zu atmen.

„Du bringst alles durcheinander mit deinem Sturkopf", murmelt Jas dunkel. Ich kann die Gänsehaut nicht verhindern, auch wenn sie mich möglicherweise verrät.

Doch da klappert ein Schlüssel im Schloss und wir schrecken zeitgleich auf. Die Tür wird aufgestoßen und dahinter steht Rapha und sieht uns anzüglich an.

„Na, hat es euch gefallen? Ich dachte mir, ich erlöse euch mal. Habt ihr euch die Kleider vom Leib gerissen oder wart ihr schön brav?"

Ich bin verwirrt. Was möglicherweise dem geschuldet ist, dass ich fast eingeschlafen bin. Aber wie hat er uns jetzt gefunden? Und warum erst jetzt und nicht schon vor Stunden?

Langsam setze ich mich auf, reibe mir die Augen und bemerke im Augenwinkel eine hektische Bewegung von Jas. Er bückt sich nach etwas. Ich schaue genauer hin und sehe noch im letzten Moment, dass er sein Smartphone in seine Hosentasche gleiten lässt.

Fassungslos starre ich ihn an. Ich weiß nicht, wie ich reagieren soll. Ist das sein Ernst? Er hätte uns hier schon viel früher rausholen können? Warum hat er es nicht getan?

Steckt er vielleicht sogar hinter der ganzen Aktion? War das ein Plan, um mich flachlegen zu können? So habe ich ihn gar nicht eingeschätzt. Aber er ist ein Royal. Was will ich erwarten?

Rapha steht noch immer in der Tür und grinst breit. Man sieht ihn nicht so häufig grinsen, weshalb der Anblick für mich ungewohnt ist. Meist sehe ich ihn bloß angepisst und auf hundertachtzig. Das ist mal eine nette Abwechslung. Trotzdem ist er ein Arsch. Offenbar genauso wie sein bester Freund. Immerhin stecken sie alle unter einer Decke.

Ohne etwas zu sagen, schnappe ich mir mein Tablet und rausche an ihnen vorbei.

„Deine Tasche liegt übrigens in deinem Zimmer. Mace war so gut und hat sie mitgenommen", ruft Rapha mir hinterher.

Aber ich halte nicht mehr an. Denn mir wird immer klarer, dass uns hier einzusperren ein abgekartetes Spiel war.

Ich habe die Schnauze von ihnen gehörig voll.

Kapitel 11

Rapha

Die Kleine ist kaum um die Ecke, da stapft Jas bereits los. Stirnrunzelnd folge ich ihm und halte die Schnauze. Eigentlich erwarte ich, dass er von sich aus erklärt, was ihn so anstinkt, aber er tut es nicht. Er hat mir geschrieben, ich solle ihn und Nina wieder befreien, deshalb bin ich mir keiner Schuld bewusst.

Wenn es nach mir ginge, war die ganze Aktion total bescheuert, aber bitte, auf mich hört eh niemand. Mir soll's egal sein.

„Hat unser Babe sich etwa geweigert, von dir flachgelegt zu werden?"

Ich grinse ihn breit an und zeige ihm offen, dass mich diese Vorstellung amüsiert. Doch er reagiert nicht darauf. So macht das Ganze keinen Spaß.

„Wo willst du hin?"

„Zu Sam."

Seine Antwort ist knapp. Aber sie reicht. Trotzdem runzele ich die Stirn. Ist er seinetwegen angepisst?

Nein, oder? Ich reiße die Augen auf. Sie wird ihm doch nicht gesagt haben, dass sie sich in Sam verliebt hat? Innerlich tanze ich Limbo.

Wenn doch, wäre es fantastisch. Klar, es würde mir für meinen besten Freund leidtun, aber ich wüsste, dass sie definitiv kein Interesse an mir hat.

Schweigend folge ich ihm ins Internatsgebäude und dort die Treppe hinauf. Aus Sams Zimmer erklingt das Gekicher eines Mädchens. Jas stürmt dennoch hinein. Als ich eintrete, sehe ich das Mädchen gerade von Sam runtersteigen. Es greift nach der Decke und hält sie sich vor die Brüste. Doch Sam geniert sich nicht vor uns und setzt sich mit glänzender Latte auf. Er sieht mächtig angepisst aus, weil wir ihm die Tour vermasselt haben.

Dennoch hebe ich anerkennend meinen Mundwinkel und lehne mich mit verschränkten Armen gegen die Wand. Sam ist schon ein kleiner Aufreißer. Das gefällt mir.

Jas geht zu dem Mädchen und erst jetzt erkenne ich, dass es Kayla ist. Wow, sie wollte mit meinem besten Freund zum Ball und weil der kein Interesse an ihr hat, geht sie zum nächsten Royal über. Nicht schlecht.

Mit großen Augen sieht sie Jas an. Er fährt sich mit der Hand durch die Haare, wirkt total abwesend.

„Kayla, könntest du bitte gehen? Und Rapha, du holst Mace."

Ich rolle mit den Augen. „Bin ich dein Diener, oder was?"

„Es ist ernst", knurrt er und ich bin still. Fuck, hat sich unsere kleine Blume wirklich in Sam verknallt?

„Enzo auch?"

Jetzt sieht Jas mich das erste Mal direkt an. Er wirkt durcheinander und wütend. „Nein. Besser, er erfährt hiervon nichts."

Nun bin ich wirklich gespannt. Es ist nicht so, dass ich Enzo bei diesem Gespräch vermissen werde. Er ist ein Arsch. Aber es bedeutet nichts Gutes, wenn Jas unseren Moralapostel nicht dabeihaben will.

Schon bin ich verschwunden und klopfe bei Mace an die Tür. Er ruft mich herein und steht nur mit Hose bekleidet im Zimmer. Seinen nassen Haaren nach zu urteilen, war er kurz zuvor unter der Dusche.

„Ist was passiert? Hat Blondchen Probleme gemacht?"

Ich zucke mit den Schultern. „Keine Ahnung. Aber Jas ist bei Sam und ist ziemlich angepisst. Er will nicht mal Enzo dabeihaben."

Mit großen Augen sieht er mich an, greift sich sein bereitgelegtes Shirt und zieht es sich über. „Na, dann bin ich gespannt, was nun schon wieder los ist."

Gemeinsam gehen wir rüber und wollen gerade eintreten, als Kayla rauskommt. Mit rot glühenden Wangen und gesenktem Blick drückt sie sich an uns vorbei. Ich mache ihr keinen Platz. Deshalb reiben ihre Brüste an meinem Arm. Das bringt mich zum Schmunzeln, aber sie keucht nur peinlich berührt und verschwindet, so schnell sie kann.

„Kam Sam wenigstens zum Abschuss? Seit gestern Abend steht er unter Druck."

Ich ziehe die Augenbrauen hoch und sehe Mace skeptisch an. „Was war denn?"

Mace zuckt mit den Schultern. „Keine Ahnung, er wollte nicht drüber reden."

Und auf einmal beschleicht mich eine böse Vorahnung. Plötzlich ergibt alles einen Sinn und ich kann verstehen, weshalb Jas so aufgebracht ist. Unser Babe scheint gefragt zu sein. Was ich gar nicht nachvollziehen kann. Sie sieht aus wie ein Kerl und das reizt mich überhaupt nicht. An ihr ist nichts Weibliches. Außer, dass sie laut Enzo offenbar dauernd in den Sabbermodus schaltet und durch ihre Tagträume schnell feucht wird.

Wir treten ein und schließen die Tür hinter uns. Jas stapft ruhelos durch den Raum und Sam ist nirgends zu sehen.

„Wo ist Sam?", fragt Mace.

„Bad. Holt sich wahrscheinlich einen runter, der Wichser."

Wow. Wenn Jas schon solche Worte in den Mund nimmt, obwohl er sich vor uns nicht verstellen muss, dann scheint es ihn krass zu stören.

Die Tür zum Badezimmer öffnet sich und Sam tritt mit einem befriedigten Grinsen auf den Lippen heraus, das uns allen zu verstehen gibt, was er im Bad getrieben hat.

Wenigstens ist er vollständig bekleidet.

„Hat es dir nicht gereicht, dass du einmal mit ihr rumgemacht hast? Musstest du es wieder tun und das ausgerechnet gestern, nachdem wir bei ihr waren?"

Jas stürmt auf ihn zu und schubst ihn. Sam hat damit nicht gerechnet, stolpert und sieht ihn erschrocken an. „Wovon redest du?"

Weil Jas so bedrohlich schnauft, sehe ich mich in der Verantwortung, ihn am Oberarm zu packen und zurückzuziehen.

„Beruhige dich. Das bist nicht du."

Zu meiner Erleichterung lässt er die Arme sinken und gibt die Gegenwehr auf. Sam steht irritiert mitten im Raum und weiß nichts zu sagen. Sein bester Freund an seiner Seite, um ihn im Notfall unterstützen zu können.

„Lass das. Hör verdammt nochmal auf, meine Gefühle zu kontrollieren."

Das erklärt natürlich einiges. Ich hasse es genauso. Deshalb habe ich ihm schon mal eine verpasst. Seither beeinflusst er meine Gefühle nur in äußersten Notfällen. Also immer dann, wenn ich auf Nina losgehen könnte, weil sie wieder nur Scheiße labert.

„Nicht, wenn du dich wie ein unkontrollierbarer Wichser verhältst. Kannst du jetzt mal sagen, was hier los ist?"

Jas fährt zu ihm herum und sieht ihn unheilvoll an. „Ich würde es ebenfalls gern wissen. Auch wenn ich es mir denken kann."

„Ach ja?", fragt Mace. „Ich habe das Gefühl, ich checke gar nichts."

„Erzähle deinem besten Freund, wer gestern Abend hier war. Mit wem du fast geschlafen hättest."

Wir sehen zu Jas und dessen Blick bohrt sich in den von Sam. Nun sieht auch Mace seinen besten Freund an und an seinen Gesichtszügen kann ich ausmachen, dass ihm langsam ein Licht aufgeht.

„Warte, was? Du hast mit Nina geschlafen?"

„So weit ist es gar nicht gekommen", verteidigt er sich mit erhobenen Händen, weil Mace jetzt ebenfalls aussieht, als wolle er auf ihn losgehen.

Ich kann mir das Lachen gar nicht verkneifen. Mir fehlt nur noch eine Tüte Popcorn und schon wäre das wie ein amüsanter Film. Drei Typen, die um eine Frau konkurrieren.

Einfach lächerlich.

Die drei sehen mich vernichtend an, aber ich höre trotzdem nicht auf.

„Was gibt es da zu lachen?"

„Mir wäre es peinlich, mit meinen Freunden um dasselbe Mädchen herumzuscharwenzeln. Außerdem solltet ihr euch daran erinnern, dass genug dagegenspricht, sie auch nur zu küssen."

Die Gesichter der drei werden bleich. „Deswegen wollte ich Enzo nicht dabeihaben. Da du die Grenze jetzt schon ein zweites Mal übertreten hast, wird er den Mund nicht halten und dann bist du am Arsch. Und für was? Ein bisschen Spaß?"

Da muss ich ihm recht geben. Nochmal spielt er nicht mit. Er hat gestern schon damit gedroht, uns alle auffliegen zu lassen. Das würde einer Katastrophe gleichkommen. Da habe ich keinen Bock drauf. Obwohl ich mir nichts vorzuwerfen habe.

„Ach, komm. Wenn sie sich dir an den Hals schmeißen würde, dann würdest du wohl auch kaum nein sagen, oder?"

Sam sieht Jas herausfordernd an, anschließend auch Mace. Mace wirkt betreten, aber Jas bleibt gefasst.

„Ganz im Gegenteil. Ich hatte schon die Gelegenheit und habe sie nicht genutzt, weil ich weiß, was auf dem Spiel steht. Und Mace ebenfalls und er hat sie genauso wenig ergriffen. Und du interessierst dich nicht mal für sie."

Wie konnte es überhaupt so weit kommen? Vor einer Weile haben wir uns über sie lustig gemacht und ihr das Gefühl gegeben, sie zu hassen. Und nun wollen ihr die andern zeigen, geliebt und begehrt zu werden. Was bitte ist mit ihnen los? Ich verstehe sie nicht. Nur, weil sie etwas drüber ist und geweint hat? Das wäre doch ein guter Grund, weiter in der Wunde zu stochern.

„Wir haben bloß geknutscht. Was völlig okay ist. Und da sie es dir offenbar aufs Butterbrot geschmiert hat, weiß ich, dass sie nichts für sich behält. Also rühre ich sie nicht mehr an."

Sam verdreht die Augen. Das finden die anderen beiden jedoch nicht gut. Deshalb seufzt er tief und schmeißt die Arme in die Luft. „Wollt ihr mich steinigen? Dann sage ich Enzo Bescheid und euer Wunsch geht vermutlich schneller in Erfüllung, als ihr Nina sagen könnt."

Ehrlich gesagt, weiß ich auch nicht, was Jas sich hiervon erhofft hat. Gut, die Fronten wurden geklärt. Wir wissen Bescheid, dass die Kleine notgeil ist und nichts auslässt. Aber das war es auch schon.

Für mich ist das Thema durch. Obwohl ich etwas enttäuscht bin. Ich hatte wirklich gehofft, dass sie sich Hals über Kopf verliebt hat. Was soll's. Vielleicht schafft Mace es ja noch, ihr den Kopf vollständig zu verdrehen.

Aber jetzt möchte ich etwas essen gehen.

Nina

Eineinhalb Wochen sind seit dem Vorfall mit Jas vergangen. Es gab keine weiteren Zwischenfälle. Alles war wie vorher. Gut, auch nicht so wirklich. Denn die Jungs hielten sich mir gegenüber zurück und auch das allgemeine Mobbing ließ nach.

Ich konnte das erste Mal richtig durchatmen. Das habe ich gebraucht. Jetzt haben wir fünf Tage Herbstferien und weil das Wetter heute nochmal richtig schön ist, habe ich mich entschieden, mein Auto zu waschen.

Keine Ahnung, wer auf die glorreiche Idee gekommen ist, aber unser Gemeindehaus im Dorf hat einen Autowaschplatz eingerichtet. So muss ich nicht in die nächste Stadt fahren und ich wasche meinen Wagen sowieso gern per Hand.

Dort stelle ich mein Auto ab und nehme mir den Hochdruckreiniger, stecke einen Euro in den Bezahlschlitz und beginne, damit alles nasszumachen und die Insekten und die Feinstäube von der Motorhaube und der Frontscheibe abzuspülen.

Gerade als ich mir einen Schwamm nehme, um nochmal nachzuputzen, höre ich mehrere Hupen hinter mir, die in ein Hupkonzert übergehen.

Erschrocken fahre ich herum und reiße meine Augen auf. Dort stehen die protzigen Karren der Royals. Sie versuchen, mich mit ihrem Fernlicht zu blenden, doch ich drehe mich wieder um und mache ungerührt weiter.

Eine Autotür knallt zu. Schritte kommen dichter. Jemand beugt sich zu mir herab. Sein Atem streift meine rechte Gesichtshälfte.

„Hey, Chaos-Queen, du schuldest uns noch eine Autowäsche. Schon vergessen?"

„Und du scheinst meinen Namen vergessen zu haben."

Ich wende mich ihm nicht zu, sondern wasche meinen Wagen weiter. Doch ich kann mich kaum konzentrieren, er ist zu nah. Und er kommt noch ein Stück dichter.

„Ganz im Gegenteil, Nina Emilia Malou Greiffenberg. Aber es ist jedes Mal amüsant zu sehen, wie du dich wegen eines Spitznamens aufregst. Wie sich deine Nase vor Entrüstung kräuselt und du mit den Augen rollst."

Mein Herz schlägt wild. Wie aufmerksam er mich beobachtet. Wenn er wenigstens etwas Abstand halten könnte.

Er lacht tonlos und mir wird wieder einmal

bewusst, dass meine Gedanken nicht mir gehören, wenn er in der Nähe ist. Meine Wangen werden heiß und ich krampfe meine Hand um den Schwamm. Daraufhin tropft das Wasser zu Boden und macht meine Beine nass.

Wenigstens tritt er einen Schritt zurück, sodass ich wieder frei atmen kann.

„Was ist nun? Löst du deine Schuld ein oder nicht?"

Eigentlich habe ich keine Wahl, oder? Es war meine Idee und jetzt muss ich mit der Konsequenz leben.

„Das siehst du ganz richtig."

Ich fahre zu ihm herum. „Raus aus meinen Gedanken."

Wieder lacht er und stößt dabei so raue Töne aus, dass mir mein Blut in den Kopf steigt. In kürzester Zeit treffe ich eine Entscheidung und seufze.

„Stellt eure Wagen ab. Ich schaffe wahrscheinlich nicht alle. Aber ich gebe mir Mühe."

„Das ist doch ein Wort."

Sein überlegenes Grinsen treibt mich in den Wahnsinn. Er winkt seine Jungs ran und ich widme mich wieder meinem Wagen.

Hinter mir werden Autotüren zugeschlagen und noch mehr Schritte kommen dichter. Sie flüstern. Leider kann ich nichts aufschnappen, aber vermutlich ist das auch besser so.

„Na, Wildkatze, das ist sehr nett, dich unserer Autos anzunehmen."

Ich rolle mit den Augen, sage aber nichts. Immerhin habe ich nicht gerade eine Wahl.

„Aber mach mir ja keinen Kratzer rein, Babe."

Mit einem zuckersüßen Grinsen drehe ich mich herum und gehe zu Rapha rüber. „Gerade für diesen Spruch ..."

Ich unterbreche mich, weil ich mit dem nassen Finger auf seine Brust tippe. Verdammt, ist die unnachgiebig. Mit offenen Augen starre ich ihn an. Wie kann man so eine harte Brust haben? Und er sieht nicht mal so aus, als würde er viel trainieren. Er ist schmächtig, hat kein breites Kreuz, keine Muskelberge.

„Mund zu, Babe."

Er grinst verschmitzt, aber in seinem Blick sehe ich Sorge. Weshalb ist er besorgt? Ich fasse mich wieder.

„Gerade für diesen Spruch könnte ich extra einen Kratzer in deinen Wagen machen! Verdient hast du es auf jeden Fall."

Da tritt das altbekannte Funkeln wieder in seine Augen. Er presst seinen Kiefer zusammen und seine Nasenflügel erzittern.

„Wag es ja nicht."

„Sonst was?"

Ich kann nicht anders, als ihn zu provozieren.

„Sonst ..."

Jas packt ihn am Arm und zieht ihn von mir weg. „Lass gut sein", murmelt er.

Und wieder einmal frage ich mich, ob Rapha mir etwas antun würde. Wieso wird er jedes Mal so sauer, wenn ich nicht unterwürfig bin? Was mag er wohl denken, wenn Enzo sich ihm in den Weg stellt?

Weil ich keine Lust auf eine Eskalation habe, wende

ich mich ab und widme mich wieder meinem Wagen. Ich erwarte, dass sie ins Gemeindehaus gehen, um Billard zu spielen, oder sonst was tun. Aber ich kann ihre Blicke in meinem Rücken fühlen.

Wenn sie jetzt die ganze Zeit hier stehen bleiben wollen, kriege ich Hemmungen. Soll ich sie einfach ignorieren und mit meinem Wagen weitermachen?

Ich will es versuchen, doch ihre Anwesenheit engt mich ein. Daher drehe mich um und werfe noch in der Drehung den triefend nassen Schwamm nach ihnen.

Sie ducken sich weg und so fliegt er an ihnen vorbei. Trotzdem breche ich in Gelächter aus, weil ihre Gesichter zu witzig aussehen.

„Das kriegst du zurück", sagt Sam und stürzt sich auf meinen Eimer mit Wasser und will ihn anheben, tritt im Eifer des Gefechts jedoch dagegen und stößt ihn um.

Ich lache so stark, dass ich mir den Bauch halten muss. Auch die anderen Jungs lachen. Selbst Sam nimmt es mit Humor und stimmt mit ein.

Plötzlich halte ich inne und starre Enzo an. Er hat den Hochdruckreiniger genommen, stellt ihn auf Sprühnebel und zielt damit auf mich. Ich nehme meine Beine in die Hand und laufe davon. Nicht mit mir.

Während ich um mein Auto sprinte, empfinde ich pures Glück. Mein Bauch füllt sich mit Wärme. Es ist fast wie früher, nur dass wir jetzt erwachsen sind. Wir sind unbeschwert, albern herum und machen Blödsinn.

Ich werde langsamer, weil ich mich in Sicherheit wähne. Da schlingen sich zwei Arme um meinen

Bauch und heben mich hoch. Kreischend wehre ich mich. Gleichzeitig rastet mein Herz komplett aus.

„Du hättest uns nicht herausfordern sollen, Liebes."

Jas raunt mir die Worte ins Ohr und seine tiefe Stimme schickt wie immer erregende Wellen durch meinen Körper. Und das geflüsterte „Liebes" tut sein Übriges.

Mein Blick geht automatisch zu Enzo. Die anderen können Jas nicht gehört haben. Das gilt nur nicht für Enzo. Doch offenbar stört es ihn nicht. Was mich wundert, weil er schon an die Decke gegangen ist, als Mace mich umarmt hat.

„Was ist mit Enzo?", flüstere ich. Meine Gegenwehr erschlafft, aber Jas lässt mich noch immer nicht zurück auf den Boden. Ich drehe meinen Kopf über meine Schulter, um ihn ansehen zu können. Er wirkt ernst.

„Manchmal stellt er es aus, wenn er etwas Ruhe braucht."

Überrascht sehe ich ihn an. „Das kann man ausstellen? Ich kann nur nicht, wenn ich voller Panik bin."

Gedankenverloren malt er mir mit dem Finger Kreise auf den Bauch, was mich erzittern lässt. Die Geste hat etwas sehr Intimes. Und er scheint sich nicht mal bewusst zu sein, was er da tut. Das macht es noch viel aufregender.

„Hat dir das nie jemand gesagt?"

Ich schüttele den Kopf. „Wie denn? Ich durfte nie jemandem davon erzählen und ansonsten ist das kein gutes Gesprächsthema. Schon gar nicht, wenn man von allen ausgegrenzt wird."

Sein Finger hält inne. „Du hast recht. Wir, also Enzo, können dir das bestimmt erklären. Aber besser nicht heute, denn es ist nicht ganz so leicht und es weiß auch kaum jemand."

Gedankenverloren nicke ich. Wenn ich es ausstellen könnte, wäre das fantastisch. Natürlich könnte ich dann auch Leni nicht sehen oder hören, aber zu wissen, dass ich für kurze Zeit nur ich sein könnte, klingt verlockend.

„Willst du dich vor der Arbeit drücken?"

Mace kommt um den Wagen herum, gefolgt von Sam. Unverzüglich lässt Jas mich hinunter und ich ziehe mein Shirt wieder in die richtige Position. Wir werden von den beiden seltsam gemustert, weil sie uns erwischt haben, aber ich übergehe ihre Blicke.

„Ja, aber Jas hat mich gefangen. Also bleibt mir nichts anderes übrig, als meine Schuld einzulösen."

Ich lächele gezwungen und gehe wieder nach vorn, um weiterzumachen. Mit dem Blick auf die anderen fünf Wagen seufze ich schwer. Doch nach kurzer Zeit packen alle mit an und wir arbeiten meine Schuld gemeinsam ab. Und dabei werden wir vermutlich nasser als die Autos zusammen. Trotzdem ist es der schönste Tag seit langer Zeit.

Kapitel 12

„Es wurde gestern ziemlich spät."

Day schält Kartoffeln und versucht, es so beiläufig wie möglich einfließen zu lassen. Aber ich durchschaue sie sofort und verdrehe die Augen.

„Ja", erwidere ich knapp. Wir haben die Autos gewaschen, viel Blödsinn gemacht, gelacht und waren danach noch im Gemeindehaus und haben Billard gespielt. Ich hatte so viel Spaß wie schon lange nicht mehr und bin deshalb immer noch aufgekratzt.

Bis auf Rapha hat sich jeder Einzelne von ihnen mit mir unterhalten, als wäre nie etwas gewesen.

„Ich finde es nicht gut, wenn du weiterhin mit ihnen abhängst."

Ich schlüpfe in meine Sneakers und ziehe meine Jacke über. „Sorry, Mama, ich muss los. Bin spät dran."

„Viel Spaß und stopf Tanja nicht wieder mit Süßigkeiten voll. Und glaube nicht, ich würde das Thema jetzt unter den Tisch fallen lassen."

Augenrollend greife ich meinen Schlüssel und gehe zur Tür.

„Bye", rufe ich und verschwinde. Auf diese Diskussion habe ich echt keine Lust. Es hat sich gut und echt angefühlt gestern. Sie haben keine Show abgezogen. Ich bin noch immer ganz elektrisiert. Auch wenn ich weiß, dass sie nicht wieder mit mir befreundet sein wollen. Zumindest wollen sie in der Schule so tun, als könnten sie mich nach wie vor nicht leiden.

Ehrlich gesagt, verstehe ich es nicht, aber ich kann nicht darüber nachdenken, weil ich mich zu sehr freue.

Aber jetzt muss ich schnell machen. Ich werfe nochmal einen prüfenden Blick auf mein Smartphone und erstarre. Wir waren vor fünf Minuten verabredet. Verflucht.

Oliver und Lena haben heute ihren monatlichen Date-Abend und wie die letzten Monate passe ich auf ihre vierjährige Tochter Tanja auf. Sie ist wirklich verdammt süß und wir haben eine Menge Spaß miteinander.

Ich gehe über die Straße und bemerke das Auto zu spät. Jemand hupt. Reifen quietschen auf dem Asphalt. Mit aufgerissenen Augen sehe ich zur Seite. Es ist Jas' Range Rover. Ich sehe seinen erschrockenen Blick hinter der Windschutzscheibe. Jemand stößt mich leicht. Doch dann spüre ich einen harten Aufprall und werde durch die Luft geschleudert.

Ich kriege keine Luft. Mein Körper ist taub. Mein Kopf leer und schwer. Um mich herum ist es kurzzeitig schwarz. Ich traue mich nicht, mich auch nur einen Millimeter zu bewegen. Die Angst, ich könnte es nicht, ist zu groß.

Dann explodiert der Schmerz in mir und ich stöhne leidend.

„Nina. O Scheiße. Nina? Kannst du mich hören?"

Ich höre Jas, bevor er sich in mein Blickfeld schiebt. Eigentlich will ich nicken, bleibe aber reglos liegen. Die Panik in seiner Stimme lässt mich das Schlimmste vermuten. Es muss übel aussehen.

Leni taucht neben ihm auf und sieht ihn wütend an. „Sag mal, spinnst du? Kannst du nicht aufpassen?"

Natürlich hört er sie nicht und ignoriert sie daher.

„Es tut mir so leid. Fuck – das hätte nicht passieren dürfen!"

„Nein! Das hätte es wirklich nicht!", schreit sie ihn an.

Doch er flucht weiter vor sich hin. „Fuck, fuck, fuck!"

„Nun tu doch endlich was!" Diesmal ist es, als hätte er sie gehört, denn er sieht mir ins Gesicht und spricht mich direkt an.

„Ich ... gleich geht es dir besser. Versprochen. Ich bin bei dir, Liebes. Ich kriege das wieder hin."

Wie genau will er das wieder hinkriegen? Warum ruft er keinen Krankenwagen? Wieso kommt niemand, um mir zu helfen?

Im Augenwinkel bemerke ich eine Bewegung, dann liegen seine kalten Hände knapp über meinem Busen. Ich bin irritiert und kann mich nicht wehren.

Dann nehme ich sie wahr. Die Hitze.

Unter seinen Händen wird es so heiß, als würde jemand mit dem Föhn auf höchster Stufe darauf halten. Ich will schreien, weil es unerträglich ist.

Mit jedem schwachen Herzschlag breitet sich die Wärme in meinem Körper aus. In meinem Bauch, meinem Unterleib, den Armen und Beinen, Händen und Füßen. Besonders brennt es auf meinen Schlüsselbeinen, auf denen seine Hände liegen.

Schweiß bildet sich auf meiner Stirn und in meinem Nacken. Ich kann dieses Gefühl nur so beschreiben, wie ein Hähnchen auf dem Grill aussieht. Genau so fühle ich mich.

Mein Mund ist weit geöffnet, aber kein Ton kommt heraus. Die Augen halte ich geschlossen, was ein Fehler ist, weil ich den Schmerz so weniger ausblenden kann und viel intensiver spüre.

„Es wird gleich besser. Halte durch."

Seine Worte klingen gepresst, als würde er sich anstrengen und hätte kaum noch Kraft, sich auf den Beinen zu halten. Ich bin froh, dass er da ist, dass ich nicht allein bin. Auch wenn ich irgendwie glaube, dass er mir diesen Schmerz zufügt. Aber das ergibt keinen Sinn, oder?

Dann lässt das Brennen nach, genauso wie meine Schmerzen. Ich liege auf der Straße und alles, was ich spüre, sind die Hände von Jas auf mir. Es ist, als wäre nie etwas gewesen.

Ich schlage meine Augen auf und erblicke ihn. Er sieht angestrengt und erschöpft zu mir herab. Seine

Augen haben tiefe Ringe, als hätte er kaum geschlafen. Die Haut wirkt ganz fahl und schlaff. Ich erschrecke, weil ich ihn noch nie so gesehen habe.

Dann bricht er zusammen und landet auf mir.

„Jas?", frage ich und fühle mich so hilflos. Angst kriecht meine Kehle hinauf und schnürt sie mir zu. Er hat mich geheilt. Das ist die einzige Erklärung. Hat er sich übernommen? Wird er jetzt sterben?

„Jas. Bitte bleib bei mir." Tränen schießen mir in die Augen.

Unter seinem Gewicht begraben kann ich mich nicht aufrichten. Ich schüttele ihn und erhalte ein Stöhnen.

„Jas?", frage ich erneut.

„Ja. Mir geht's gut. Es war das erste Mal, dass ich so schwerwiegende Verletzungen geheilt habe."

Mein Herz stolpert und verdoppelt sein Tempo. Obwohl ich es wusste, lösen seine Worte etwas in mir aus. Er hat es einfach zugegeben, als wäre nichts dabei. Weil er mir vertraut? Oder weil er es vor mir nicht mehr leugnen kann? Wie sonst sollte er erklären, was er gerade getan hat?

Schwerfällig erhebt er sich und kniet sich vor mir hin. Ich rolle mich auf die Seite und hocke mich ihm gegenüber. Es ist, als wäre überhaupt nichts passiert. Ich fühle mich fit und energiegeladen. Abgesehen von den Gedanken in meinem Kopf.

Ich hätte sterben können. Wäre Jas nicht gewesen – beziehungsweise hätte er diese Gabe nicht – wäre ich vermutlich gestorben. Und noch immer ist weit und breit niemand zu sehen. Nicht mal eine Patrouille. Warum hat niemand die Hupe und die Reifen gehört? Noch immer klingelt es in meinen Ohren und ich höre das eindringliche Quietschen immer und immer wieder - wie eine Endlosschleife.

Die Erinnerung an das Geräusch verursacht mir eine Gänsehaut und lässt meine Augen überlaufen.

„Danke", schluchze ich und falle Jas in die Arme. „Danke."

Er umschlingt mich, streichelt mir beruhigend über den Rücken und das Haar und drückt mir einen Kuss auf die Stirn. Ich erstarre. Mein Herz macht einen Salto und schickt ein Glücksgefühl durch meinen Körper bis in jede Zelle.

Dieser Kuss ist so viel intimer, als es ein simpler Kuss auf die Lippen wäre. Der bedeutet mir viel, viel mehr. Und er überrascht mich so sehr, dass meine Tränen abrupt stoppen und ich Jas bloß mit großen Augen und offenem Mund anstarren kann.

„Wann begreifst du, dass du unersetzbar bist, Liebes? Ich hatte keine Wahl als die, dich zu retten. Also brauchst du dich nicht zu bedanken."

Mir wird schwindelig von seinen Worten, weil mein Blutdruck steigt. Es klang wie eine Liebeserklärung. Und als er mich ansieht, denke ich, diese Liebe sich in seinen grünen Augen spiegeln zu sehen.

Ich will es ihm erst nicht glauben, weil ich ihm nicht vertrauen kann. Weil ich ihm nicht vertrauen will. Der gestrige Abend war schön, aber er ändert nichts daran, was sie mit mir gemacht haben. Er lässt mich nicht vergessen, auch, wenn ich es gern würde.

Aber seine Augen lügen nicht. Manchmal habe ich diesen Blick durchblitzen sehen und dachte, es mir eingebildet zu haben. Doch jetzt bin ich mir sicher. Da ist etwas. Auch wenn er behauptet, mich nicht küssen zu wollen. Für ihn bin ich mehr als eine mögliche Bettgeschichte. Er will mich. Ganz und gar. Das alles erkenne ich in seinem Blick und es lässt mich schaudern, weil die Erkenntnis viel zu intensiv ist.

Ich beuge mich langsam vor und gebe ihm einen Kuss auf die Wange. Meiner Meinung nach ist jetzt nicht der richtige Zeitpunkt für einen Kuss auf den Mund.

„Könntest du mir einen Gefallen tun und besser auf dich aufpassen und nicht mehr vor ein Auto laufen? Und im Gegenzug verspreche ich dir, umsichtiger zu fahren."

Ich lasse meinen Blick sinken und spüre die vertraute Wärme auf meinen Wangen. Es war wirklich dämlich von mir, ohne zu gucken, über die Straße zu laufen. Und noch bescheuerter war es, dass ich den Motor nicht gehört habe. Weshalb war ich so in Gedanken vertieft, dass ich absolut nichts um mich herum wahrgenommen habe?

„Das wird gar nicht mehr nötig sein. Ich habe doch jetzt einen Schutzengel."

Ich lächele breit und bin voller Euphorie aufgrund der Wendung zwischen uns. Jas' Lächeln ist warm und wohltuend. In seiner Nähe fühle ich mich wohl und der Schock der letzten Minuten rückt in weite Ferne. Alles, was ich will, ist bei ihm bleiben.

„Es wäre mir eine Ehre."

Meine Wangen fangen Feuer. Hitze schießt durch meinen Körper und ich kann meinen Ohren kaum trauen. Er meint es wirklich ernst. Oder? Will er mich nur verarschen?

Unerwartet beugt er sich vor und allein dadurch werde ich unfassbar nervös. Ich sehe auf seine Lippen, doch er geht über meine hinweg und küsst erneut meine Stirn.

Das Gefühl, das daraufhin durch meinen Körper und meinen Geist strömt, lässt sich nicht beschreiben. Aber es gefällt mir.

Er gefällt mir und zum ersten Mal nehme ich Jasper Valentin Sander voll und ganz wahr. Nun ist er nicht mehr nur der Kerl mit der Sexstimme und den herzlichen grünen Augen. Irgendwie ist er auf einmal so viel mehr.

Seine Wimpern sind lang und dicht. Die Augenbrauen in einem auslaufenden Bogen gezupft. Die Nase gerade und etwas zu breit für sein Gesicht. Seine Lippen voll und reizen mich dazu, ihn zu küssen. Ganz zu schweigen von dem markanten Kinn und der perfekten Jawline, auf die alle Mädchen heutzutage stehen. Ich bin eines davon.

Aber es ist nicht nur sein Aussehen. Ich glaube, ihn nun viel besser zu kennen und einschätzen zu können. Nicht nur dass er mir das Leben gerettet hat. Er ist unfassbar charmant, umsorgend und hinreißend. Jas vermittelt mir, dass es für ihn nur mich auf dieser Welt gibt, auf eine Art und Weise, die tief greift und mich nicht loslässt. Als wäre es vorherbestimmt, dass wir uns finden. Ich würde nicht von dem Einen oder dem einen Seelenverwandten reden, aber etwas in dieser Richtung ist es.

Plötzlich wird mir siedend heiß und ich springe auf.

„Verdammt. Oliver und Lena wollen zu ihrem Date. Ich passe heute auf Tanja auf. Ich bin schon zu spät dran."

Jas steht gemächlich auf und klopft sich den Dreck von den Sachen. Dann mustert er mich, als könnte ich jeden Moment zusammenbrechen.

„Hältst du es wirklich für eine gute Idee, jetzt babysitten zu gehen? Du hättest sterben können, das löst doch was in einem aus, oder nicht? Ehrlich, Liebes, du solltest dich nicht übernehmen und deinem Geist jetzt Ruhe gönnen. Verarbeite erstmal, was passiert ist."

Mein Körper reagiert mit Schüttelfrost auf seine Worte. Habe ich Fieber? Ist das eine Nebenwirkung der Heilung? Gibt es da überhaupt Nebenwirkungen? Oder ist es der Schock, den ich versuche, zu unterdrücken?

„Aber ich habe es ihnen versprochen. Sie haben nur den einen Tag im Monat. Ich ..."

„Sie werden es verstehen, wenn wir es ihnen erklären."

Mein Herz wummert so schnell und stark in meinem Körper, dass ich es überall fühle und selbst Jas es nicht überhören kann.

„Wir?" Ich flüstere, weil mein Mund trocken ist.

Sein Lächeln, das er daraufhin aufsetzt, hüllt mich ein. So langsam kehrt wieder Farbe in sein Gesicht zurück und er sieht nicht mehr so abgekämpft aus wie zuvor. „Ja, ich komme mit. Wir klären das mit Olli und dann bringe ich dich nach Hause."

Ich weiche zurück und sehe ihn geschockt an. Day wird mich umbringen, wenn sie erfährt, was passiert ist.

„Ich bin bei dir. Alles wird gut."

Alle Anspannung löst sich von mir. Wieso hat er diese Wirkung auf mich? Ich würde gut daran tun, ihm zu misstrauen. Doch mein Bauchgefühl gibt mir zu verstehen, dass er es ernst meint. Letztendlich wird mein Verstand überstimmt und ich kann mich nicht mehr gegen die aufsteigenden Gefühle wehren, die meinen Kopf vernebeln und lahmlegen.

Er hält mir seine Hand hin. Ich zögere keine Sekunde, sondern ergreife sie und lasse mich von ihm führen.

„Ich werde mich jetzt zurückziehen. Nachher sehe ich nochmal nach dir." Daraufhin löst sich Leni in Luft auf.

Jas und ich gehen durch die Straßen unseres kleinen Dorfes und jedes Mal, wenn sein Daumen über meinen Handrücken streichelt, fährt mir ein Schauer die Kehrseite hinab.

Meine Augen liegen auf unseren ineinander verschlungenen Händen, sodass ich wieder stolpere. Aber diesmal werde ich gefangen. Ich danke ihm, er lächelt charmant.

„Ich gehe davon aus, dass Enzo und die Jungs besser nichts hiervon erfahren sollten?"

Jas nickt zögerlich. Offenbar scheint die Erinnerung an seine Jungs ihn wieder ins Hier und Jetzt zu versetzen. „Wenn ..."

Ich bleibe stehen und lege ihm einen Finger auf die Lippen. Sanft lächele ich ihn an. „Auch wenn ich euch auf den Sack gehe, um euer Geheimnis zu erfahren, kann ich dennoch eines für mich behalten. Der heutige Tag wird meines sein. Ganz egal, was nach heute geschieht."

Sein Blick wird warm und wieder sehe ich die Liebe hervorblitzen, von der ich noch nicht ganz glauben kann, dass er sie wirklich empfindet. Für mich empfindet.

Bei Oliver und Lena übernimmt Jas das Sprechen; erklärt kurz und knapp, dass ich von einem Auto erfasst worden sei, es mir so weit gut gehe und er mich nach Hause bringen werde.

Den beiden weicht jegliche Farbe aus dem Gesicht und sie reagieren total überschwänglich verständnisvoll. Sie verordnen mir direkt Bettruhe und wollen einen Arzt kommen lassen. Doch Jas hält sie auf und erklärt, dass er sich um alles kümmern werde.

Sie nicken und wünschen mir noch gute Besserung. Ich fühle mich so bemuttert. Es würde mich nicht mal wundern, wenn Lena sich später nochmal bei Day nach mir erkundigt. Und eventuell bringt sie auch noch einen Auflauf oder Ähnliches vorbei. So sind unsere Nachbarn nun einmal. Sobald etwas

Einschneidendes passiert, wird Essen vorbeigebracht und jeder möchte helfen. Ich liebe diese Atmosphäre für gewöhnlich, aber für heute wünsche ich mir, dass Lena und Oliver eine Ausnahme machen.

Auf dem Rückweg finden unsere Hände nicht erneut zusammen. Ich verstehe den Grund. Trotzdem sticht es in meiner Brust. Die alten Zweifel kommen zurück. Dass ich nicht attraktiv genug bin, ihm peinlich.

Aber er will nur nicht von seinen Freunden gesehen werden.

Bei mir angekommen, nimmt er mir den Schlüssel ab, wofür ich sehr dankbar bin, denn meine Hände zittern so stark, dass ich ihn nicht ohne weiteres ins Schloss bekomme.

Die Tür ist kaum auf, da kommt Day bereits aus der Küche gerauscht und sieht fragend zwischen uns hin und her.

„Wolltest du nicht babysitten? Was hat das zu bedeuten?"

Ich möchte Day erklären, was passiert ist, doch kein Wort verlässt meine Lippen. Sie wird umkommen vor Sorge und einen Arzt rufen. Immerhin weiß sie nichts von Jas' Kräften.

Abwartend sieht sie mich an.

Hilfesuchend blicke ich zu Jas. Er lehnt schwer atmend an der Wand, das Gesicht bleich. Meine Brust wird eng. Panik breitet sich in mir aus.

„Jas?", frage ich schrill.

Meine Mutter scheint im selben Moment zu

bemerken, dass etwas nicht stimmt. Denn sie kommt auf uns zugelaufen und gerade, als sie ihn erreicht, bricht er zusammen.

Ich lasse mich direkt auf die Knie sinken. Ein Schalter legt sich in mir um, sodass ich nur noch funktioniere.

Ich lege ihn in die stabile Seitenlage und prüfe seine Atmung. Erleichtert seufze ich auf, als ich sehe, wie sich sein Brustkorb hebt und senkt. Als ich seinen Puls ertaste, ist er zwar schwach, aber stetig.

Seine Augenlider flattern und er zuckt, als ich ihm in den Arm kneife. „Er ist ohnmächtig. Kannst du kalte Tücher holen?"

Day verschwindet und kommt wenig später mit kalten Umschlägen wieder. Einen packe ich ihm auf die Stirn, den anderen in den Nacken.

„Jasper, kannst du mich hören?"

Da schlägt er die Augen auf. Er krächzt: „Ja", wenn auch nur unter größter Anstrengung.

„Kannst du aufstehen?", frage ich ihn. Dann wende ich mich an Day. „Wir sollten einen Krankenwagen rufen."

„Nein", kommt es von Jas und er klingt überhaupt nicht mehr schwach.

„Du bist umgekippt. Das muss untersucht werden."

„Die Ärzte können mir nicht helfen. Sie dürfen nichts von meiner Gabe erfahren."

Mir bleibt die Luft weg und ich sehe erschrocken zu Day. Sie würde nichts verraten, das weiß ich.

Aber wie kann er es einfach vor ihr ansprechen, als wäre es nichts?

„Was, verflucht, ist passiert? Bist du schon mal ohnmächtig geworden?"

Jas setzt sich auf und lehnt sich mit dem Rücken an die Wand. Er schüttelt den Kopf.

„Also hast du nicht bloß einen Kratzer geheilt", stellt Day nüchtern fest und ich halte inne. Ähm, bitte was? Ich glaube, ich bin im falschen Film. Sie weiß es? Was bitte weiß sie denn noch?

„Nina ist mir vors Auto gelaufen", gibt er kleinlaut zu. „Es sah wirklich übel aus."

Ich verdrehe die Augen. Na, schönen Dank auch. Als würde sie sich nicht eh schon Sorgen machen.

„Wie konnte das passieren?"

Ich sehe zur Seite. Es ist mir unmöglich, ihr jetzt in die Augen zu sehen. Die Angst, dass es mich schlimmer hätte treffen können, würde zutage treten, wenn ich sie ansehe. Außerdem will ich die Wut und Enttäuschung darüber nicht erkennen, dass ich so unvorsichtig war.

„Wäre sie gestorben?", fragt sie Jas.

„Wenn ich nicht da gewesen wäre, eventuell."

Ich höre sie aufschluchzen und die Hände vor den Mund schlagen.

Wäre ich dort wirklich gestorben? War es so schlimm? Ich habe nicht mal Blut gesehen. Weder am Boden noch an mir. Also wie kommt er darauf?

„Es hat viel Kraft gekostet, sie zu heilen. Sie hatte enorme Schmerzen dabei. Das habe ich bisher nie erlebt. Und ich habe schon einige Knochenbrüche der Jungs geheilt. Da sie wussten, dass ich sie wieder heilen kann, haben sie sich die höchsten Bäume gesucht und auch sonst allen Scheiß mitgemacht. Ich gehe davon aus, dass sie innere Blutungen hatte."

Eiskalt läuft es mir den Rücken runter und lässt mich schütteln. Das so zu hören, macht es noch viel schlimmer. Genauso wie die Schluchzer von Day, die die Stille immer wieder wie Schwerter durchschneiden und mir in die Brust fahren. Ich wollte sie nie zum Weinen bringen.

„Komm, du bleibst heute Nacht hier, wenn du keinen Arzt willst. Du kannst im Gästezimmer schlafen."

Ich will bloß schnell weg von der verletzten Day. Mein Herz krampft sich zusammen und eine schwere Last drückt sich immer weiter auf meinen Brustkorb, sodass ich kaum noch Luft kriege. Es ist meine Schuld, dass es ihnen geht, wie es ihnen geht.

Aber erstmal muss ich mich um Jas kümmern, ehe ich Day trösten kann.

„Ich sollte besser nach Hause gehen."

„Nina hat recht. Bleib heute Nacht hier. Wir kümmern uns um dich. Ich sage nur schnell deinen Eltern Bescheid."

Day entfernt sich und ich sehe ihr traurig hinterher. Dann helfe ich Jas auf und verfrachte ihn in unser Gästezimmer auf das Bett.

„Schlaf ein wenig, ruh dich aus. Ich werde mit Day reden und sie etwas beruhigen und dann sehe ich wieder nach dir."

Ein sanftes Lächeln umspielt seine Lippen. „Es gefällt mir, wenn du mich umsorgst."

Ich erwidere das Lächeln. „Und mir gefällt es, dass du mal kein Arschloch bist."

Nun bin ich es, die ihm einen Kuss auf die Stirn gibt. Für einen kurzen Moment fixiere ich seine Lippen, überlege es mir aber anders und nehme schnell Abstand. Dafür ist jetzt nicht der passende Augenblick.

Kapitel 13

Am nächsten Morgen scheint die Sonne in mein Zimmer und weckt mich. Kaum schlage ich die Augen auf, denke ich an Jas der nebenan liegt.

Meine Neugier ist so stark, dass ich unruhig werde und die Decke zurückschlage. Ich mache mir Sorgen und ich will in seiner Nähe sein. Verdammt, was ist nur los mit mir?

Wir sind alle zusammen aufgewachsen und bis auf den Gedanken an etwas emotionslosen Sex hat mich nichts an ihnen gereizt. Mace ist immer ziemlich interessant für mich gewesen, aber ob ich mir eine Beziehung mit ihm vorstellen kann?

Alles, was mit Sam, Enzo und Mace vorgefallen ist, hat nichts bedeutet. Wieso schlägt mein Herz derart schnell, sobald ich an den Jungen mit den grünen Augen und dem dunklen Haar denke?

Ich wünsche mir, dass es nur sexuelle Anziehung

ist, aber die Art meiner Gedanken lässt anderes vermuten. Etwas, für das ich nicht bereit bin.

Als ich aufstehe, rieche ich mich selbst und rümpfe die Nase. Dann erinnere ich mich an den Albtraum meines Unfalls. Nur dass er wirklich passiert ist. Ich bin dem Tod entkommen, und zwar nur, weil Jas in der Nähe war.

Es ist seltsam, wie mein Gehirn das Vorkommnis verarbeitet. Gestern Abend war ich voller Adrenalin und konnte lange nicht schlafen. Deshalb war ich bei Day, wir sprachen und sie weinte in meinen Armen. Ich tröstete sie und dann schlief sie einfach ein. Weil ich sie nicht wecken wollte, ließ ich sie schlafen und versuchte es ebenfalls.

Ich schüttele mich, um das unangenehme Gefühl zu vertreiben, und gehe ins Badezimmer. In der Tür erstarre ich. Dort steht Jas in ein Handtuch gewickelt vor dem Spiegel und putzt sich die Zähne.

Mein Herz macht einen Satz und ich drehe ihm den Rücken zu. „Entschuldige, ich komme später wieder."

„Wa´te", brummt er und spuckt aus. „Warte, ich bin eh fertig."

Ich bleibe stehen, drehe mich aber nicht wieder zu ihm um. Ungläubig runzele ich die Stirn und kann selbst kaum fassen, was mit mir los ist. Bei Sam hat mich seine Nacktheit nicht im Geringsten gestört und der hatte kein Handtuch um die Hüften gewickelt. Aber bei ihm ...

„Wie geht es dir?", frage ich.

„Viel besser", raunt er in mein Ohr.

Ich zucke erschrocken zusammen. Dass er so nahe ist, habe ich nicht bemerkt. Erst jetzt werde ich mir seines Atems in meinem Nacken bewusst.

Ich fahre zu ihm herum. Da ist diese eine Frage, die in mir brennt. Egal, wie ich es drehe und wende, ich kann sie mir einfach nicht erklären.

„Liebst du mich?"

Er sieht mich erschrocken an. Für einen kurzen Augenblick ist es, als würde die Welt zwischen uns stillstehen. Dann zieht er eine Augenbraue in die Höhe.

„Willst du die Wahrheit hören oder soll ich dir das erzählen, was du gern hören möchtest?"

Ich forsche in seinen Augen nach Antworten. Gestern hat er mich durch sie so viel wissen lassen. Aber heute sehe ich nichts darin.

„Was will ich denn hören?"

„Du willst hören, dass du die Eine bist. Nicht wahr? Deshalb hast du mich auch gefragt, ob ich dich küssen will."

Ich ignoriere das Stechen in meiner Brust und das tiefe Gefühl der Enttäuschung. „Ich habe dich gefragt, weil ihr offenbar der Reihe nach einmal dran sein wollt, obwohl ihr euch versprochen habt, nicht mit mir rumzumachen."

Das Funkeln in seinen Augen kehrt zurück und das Grinsen wird breiter. „Und wie kommst du darauf, dass ich dich lieben könnte, wenn ich dir gesagt habe, dass ich dich nicht küssen will?"

Seine Frage macht mich unsicher, aber ich will es nicht zugeben. Gestern, als ich fast gestorben wäre, habe ich es genau gespürt und auf mein Gefühl kann ich mich für gewöhnlich verlassen.

„Weil es einfacher ist, mit Worten zu lügen als mit den Augen."

Er wirkt überrumpelt, ja, förmlich überrascht. Dann ist sie wieder da. Die Wärme in seinem Blick. Wenn er sie nicht fühlen würde, dann könnte er sie nicht so eindringlich rüberbringen. Er will es, aber er darf es nicht. Anders kann ich es mir nicht erklären.

„Was wäre, wenn ich dich jetzt küssen würde?", trete ich an ihn heran.

So nahe, dass das Handtuch meinen nackten Bauch streift. Wir blicken uns tief in die Augen. Ich genieße die Berührung meiner Hand auf seinem Arm. Sie beginnt ‚zu kribbeln, und ich ertaste die Gänsehaut, die seine Härchen geradestehen lässt. Er reagiert auf mich wie ich auf ihn. Die Erkenntnis macht mich glücklich.

„Dann gehst du zu weit."

„Wirklich?", frage ich und stelle mich auf die Zehenspitzen. Meine andere Hand lege ich in seinen Nacken und ohne, dass ich auf irgendeine Art Druck ausüben müsste, senkt er sein Gesicht. Es ist, als würden wir voneinander angezogen werden.

Meine Lippen prickeln in freudiger Erwartung. Kurz, bevor sich unsere Münder berühren und die Funken förmlich sprühen, lasse ich mich zurücksinken und drehe meinen Kopf weg.

„Ich will ja nicht zu weit gehen", antworte ich und rücke von ihm ab. Es kostet mich alle Anstrengung, die Distanz zu wahren. Würde ich ihn jetzt ansehen, dann könnte ich mich nicht mehr beherrschen.

„Ach, Fuck", stößt Jas aus. Er packt mich an Hinterkopf und Hüfte, zieht mich fest an sich und senkt seine Lippen auf meine. Es ist wie ein Stromstoß, der durch mich jagt und mich lebendig fühlen lässt.

Er knabbert an meiner Unterlippe, leckt anschließend darüber und schiebt mir seine Zunge zwischen die Lippen, dass mir schwindelig wird. Erregung schießt mir in den Schoß.

Wenn ich es beschreiben müsste, würde ich sagen, dass er meinen Mund mit seiner Zunge fickt und das ist heiß. Viel zu heiß.

Ich will ihn. Ganz und gar.

Doch genauso schnell, wie es angefangen hat, endet es. Schwer atmend stehen wir voreinander. Er hält mich und ich schmiege mich an ihn.

„Es ist besser, wenn ich jetzt gehe."

„Habe ich etwas falsch gemacht?", frage ich.

Jas sieht mich liebevoll an und seine Hand, die noch in meinem Nacken liegt, gleitet nach vorn. Mit dem Daumen streichelt er meine Wange und gibt mir einen Kuss auf die Nasenspitze.

„Nein, Liebes. Du hast alles richtig gemacht."

Es beruhigt mich, dass er das sagt. Dann löst er sich vollständig von mir und verschwindet. Ich stehe bloß da und weiß nicht, was eben passiert ist.

Nach der Dusche sind meine Gedanken noch verwirrter. Weil ich einen klaren Kopf bekommen und mich gleichzeitig auspowern möchte, entscheide ich mich, joggen zu gehen.

Day ist alles andere als begeistert, nachdem ich gestern vor ein Auto gelaufen bin. Aber ich kann ihr überzeugend versichern, dass ich vorsichtig sein und heil zurückkommen werde.

Der Wald, der an unser Dorf angrenzt, ist nicht besonders groß und als Kinder haben wir ihn so gut erkundet, dass ich mich genau auskenne.

Als ich in den Wald jogge, auf dem Weg zum kleinen Tümpel, fühlt es sich seltsam an.

Normalerweise empfinde ich das Rauschen der Bäume und die Umgebung als befreiend. Heute stellt sich das nicht ein.

Nach wenigen Metern fühle ich mich unruhig, geradezu beobachtet.

Hinter mir knackt es. Ich fahre zusammen.

Ich bin nicht allein.

Ich laufe schneller und die Geräusche hinter mir bleiben. Sie scheinen mich zu verfolgen. Alles in mir sträubt sich dagegen, mich umzudrehen und nachzusehen, ob ich mir das Knacken nicht nur einbilde.

Sind das Schritte hinter mir? Da ist doch jemand. Mein Herz rutscht mir in die Hose. Was soll ich nun machen?

Aber die Antwort wird mir abgenommen. Ich stolpere über eine Wurzel, verliere das Gleichgewicht und rutsche einen kleinen Abhang hinunter, der rund um den Tümpel aufgeschüttet wurde. Ich bleibe an den Ästen kleiner Bäume hängen, bis ich am Ende liege.

Mein Gesicht brennt, genau wie meine Arme und mein Bauch. Ich werfe einen Blick darauf und unterdrücke ein Wimmern. Panisch sehe ich mich um. Werde ich noch verfolgt? Ich richte mich auf und will mich hinstellen, kann aber nicht richtig auftreten. Tränen steigen mir in die Augen. Das kann doch nicht wahr sein. Wieso passiert das alles immer mir?

Dann höre ich ein Geräusch von vorn und sitze bewegungslos am Boden. Die Panik lähmt mich. Ich kann mich nicht wehren, nicht weglaufen.

„Ist da jemand? Ich habe Schreie gehört."

Die tiefe Stimme kenne ich und vor Erleichterung schluchze ich auf.

„Ich bin hier", rufe ich und hoffe, dass Enzo schneller da ist als mein Verfolger. Tränen rinnen über meine Wangen, als ich ihn angeritten kommen sehe.

Sobald er mich erkennt, im Dreck sitzend mit Schrammen, Dreck und Blättern übersäht, springt er geradezu von seinem Pferd, wickelt die Zügel fahrig um einen Ast, ehe er auf mich zugestürzt kommt.

„Nina? Was ist passiert?"

Mein Blick wandert den Hügel hinauf. Wenn ich ihn jetzt so sehe, dann ist er weniger bedrohlich als angenommen.

„Bist du dort runtergestürzt?"

„Da ist jemand gewesen", wispere ich. „Ich wurde verfolgt."

Er wird unnatürlich blass. „Hast du jemanden gesehen?"

Ich schüttele den Kopf. „Nein, es war nur ein

Gefühl und da waren Schritte hinter mir. Ich habe mich nicht getraut, mich umzudrehen, und bin schneller gerannt. Dann war da eine Wurzel ..."

Ich brauche nicht weiterzureden. Den Rest kann er sich denken. Aber dass er so besorgt aussieht, macht mir noch mehr Angst. Lieber hätte ich gehört, dass ich mir das nur eingebildet habe.

Er sieht den Hügel hinauf, versucht, etwas zu erkennen, aber da ist nichts.

„Ich glaube dir und deshalb werde ich dich hier rausbringen. Hab keine Angst."

Aber seine Worte beruhigen mich nicht. Die Tatsache, dass ich nicht mehr allein bin, hingegen schon. Er hilft mir dabei, aufzustehen, und stützt mich, ohne dass ich etwas sagen muss. Manchmal ist es praktisch, dass er Gedanken lesen kann. Auch wenn ich ansonsten viel von Privatsphäre halte.

Enzo lacht in sich hinein. „Ich auch. Aber es ist nicht zu ändern."

Ein Schauer überkommt mich. Ob ihm seine Gabe manchmal auch zu viel ist? Aber ich kann nicht lange darüber nachdenken, weil ein Schmerz durch meinen Knöchel schießt und mich aufstöhnen lässt, als er mir auf sein Pferd hilft.

„Tut mir leid."

Er nimmt die Zügel und schwingt sich sehr elegant auf den Rücken des Tieres. Kaum, dass er sitzt, schlinge ich meine Arme um seine Hüften und lehne meinen Kopf an ihn. Ich fühle mich sofort viel sicherer als noch vor einigen Sekunden.

Dann reitet er den Weg zurück. Ich erwarte, dass es wie Motorradfahren ist, aber das kann man nicht miteinander vergleichen. Es ist ganz anders.

„Enzo?", frage ich mit geschlossenen Augen und noch immer an ihn geschmiegt.

„Ja?"

„Werdet ihr mir verraten, was euer Geheimnis ist?"

Er spannt sich unter mir an. Mit dem Daumen streichele ich ihm über den Bauch und er wird ein wenig lockerer.

„Wirst du es jemals gut sein lassen?"

Nein. Er lacht leise und schüttelt uns beide sanft durch.

„Irgendwann vielleicht. Aber ich glaube, dass du dir dann wünschen wirst, es nie erfahren zu haben."

Seine Antwort lässt mein Herz schneller schlagen vor Aufregung. Das war kein Nein. Aber diese kryptische Aussage lässt mich auch zweifeln.

„Seid ihr in etwas Kriminelles verwickelt?"

Enzo lacht. Diesmal viel lauter und langanhaltender.

„Woran du schon wieder denkst. Nein, es ist nichts Illegales, wenn dich das beruhigt. Trotzdem willst du es nicht wissen. Ich kenne deinen hübschen Kopf. Vertrau mir, wenn ich sage, dass du es einfach lassen sollst."

Stirnrunzelnd versuche ich, nicht über seine Worte nachzudenken. Denn immerhin hört er alles mit. Stattdessen überfällt mich wieder das Gefühl, verfolgt zu werden, und Enzo gibt seinem Pferd mit den Füßen zu verstehen, dass es schneller galoppieren soll.

Wir fliegen nun förmlich durch den Wald und sobald wir im Dorf auf eine Wache treffen, hält Enzo an und winkt sie zu uns heran.

„Der Wald soll durchsucht werden. Nina wurde beobachtet und möglicherweise verfolgt."

Der Security-Mann nickt ernst und greift nach seinem Walkie-Talkie. Aber ich höre nicht mehr, was er hineinspricht, denn Enzo reitet bereits weiter. Ich bin noch nie so froh darüber gewesen wie jetzt, dass wir in diesem geschlossenen Dorf leben.

Dann halten wir schon vor meiner Haustür. Er hilft mir hinunter und ich falle ihm in den Arm.

„Danke", murmele ich an seine Halsbeuge.

Seine Hand streichelt sanft über meinen Rücken.

„Kein Problem, Chaos-Queen. Ich bin nicht der Böse, auch wenn ich nicht immer der Netteste war."

Die Ferien sind vorbei und ich komme wieder auf dem Boden der Tatsachen an. Hier im Internat bin ich wieder ein Niemand – nichts wert.

Ich arbeite mit Jas an unserer Präsentation, als wäre nie etwas zwischen uns vorgefallen. Das wurmt mich und es ist schwer, mich vor Enzo nicht zu verraten, wenn ich ihm begegne und meinen Blick nicht von Jas lösen kann.

Seit neustem hängt Kayla ständig bei den Royals rum. Nun ist es also noch eine Bitch mehr, obwohl sie mir nie etwas getan hat. Aber sie hängt an Sams Arm, der davon offenkundig genervt ist, und macht nebenher Jas schöne Augen. Warum schicken sie sie nicht einfach weg?

Jedes Mal, wenn ich sehe, wie sie mit Jas flirtet, überkommt mich Eifersucht. Ich habe kein Recht dazu. Er gehört mir nicht. Aber das ist meinem Körper egal. Der kann nicht unterscheiden, was ist und was ich mir wünsche. Nämlich seine volle Aufmerksamkeit.

Nun sitze ich bei Mister P im Unterricht und höre den anderen mehr oder weniger interessiert zu. Bei dem Vortrag rund um die Vor- und Nachteile einer absoluten Monarchie brodelt es in mir, weshalb meine Gedanken abschweifen. Die Liste der Vorteile ist in meinen Augen zu lang und absoluter Bullshit. Bei dem Punkt *„schneller und bessere Entscheidungen treffen"* muss ich mir das Lachen verkneifen und spätestens, als es heißt *„bringt Glanz in den Alltag"* bin ich raus.

Der nächste Vortrag wird von Sam und Kayla gehalten. Bei ihnen geht es darum, wie Alarich Arian Rühle von Lilienstern überhaupt Kaiser wurde.

Denn unser Kaiser ist der Zweitgeborene und sollte den Thron ursprünglich gar nicht erben. Seine ältere Schwester Madlen Ella sollte diesen besteigen. Doch sie wurde mit zwanzig Jahren ermordet. Seither gibt es weder Fotos von ihr, noch wird sonst über sie gesprochen. Auch die genauen Umstände ihres Todes wurden nie weiter beleuchtet. Dafür gibt es sehr viele Theorien im Internet, die heiß diskutiert werden.

Bella und Ina sind die nächsten. Sie stellen die kaiserliche Familie vor. Denn neben dem Kaiser gibt es natürlich noch seine Frau Desideria, seinen unehelichen Sohn Liam, seine Schwiegertochter Morgan und seinen Enkel Niklaus.

Als sie das Bild von Liam zeigen, zucke ich zusammen. Ich habe ihn schon öfter mal im Fernsehen oder in den sozialen Medien gesehen. Doch dieses Foto ist anders. An wen erinnert er mich nur?

Das Thema um die rebellierenden Länder und die allgemeinen Unruhen tragen Mace und drei weitere Mitschüler vor. Da es so umfassend ist, bekommen sie auch zwanzig Minuten Vortragszeit.

Dabei geht es einerseits um die Monarchen der Länder, die sich gegen den Kaiser aufgelehnt haben: Finnland, Belgien, Italien, Frankreich, England und Tschechien. Doch seit vierzehn Jahren ist Ruhe eingekehrt, die sich niemand erklären kann. Das Volk wurde damit abgespeist, dass man sich hat einigen können, wobei, weiß bis heute jedoch keiner.

Und andererseits, um die als vermisst gemeldeten Prinzen der genannten Königreiche. Im frühen Alter von vier bis sechs Jahren wurden die Kronprinzen entführt. Das Mysteriöse war, dass alle am selben Tag verschwunden sind. Laut Polizei gebe es keine neuen Erkenntnisse und es sei auch hoffnungslos zu glauben, sie wären noch am Leben.

Und weil sich unser Kaiser aus dem restlichen Weltgeschehen heraushält – genau wie seine Vorfahren – rebelliert eine Gruppe Freiheitskämpfer der restlichen Welt, außerhalb Europas, gegen ihn und unser System. In weiten Teilen der Erde herrscht Krieg oder Hunger. Viele Menschen haben kein vernünftiges

Zuhause mit fließend Wasser oder Elektrizität. Und anstatt sich nur innerhalb Europas für genügend Schutz, Nahrung, Unterkünfte und sonstiger Versorgung zu engagieren, wünschen sich viele, dass der Kaiser mit seiner enormen Streitmacht und den Ressourcen aushilft oder wenigstens Flüchtlinge aufnimmt. Doch nach Europa einzuwandern oder zu flüchten ist geradezu unmöglich. Viele sind bei dem Versuch schon gestorben.

Endlich sind wir dran und ich werde unsagbar nervös, während Jas die Technik vorbereitet. Dann stellen wir uns vor die Klasse. Ich mag die Blicke nicht, die auf mir liegen. Wenn ich nur eine Sache falsch mache, werde ich direkt wieder ausgelacht.

„Hi", begrüßt Jas die Klasse und sieht kokett in die Runde. Unsere Mitschüler lachen unterdrückt. Wenn es um die Royals geht, sind sie alle wie Groupies. „Wir haben einen kleinen Film vorbereitet."

„Genau. Und vorher wollen wir kurz darauf eingehen, was in diesem Film zu hören sein wird. Bei unserer Recherche sind wir auf die absurdesten Theorien gestoßen. Und sie spalten sich in zwei Lager. Entweder stellen sie den Kaiser als gottähnlich und erhaben dar oder als gewissenlos und gefährlich. Nur, damit ihr vorgewarnt seid", sage ich.

Ein Tuscheln geht durch die Reihen. Ich werfe einen Blick zu Herrn Steinbach nach hinten, der mich genau mustert.

Jas startet den Film und ich sehe mir die Bilder und Videoszenen an, die wir zusammengeschnitten und eingesprochen haben. Dazu erzählen wir nacheinander die einzelnen Geschichten, die wir gefunden haben.

Während ich mir das so ansehe, muss ich anerkennend feststellen, dass wir gute Arbeit geleistet haben. Es sieht sehr professionell aus, wir hören uns wie Reporter an und was wir sagen, klingt unfassbar spannend. Der Blick in die Runde bestätigt mich darin. Ausnahmslos jeder hängt an unserem Film, selbst die Royals. Auch Enzo und Rapha dürfen seit heute wieder teilnehmen. Vermutlich, damit sie sich an der anschließenden Diskussion mit Herrn Steinbach beteiligen können.

„Zusammenfassend kann man sagen, dass alle Punkte einen gemeinsamen Kern haben. Auf der einen Seite geht es entweder darum, dass der Kaiser erpresst, entführt, bedroht, kontrolliert oder tötet, um an der Macht zu bleiben. Oder auf der anderen, dass er unsterblich oder sogar gottähnlich ist. Tja, was sollen wir sagen: Entweder liebt man ihn oder man hasst ihn."

Das Bild wird schwarz und unsere Mitschüler applaudieren begeistert. Ich kann meine Freude nicht verbergen und werfe Jas einen Seitenblick zu. Auch er wirkt zufrieden mit uns.

Mister P kommt klatschend auf uns zu. „Der Film war wirklich gut. Meinen Respekt. Aber eine Frage habt ihr nicht beantwortet. Welche der Theorien haltet ihr für möglich?"

Er sieht uns nacheinander an. Nun wird mir doch etwas mulmig. Meine Meinung ist ziemlich kontrovers, das wird nicht jedem gefallen. Vor allem Herrn Steinbach nicht.

Ich weiß nicht, ob es ein Vor- oder Nachteil für mich ist, dass Jas zuerst spricht. „Wir sind uns nicht einig geworden, weshalb jeder für sich seine glaubhafteste Theorie gewählt hat. Ich kann mir gut vorstellen, dass das mit den Seitensprüngen stimmen könnte. Immerhin hat er seine Frau betrogen und einen Sohn gezeugt. Meiner Meinung nach betrügt jemand, der es einmal getan hat, immer wieder."

Mister P scheint über seine Worte nachzudenken und nickt schließlich. „Ja, ich kann Ihren Gedankengang nachvollziehen. Und Sie, Nina?"

Ich schlucke, senke meinen Blick und spüre meinen Herzschlag in meinem Hals. Bevor ich spreche, sehe ich Herrn Steinbach direkt an.

„Ich kann mir gut vorstellen, dass Kaiser Rühle von Lilienstern seine Schwester tötete, um ihren Platz einzunehmen. Bis dahin war es immer der männliche Nachkomme, der Kaiser wurde und nun sollte es seine ältere Schwester werden. Das fand er unfair. Und Menschen, die glauben, im Nachteil zu sein, handeln grausam."

Herr Steinbach lässt sich nichts anmerken. Er trägt ein sehr gutes Pokerface. Was Sinn ergibt. Wenn man für den Kaiser arbeitet, dann bekommt man sicher Sachen mit, die nicht an die breite Öffentlichkeit gelangen dürfen. Dementsprechend ist es wichtig, geübt darin zu sein, professionell zu wirken.

Unbewusst sehe ich zu den Bitches rüber, die mich

böse ansehen. Offenbar haben sie meine Anspielung verstanden, auch wenn sie nicht beabsichtigt gewesen war.

„Gut, dann vielen Dank für euren Beitrag. Ich würde sagen, dass wir jetzt die Tische und Stühle so verrücken, dass wir in einem Kreis sitzen, um zum Fragen- und Diskussionsteil zu kommen."

Für einige Minuten ist es laut im Raum. Die Schüler quatschen und Tische und Stühle quietschen, als sie über das gute Vinyl geschliffen werden.

Danach suchen sich alle einen Platz und während sich die meisten Mädchen darum drängen, neben den Royals sitzen zu können, versuche ich das Gegenteil. Blöderweise lande ich genau gegenüber, sodass ich ihnen direkt der Reihe nach in die Augen sehen kann.

Ihre Blicke ruhen auf mir und sie wirken angespannt, geradezu unruhig. Aber wieso? Was ist in den letzten Minuten geschehen?

Langsam fällt auch meinen Mitschülern auf, dass sie mich ansehen, denn das Tuscheln wird lauter und alle Blicke richten sich wieder auf mich.

„Guten Tag, ich habe mich bisher noch nicht selbst vorgestellt; das will ich nun nachholen." Herr Steinbach klingt ruhig und gefasst und zieht alle Aufmerksamkeit auf sich. Man spürt die Aufregung der anderen und sie steckt mich an. Es ist nicht gerade üblich, dass man es mit jemandem aus dem Schloss zu tun bekommt.

„Ich bin Marc Steinbach und arbeite beratend für den Kaiser. Ich würde sagen, ich stehe ihm mit am nächsten und er schätzt meine Meinung sehr. Deshalb bin ich einer der wenigen, der am meisten Zeit mit ihm verbringt. Er hat mich gebeten, heute hierherzukommen, um eure Fragen zu beantworten und weil er gern wissen will, was die junge Generation zu sagen hat."

Ich presse meine Kiefer fest zusammen. Als ob es ihn wirklich interessieren würde, was irgendwer denkt. Und selbst wenn es so wäre, dann ganz sicher nicht, was ein paar junge Erwachsene urteilen. Wir sind ein Tropfen auf den heißen Stein, mehr nicht.

„Also habt ihr Fragen?"

Abweisend verschränke ich die Arme vor der Brust, lehne mich in meinem Stuhl zurück und strecke meine Beine aus. Es ist besser für mich, wenn ich die Klappe halte. Alles, was ich zu sagen hätte, würde mir nicht gerade Sympathiepunkte einbringen. Und ich bin mir nicht sicher, ob das wirklich nur ein Verschwörungsmythos ist, dass der Kaiser unliebsame Redner töten lässt.

„Wieso hält sich die kaiserliche Familie in Bezug auf die sozialen Medien so bedeckt?"

Ich rolle mit den Augen. Hat Tiffany noch nicht genug Stars und Sternchen, denen sie folgen kann?

„Nun ja, der Kaiser und seine Frau möchten ihre Privatsphäre so weit es geht schützen. Die Presse berichtet genug über sie, deshalb wollen sie nicht noch mehr preisgeben als über den offiziellen Account, der von unserer Pressesprecherin geführt wird. Folgt dem jemand?"

Betretenes Schweigen. Ich muss kichern, weshalb sich einige Köpfe in meine Richtung drehen. Auch Herr Steinbach sieht mich an.

„Darf ich fragen, was so witzig ist?"

„Nun ja, folgen Sie dem offiziellen Account der kaiserlichen Familie?"

„Natürlich."

Er sieht mich empört an, nach dem Motto: Was fällt mir ein, das infrage zu stellen?

„Und dann ist Ihnen noch nie aufgefallen, dass er kaum junge Menschen anspricht? Es geht immer nur um Politik, was niemanden interessiert. Und alles wird so hochgestochen formuliert, dass es niemand versteht."

Aus dem Augenwinkel nehme ich bestätigendes Nicken wahr. Und auch Herr Steinbach muss sich eingestehen, dass ich recht habe.

„Und was schlagen Sie vor, Frau ...?"

„Greiffenberg", helfe ich ihm aus. „Man sollte sich besser über die einzelnen Plattformen informieren und entsprechend der Altersgruppe, die sich dort tummelt, posten. Die Jugend will sich der Kaiserfamilie näher fühlen. Da könnte es schon viel ausmachen, wenn man auch Privates erfährt, auch wenn die Medien bereits über das eine oder andere berichten. Es wäre sicherlich auch interessant, die Leute mit zu den Bällen zu nehmen oder ein paar Einblicke hinter die Kulissen zu gewähren. Man muss keine Geheimnisse preisgeben, sondern den Leuten nur das Gefühl geben, ein Teil von der kaiserlichen

Familie zu sein. Aber das ist natürlich nur wichtig, wenn man Interesse daran hat, was das Volk von einem hält."

Ich kann mir die Spitze nicht verkneifen und erhalte fassungsloses Stöhnen. Auch die Royals sehen mich mit entglittenen Gesichtszügen an. Es wäre wohl doch besser gewesen, meinen Mund zu halten.

Enzo nickt bestätigend und ich fluche innerlich. Gut, dann sage ich die restliche Stunde nichts mehr.

„Wieso glauben Sie, dass sich das Kaiserhaus nicht für das Volk interessiert?"

Ich schließe meine Augen. Es ist besser, wenn ich nichts mehr sage. Aber nicht zu antworten, wäre unhöflich.

„Weil Menschen mit Gaben noch immer gefoltert und getötet werden. Oder gibt es im Schloss keinen Fernseher? Vor kurzem wurde über einen Fall berichtet, bei dem ein 7-jähriges Mädchen betroffen war. Niemand hat sich um das Mädchen gekümmert oder sich für die Kleine eingesetzt. Wie schlimm muss es für sie gewesen sein, nicht zu wissen, wie ihr geschieht und was sie falsch gemacht hat. Und alles nur, weil die Aufklärungsarbeit und die Gesetze des Kaisers versagen."

„Nina", zischt jemand und ich sehe zu Enzo. Alle Royals sind blass wie Gespenster. „Du kannst nicht einfach was in den Raum werfen, ohne dich vorher genau darüber informiert zu haben."

Ich spanne mich an, meine Hände ballen sich zu Fäusten und ich setze mich aufrecht hin. Wütend funkele ich ihn an und würde ihm am liebsten eine reinhauen.

„Das kleine Mädchen ist gestorben. Das ist nicht fair. Sie hat niemanden gefährdet. Sie konnte bloß besonders schnell laufen. Und jetzt sag mir, dass sie es verdient hat zu sterben."

Tränen treten mir vor Verzweiflung und Frust in die Augen. Dies ist kein Einzelfall und von oben wird lediglich zugesehen. Niemand unternimmt etwas dagegen.

„Sie vergessen eine Kleinigkeit, die Ihnen Ihr Klassenkamerad vermutlich zu verstehen geben wollte. Das Mädchen hat in das Experiment eingewilligt. Seine Eltern ebenfalls. Es war schwerkrank – hatte Leukämie und nicht mehr lange zu leben. Und es ist nicht durch die Experimente gestorben, sondern durch die Krankheit. Die Medien haben es nur falsch dargestellt."

Ich schlucke und mir entgleiten meine Gesichtszüge. Stocksteif sitze ich auf meinem Platz, unfähig, auch nur einen Finger zu rühren. Was? Ist das wahr?

Ein flüchtiger Blick zu Enzo. Nicken.

Und ich hatte geglaubt, dass ...

Stille legt sich über den Raum. Mister P räuspert sich und will die Diskussion voranbringen. Deshalb sollen nun auch die anderen ihre Thesen äußern.

Dabei mache ich mich auf dem Stuhl so klein wie möglich und versuche, nicht mehr aufzufallen.

Kapitel 14

Nach dem Unterricht hält mich Mister P auf. Er fragt, ob ich jemanden mit meinen Aussagen habe beeindrucken wollen. Ich sehe ihn mit großen Augen an und runzele die Stirn.

„Wen sollte ich damit beeindrucken? Ich habe lediglich meine Meinung gesagt und sie belegt; ich dachte, das sei der Sinn einer Diskussion. Wenn Sie es genau wissen wollen, dann bin ich dafür, dass die Monarchie abgeschafft wird. Wir brauchen eine direkte Demokratie wie in der Schweiz. Das Volk sollte nicht kleingehalten werden, sondern zu seiner wahren Stärke aufblühen und dafür brauchen wir keinen König und schon gar keinen Kaiser."

Er sieht mich entsetzt an. Es tut mir auch wahnsinnig leid, ihn enttäuschen zu müssen. Während er ganz vom Kaiser besessen zu sein scheint, bin ich das genaue Gegenteil.

„Wie kommen Sie darauf, dass das Volk kleingehalten wird?"

Die Frage kommt von irgendwo hinter mir. Ich drehe mich herum und sehe Herrn Steinbach an einer Wand lehnen.

Jetzt, wo wir allein in diesem Klassenraum sind, hat sich sein ganzes Wesen gewandelt. Er ist nicht mehr der nahbare Marc, der die Fragen irgendwelcher Schüler beantwortet. Nein. Stattdessen ist er jetzt Herr Steinbach, der die Interessen seines Kaisers verfolgt.

Und dennoch sieht er mich nicht an, als hätte ich Hochverrat begangen, sondern ehrlich interessiert. Trotzdem zögere ich. Ich habe vorhin schon zu viel gesagt und vermutlich wäre es besser, wenn ich nun endgültig nichts mehr von mir gebe. Auch wenn mir das echt schwerfällt.

„Bitte entschuldigen Sie mich, Herr Steinbach, ich muss in den Unterricht."

„Können Sie mir darauf keine Antwort geben, weil Sie einfach nur frustriert sind und es am Kaiser auslassen? Oder wollen Sie mir keine Antwort geben, weil Sie Sorge haben, ich könnte Sie wegen Majestätsbeleidigung hängen lassen?"

Meine Augen weiten sich und ich schlucke den Kloß in meinem Hals herunter. Er hat einen sehr guten Durchblick. Vermutlich muss man das haben, wenn man so nahe am Kaiser ist.

„Sie sind nicht bloß ein Berater, richtig? Ihre Beobachtungsgabe … die Kombinationsfähigkeit … Als müssten Sie die Umgebung immer genau im Blick behalten und jede noch so kleine Veränderung wahrnehmen. Sie sind einer seiner persönlichen Beschützer, nicht wahr? Deshalb schätzt er Ihre Meinung auch so. Und dann denken Sie wirklich, dass ich so dumm wäre, Ihnen zu sagen, was mich stört?"

Ich sehe in seinen Augen, dass ich Eindruck auf ihn gemacht habe. Irgendwie werde ich das Gefühl nicht los, dass er stolz auf mich ist. Aber das ergibt gar keinen Sinn. Wieso sollte jemand Wildfremdes stolz auf mich sein? Nur, weil ich mich traue, Dinge anzusprechen, die sich sonst niemand anzusprechen traut?

„Touché." Sein Grinsen ist geheimnisvoll und mir läuft ein kalter Schauer über den Rücken. Vermutlich ist er niemand, mit dem man sich anlegen sollte.

Seine schmächtige Statur und der Anzug lassen ihn wie einen ganz normalen Berater aussehen. Vermutlich versteckt er darunter ein paar beträchtliche Muskeln. Aber es hätte mir schon an seinem Militärhaarschnitt auffallen sollen. Kein Berater trägt seine Haare so. Sie wollen vertrauenserweckend aussehen und nicht schnittig.

„Einen schönen Tag noch", sage ich in die Runde, bevor ich mich schleunigst aus dem Staub mache.

Ein seltsames Gefühl macht sich in mir breit und ich bin noch nicht sicher, ob es ein gutes oder schlechtes ist. Aber es frisst sich durch meine Eingeweide.

Ich liege schon eine Weile im Bett. Die Müdigkeit zerrt an mir, aber meine Gedanken wollen nicht zur Ruhe kommen. In meinem Kopf drängt sich schon das dritte Mal ein Ohrwurm, den ich wohl im Laufe des Tages gehört habe.

Mein Smartphone vibriert.

Ich öffne meine Messenger-App und sehe eine unbekannte Nummer.

„Wenn dir der Kuss auch gefallen hat, komm in einer Stunde zum Parkplatz. Ich warte dort auf dich."

Plötzlich bin ich hellwach und setze mich auf. Obwohl ich in den letzten Wochen drei Jungs geküsst habe, weiß ich sofort, von wem die Nachricht ist.

Denn nur bei einem ist er noch frisch. Wenn er sich mit mir am Parkplatz treffen will, bedeutet das, dass er irgendwo mit mir hinfahren will, oder?

Mein Herz tanzt in meiner Brust. Was ziehe ich an? Abgesehen von meinen weiten, bequemen Sachen habe ich nichts Außergewöhnliches. Nichts, was ihn beeindrucken könnte. Will ich ihn beeindrucken? Muss ich das?

Eine halbe Stunde später schleiche ich aus dem Wohnheim. Es ist fast Mitternacht und weil morgen wieder Unterricht ist, liegen die meisten bereits in ihren Betten und schlafen. Nur aus vereinzelten Fenstern scheint noch Licht. Es ist dunkel, der Wind zerrt an meinen Haaren und meiner Kleidung. Ich schlinge meine Arme um mich, denn es ist kälter als gedacht.

Auf dem Parkplatz gehe ich zum weißen Range Rover von Jas und sehe ihn bereits im Wagen sitzen.

Lächelnd winkt er mich heran und die unbewusste Anspannung fällt von mir ab. Unbewusst war ich mir wohl nicht sicher, ob die Verabredung ernst gemeint war.

Schnell steige ich ein und sehe ihn an. „Was hat das zu bedeuten?"

Er lächelt charmant und geheimnisvoll. „Du und ich haben jetzt ein Date, Liebes."

In meinem Magen kribbelt es, als hätte jemand eine Wunderkerze entzündet. Mit Cas war ich nie auf einem Date, aus bekannten Gründen. Das heißt, das hier ist mein Allererstes. Und das mit einem Typen wie Jas. Gutaussehend, beliebt, charmant und ein Arsch.

Aber seit ich ihm vor das Auto gelaufen bin, ist er viel umgänglicher als zuvor. Oder ist es eher der Kuss, der alles geändert hat?

Er besteht darauf, dass ich mich anschnalle, und erst dann startet er den Motor und rollt aus der Parklücke. Während der Fahrt wirft er mir immer wieder verstohlene Blicke zu, die mich ganz nervös machen. Dieser Mann ist viel zu intensiv.

„Wo fahren wir hin?"

Der Blick, der mich daraufhin trifft, ist so bezeichnend, dass ich mir auf die Unterlippe beiße und es in meinem Unterleib zieht.

„Hast du schon mal etwas Verbotenes getan?"

Ich runzele dir Stirn. Er hat doch nicht vor, etwas Illegales zu tun, oder? Will er mich in ihr Geheimnis einweihen? Aber Enzo sagte, es sei nichts Schlimmes.

„Was hast du vor?" Zittert meine Stimme etwa?

Jas sieht mich kurz von der Seite an, bevor er sich wieder auf die Straße konzentriert. „Gerade bin ich im Begriff, mir etwas zu nehmen, was ich will, auch wenn ich es nicht darf."

Ein Schauer durchfährt mich. Seine Worte verursachen etwas in mir, von dem ich mir nicht sicher bin, ob ich es mag. Einerseits klingt es heiß. Andererseits wirft es eine Frage auf.

„Mit anderen Worten, das hier ist verboten?"

„Das Geheimnis, von dem du nicht einmal wissen solltest, dass es eines gibt, erlaubt es mir nicht, Dinge zu tun, die ich gern tun würde. Deshalb darfst du auch niemandem von unserem Kuss oder von heute Nacht erzählen. Und Enzo darf es schon gar nicht erfahren. Okay?"

Ich sehe ihm tief in die Augen und nicke langsam. Was ist das bitte für ein Geheimnis? Wieso dürfen sie nicht tun, was sie wollen? Hatte Rapha nicht auch sowas in der Richtung gesagt und dass er keinen Bock mehr darauf habe?

Jetzt klingt es nicht mehr so, als wären sie in etwas Kriminelles verwickelt, sondern eher danach, als würden sie erpresst oder ihre Leben fremdbestimmt. Aber doch nicht von ihren Pflegeeltern, oder?

„Wird dir etwas passieren, wenn jemand von heute erfährt?"

Seine Augen sind so unergründlich und trotzdem erkenne ich die Wahrheit schon in ihnen, bevor er nickt. Meine Nackenhaare richten sich auf. Ich will mir das gar nicht vorstellen. Es klingt schrecklich.

„Und warum tust du es trotzdem und bringst dich in Gefahr?"

Endlich lächelt er wieder und ich fühle mich direkt besser. „Weil du es wert bist."

Ich erstarre. Mein Herz rast. Hat er das gerade wirklich gesagt? Nach all den Jahren des Spotts kann ich kaum glauben, dass er es ernst meint.

Und wie soll ich mich jetzt verhalten? Was erwartet er? Unser Kuss war toll und ich würde ihn sicher nicht von der Bettkante stoßen. Sicher weiß ich auch, dass da eine Verbindung zwischen uns ist, die sich gut anfühlt. Aber das hier war fast eine Liebeserklärung. Bin ich bereit für solch tiefgehende Gefühle - nach so kurzer Zeit?

Bevor ich über so etwas nachdenke, sollte ich vielleicht erstmal ihr Geheimnis lüften, um zu sehen, ob ich damit leben kann, was ihn so bindet. Ich will meine Gefühle nicht an jemanden verlieren, der mir weh tut. So wie Cas es getan hat.

„Was hältst du davon, wenn wir gemeinsam etwas Verbotenes tun?"

Das Auto hält in einer Seitenstraße eines Wohnviertels. Ich sehe mich verblüfft um, erkenne aber nichts als Wohnblöcke.

„Ich bin mir nicht sicher, worauf das hinausläuft."

Er lacht leise, steigt aus, geht um seinen Wagen herum, nur um mir kurz darauf die Tür zu öffnen und die Hand hinzuhalten. Mit einem Mal komme ich mir wichtig und bedeutend vor.

Ich ergreife seine Hand. Ein Blitz durchzuckt mich. Unsere Augen finden zueinander. Dann beugt er sich vor und haucht mir einen Kuss auf den Handrücken. Meine Brust schwellt an und mein Atem stockt.

Er hilft mir hinaus und anstatt mich wieder loszulassen, verschränkt er seine Finger mit meinen. Über die Fernbedienung schließt er seinen Wagen ab und dann spazieren wir durch die Nacht.

Es ist still um uns herum. Man hört weder Hundegebell noch irgendwelche Autos in der Ferne. Nur das Rauschen der Blätter im Wind. Ich lasse mich von ihm führen, bis wir vor einem flacheren Gebäude stehen bleiben. Ich erkenne es sofort. Es ist ein Spiel- und Spaßbad.

„Bist du bereit für den Nervenkitzel deines Lebens?"

Mit geweiteten Augen sehe ich zu ihm auf. „Da willst du mit mir rein? Haben die keine Alarmanlage?"

Ich kann es gar nicht richtig fassen. Jas will mitten in der Nacht mit mir in ein Schwimmbad einsteigen? So wie in diesen ganzen Teenie-Liebes-Filmen? Ich weiß nicht, ob ich das romantisch oder einfach nur klischeehaft finden soll. Aber ich weiß, dass mir der Gedanke daran, mit Jas hier ganz allein zu sein, wahnsinnig gut gefällt.

Er lächelt mich überlegen an. „Klar haben sie eine. Aber ich kenne jemanden, der jemanden kennt. Wie dem auch sei." Jas hält einen Schlüsselbund in die Höhe. „Wenn du möchtest, dann haben wir heute

Nacht das Schwimmbad ganz für uns allein."

Die Aufregung frisst sich durch meinen ganzen Körper. Will ich das machen? Bin ich bereit dazu? Was, wenn uns jemand erwischt? Day würde mich köpfen. Andererseits ist die Vorstellung ziemlich verlockend.

Ich grinse ihn an. „Lass es uns tun."

Also schließt er auf, geht geradewegs zur Alarmanlage, entsichert sie und wir treten ein. Als hätten wir uns abgesprochen, ziehen wir gleichzeitig unsere Schuhe aus und gehen in den Vorraum mit den Spinden, von dort durch die Duschräume und dann geradewegs in die Halle.

Es ist stockdunkel und das einzige Licht kommt von den beleuchteten Fluchtwegschildern und der Taschenlampe von Jas' Smartphone. Irgendwie ist es ziemlich unheimlich, aber die Wärme von unserer Berührung vertreibt die Gänsehaut effektiv. Der Chlorgeruch ist stark, aber er erinnert mich an Enzo. Wie ich in seinen Armen liege, nachdem er mich aus der Abstellkammer gerettet hat.

Es ist verdammt ruhig. Normalerweise versteht man kaum sein eigenes Wort, weil die Schreie der Kids so laut sind, dazu das Wassergeplätscher und was nicht alles. Aber bis auf leise Maschinengeräusche ist nichts zu hören.

Anstatt auf das Becken zuzugehen, das flach beginnt und tief endet, geht er mit mir daran vorbei und direkt zum unbeheizten Schwimmerbecken mit den abgetrennten Schwimmbahnen.

Er steuert eine Liege an und schaltet das Licht ab, sobald er sie erreicht hat.

„Warum machst du das Licht aus? Man sieht doch kaum was."

„Möchtest du, dass von außen jemand auf uns aufmerksam wird?"

Aufregung rauscht durch meinen Körper. Wir sind wirklich hier eingebrochen. Auch wenn er einen Schlüssel hat, ändert das gar nichts daran, dass wir unerlaubterweise hier sind.

Wir stehen uns gegenüber, ich sehe seinen Umriss in der Dunkelheit. Doch im nächsten Augenblick scheint mehr Mondlicht durch die Fenster und ich kann ihn besser betrachten.

Er hebt seine Hände und streckt sie nach mir aus. Unschlüssig stehe ich dort, beobachte ihn. Dann öffnet er den Reißverschluss meiner Sweatshirtjacke. Überrascht sehe ich ihn an. Hitze breitet sich in mir aus.

Vorsichtig schiebt er sie mir von den Schultern. Mit einer einzigen Bewegung schüttele ich mir die Jacke von den Armen und sie fällt zu Boden.

Ich sehe sein Schmunzeln. Er sieht mir nicht in die Augen, sondern betrachtet meine Schulter. Seine Hand legt sich darauf und ganz langsam gleitet sie hinab bis zu meiner.

Ich erzittere und seufze. Das Gefühl ist zu schön. Diese Geste ist so simpel und trotzdem so intim.

Er streichelt sich wieder hinauf, über mein Schlüsselbein und dann den anderen Arm runter. Ich schließe meine Augen, um die Berührung zu intensivieren.

Er wiederholt das Ganze und diesmal verschränkt er unsere Finger miteinander. Ich zucke zusammen, als er sanft über meinen Mund streicht.

Geradezu ehrfürchtig sieht Jas mich an. Als könnte er nicht glauben, hier mit mir zu stehen. Und wenn ich ehrlich bin, dann kann ich es auch nicht ganz glauben.

Dann sind seine Finger fort und er zieht sich die Hose aus.

O Gott. Mir wird schlagartig heiß. Während er sich seines Oberteils entledigt, stehe ich stocksteif da und starre ihn an. Ich ahne, dass, wenn ich mit ihm ins Wasser komme, mehr passieren wird als bloß ein unschuldiger Kuss. Mehr als ein paar zärtliche Berührungen. Will ich das?

Am Rand sitzend, sieht er zu mir auf. „Kommst du auch mit rein, Liebes?" Dann lässt er sich hineingleiten und ich zögere keine weitere Sekunde.

Schnell ziehe ich mich aus und setze mich wie Jas zuvor an den Beckenrand. Kaum, dass meine Füße das Wasser berühren und ich mit den Beinen eintauche, klappern meine Zähne aufeinander. Es ist kälter als erwartet.

Nach einiger Überwindung lasse ich mich hineingleiten und stöhne wegen der Temperatur.

Jas ist sofort bei mir. Sein Atem trifft auf mein Gesicht. Wir sehen uns an. Mir wird sofort warm. Er packt mich dann an den Hüften und zieht mich an sich heran. Mich würde es nicht wundern, wenn wir das Becken aufheizen. Diese Spannung zwischen uns ist kaum zu ertragen. Seine linke Hand legt er an meine rechte Wange und ich vergesse fast das Atmen.

Einatmen. Ausatmen. Einatmen. Ausatmen. Wieso fällt es mir auf einmal so schwer?

Ich lasse ihn nicht aus den Augen. Unsere Köpfe nähern sich langsam. Millimeter vor meinen Lippen stoppt er. Alles in mir zieht sich zusammen. Ich will nur noch, dass er mich küsst.

Diese Nähe bringt mich um. Es fühlt sich an wie vor einem Orgasmus, wenn sich alles in einem zusammenzieht, alles kribbelt und man nur noch die Erlösung will.

Diese Nähe, ohne ihm wirklich nahe zu sein, macht mich verrückt. Ich will ihn küssen, berühren, ihn fühlen. Alle Nervenenden in mir erwachen und drängen mich ihm entgegen.

Also umschlinge ich ihn mit Armen und Beinen, schmiege meinen weichen Körper an seinen durchtrainierten, ohne unsere Lippen dabei zu vereinen.

Er keucht dunkel und dieses Geräusch setzt mich unter Strom. Seine Erregung drückt sich gegen meinen Eingang und lässt mich erzittern. Mit beiden Händen packt er meinen Hintern und drängt mich noch enger an sich. Ich stöhne und kralle meine Finger in seine Schultern. Er zuckt zusammen.

„Entschuldige", murmele ich gegen seine Lippen.

„Schon okay", raunt er mit einer Stimme, die meinen Magen sich verkrampfen lässt. Wenn seine Sprechstimme schon nach Sex klingt, dann ist sie nichts im Vergleich zu seiner Fick-Mich-Stimme. Ich könnte auf der Stelle zu sabbern anfangen.

Er strampelt sich ziemlich ab und schluckt immer wieder Wasser. Deshalb presst er mich gegen das Becken. Denn dort findet er nicht nur mit den Füßen Halt, sondern kann sich zusätzlich mit den Händen am Beckenrand festhalten.

„Ist es okay, wenn ich dich küsse?"

Seine Frage macht mich sprachlos. Er presst seinen Schwanz an meine Muschi und fragt allen Ernstes, ob er mich küssen dürfe? Dabei war er noch derjenige, der sagte, er wolle mich nicht küssen.

„O Baby. Ich will, dass du noch ganz andere Dinge mit mir anstellst."

Einige Sekunden passiert nichts, er starrt mich bloß an. Dann zuckt sein Schwanz freudig und schickt heiße Schauer durch mein Lustzentrum. Fast rechne ich nicht mehr mit einer Reaktion, da packt er meinen Hinterkopf, vergräbt seine Finger tief in mein Haar und küsst mich, als würden wir sterben, wenn wir einander nicht hätten. Als wäre ich seine langersehnte Freiheit.

Unser Kuss ist stürmisch und feucht wie ein Sommersturm. Mein Herz spielt verrückt, mein Magen dreht sich um und die Schmetterlinge flattern wild drauflos.

Plötzlich und ohne Vorwarnung dringt er in mich ein und ich stöhne laut auf. „O Gott, ja!"

Unter meinen Händen merke ich seine Anspannung, die meiner in nichts nachsteht. Sein Schwanz füllt mich bis zur Gänze aus und es ist wunderbar. Er beißt sich auf die Unterlippe, was ich echt heiß finde.

Ich genieße das Gefühl, ihn in mir zu haben. Trotzdem bin ich so aufgeheizt, dass ich mehr will. Wenn man nachts in ein Schwimmbad einbricht, nackt badet, dann will man keinen Blümchensex.

Ich beuge mich zu seinem Ohr vor. „Fick mich."

Er stöhnt kehlig. Und als hätte er nur auf den Startschuss gewartet, zieht er sich aus mir zurück, um sich daraufhin wieder komplett in mir zu versenken. Ich keuche. Meine Mitte prickelt.

„Nina. Nina", stöhnt er mir mit jedem Stoß ins Ohr.

Seine Worte kribbeln durch meinen ganzen Körper, erreichen mich überall. Auch wenn es nur ein Wort ist, sagt es mir alles, was ich wissen muss.

Schon nach kurzer Zeit hält er sich nicht mehr zurück. Sein Atem geht immer schneller. Es wird nicht mehr lange dauern, bis er kommt. Als würde er dasselbe denken wie ich, öffnet er seine Augen, sieht mir tief in meine und legt einen Daumen auf meine geschwollene Perle. Verzückt stöhne ich auf und werfe meinen Kopf in den Nacken.

Viel zu schnell beginnt sich alles zusammenzuziehen. „Baby, gleich ..."

Kaum raune ich die Worte, ist es schon um mich geschehen. Mein Orgasmus ist heftiger als je zuvor. Nur am Rande bemerke ich, dass Jas innehält. Ist er auch gekommen?

Erschöpft lege ich meine Stirn auf seine Schulter, atme sein Parfüm und das Chlor ein und beiße sanft in seine Haut. Er stöhnt laut auf und fickt mich mit kurzen, schnellen Stößen.

Davon angespornt, beiße ich fester zu und er erzittert am ganzen Körper. „O Liebes, mach's nochmal."

Wie aufregend. Es macht ihn scharf. Das mitzubekommen, macht auch mich ganz heiß.

Zwischen zwei Stößen beiße ich ihn erneut und das gibt ihm den Rest. Mit aufeinandergepressten Lippen kommt er und lehnt seine Stirn gegen meine. Dort, wo mich sein Atem trifft, wird es warm und eine Gänsehaut ergreift mich von Kopf bis Fuß. Das war das Geilste und Aufregendste, was ich jemals getan habe.

Als er sich beruhigt hat und mich wieder ansieht, umfasse ich sein Gesicht und küsse ihn.

Im Augenwinkel bemerke ich eine seltsame Lichtreflexion. Ich drehe meinen Kopf in die Richtung und irgendwo schlägt eine Tür zu.

„Scheiße", fluchen wir gleichzeitig.

Wir hieven uns aus dem Becken, ziehen uns schnell etwas über, greifen nach den restlichen Sachen und suchen nach einem Fluchtweg.

„Hallo? Ist da jemand?"

Ein kurzer Blick zu Jas reicht, um zu wissen, dass wir am Arsch sind. Verflucht. Wie sollen wir unbemerkt verschwinden? Ich sehe mich in allen Richtungen um. Der einzige Weg zum Haupteingang führt durch die Duschräume, von wo der Sicherheitsdienst zu kommen scheint.

Dann fällt mir die Tür zum Außenbereich auf. Auch wenn es im ersten Moment wie eine Sackgasse erscheint, können wir über die Mauer klettern und dann verschwinden.

Ich stoße Jas in die Seite und deute darauf. Er versteht. Meine Hand fest in seiner, zieht er mich hinter sich her, kramt den Schlüssel mit der anderen aus seiner Hosentasche und lässt ihn fallen.

Das Geräusch klingt in meinen Ohren viel lauter, als es wahrscheinlich ist. Ich drehe mich herum, um zu sehen, ob wir bereits entdeckt wurden. Aber noch ist die Taschenlampe hinter der Glastür des Duschbereichs zu sehen.

Gerade als Jas die Tür aufstößt und uns kalte Luft entgegenströmt, kommt der Securitytyp herein und braucht keine zwei Sekunden, um uns auszumachen.

„Hey, ihr. Stehen bleiben!"

Natürlich tun wir das nicht. Wir laufen los und verlieren dabei den Handkontakt. Über meine Schulter sehe ich, dass auch er losläuft. Fuck, fuck, fuck.

„Schnell, schmeiß deine Sachen über die Mauer."

Ich gehorche blind. Jas wirft seine Sachen ebenfalls rüber und dann hält er mir seine Hände hin. Es ist wirklich nett, dass er mir Hilfestellung geben will, aber das würde viel zu viel Zeit kosten.

„Nun mach schon", zische ich, springe hoch, greife nach der Mauer und ziehe mich daran hinauf. Jas ist direkt hinter mir und wir entkommen im letzten Moment.

Weil wir nicht wissen, ob der Security-Mann uns verfolgen wird, laufen wir so schnell wir können durch die dunklen Straßen. Halbnackt und ohne Schuhe.

Erst als wir beim Auto sind und alles ruhig bleibt, atmen wir erleichtert aus. Dann kann ich nicht anders, als schallend zu lachen. Kurz sieht er mich verwirrt an, kann dann aber ebenfalls nicht mehr an sich halten. Wir wurden erwischt und sind dann halbnackt davongelaufen.

So haben wir uns das ganz sicher nicht vorgestellt. Aber es gefällt mir, dass wir beide darüber lachen können.

Nur der Gedanke an das, was wir kurz vorher getan haben, lässt das Lachen abebben und treibt mir die Hitze auf die Wangen. Es war gut. Und ich will mehr. Deshalb beuge ich mich vor, um ihn erneut zu küssen.

„Am besten, ich fahre dich jetzt zurück."

Diese Abfuhr sitzt. Ich lasse mich wieder im Sitz zurückfallen. Gut, dann halt nicht. Frustriert seufze ich auf. Was für ein abruptes Ende. Aber er hat recht. Wir sollten unser Glück nicht herausfordern und morgen ist wieder Unterricht.

Wir ziehen uns an und mir fällt auf, dass mein Tanga fehlt. Also steige ich ohne in meine Hose und Jas fährt los. Wie peinlich.

Eine halbe Stunde später bin ich wieder in meinem Zimmer, liege im Bett und lasse die vergangenen Stunden Revue passieren. Ich hatte Sex. Mit Jas. Und es war heiß.

Wenn ich es gut anstelle, könnten wir es wiederholen. Überglücklich starre ich an die Decke. Mein Körper besteht aus einem einzigen Glücksgefühl.

Etwas vibriert. Ich greife auf meinen Nachttisch und sehe Jas' Nummer auf dem Display meines

Smartphones leuchten. Ich höre mein Blut in den Ohren rauschen.

Mit zittrigem Finger nehme ich den Anruf an.

„Ja?"

„Hat dir unser kleiner Ausflug gefallen?"

„Ja."

Ich grinse. Er lacht, weil meine Antwort viel zu schnell kommt. Aber es gibt nichts, worüber ich erst nachdenken müsste.

„Dann hat es sich gelohnt. Ich wünsche dir eine gute Nacht, Liebes."

Bei dem Gedanken daran, dass er gleich auflegt, bekomme ich Panik. Ich möchte nicht allein sein. Nicht jetzt, wo ich seine Stimme nochmal hören darf.

„Bitte bleib dran. Können wir die ganze Nacht telefonieren?"

Wieder dieses kehlige Lachen, was mir ein gutes Gefühl gibt. „Und wenn wir einschlafen?"

„Dann können wir den Atemzügen des anderen lauschen."

„Gut. Wie wäre es, wenn wir einen Videocall machen?"

Mein Herz hüpft aufgeregt in meiner Brust. Das ist viel besser.

„Ja, das würde mich freuen."

Er legt auf und kurz darauf klingelt es erneut. Ich nehme ab und sehe das wunderschöne Gesicht von Jas vor mir. Wir lächeln uns an. Keiner von uns ist noch fit genug, um ein Gespräch zu führen, weshalb wir uns in die Kissen kuscheln, unsere Smartphones irgendwo anlehnen und uns bloß ansehen, bis unsere Augen zufallen.

„Nina."

Ich murre verschlafen. „Nina."

„Leni, lass mich schlafen."

Ein dunkles Lachen ertönt und die Müdigkeit ist schlagartig weg. Ich schlage meine Augen auf und suche nach meinem Smartphone. Es ist unter die Decke gerutscht, aber der Anruf ist noch nicht wieder unterbrochen worden. Alle zwei Stunden mussten wir uns wieder anrufen, aber Jas hat sich nicht beschwert.

„Guten Morgen, Liebes."

Jas sieht mir putzmunter aus meinem Smartphone entgegen. Während ich total verschlafen blinzele, sieht er frisch, erholt und befriedigt aus. Und geduscht, wenn ich mir die nassen Haare ansehe.

Mit der rechten Hand fahre ich mir kurz durch meine und lächele ihn verlegen an. „Guten Morgen?", frage ich mehr, als dass ich es sage. Wieder dieses Lachen, das mir so unter die Haut geht. Dann setze ich mich aufrecht hin.

„Hast du mich mit unter die Dusche genommen?"

Er grinst schief. „Klar, aber du hast alles verschlafen."

„Wie schade." Ich lasse mich zurück in die Kissen fallen und sehe ihn mit einem Schmollmund an. „Hoffentlich kann ich dich bald mal bei mehr Licht betrachten."

Jas bekommt einen verträumten Ausdruck in den Augen. Sieht also nicht so aus, als hätte er etwas dagegen. „Da lässt sich bestimmt was machen", entgegnet er und zwinkert mir zu.

„Ich freue mich drauf."

„Ich mich auch."

Wir lächeln uns an, verabschieden uns und legen auf. Kurz drücke ich das Smartphone an meine Brust und spüre, wie mich die Glückseligkeit durchströmt.

Doch kaum drehe ich mich um, da zerplatzt die kleine Blase. Geschockt sehe ich den Geist an, der vor mir steht. Ich erkenne ihn sofort, obwohl er älter aussieht. Mir wird das Herz schwer und ich springe aus meinem Bett.

„Was?", frage ich krächzend, weil der Frosch in meinem Hals festsitzt. „Das kann unmöglich sein. Was ist passiert?"

Vic sieht mich mitleidig an und ich begreife, dass es wirklich wahr ist. Ich renne zu ihm und falle ihm in die Arme.

Er wirkt überrascht, dann verwirrt und schließlich versteht er, dass er mich berühren kann und ich ihn. Ich weine an seiner Brust, weine um einen guten Freund aus meiner Kindheit, während er mich hält und mir über die Haare streicht.

Ich will das gar nicht wahrhaben. Es war ein schwerer Schlag, als er unsere Clique vor Jahren verließ, weil er wegzog, und nun musste er so jung sterben?

„Nina?"

Ich drehe mich um, wische mir über die Augen

und entdecke Leni auf meinem Bett sitzen. Sie deutet auf den Platz neben sich und ich tue, was sie möchte. Es ist angenehm, nicht nachdenken zu müssen.

Beruhigend nimmt sie mich in den Arm. Aber meine Augen liegen weiterhin auf Vic und werden direkt wieder feucht.

„Die Jungs haben dich angelogen, Nina. Ich bin damals bei einem Unfall ums Leben gekommen und alle waren der Meinung, dass es für dich besser wäre, dir zu erzählen, dass meine Familie in einer Nacht- und-Nebelaktion umgezogen ist."

Mein Herz stolpert. Ich starre ihn an.

„Du willst mir sagen ... du ... bist seit sechs Jahren ..."

Ich bringe es nicht über mich, es auszusprechen. Es ist falsch. So verdammt falsch. Ich springe auf. Das kann nicht wahr sein.

Dann laufe ich auf ihn zu, stoße ihn gegen die Brust und sehe zu ihm auf. „Du warst mein bester Freund. Wieso hast du mich nicht früher aufgesucht? Warum hat es mir keiner gesagt? Und wieso siehst du dann älter aus?"

Er legt seine Arme um mich und ich lasse mich in seine Umarmung fallen. Ich kann es nicht fassen. Dass er wegzog, ohne sich zu verabschieden, war mein Weltuntergang. Ihn jetzt tot vor mir zu sehen, ist, als würde man mir den Boden unter den Füßen wegreißen.

Ständig werde ich angelogen. Von jedem. Day. Den Royals. Cas. Keine Ahnung, von wem noch.

Ich habe es satt. In den letzten Jahren habe ich eindrucksvoll bewiesen, mit welchem Druck in Form von Mobbing und Ausgrenzung ich klarkomme, wieso also behandeln sie mich bei wichtigen Dingen wie ein zerbrechliches Püppchen?

„Ich war immer in deiner Nähe. Aber weil ich die Lüge nicht aufdecken wollte, habe ich mich dir nicht gezeigt. Ich wusste, du würdest mich erkennen. Auch wenn ich mein Aussehen daran angepasst habe, wie ich heute aussehen würde."

Ich nicke gedankenverloren. Das klingt absolut nachvollziehbar. Nur verstehe ich den Grund nicht, warum man mich überhaupt in dem Glauben lassen musste. Immerhin hätte ich angemessen trauern können. Der Beerdigung beiwohnen. Sein Grab besuchen.

Die Vorstellung lässt mich erzittern. Ihn vor mir zu sehen, macht meinem Gehirn weis, dass er nicht tot ist. Aber die Vorstellung, dass sein Körper in einer Kiste unter der Erde liegt, lässt den Druck auf meiner Brust zunehmen.

„Ich habe dich vermisst. Aber niemals hätte ich damit gerechnet, dich so wiederzusehen."

Vic lächelt schief. Es ist, als wäre er nie weggewesen. Noch immer ist er Teil der Royals. Das gehört zu ihm. Ihr Verhalten macht sie aus und unterscheidet sie von allen anderen.

„Komm, setz dich mal. Leni und ich müssen mit dir über etwas sprechen."

Ich sehe verwirrt zwischen ihnen hin und her.

Was genau ist hier los?

Weil sie mir offenbar nichts verraten wollen, ehe ich sitze und ich zu neugierig bin, um mich dagegen zu wehren, mache ich, was sie wollen. Also hocke ich mich zwischen ihnen eingekeilt auf mein Bett und weiß nicht, wen von ihnen ich ansehen soll.

„Was gibt es?"

„Wir möchten, dass du dich von den Royals fernhältst."

Stirnrunzelnd wende ich mich um. „Bitte was?"

Leni bedenkt mich mit einem liebevollen Blick. „Wir meinen es nicht böse. Aber sie spielen nur mit dir. Das mit Jasper vergangene Nacht, das hat ihm nichts bedeutet."

Fassungslos starre ich sie an und weiß überhaupt nichts zu sagen. Es beginnt, in mir zu brodeln, und ich will sie anschreien. Andererseits will ich ihr vertrauen, weil sie meine Freundin ist.

„Ich sehe, dass du ihn magst. Und ich möchte dich beschützen."

Die heiße Wut breitet sich in meiner Brust aus und verschlingt mich. Rein rational will ich ihr glauben, aber emotional bin ich schon zu sehr verstrickt.

„Sag mal, wo warst du eigentlich in letzter Zeit? Ich bin fast gestorben, wurde verfolgt. Habe mich mit dem Abgesandten des Kaisers angelegt und jetzt tauchst du endlich auf, um mir zu sagen, dass ich mich nicht in Jasper verlieben soll?"

Sie zuckt zurück und mir wird von hinten eine Hand auf den Rücken gelegt. „Beruhige dich. Wir wollen dir nichts Böses."

„Ich hatte zu tun. Es tut mir leid, dass ich nicht da war."

Lenis Gesicht ist aufgezehrt. Sie fühlt sich schuldig und schlecht und das ist, was ich wollte. Sie sollte sich schlecht fühlen, aber jetzt, wo sie es tut, will ich es wieder rückgängig machen.

„Ich wollte dich nicht verletzen. Du musst dich nicht entschuldigen. Das alles war nicht deine Schuld. Ich hätte es nicht an dir auslassen dürfen. Aber es wäre möglich, dass ich schon etwas zu tief drinstecke."

Leni nickt.

„Das wäre etwas, was ich eher von einem Mann erwarte zu hören", sagt Vic hinter mir und lacht.

Ich drehe mich um und haue ihm gegen den Oberarm. „Das ist nicht witzig." Er reibt sich die Stelle und ich schmolle gespielt.

„Sorry, Süße, aber du kannst mir nicht erzählen, dass du dich bereits in ihn verliebt hast. Er hat dich jahrelang verstoßen und verspottet und nur, weil er dir einmal schöne Augen macht, um mit dir ins Bett zu hüpfen, verfällst du ihm gleich?"

Seine Worte machen mich stutzig und lassen mich meinen Kiefer fest aufeinanderpressen. Er hat recht. Dass ich mich so schnell verliebe, ist nicht gesund.

Aber andererseits hat mir der Ausdruck seiner Augen alles verraten, was ich wissen muss. Nur ändert es nichts an seinem Verhalten. Die einzige Entschuldigung, die bisher von ihm kam, war von Enzo im Namen aller. Bin ich zu gutgläubig?

„Ich denke, ihr habt recht", murmele ich.

„Es ist nur zu deinem Besten, Mäuschen." Ich höre sie kaum, da ich zu tief in Gedanken bin.

Leni nimmt mich in den Arm und drückt mir einen Kuss auf die Schläfe. „Ich muss leider wieder los, aber wenn du möchtest, können wir heute Abend in Ruhe über alles reden. Hab dich lieb."

Damit löst sie sich in Luft auf und lässt mich mit Vic allein. Ich betrachte sein blondes, kinnlanges, verwuscheltes Haar und die markanten Gesichtszüge. Er ist wirklich ansehnlich und würde noch immer gut in die Truppe der Royals passen. Die Tatsache verknotet mir die Eingeweide. Das Leben ist unfair.

„Wieso zeigst du dich ausgerechnet jetzt?"

„Weil ich will, dass du das Geheimnis der Royals lüftest. Ich werde dir dabei helfen wie zuvor schon. Und ich möchte nicht, dass dich deine Liebelei mit Jasper davon abhält."

Meine Augen werden groß wie Untertassen. „Du bist der Geist, der mich zu den Orten geführt hat?"

Er nickt, zwinkert mir zu und verbeugt sich vor mir. „Immer zu Ihren Diensten, Mylady."

Ich kichere und verdrehe gespielt genervt die Augen. „Darf Enzo wissen, dass ich von dir weiß?"

Vic wird ernst, was auch mir das Lächeln vergehen lässt.

„Ja. Aber du solltest sie lieber nicht wissen lassen, dass ich dir helfe, ihr Geheimnis zu lüften. Ich will dich nicht in Schwierigkeiten bringen."

Ich nicke, obwohl ich keine Ahnung habe, wieso

mich seine Hilfe in Schwierigkeiten bringen sollte. Trotzdem vertraue ich ihm. Er weiß um das Geheimnis, kennt die Jungs besser als ich und war nie gemein zu mir. Wir waren wie Bruder und Schwester und haben alles geteilt. Ich wünschte, er wäre hier. So richtig.

„Wir sehen uns, Mylady."

Er greift nach meiner Hand und haucht mir einen Kuss darauf. Dann zwinkert er mir zu und löst sich kurz darauf in Luft auf.

Wie kann der schönste Start in den Tag eine derartige Wendung nehmen?

Kapitel 15

Nach einer belebenden Dusche ziehe ich mich an, greife nach meiner Tasche und verlasse mein Zimmer. Noch immer kann ich es nicht fassen.

Vic fehlt mir. Er hat es nicht verdient, totgeschwiegen zu werden. Das ist so bescheuert.

Weil Day nicht erreichbar ist und ich sie deshalb nicht mit meinem neuen Wissen konfrontieren kann, werde ich mir die Jungs vorknöpfen. Er war einer der ihren und sie haben ihn vergessen. Sie können sich auf was gefasst machen.

Ich hetze über den Campus, drohe immer wieder zu stolpern, aber fange mich rechtzeitig. Wenigstens habe ich jetzt Kunst bei Frau Reimann, da muss ich nicht nachdenken.

Ich bleibe stehen. Da kommen sie. Wie Könige stolzieren sie hocherhobenen Hauptes über den Campus auf den Haupteingang des Schulgebäudes zu. Sind wie immer von Dutzenden Mädchen umzingelt, die sie links liegen lassen.

Mein Blick wird magisch von Jas angezogen. Aber da Enzo dabei ist, versuche ich, mich auf das große Ganze zu konzentrieren, und das ist Vic.

Noch haben sie mich nicht gesehen und offenbar sind sie auch noch weit genug weg, sodass Enzo nicht in meinen Kopf eindringen kann. Wenigstens weiß ich jetzt, was mit Vic wirklich passiert ist und kann zu dem geschlossenen Buch werden, dass ich für ihn sein sollte.

Ich bin geladen, balle meine Hände zu Fäusten und beobachte die Royals mit Argusaugen. Da strauchelt Ina. Sie scheint gestolpert zu sein. Jas, der hinter ihr geht, fängt sie, bevor sie fällt.

Mein Herz rast, als wäre ich diejenige, die von ihm gerettet wurde. Ich spüre die Schmetterlinge in meinem Bauch, gleichzeitig aber auch die Stiche in meinem Brustkorb, wie durch ein Messer verursacht.

Er hält sie zu lange fest. Selbst von hier hinten bemerke ich Inas tiefen Blick, der ihn bittet, sie hier vor allen zu küssen. Mir wird schlecht. Alles, was er tun muss, ist, ihr beim Hinstellen zu helfen und weiterzugehen.

Doch dann greift sie in seinen Nacken und drückt ihre Lippen auf seine. Das Messer in meiner Brust wird gedreht. Ich presse meine Hand darauf, um den Schmerz weniger zu spüren, doch es hilft nicht.

Er schiebt sie nicht von sich, sondern macht mit. Sie küssen sich und ich habe das Gefühl, langsam zu verbluten. Ich keuche und als hätte er es auf die Distanz gehört, löst er sich von ihr und sieht auf.

Sein Blick trifft auf meinen. Er sieht nicht mal erschrocken aus, sondern starrt mich ausdruckslos an. Damit ich genau weiß, wo ich hingehöre.

Ich mache auf dem Absatz kehrt und laufe in das Gebäude. Das Messer steckt noch immer in meiner Brust und sorgt dafür, dass ich keine Luft bekomme. Wie konnte ich nur so dumm sein?

Natürlich haben Leni und Vic recht. Warum sollten sie mich auch anlügen, wo sie damit doch riskieren, bestraft zu werden, weil sie sich zu intensiv einmischen?

Nach Luft ringend, lehne ich mich in einem leeren Gang an eine Wand und schlage mir die Hände vors Gesicht. Wir hatten einen wunderschönen Abend und egal, ob er mir etwas vorgespielt hat oder nicht, er kann ihn mir nicht nehmen. Und alles Weitere wird rein platonisch sein. Auch wenn ich bereits Gefühle investiert habe, sind sie zum Glück nicht so tief, dass ich nicht mehr ohne ihn leben könnte. Zumindest rede ich mir das immer wieder ein. Es ist einfach eine neue Art, mir Schmerzen zuzufügen. Aber wer wäre ich, wenn ich das mit mir machen ließe?

Wie immer halten die Möchtegernprinzen es nicht für nötig, pünktlich zu erscheinen. Fünf Minuten nach dem Stundenbeginn treten sie ein. Aber Frau Reimann steht kurz vor der Rente und hat keine Nerven mehr, um etwas zu sagen. Sie hat schon vor zwei Jahren aufgegeben, weshalb jeder bei ihr macht, was er will.

Die Schüler quatschen – solange sie nicht zu laut sind, kein Problem. Die Schüler kommen zu spät – mir egal, solange sie den Unterricht nicht stören. In den Klausuren werden die Unterlagen offen hingelegt – ich tue so, als würde ich nichts merken, wenn du nicht so dreist bist, sie offen liegen zu lassen, wenn ich neben dir stehe.

Nicht unbedingt die beste Art, zu unterrichten, aber vermutlich denkt sie sich: warum noch aufregen?

Weil die Jungs wieder mit allem durchkommen, werde ich noch wütender. Der Druck in mir baut sich auf und die Bleistiftmine bricht ab. Ich halte inne und sehe auf den dunklen Fleck auf meinem weißen Blatt. Wenigstens ist nur die Mine gebrochen und nicht der ganze Stift.

Als Enzo an mir vorbeigeht, sehe ich ihn durch meine zu Schlitzen verengten Augen an. Er erwidert meinen Blick sichtlich verwirrt. Offenbar versteht er nicht, was mein Problem ist, und da ich über möglichst belanglose Dinge nachdenke, kann er meine wahren Gedanken nicht lesen.

Nur ganz kurz zucken meine Augen rüber zu Jasper, aber bevor sich unsere Blicke verbinden können, sehe ich runter auf mein Blatt und beginne endlich, die Skulptur, die wir eigentlich nachmalen sollen, zu skizzieren.

Immer wieder kreisen meine Gedanken um Vic und meine Wut um das Geheimnis seines Todes. Es ist nicht das Erste, was vor mir geheim gehalten wurde, und ich habe wirklich die Schnauze voll. Ich kann niemandem mehr trauen.

Jemand pikst mich in die Seite. Ich zucke zusammen und drehe mich um. Verwirrt sehe ich meinen Mitschüler an, will ihn anschnauzen, da erkenne ich das Zettelchen, welches er mir entgegenhält.

Mit aufeinandergepressten Lippen nehme ich den Zettel, drehe mich um und überlege, ob ich ihn öffnen soll. Ich lasse meinen Blick durch den Raum schweifen, um zu erkennen, von wem er kommen könnte. Niemand sieht auch nur in meine Richtung, bis ich an Enzos Augen hängen bleibe.

Meine Hand mit dem Brief zittert. Ich bin unschlüssig, ob ich ihn lesen soll oder nicht. Die Wut auf die Royals ist so präsent, dass ich ihn nur zu gern vor seinen Augen zerreißen würde. Aber Enzo schüttelt den Kopf. Was mich noch mehr in die Wut treibt.

Ich drehe mich wieder um, überlege hin und her und blöderweise siegt die Neugier. Also falte ich ihn auseinander.

Es war einfacher, dir nichts zu sagen. Aber wo du es jetzt schon weißt, können wir nachher gern in Ruhe darüber reden.

Meine Hand ballt sich und zerknüllt den Zettel. Ich springe auf und ziehe sämtliche Aufmerksamkeit auf mich. Vic taucht neben mir auf, aber ich ignoriere ihn und schmeiße den Papierball in Enzos Richtung.

„Er war mein bester Freund! Wieso habt ihr es verschwiegen?"

Für eine Unterrichtsstunde bei Frau Reimann ist es ungewöhnlich still. Jeder starrt mich an, aber ich ignoriere alle außer die Royals. Sie alle sehen mich erschrocken an, selbst Rapha. Nur Enzo weiß, warum ich die Fassung verliere.

„Was ist los, Wildkatze?"

„Das würde ich auch gern erfahren, Frau Greiffenberg. Setzen Sie sich wieder hin und klären Sie das in der Pause."

Ich ignoriere meine Lehrerin, auch wenn es ein schlechtes Gewissen in mir entfacht. Aber ich habe keine Zeit, bis zur Pause zu warten. Diese Wut frisst mir ein Loch in den Bauch.

„Nina, wir sollten das woanders klären …"

Ich funkele Enzo an. „Lass das", kreische ich. „Wir klären das hier und jetzt. Ihr habt mir und allen anderen gesagt, dass Vic umgezogen sei. Warum habt ihr das getan? Er ist gestorben und niemand hat es für nötig gehalten, die Wahrheit zu sagen."

Aus unterschiedlichen Richtungen wird scharf die Luft eingeatmet. Es ist totenstill. Nicht mal Frau Reimann sagt etwas. Dann fängt jemand an, zu lachen.

„Mach dich nicht lächerlich. Das ergibt gar keinen Sinn. Wieso sollten sie es geheim halten?"

Ich sehe Bella an und habe keine Lust, mich mit ihr auseinanderzusetzen. Außerdem verstehe ich selbst nicht, weshalb sie das tun sollten. Alles, was ich weiß, ist, dass es so ist.

„Rapha", knurrt Enzo, welcher offenbar schon wieder in all unseren Köpfen steckt.

Aber gerade gefällt es mir, dass Rapha seinen eigenen Kopf hat und nur tut, was ihm gefällt. Denn er sieht mich mit einem offenen Blick an, der mir verdeutlicht, dass er kein Interesse hat, mich weiter zu belügen.

„Er ist deinetwegen gestorben und alle Eingeweihten waren der Meinung, dass es besser ist, dir nichts zu sagen, damit du es nicht erfährst."

Mein Mund klappt auf und das Blut rauscht in meinen Ohren. Ich bekomme einen Tinnitus und seine Worte drehen sich in meinen Gedanken.

Er ist deinetwegen gestorben.
Meinetwegen?

Jetzt ist es an der Zeit, den Geist in meinem Nacken zu fixieren. Anstatt mich anzusehen, weicht er mir aus und blickt auf den Boden. Mir bleibt jegliche Luft weg. Tränen lassen meine Sicht verschwimmen.

Ich weiß nicht, ob ich bleiben soll, um mehr darüber zu erfahren. Oder ob es besser wäre, wenn ich so weit weglaufe wie möglich.

Doch die Entscheidung wird mir einfacher gemacht, als ich das Tuscheln meiner Mitschüler mitbekomme. Mit einem mulmigen Gefühl in der Magengegend sehe ich mich um, glaube, ihre verurteilenden Blicke als solche zu erkennen und möchte mich am liebsten übergeben.

Mein Blick gleitet zurück zu den Royals. Sie sehen mich mitleidig an, nur Rapha ist wie üblich genervt von mir und hat die Arme vor der Brust verschränkt.

Mir bleibt nur eins: Rückzug. Ich greife meine Sachen und stürme aus dem Raum. So viele Geheimnisse. So schmerzhaft, sie zu erfahren.

Ich laufe zu meinem Wagen, starte den Motor und fahre ziellos durch die Gegend. Vic taucht neben mir auf und legt seine Hand auf meine auf dem Schalthebel.

„Mach dir keine Vorwürfe."

Ich fahre an den Straßenrand, schalte den Warnblinker an und blicke tränenüberströmt zu ihm rüber.

„Was habe ich getan?"

Er seufzt und sieht aus dem Fenster, als müsste er sich erst daran zurückerinnern. „Du hast gar nichts getan. An meinem Todestag hast du mir geschrieben, dass du mich bräuchtest, weil es dir nicht gut gehe. Ich habe alles stehen und liegen lassen und bin auf die Straße gelaufen. So wie du letztens. Nur dass Jasper nicht zur Stelle war, um mich zu heilen. Der Fahrer hat Fahrerflucht begangen, aber man hat ihn bereits dafür bestraft. So gesehen war es also nicht deine Schuld. Trotzdem wollte es dir niemand zumuten. Du solltest lieber glauben, dass ich umgezogen bin."

An den Tag kann ich mich erinnern. Mehr, als mir lieb ist. Es war der Tag, an dem die Royals mir ihre Freundschaft gekündigt haben. Und weil Vic nicht auftauchte, glaubte ich, dass auch er nichts mehr mit mir zu tun haben wolle.

Daraufhin habe ich meine Haare abrasiert, meine Kleider zerrissen und sämtliche Mädchenspielsachen in den Müll geschmissen. Ich wollte kein Mädchen mehr sein in der Hoffnung, dann wieder zu ihnen dazugehören zu können.

Dabei war ich gern ein Mädchen und es hat mir weh getan, das hinter mir zu lassen. Heute ist mir nichts davon mehr wichtig.

Wichtig ist nur, dass ich mein Ziel, Moderatorin einer eigenen Radioshow zu werden, nicht aus den Augen verliere.

Weil es nicht meine Art ist, zu schwänzen, und ich nicht nachsitzen möchte, fahre ich, sobald ich mich gefasst habe, zurück zur Schule. Die vierte Stunde ist in ihren letzten Zügen und danach haben wir Mittagspause. Wenigstens etwas, auf das ich mich freuen kann: in den Keller zu meiner Crew zu gehen und die Schüler zu unterhalten. Vielleicht habe ich auch Glück und mein Ausbruch spricht sich nicht so schnell rum. Wenn doch, hoffe ich, dass sie mich nicht beschimpfen.

Kaum betrete ich das Schulgebäude, läutet es zum Stundenende und überall stürmen die Schüler auf den Flur, als würden die Räume sie ausspucken. Ich halte mich bedeckt, versuche, mit der Wand neben mir zu verschmelzen, während ich nach unten gehe. Das klappt auch ganz gut, bis ich unten meine Deckung aufgebe und direkt angesprochen werde. Auf eine wenig charmante Art und Weise.

„Warum konntest du nicht abwarten? Wieso bist du so stur und neugierig? Und musst direkt wieder ein Fass aufmachen? Keine Ahnung, wie die anderen in deiner Nähe überhaupt einen hochkriegen. Du nervst und das törnt mich nicht an, Babe."

Raphas Worte bewirken etwas in mir. Das ich ihn nicht antörne, ist mir herzlich egal. Aber dass er damit recht hat, dass ich zu neugierig und ungeduldig bin, stört mich.

Weil ich Rapha allerdings nicht recht geben will, ignoriere ich ihn. Das würde sein ohnehin zu großes Ego nur weiter aufblasen und das will ich nicht. Also lasse ich meinen Kopf sinken und gehe an ihm vorbei.

Er packt mich am Oberarm. Sein Griff ist bestimmend. Meine Augen richten sich auf die Stelle, an der er mich festhält. „Ich wäre dir sehr verbunden, wenn du mich loslassen könntest."

Er kommt einen Schritt dichter, sodass mir sein dezentes Aftershave in die Nase strömt. Anders als bei den meisten Jungs auf unserer Schule ist es nicht aufdringlich. Dafür riecht es unheimlich männlich.

„Lass mich los und komm mir nicht zu nah", wispere ich.

Er dringt in meinen persönlichen Raum ein und sein Gesicht hält dicht an meinem Ohr. Als hätte er überhaupt nicht gehört, was ich gesagt habe. Nur ist es mir aufgrund der unerwarteten und ungewollten Nähe kaum möglich, mich zu wehren. Stocksteif stehe ich da und kann nur abwarten, was als Nächstes passiert.

„Du bist so eine Heuchlerin, Babe. Du fühlst dich mir überlegen, aber soll ich dir etwas verraten? Das bist du nicht. Du bist keinen Deut besser als ich, auch wenn du es gern wärst."

Ich werde ganz kribbelig. Als hätte mein Körper nicht mitbekommen, dass mein Kopf alles andere als begeistert von ihm ist. Außerdem verstehe ich nicht, was er mir zu sagen versucht. Ich bin um Welten besser als Rapha. Ganz egal, wie er auf den Mist kommt, er braucht nicht versuchen, uns auf eine Stufe zu stellen. Viele sind besser als er.

„Was willst du damit sagen?", fauche ich ihn an, weil ich die Nähe nicht mehr ertrage. Genauso, wie ich seinen Atem nicht mehr an meinem Ohr und Hals spüren will.

„Ich will damit sagen, dass du so bist wie ich. Alles, was du an mir verachtest, machst du selbst. Du verurteilst mich für mein Sexualleben, dabei habe ich in letzter Zeit nur Bella gefickt. Auch wenn sie mich bereits langweilt. Aber du glaubst, in Mace verschossen zu sein, küsst Enzo und fickst Sam."

Es sieht so aus, als wolle er etwas hinzufügen, aber sein Mund bleibt verschlossen. Dafür steht meiner sprachlos offen. Glaubt er wirklich, was er gerade von sich gegeben hat?

„Wir haben nicht gefickt", ist alles, was ich zu meiner Verteidigung hervorbringe, was Rapha leise lachen lässt.

„Na gut, wenn das das Einzige ist, worin du mir widersprichst, verbessere ich mich: Ihr habt rumgemacht und wäret beinahe im Bett gelandet. Aber macht dich das trotzdem besser als mich? Du spielst mit meinen Freunden."

Mir wird schwindelig. Von dieser Seite habe ich das noch nie betrachtet. Meine Gedanken überschlagen sich, während ich darüber nachdenke, ob er recht hat. Aber ich spiele nicht mit ihnen. Enzo hat *mich* geküsst. Andererseits habe ich es mir gewünscht und ich weiß jetzt, dass er meine Bitte gehört und sie daraufhin erfüllt hat.

Sam habe ich auch geradezu dazu genötigt, mich zu küssen, obwohl er schon am Gehen war. Aber Sam hat kein Interesse an einer festen Beziehung. Nur ändert das etwas daran, dass ich mich wie eine Schlampe verhalte und von einem zum Nächsten springe?

Wenigstens weiß er nichts von Jas und mir. Das würde ihn nur weiter in seiner Behauptung bestätigen. Es reicht, dass ich mir mittlerweile schlimmer vorkomme als Rapha. Denn auch wenn er bis vor einer Weile nur mit den Frauen gespielt hat, hat er wirklich seit Monaten keine andere mehr an seiner Seite als Bella.

„Schön, dass du nicht widersprichst. Eigentlich hatte ich gedacht, du würdest wie immer dagegen angehen."

In mir tobt ein Wirbel aus Schuldgefühlen und Unglauben. Ich will es nicht wahrhaben und das macht es mir nicht leicht, cool zu bleiben.

Deshalb komme ich auch auf eine total irrsinnige Idee. Ich fixiere ihn und meine Lebensgeister erwachen von Neuem.

„Um unsere Diskussion zum Abschluss zu bringen: Was hältst du davon, wenn wir die Sache vom Paintball auf uns beide übertragen? Wir treten gegeneinander an und der Gewinner schuldet dem anderen eine Sache. Völlig egal, was es ist. Wenn du meinst, du wärst in allem besser als ich, sollte das für dich ein Kinderspiel sein."

Rapha runzelt die Stirn, als könnte er nicht begreifen, was er gerade gehört hat. Und auch ich kann nicht glauben, was ich von mir gegeben habe. Aber es jetzt zurückzunehmen, wäre, als würde ich den Schwanz einziehen, weil ich glaubte, nicht gewinnen zu können.

„Was stellst du dir vor?"

„Wir fahren ein Rennen."

Er denkt nach. „Abgemacht. Wenn ich gewinne, dann hältst du dich von mir und den anderen fern und sprichst mich auch nicht mehr an. Du kannst nicht gegen mich gewinnen und dann bin ich dich wenigstens los. Ein größeres Geschenk kannst du mir fast nicht machen."

Nun hebe ich meine Augenbrauen und sehe ihn überrascht an. Ich wusste nicht, dass ich ihm so sehr auf die Eier gehe.

„Was wünschst du dir denn mehr als das?" Ich höre selbst, dass meine Stimme kurz versagt, was die Hitze auf meine Wangen treibt. Aber Rapha ignoriert es, sieht mich prüfend an und sein Gesicht verliert jede Wärme.

„Das größte Geschenk wäre, wenn es dich nicht geben würde." Seine Stimme klingt dabei noch rauer als sonst und sein Blick ist durchdringend, sodass mir ein Schauer über den Rücken läuft.

Dass wir uns nicht mögen, wusste ich schon immer. Aber dass er mich so sehr hasst, dass ihn mein Tod nicht jucken würde, lässt mich schlucken. Hat er das so gemeint? Aber ganz egal wie, damit habe ich nicht gerechnet.

Auch wenn er mich damit aus dem Konzept gebracht hat, nenne ich ihm meine Bedingung.

„Wenn ich gewinne, erzählst du mir, was euer Geheimnis ist."

Er sieht mich kurz nachdenklich an, dann schlägt er ein.

Wir verabreden uns für Sonnenuntergang auf einem verlassenen Industriegelände in der Nähe und gehen unserer Wege.

Den ganzen restlichen Tag über habe ich Bauchschmerzen. Mir ist nicht wohl dabei, ein illegales Autorennen zu veranstalten. Und dann haben anscheinend ein paar Mitschüler etwas aufgeschnappt und scheinen ein Riesending daraus zu machen. Ich dachte, es wäre eine Sache zwischen Rapha und eventuell den Royals und mir. Nun bin ich mir gar nicht mehr sicher, ob das eine gute Idee war.

Auch Leni und Vic reden auf mich ein, dass das vollkommen verrückt sei, genauso wie die anderen Royals. Doch ich bleibe hart. Wenn Rapha nicht aufgibt, dann tue ich es auch nicht.

Kurz vor Sonnenuntergang fahre ich auf das Gelände, das bereits zugeparkt ist. Es ist, als wäre die gesamte Oberstufe am Start. Ich schlucke schwer, als ich das sehe.

„Du kannst noch immer aufgeben. Wenn es hier so laut ist und so voll, wird es nicht lange dauern, bis jemandem auffällt, dass wir unerlaubt hier sind und die Polizei gerufen wird."

Leni hat sich neben mir materialisiert und wirft sich das Haar nach hinten. Vic beugt sich von der Rückbank nach vorn und legt mir eine Hand auf die Schulter.

„Genau. Dreh um. Sie werden dich einen oder auch zwei Tage auslachen und dann ist es wieder vergessen. Nichts, wo du nicht drüberstehen könntest."

Sie haben recht. Ich bin mir dessen auch bewusst. Und obwohl ich ziemlich Muffensausen habe, habe ich meinen Entschluss gefasst und bleibe.

Ich fahre neben den Wagen von Rapha. Er sitzt halb auf seiner Motorhaube, Bella zwischen den Beinen und leckt sie ab. Ich sehe weg und begegne Jas' Blick, dem ich genauso schnell ausweiche. Enzo taucht an meinem Beifahrerfenster auf und klopft dagegen.

Mit zittrigen Fingern lasse ich es herunter und er stützt sich mit verschränkten Armen auf den Rahmen.

„Du willst es wirklich durchziehen?"

„Also, wenn ich es jemandem nicht erklären muss, dann dir."

Dann reicht er mir etwas durchs Fenster, was mich irritiert. „Ich möchte, dass du deinen Helm trägst. Mir war klar, dass du dich nicht davon abbringen lässt. Deshalb habe ich ihn geholt. Glaub mir, es war nicht einfach, Dainora eine vernünftige Erklärung dafür zu liefern, ohne dass sie Verdacht schöpft. Also erwarte ich im Gegenzug, dass du ihn auch trägst."

Die Gewitterwürmer sind wieder da und lassen meine Haut kribbeln. Nicht nur dass er sich offenbar

Sorgen um meine Gesundheit macht, sondern auch, dass er bei Day war, lässt mein Herz aufgehen. Was sie jetzt wohl denkt?

„Ich habe ihr gesagt, dass wir mit der Klasse Gokart fahren gehen und du gern deinen eigenen Helm dafür hättest."

„Und warum konnte ich ihn nicht selbst abholen?"

Nun grinst er über das gesamte Gesicht und es ist ein böses Grinsen. „Weil du nicht auf uns hören wolltest, dachte ich mir, dass du auch darunter leiden musst. Also habe ich ihr gesagt, dass du den Unterricht geschwänzt hast und deshalb nachsitzt."

„Was?"

Das ist doch unmöglich sein Ernst. Niemals hat er das gesagt. Doch er lacht und nickt. „Sie war alles andere als begeistert. Freu dich also auf die Standpauke."

Ich schlucke schwer. *Arschloch.*

Enzo grinst. „Immer wieder zu Euren Diensten, Chaos-Queen." Er zwinkert mir zu und entfernt sich von meinem Wagen.

Ich betrachte den Helm auf meinem Beifahrersitz. Sieht es lächerlich aus, wenn ich ihn trage? Vermutlich. Also lasse ich ihn unberührt liegen.

Mein Blick huscht über die aufgeheizte Menge und lässt das Blut noch schneller durch meine Adern rauschen. Worauf habe ich mich eingelassen?

Ich sehe rüber zu Rapha, der sich endlich von Bella gelöst hat und in seinen roten Lexus steigt. Als ich sehe, dass er sich einen Helm überstreift, zögere ich keine Sekunde länger und mache es ihm nach. Sollte etwas passieren und ich würde mir das Genick brechen, würde Day mir die Hölle heiß machen.

Sam stellt sich zwischen unsere Wagen und Rapha und ich lassen beide unsere Scheiben hinab.

„Zwei Runden um die Fabrik. Ihr solltet eure Augen aufhalten, weil nichts gesichert ist. Ich finde es total bescheuert, aber mich fragt ja keiner. Jas wird gleich das Startsignal geben und Mace hat eine rote Fahne aus einem T-Shirt gebastelt, um euch ins Ziel zu lotsen."

Wir nicken beide. Ich werfe noch einen letzten prüfenden Blick zu Rapha, der mich ignoriert und Jas zunickt. Ich mache es ihm gleich, schließe meine Scheibe und wir starten unsere Motoren.

Mein Herz will mir aus der Brust springen, da bin ich mir sicher. Etwas drückt auf meine Lunge und lässt mich schwerer Luft holen. Trotzdem liegt meine rechte Hand auf der Gangschaltung, mein linker Fuß tritt auf die Kupplung und der rechte auf die Bremse. Mein Körper steht unter Storm und ich bin bereit, jederzeit loszupreschen.

Da hebt Jas die Arme über den Kopf. Ich lege den ersten Gang ein und lasse den Motor aufheulen. Die Geräusche um mich verblassen. Ich achte nur auf die Flagge in seiner Hand. Da reißt er sie herunter und ich trete das Gas bis zum Anschlag durch.

Meine Reifen quietschen. Oder sind es Raphas? Es qualmt hinter uns und wir jagen über das riesige Gelände.

Rapha hat etwas Vorsprung, aber das werde ich

nicht lange zulassen. Ich schalte in den zweiten Gang. Mein Motor heult auf, klingt aber nicht mehr so beleidigt wie im ersten.

Wir heizen um die Kurven, müssen aufpassen, weil einige Lücken zwischen den Gebäuden ziemlich eng sind. Auf einmal weiß ich auch, was sie damit meinten, sie hätten nichts abgesichert.

Es ist dunkel, nur unsere Scheinwerfer geben etwas Licht. Und das Gelände sieht aus, als hätte man alles stehen und liegen lassen, bevor man es geräumt hat.

Die ganze erste Runde ist Rapha vor mir, weil ich zu vorsichtig bin und erstmal ein Gefühl für die Umgebung bekommen muss. Aber kaum sind wir wieder am Startpunkt, überhole ich ihn und lasse ihn weit hinter mir. Es ist, als hätte er Angst, alles zu geben. Oder will er mich gewinnen lassen?

Für ihn muss klar sein, was ich bei meinem Sieg von ihm wollen würde. Und da er die Schnauze voll von dem Vertrag hat, spielt es für ihn vermutlich keine Rolle, ob ich dahinterkomme oder nicht.

Aber die Aussicht darauf, dass ich ihn zukünftig komplett ignoriere, hat ihn gereizt. Warum sollte er das aufgeben?

Ich trete das Gaspedal durch. Es kommen nur noch zwei Kurven und dann die Zielgerade. Voller Euphorie und mit Blick auf den Sieg spüre ich erst gar nicht, dass sich etwas verändert hat.

Fast ist es, als würde ich gegen eine Wand fahren, ohne dass ich es wirklich tue. Alles ist wie sonst, nur mein Gefühl ist dumpf und seltsam. Unbeschreiblich.

Ich blicke in den Rückspiegel, aber sehe keine Lichter. Denn in dem Moment schießen sie an mir vorbei und ich habe keine Chance mehr, zu überholen. Auf der Geraden, wo alles wieder wie immer ist, gebe ich alles.

Ich bin knapp hinter Rapha. Hole auf. Wir sehen uns an. Und dann fährt er vor mir ins Ziel. Was zur Hölle war das? Ich hätte fast gewonnen. Es war so knapp. Was ist passiert?

Rapha steigt aus und die Menge jubelt ihm zu. Er lässt sich feiern, als hätte er gerade die Formel-1-Weltmeisterschaft gewonnen. Aber ich kann es ihm nicht verübeln.

Ich nehme den Helm ab und steige ebenfalls aus. Er kommt auf mich zu und reicht mir seine Hand. Sein Grinsen ist anders als sonst. Als hätte er mich reingelegt und ich würde es nicht checken.

Weil alles laut ist, habe ich keine Angst, dass man uns belauscht. Ich sehe ihm tief in die triumphierend glitzernden Augen.

„Du hast auch eine Gabe, nicht wahr?", frage ich flüsternd und er beugt sich wie heute Mittag zu meinem Ohr vor.

„Wie ich sehe, hast du gut aufgepasst. Du hattest nie eine Chance, Babe. Tut mir leid. Willst du wissen, was ich kann?"

Ich nicke an seinem Hals und kann es kaum erwarten.

„Ich beherrsche die Zeit. Wenn ich will, dass der Unterricht schneller vorbei geht, sorge ich dafür. Und wenn ich das Rennen gewinnen will, dann lasse ich deine langsamer laufen."

Mit großen Augen sehe ich ihn an. Dann war es das, was ich gespürt habe. In seinen Augen muss ich mich in Zeitlupe befunden haben, während für mich alles normal war. Bis auf dieses merkwürdige Gefühl in mir, als würde eine unsichtbare Wand mich aufhalten.

„Sehr nützlich", raunt er, bevor er auf Abstand geht.

Fassungslos starre ich ihn an. Wie konnte ich nur eine Sekunde glauben, ich hätte eine Chance? Aber wenn er es nicht getan hätte, hätte ich dann gewonnen?

Die Royals und Bella kommen auf uns zu. Natürlich schmeißt sie sich ihm gleich in die Arme und küsst ihn. Ich wende mich ab und will zurück in meinen Wagen. Da werde ich nochmal aufgehalten.

„Eine Sache noch, Babe. Ich möchte, dass du dich von nun an von mir fernhältst und wenn es nicht anders geht, dann quatsch mich nicht an und versuch gar nicht erst, mich zu analysieren, klar? Ich möchte das Gefühl haben, dass es dich gar nicht gibt."

Ich drehe mich zu ihm um. Sein Blick ist ernst. Bella grinst hämisch und die Royals stehen mit tief in den Hosentaschen vergrabenen Händen da und starren an mir vorbei. Ich schlucke schwer, weil ich nicht glauben kann, dass meine Existenz so schwer für ihn zu ertragen ist.

Dann nicke ich. „Von heute an ist es, als würde es dich gar nicht geben."

Seine Augen verengen sich zu zwei Schlitzen. „Du sollst nicht so tun, als würde es mich nicht geben. Sondern du sollst mir das Gefühl geben, dass es dich nicht gibt."

„Rapha", knurrt Enzo. Doch er ignoriert ihn, wie so oft.

Ich nicke hölzern, dann wende ich mich ab und steige in meinen Wagen. Was habe ich ihm bloß getan?

Ich habe das Gefühl, das sich seit gestern Abend etwas verändert hat. Eine ganze Weile kann ich es nicht benennen, aber dann fällt es mir wie Schuppen von den Augen.

Niemand lacht mich aus und es wird nicht wie sonst getuschelt. Mir werden keine Beine gestellt. Jemand winkt mir zu und von anderer Seite werde ich angelächelt.

Verwirrt winke und lächele ich zurück, auch wenn ich dem Frieden nicht traue. Vielleicht ist das nur eine Taktik, mich in Sicherheit zu wiegen, bevor der Knall kommt. Andererseits könnte es am gestrigen Rennen liegen.

Auch wenn ich nicht gewonnen habe, habe ich mich gut geschlagen und wer weiß: Eventuell hat es den einen oder anderen beeindruckt.

Doch das ist alles nebensächlich. Denn heute bekommen wir die Physikklausuren zurück und ich weiß jetzt schon, dass ich sie nicht bestanden habe. Das ist mein Endgegner. Alle anderen Fächer sind kein Problem. Aber Physik liegt außerhalb meines

Interesses, deshalb begreife ich es irgendwie nicht.

Anstatt uns die Klausuren zu Stundenbeginn auszuhändigen, zögert Herr Schäfer es hinaus und kommt damit wirklich erst zum Schluss an. Also sitze ich eine ganze Doppelstunde auf glühenden Kohlen. Wieso habe ich Physik nicht abgewählt? Ich begreife es bis heute nicht. Hätte ich mich bloß anders entschieden.

„Dann werde ich mal die letzte Klausur austeilen. Ich muss sagen, sie ist nicht berauschend ausgefallen, was mich wirklich enttäuscht hat. Aber die meisten haben es wenigstens auf sieben Punkte geschafft. Allerdings gab es auch vereinzelte Ausreißer nach unten. Am besten, jeder von Ihnen setzt sich zur nächsten Klausur hin und lernt, damit hier niemand sein blaues Wunder erlebt."

Ich schlucke schwer. Wenn die anderen aus meinem Kurs schon nicht gut abgeschnitten haben, wie schlecht bin ich dann?

Da bleibt Herr Schäfer bei mir stehen und mir rutscht das Herz in die Hose. Er beugt sich zu mir runter und legt mir das Blatt hin.

Zwei Punkte.

Zwei Punkte? O Mist.

Das entspricht einer glatten Fünf und reißt mir den Notendurchschnitt erheblich ein.

„Keine besonders gute Arbeit, Nina." Am liebsten würde ich ihm die Augen auskratzen. Schön, dass er es ausspricht. Das weiß ich selbst. Meine Wangen werden heiß, ich rutsche auf meinem Stuhl weiter hinunter und schirme mein Gesicht mit der Hand ab. Ich wünsche mir, dass er geht und ich vor Scham sterben kann. Doch er lässt mich nicht in meinem Selbstmitleid versinken.

„Wenn Sie nicht besser werden, könnte es sein, dass Sie die Stufe wiederholen müssen. Und ich habe mir ein paar Gedanken gemacht, weil ich mir das für Sie natürlich nicht wünsche. Kommen Sie gleich zu mir und wir können darüber reden, was Ihnen für Optionen bleiben."

Ich nicke. Zu mehr bin ich nicht in der Lage. Seine eindringlich geflüsterten Worte wiederholen sich in Endlosschleife. Wie konnte es dazu kommen, dass mir alles aus den Fingern gleitet? Ich verpasse Unterrichtsstoff, schwänze und habe dadurch unentschuldigte Fehlstunden und nun falle ich in Physik durch und muss die Zwölfte vielleicht wiederholen?

Als es zum Unterrichtsende klingelt, verlassen alle anderen schnell den Raum und ich lasse mir extra Zeit, damit niemand mitbekommt, wie schlecht es um mich steht. Möglich, dass die Schüler vor und hinter mir etwas mitbekommen haben, aber ich finde, Herr Schäfer war diskret genug.

Mit eingezogenem Kopf stelle ich mich vor seinen Schreibtisch und Herr Schäfer sieht mich an, als wüsste er nicht, was ich von ihm will. Er räumt seine Tasche ein und sieht mich an.

„Eigentlich gibt es nicht besonders viele Möglichkeiten für Sie, Nina. Entweder Sie setzen sich allein hin und versuchen, den Stoff zu verstehen, oder Sie nehmen mein Angebot an. Ich habe gestern jemanden aufgetrieben, der Ihnen Nachhilfe geben würde. Er hat sich dazu bereit erklärt und wartet jetzt im Chemielabor auf uns, weil der Raum heute den ganzen Tag frei ist. Die Entscheidung liegt bei Ihnen."

Mit großen Augen sehe ich ihn an. Er hat mir jemanden besorgt, der mich unterrichten würde? Das ist unglaublich lieb und ich würde ihm zu gern dankbar in die Arme fallen.

„Glauben Sie, es würde mir helfen, das Jahr zu schaffen?"

„Er ist ein Einserschüler und äußerst intelligent. Wenn er es nicht schafft, Ihnen den Stoff einzuprügeln, dann weiß ich nicht, wer es sonst könnte."

Herr Schäfer lächelt mich nachsichtig an und ich schöpfe das erste Mal so etwas wie Hoffnung. Ich wäre schön blöd, das Angebot nicht anzunehmen. Also nicke ich begeistert und lasse mich von ihm zum Chemielabor führen. Er versucht, mit Smalltalk ein Gespräch zustande zu bringen, aber ich bin zu nervös, um darauf einzugehen.

Wer wird es sein? Wird er sich über mich lustig machen? Sollte ich wirklich jemand anderem offenbaren, wie unglaublich schlecht ich bin? Und was, wenn er mir nicht helfen kann oder es sich anders überlegt?

Dann stehen wir vor der Tür. Meine Beine sind weich und drohen mir jeden Moment wegzuknicken. Mein Herz steht in Flammen. Wenn ich nicht aufpasse, verbrenne ich mich.

Und keine Minute später stehe ich Mace gegenüber. Er lehnt hinterm Lehrertisch an der Wand. Mir bleibt kurz die Luft weg. Ausgerechnet Mace soll mein Nachhilfelehrer werden?

Für einen Moment rasen Erinnerungsfetzen durch meine Gedanken. Wie ich nackt vor ihm stehe. Wie er mich hält und ich mich geborgen fühle. Und dann sehe ich ihn vor mir, unfassbar sexy und ich als seine Schülerin. Die Vorstellung trocknet mir die Kehle aus.

„Hallo, Mace. Ich habe mit Nina gesprochen und sie wäre bereit, von Ihnen unterrichtet zu werden. Da das geklärt ist, würde ich mich nun zurückziehen. Sie werden das unter sich ausmachen können, richtig?"

Ich nicke.

„Natürlich, Herr Schäfer. Ich wünsche Ihnen einen schönen Tag."

Ich hätte auch von allein auf Mace kommen können. Mace ist in naturwissenschaftlichen Fächern der Vorzeigeschüler schlechthin. Er ist überall im Leistungskurs, weshalb wir Physik auch nicht zusammen haben, da ich sogar im Grundkurs versage.

Herr Schäfer wünscht uns viel Erfolg, dann lässt er uns allein und ich will am liebsten wegrennen. Soll ich mich vor ihm blamieren und sagen, wie schlecht es um mich steht? Oder hat Herr Schäfer das schon für mich getan? Wie viel weiß Mace?

Aber kann ich es mir leisten, nur aufgrund meiner Befindlichkeiten alles abzusagen und dadurch eventuell nicht zum Abi zugelassen zu werden?

„Du brauchst also meine Hilfe?"

Zum ersten Mal, seit ich hier bin, hebe ich meinen Kopf und sehe ihn direkt an. Zähneknirschend nicke ich. Es fällt mir echt schwer, das zuzugeben.

„Also stimmt es, dass es so schlecht um dich steht?"

Ich reiche ihm wortlos meine Klausur. Er pfeift durch die Zähne. „Hätte nicht gedacht, dass du da Probleme hast. Sonst spielst du doch auch in der oberen Liga, was deine Noten angeht."

Ich zucke mit den Schultern. Das ist mir unfassbar peinlich. Was würde ich dafür geben, unsichtbar werden zu können. Aber nein, ich kann nur Personen sehen, die das können. Wie unfair.

„Tja, in Physik war ich nie gut. Würdest du mir helfen? Ich meine, immerhin wollt ihr wegen des Vertrags Abstand zu mir halten ..."

Maces Augen werden eine Spur dunkler und er ist mit einem Schritt bei mir. Ganz automatisch weiche ich zurück und stoße gegen die Wand. Ich kann nirgends hin und sein Blick ist so unheilvoll, dass ich am liebsten verschwinden würde.

Seine Hände landen links und rechts von meinem Kopf und machen jede Flucht unmöglich.

Mein Atem geht schneller und lässt meinen Brustkorb sich sichtbar heben und senken. Sein Atem trifft mich mitten im Gesicht.

„Was weißt du über den Vertrag?"

Obwohl ich Angst habe, weiß ich, dass er mir nichts tun wird. Deshalb werden meine Knie auch nicht weich.

Ich bekomme eine Gänsehaut, weil er so nah ist. Zwischen uns ist etwas. Und trotzdem sticht es in meiner Brust, weil ich an Jas denke, und das Gefühl habe, ihm fremdzugehen. Dabei sind wir nicht zusammen und haben seit gestern nicht miteinander gesprochen oder geschrieben. Er hat sich wegen der Sache mit Ina nicht entschuldigt oder sich erklärt. Nichts.

Warum sollte ich also ein schlechtes Gewissen haben? Die Royals wissen, wie sehr ich Mace verfallen bin.

„Vielleicht sollte ich gehen und wir treffen uns an einem anderen Tag nochmal?"

Ich will unter seinem Arm hindurchschlüpfen. Doch er ist schneller und drückt sein Knie zwischen meine Beine. Plötzlich fühle ich mich wie an die Wand genagelt.

„Sag mir lieber, was du weißt."

„Ich weiß nichts", erwidere ich.

Liebreizend lächele ich und versuche, mit meinen Händen sein Bein wegzuschieben, doch wenn ich mich zu weit vorlehne, würden sich unsere Lippen berühren. Eine prickelnde Vorstellung.

„Du solltest deine Hände von meinem Oberschenkel nehmen", raunt er. Seine Pupillen weiten sich und ich stehe wie erstarrt da. *Nimm deine Hände weg*, sage ich mir, kann mich aber nicht regen.

„Wirklich, Little Girl. Wenn du nicht willst, dass es komisch wird, solltest du es tun." Seine Stimme klingt so tief, dass mich ein Schauer überläuft.

Ich nehme meine Hände von seinem Bein und versuche, mich aus der Situation zu befreien. Doch alles, was ich erreiche, ist, dass sein Knie in meinem Schritt reibt und ich keuche.

Mit hitzigen Wangen sehe ich ihm in die Augen und danach auf die leicht geöffneten Lippen. Nässe sammelt sich dort, wo er mich berührt.

„Wenn du willst, kann ich meine Finger nehmen. Ist präziser als mein Knie." Seine geraunten Worte geben mir den Rest. Das Kopfkino, welches in mir entsteht, lässt mich schwer atmen.

„So, und was weißt du jetzt über den Vertrag?"

Maces Lippen sind direkt vor meinen. Es prickelt angenehm und voller Spannung. Er könnte mich jederzeit küssen.

„Ich weiß wirklich nichts. Aber da ihr nicht mit mir befreundet sein wollt, dachte ich, dass es damit zusammenhängt. Aber wenn wir schon dabei sind, kannst du mir gern mehr darüber sagen."

Mace wirkt mit einem Schlag erleichtert. Als wäre ich auf dem richtigen Weg. Vielleicht sollte ich das ...

Plötzlich liegen seine Lippen auf meinen. Er küsst mich und das derart ausgehungert, dass ich befürchte, danach nur noch eine Pfütze zu sein. Sämtliche Gedanken sind wie weggeblasen und ich sorge mich ernsthaft darum, unter den intensiven Berührungen zu schmelzen.

Mit der Zunge dringt er in meinen Mund vor und ist so gierig und bestimmend, dass ich mich frage, ob es wirklich Mace ist, der mich küsst. Mehr, als mich ihm hinzugeben, kann ich nicht tun. Deshalb erwidere ich seinen Kuss und genieße, was ich bekomme.

Kapitel 16

*„Ich würde heute Abend gern
zu dir kommen. Wir sollten reden."*

Seit einer Stunde starre ich fast ununterbrochen auf die Nachricht von Jas und kann mich nicht auf den Unterricht konzentrieren. Ich bin mir nicht sicher, ob ich reden möchte. Natürlich hat uns irgendwas verbunden, aber wer weiß denn schon, ob es nicht nur die Dankbarkeit ist, weil er mich gerettet hat? Ja, er ist sexy wie die anderen Royals auch. Aber von ihnen erwarte ich genauso wenig Treue, wie ich es von Jas erwarten sollte. Wir haben einmal miteinander geschlafen, das heißt nichts.

„Bist du immer noch am überlegen, ob du antwortest oder nicht?" Ich zucke zusammen und drehe mich zu allen Seiten um, auch wenn niemand außer mir Vic sieht. Was erwartet er? Dass ich jetzt vor der ganzen Klasse anfange, mit ihm zu reden? Schnell lasse ich das Smartphone in meine Tasche gleiten und ignoriere ihn, so gut es geht.

Allerdings hält er mir wieder dieselbe Standpauke wie nach dem Date im Schwimmbad. Und zwar darüber, dass ich es lieber sein lassen sollte. Glücklicherweise ist Enzo nicht im selben Kurs und ich kann meinen Gedanken freien Lauf lassen. Es vibriert in meiner Tasche und ich fische direkt nach meinem Smartphone. Zögernd öffne ich die Mitteilung.

*„Da meine letzte Nachricht
zwei blaue Haken hat, gehe
ich davon aus, dass du
nicht interessiert bist?"*

„22 Uhr."

Kaum habe ich die Nachricht abgeschickt, bereue ich es. Ich weiß nicht, was ich mir vorstelle. Aber durch ihr blödes Geheimnis und unsere Vergangenheit hat eine Beziehung zwischen uns keine Zukunft. Warum sollte ich es also versuchen?

Nachdem ich Leni und Vic schon früh gesagt habe, dass ich schlafen gehen will, bin ich allein, als Jas sich in mein Zimmer schleicht und auf mich zukommt. Er lächelt glücklich und ich bleibe auf meinem Bett sitzen.

„Hi", sagt er. Dann beugt er sich zu mir hinab, aber ich drehe meinen Kopf zur Seite, bevor sich unsere

Lippen treffen, sodass er lediglich meine Wange küsst.

Er richtet sich wieder auf und als ich ihn ansehe, steht der Schmerz in seinen Augen. Ich spüre, wie sich das schlechte Gewissen in meinem Magen breit macht. Aber ich halte an meinen Prinzipien fest.

„Das habe ich wohl verdient." Jas sieht aus, als hätte ich ihn geschlagen. Und der Hundeblick dazu lässt mich fast weich werden. Dieser Mistkerl weiß genau, wie er sich verhalten muss, um zu bekommen, was er will.

„Du hast Ina geküsst. Und ich Mace."

Seine Augen weiten sich. Dann wirkt er noch leidender als zuvor. Wenn ich vorher dachte, dass er geschlagen aussieht, dann ist er jetzt schachmatt. Ich weiß nicht, was ich sagen oder machen soll. Deshalb sitze ich bloß da und warte.

Irgendwann fährt sich Jas mit der Hand durch die Haare, als wäre er vollkommen durch den Wind und müsste sich erstmal sammeln.

„Dann hast du jetzt endlich, was du immer wolltest."

Ich runzele die Stirn und beobachte, wie er zur Tür rauscht und die Türklinke nach unten drückt.

„Bitte?", frage ich und klinge unnatürlich schrill. Ich stehe auf und Jas dreht sich zu mir herum.

„Ach, komm schon. Wir alle wissen, dass du Mace seit zwei Jahren hinterherhechelst. Es gab eine Zeit, in der hat Enzo uns jede Einzelheit deiner Tagträume beschrieben und wir haben uns darüber lustig gemacht."

Das Blut in meinen Adern gefriert. Ich kann mich nicht bewegen, sondern ihn bloß anstarren. Hitze kämpft sich durch die Kälte in meinem Innern und legt sich über meinen gesamten Körper. Nicht nur dass meine intimsten Gedanken anderen zugänglich waren, nein, sie haben sich darüber lustig gemacht. Und jetzt macht er mir das zum Vorwurf?

„Im Gegensatz zu dir hatte ich wenigstens ein schlechtes Gewissen dabei, Mace zu küssen." Ich kann nicht auf seine Worte von zuvor eingehen. Wenn ich das täte, würde ich weinen.

„Ich habe Ina geküsst, weil ich nicht wollte, dass irgendwer rausfindet, dass zwischen uns etwas ist."

Mit großen Schritten ist er bei mir. Seine Hände sind geballt und er starrt mich wütend an. Ich funkele ebenso zurück. Keiner von uns will nachgeben.

„Und nur, weil du kein Mädchen küsst, schlussfolgern deine Freunde direkt, dass du was mit mir hast?"

„Genau."

„Merkst du eigentlich selbst, wie bescheuert das klingt?"

Schwer atmend stehen wir voreinander und ich müsste bloß meine Hand ausstrecken, über seine Wange streicheln und der Streit wäre vorbei. Dessen bin ich mir sicher.

„Du hast überhaupt keine Ahnung. Wenn ich mich nicht wie immer gebe, dann schöpfen sie Verdacht. Und du willst nicht, dass sie wissen, was zwischen uns gelaufen ist."

Ich werfe meine Arme in die Luft und verdrehe

die Augen. „Bis auf Rapha habe ich mit euch allen rumgemacht. Ich bin nicht unbedingt stolz darauf, aber was sollen sie denn schon dagegen tun? Außerdem verstehe ich nicht, was das Problem ist. Warum darf Rapha mit Bella zusammen sein und Sam jede vögeln, aber mit mir ist es ein No-Go?"

„Ich kann es dir nicht erklären. Warum nimmst du es nicht hin?"

„Weil ich es nicht kann. Ist dir schon mal durch den Kopf gegangen, wie das für mich ist? Ihr kündigt mir die Freundschaft, sagt mir, dass mein bester Freund weggezogen sei, obwohl er gestorben ist. Ihr seid jahrelang scheiße zu mir, was kaum zu ertragen ist. Und dann ist da dieses Geheimnis, von dem ich das Gefühl habe, das es etwas mit mir zu tun hat. Aber ich komme nicht drauf, was dieses Etwas ist. Wie kannst du auch nur annehmen, dass ich es nur eine Sekunde hinnehmen könnte, wenn das Tabu gegen mich in meinen Augen unglaublich wenig Sinn ergibt?"

Ich balle vor lauter Wut meine Hände. Zitternd stehe ich da und unterdrücke den Impuls, ihm gegen die Brust zu schlagen.

Unsere Blicke kreuzen sich und ich erkenne genau, wann seine Wut verraucht. Nur lindert das meine nicht.

„Du bist eine der stärksten Frauen, die ich kenne. Dass wir immer weitergemacht haben, lag daran, dass Enzo glaubte, du würdest es aushalten."

Er beugt sich vor und ich schiebe ihn an seiner Brust von mir weg.

„Wag es ja nicht, mich zu küssen, bevor wir das geklärt haben."

Ein schelmisches Funkeln tritt in seine Augen, als würde er meine Ablehnung als Herausforderung sehen. Er packt meine Hüften und zieht mich ruckartig an sich heran. Ich keuche erschrocken und bin ihm so unfassbar nah. Alles an mir steht unter Hochspannung.

„Ich liebe dich, Nina."

Ich drücke mich von ihm ab und sehe ihn schockiert an. Das hat er nicht ernsthaft gesagt? Wenn ich vorher nicht sicher war, dass es nur ein Scherz ist, weiß ich es spätestens jetzt. Glauben die Royals ernsthaft, dass ich darauf reinfallen würde?

„Okay, hör auf mit dem Mist. Ihr braucht mich nicht verscheißern."

Aber seine Miene bleibt ernst. „Ich meine es genauso, wie ich es sage."

„Hast du was genommen? Wir haben einmal miteinander geschlafen. Da kann man doch nicht direkt von Liebe sprechen."

Jas sieht mich so intensiv an, dass mir kurz anders wird. Das ist unmöglich sein Ernst! Dann lächelt er hinreißend. Ich bin überwältigt.

„Ich stehe schon lange auf dich."

Ich kann das verächtliche Lachen nicht verhindern.

„Dann hast du eine ziemlich miese Art, mir das zu zeigen."

Gequält sieht er drein. Auf einmal knetet er seine Hände und kann mich nicht ansehen. Es scheint ihm peinlich zu sein.

„Ich bin nur der Sklave einer Sache, die ich dir nicht erklären kann. Aber ich würde mich freuen, wenn wir weitermachen können, wo wir aufgehört haben. Ich wünsche mir, dass wir uns besser kennenlernen, und dass du dich im besten Fall auch in mich verliebst."

Seine Worte sorgen für Verwirrung und viele Gedanken. Will ich das überhaupt? Ich kann nicht leugnen, dass ich dabei bin, Gefühle für ihn zu entwickeln. Zwischen uns prickelt es gewaltig. Aber wird es dann immer so laufen?

„Ich weiß nicht, ob ich dir glauben kann. Wirst du immer andere küssen, um unsere Beziehung geheim zu halten? Werde ich nie in das mysteriöse Geheimnis eingeweiht?"

Wieder lässt er den Blick sinken, wagt sich gleichzeitig aber vor und legt seine Hände auf meinen Rücken.

„Ich kann dir nicht versprechen, dass ich dir das Geheimnis in nächster Zeit verrate. Alles, was ich dir sagen kann, ist, dass du die Einzige für mich bist. Ich habe die ganze Zeit nur an dich gedacht und konnte es dir nicht zeigen."

Ernst sehe ich zu ihm auf. Seine Liebeserklärung kommt unerwartet und ich habe keinen blassen Schimmer, wie ich mich verhalten soll. Noch immer geistern die Bedenken durch meinen Kopf. Unsere Beziehung müsste im Geheimen stattfinden. Und zur Tarnung müsste er andere Frauen küssen?

Jetzt ist die Frage, ob ich damit umgehen kann. Will ich das überhaupt? Aber als ich zu ihm aufsehe, ihm in die Augen blicke, da ist es mir klar.

Ich kuschele mich an ihn und lege meine Wange an seine Brust.

„Ich versuche, damit zu leben, dass du unsere Verbindung nicht öffentlich machen kannst. Aber ich weiß nicht, wie lange ich das kann. Vor allem, wenn du andere Mädchen küssen musst. Trotzdem möchte ich sehen, wo das zwischen uns hinführt."

Jas hebt mich hoch, kaum, dass ich zu Ende gesprochen habe. Er wirbelt mich durchs Zimmer und lacht. Nie hätte ich gedacht, ihn damit so glücklich zu machen. An mir geht es auch nicht spurlos vorbei. Ich fühle mich, als hätte ich etwas erreicht, wofür ich monatelang gekämpft habe.

Dann lässt er sich mit mir aufs Bett fallen. Ich kuschele mich in seinen Arm und drücke mein Kinn an seine Brust.

„Also bin ich deine erste Freundin?"

Er gibt mir einen Kuss auf die Stirn und brummt zustimmend.

„Du bist auch mein erster Freund."

Stirnrunzelnd sieht er zu mir herab. „Und was ist mit Cas?"

Meine Wangen fangen Feuer und ich will zurückweichen, doch Jas' Hand auf meinem Rücken hält mich an Ort und Stelle.

„Hiergeblieben", raunt er mir ins Gesicht und gibt mir einen sanften Kuss auf die Lippen.

Ich entspanne mich und gebe meine Fluchtgedanken auf. Stattdessen schmelze ich in seinen Armen.

„Es hat sich rausgestellt, dass er … Gott, das ist so erniedrigend. Wir waren kein Paar, hatten nur eine Affäre … Er ist ein Geist und ich habe es nicht mitbekommen, okay?"

Ich vergrabe mein Gesicht an seiner Seite. Er streichelt sanft über meinen Rücken und sorgt für eine allumfassende Gänsehaut.

„Schäm dich nicht. Ich finde es sogar gut. Dann muss ich mit niemandem mehr konkurrieren außer mit Mace."

Aus einem Impuls heraus boxe ich ihm gegen den Oberarm. „Da wir jetzt zusammen sind, brauchst du dir keine Gedanken mehr zu machen."

Wir küssen uns und ich genieße den Moment in vollen Zügen.

Schon nach kurzer Zeit wandert eine seiner Hände immer weiter von meinem Rücken nach vorn und streicht über meinen Oberschenkel. Er ist nur auf der Außenseite und trotzdem bin ich wie elektrisiert. Seine Berührung fährt mir direkt in den Schritt.

Ich werde feucht ohnegleichen und kann es nicht erwarten, dass er nach innen wandert.

„Deine Haut fühlt sich unter meinen Fingern so weich an."

Genießend schließe ich meine Augen, seufze und keuche. Ganz automatisch spreize ich meine Beine, damit er spielend leicht Zugang zu meiner Mitte bekommt.

Jas nimmt die Einladung an, lässt die Finger über meine Hüfte nach vorn gleiten. Anstatt meine Gelüste zu befriedigen, streichelt er nur über meine Schenkelinnenseiten.

War ich vorher nass, laufe ich nun aus. Mein Kitzler pocht und verlangt nach Aufmerksamkeit. Feuer schießt durch meine Venen. Mir wird heißer und mein Atem stockt.

„Willst du, dass ich dich berühre? Sehnst du dich danach, zu kommen?"

Ich keuche. *Ja, ich will es. Unbedingt. Jetzt. Sofort.* Gerade will ich antworten, da schiebt er meinen Slip beiseite und fährt mit seinem Finger genüsslich durch meine Spalte.

Es ist wie ein Stromschlag. Ich stöhne, drücke meinen Rücken durch und ihm mein Becken entgegen.

„Du bist so feucht. Aber heute soll es nur um dich gehen."

„Jas."

„Ich liebe es, wenn du meinen Namen stöhnst."

„Jasper. Ich will, dass du ihn reinsteckst."

Schon gleitet sein Finger in mich und ich stöhne frustriert auf. Gleichzeitig gefällt es mir viel zu gut.

„Ich meine deinen Schwanz."

Er küsst mich und lässt seinen Finger raus und wieder reingleiten. Seine Zunge schiebt sich zwischen meine Lippen und ich kann kaum an mich halten. Als er den Daumen auf meinen Kitzler drückt, ist es vorbei. Ich stöhne ungehalten in seinen Mund. Es fühlt sich verboten gut an.

„Keine Chance, Liebes. Dafür haben wir alle Zeit der Welt."

Meine Hand wandert in seinen Schritt und ich ertaste seine enorme Erregung, die mich weiter pusht. Wieso will er sich zurückhalten?

Doch ich kann nicht darüber nachdenken. Jas umkreist meinen Kitzler mit so viel Druck, dass ich jeden Augenblick so weit bin und komme. Der Orgasmus rollt über mich hinweg. Ich stöhne laut und schlage meine Beine zusammen, weil ich viel zu überreizt bin und es nicht ertrage, dass er mich weiter berührt.

Nach Luft ringend liege ich da. Durchgeschwitzt und befriedigt. Ich sehe zu Jas hoch und lächele ihn ermattet an. Er hat mein Herz gestohlen, obwohl ich mich so dagegen gewehrt habe.

„Wir sollten uns hier in der Schule nicht treffen. Was ist, wenn sie uns erwischen?"

Jas beißt mir in den Hals, leckt entschuldigend mit der Zunge über die Stelle und haucht mir einen Kuss darauf. Ich halte ihm kichernd meinen Arm hin, damit er die aufgerichteten Härchen betrachten kann.

„Ich will dich so oft sehen und schmecken wie möglich. Es gefällt mir nicht, dass wir es versteckt in irgendwelchen Abstellräumen machen müssen. Am liebsten würde ich der ganzen Schule zeigen, dass du zu mir gehörst."

Ich sehe ihn mit leuchtenden Augen an. Die Vorstellung ist fantastisch. Dann würden den Bitches vermutlich die Augen ausfallen. Und alle, die mich geärgert haben, würden staunen.

„Das könnte mir gefallen", raune ich in sein Ohr und beiße ihm ins Läppchen. Jas stöhnt und seine Erregung drückt sich mir in den Bauch. Wie gern würde ich ihn jetzt vernaschen. Aber der Unterricht geht gleich weiter. Selbst für einen Quickie ist keine Zeit mehr.

„Bevor wir gleich getrennte Wege gehen, möchte ich dich fragen, ob du morgen nach der Schule mit mir auf ein Date gehen möchtest? Weil du gern Action magst, dachte ich, wir könnten klettern gehen."

Ich falle ihm um den Hals und quietsche vor Freude. „Das wird bestimmt toll. Danke schön, ich freue mich drauf." Ich halte inne. „Habt ihr morgen nicht Training?"

Er gibt mir einen Kuss und schüttelt den Kopf. „Fällt aus. Wir treffen uns am besten die Straße runter und dann nehme ich dich mit."

Ich presse mich an ihn, gebe ihm einen Kuss und genieße die Zweisamkeit ein letztes Mal für eine unbekannte Weile. Auch wenn ich mich bereit erklärt habe, mich mit der aktuellen Situation zufriedenzugeben, weiß ich schon jetzt, dass dieser Zustand mich auf Dauer zermürben wird. Ich werde schnell ungeduldig. Und obwohl ich ihn nicht verlieren will, hoffe ich, dass ich das Geheimnis umso schneller herausfinde, je länger wir zusammen sind.

„Liebes, du musst damit aufhören. Ich kann schlecht mit einer Erektion in den Unterricht."

Sein Gesichtsausdruck lässt mich kichern. Er sieht mich verzweifelt an und trotzdem ist in seinen Augen die Liebe zu sehen.

Ich stehle mir einen letzten Kuss. „Wir sehen uns. Am besten, du wartest kurz, bevor du den Raum verlässt."

Er nickt, lächelt mich hinreißend an und dann schlüpfe ich möglichst unbemerkt aus der Abstellkammer. Erst jetzt fällt mir auf, dass ich mit Jas darin überhaupt keine Panikattacke bekommen habe. Der Gedanke beschäftigt mich den Rest des Tages.

Mit beschwingten Schritten, als würde ich auf Wolken laufen, mache ich mich auf den Weg in den Keller, um vor meinem Team im Studio zu sein. Irgendwie habe ich das Gefühl, dass heute besonders viele Liebeslieder gespielt werden.

Gedankenverloren schieße ich um die Ecke und stoppe abrupt. Mitten im Gang stehen Jas und Rapha. Aus einem Instinkt heraus verschwinde ich wieder hinter der Kurve. Das ist auf so vielen Ebenen verkehrt. Die Angst, uns zu verraten, wenn ich jetzt an ihnen vorbeigehe, ist zu groß. Schon im Unterricht ist es ein Krampf, meine Gedanken nicht abschweifen zu lassen. Keine Ahnung, wie Jas das macht. Aber für mich ist es schon schwierig, mich nicht durch meine Mimik zu verraten.

„Und was gibt es jetzt so Wichtiges, was du mir nicht vor den anderen sagen konntest?"

Wären wir in einem Anime, würden meine Ohren

nun größer werden, damit ich die beiden besser belauschen kann. Vielleicht geht es um den Vertrag? Und ich komme der Lösung ihres Geheimnisses ein Stückchen näher?

„Nina und ich haben miteinander geschlafen. Wir sind ein Paar."

Rapha fängt laut an, zu lachen, und ich zucke zusammen. Das hat er jetzt nicht ernsthaft gesagt. Er meinte zu mir, dass es niemand herausfinden dürfe, weil es ihm dann schlecht ergehe, und jetzt verrät er es? Hier, mitten auf einem Schulflur, wo jeder sie belauschen könnte? *So wie ich gerade?*

„Du willst mich verarschen!"

Er hat sich noch nicht beruhigt und wischt sich über die Augen, als würde er weinen. Doch ich glaube, zu erkennen, dass Jas ihn ernst ansieht. Und dann merkt Rapha, dass das kein Spaß war.

„Was heißt, ihr seid ein Paar?", fragt er skeptisch und legt seinen Kopf schief.

Jas fährt sich mit der Hand durch die Haare und grinst schief. „Na, eben genau das. Morgen gehen wir auf ein Date."

Die beiden schlagen ein und Rapha klopft seinem besten Freund auf die Schulter. „Freut mich für dich, dass du es endlich geschafft hast, sie klarzumachen. Du weißt, dass du der Einzige bist, dem ich es gönne."

Jas grinst breit und nickt. Allein die Geste reicht aus, um das Fass zum Überlaufen zu bringen. Dann bin ich ein Spiel? Leni und Vic hatten recht und es ging bloß darum, mich aufzureißen. Ich bin nichts anderes als ein Spielzeug. Wie gern würde ich ihm jetzt eine runterhauen!

„Es ging schneller als gedacht. Gerade, weil sie sonst nur von Mace geschwärmt hat."

Von diesen Worten wird mir schlecht. Es fühlt sich an, als schlage mir jemand eine rein und steche gleichzeitig ein Messer in meine Brust.

Wie eine Furie hetze ich zu ihnen und richte mich vor Jas auf. Meine Hand zittert, weil ich sie zu gern in seinem Gesicht parken würde, aber ich halte mich zurück. Auch wenn es mich alle Beherrschung kostet, die ich aufbringen kann.

„Du bist so ein Mistkerl, Jasper. Mir machst du weis, dass niemand von unserer Beziehung erfahren dürfe, und jetzt erzählst du Rapha alles? Aber das war sowieso alles nur fake, nicht wahr? Habt ihr gewettet? Lohnte sich der Einsatz wenigstens, wenn man schon so ein Loser sein muss, um so mit den Gefühlen anderer umzugehen? Das ist so abartig und ich bin auch noch drauf reingefallen. Eins muss ich dir lassen: Du hast deine Rolle wirklich überzeugend rübergebracht."

Ich rede mir ohne Punkt und Komma alles von der Seele und bohre ihm dabei meinen Finger in die Brust.

„Dass du dich nicht schämst. Ihr widert mich so an. Nun ergibt auch alles Sinn. Das Enzo, Sam und Mace mich ..."

Jas greift nach meiner Hand, die ihm in die Brust pikt, legt seine andere auf meinen Rücken und küsst mich. Vollkommen überrumpelt lasse ich es geschehen und sehe ihn aus großen Augen an. Was soll das? Tränen der Wut und Verzweiflung rinnen meine Wangen hinab. Und weil er keine Anstalten macht, mich wieder freizulassen, beiße ich ihm auf die Lippe und drehe meinen Kopf zur Seite.

„Was soll das, du Wichser?"

„Woah, Babe, ich wusste gar nicht, dass du solche Wörter überhaupt kennst."

Noch immer in Jas' Griff gefangen, drehe ich mich, soweit es mir möglich ist, in Raphas Richtung und funkele ihn an. „Halt die Klappe. Mit dir redet keiner und es hat dich niemand nach deiner Meinung gefragt. Du willst, dass ich wie Luft für dich bin? Dann quatsch mich nicht dumm von der Seite an, klar?"

Rapha lacht dreckig und hebt abwehrend die Hände. „Natürlich, Eure Hoheit. Wie immer musst du dich aufspielen." Er rollt mit den Augen und Jas dreht mich wieder in seine Richtung. Mit seinem Finger an meinem Kinn zwingt er mich, ihn anzusehen. Sein Blick ist weich. Dann umfasst er mein Gesicht mit beiden Händen. Mit dem Daumen wischt er die feuchten Spuren meiner Tränen weg.

Ich verharre stocksteif und gebe mir Mühe, nicht zu lange in seine Augen zu sehen. Ansonsten würde ich direkt nachgeben, obwohl ich mich nicht verarschen lassen will. Meine Unterlippe bebt und mein Blick wird wieder verschwommen. Hilflos beiße ich mir auf die Lippe, um weitere Tränen zu verhindern.

„Nicht weinen, Liebes. Niemand spielt mit dir. Ob du es glaubst oder nicht, aber wir mögen dich.

Warum das ausgerechnet jetzt so hervorbricht, verstehe ich auch nicht. Aber es gibt keine Wette. Dass ich dich liebe, stimmt. Frag Rapha. Er musste sich meinen Liebeskummer vermutlich öfter anhören, als ihm lieb ist. Wir brauchen jemanden, der uns deckt, wenn wir uns öfter treffen wollen. Deshalb habe ich Rapha von uns erzählt. Lange kann ich das nicht geheim halten. Und wenn Enzo es erfährt, werde ich vermutlich nicht mehr hier zur Schule gehen können und ob wir uns dann nochmal wiedersehen, wage ich zu bezweifeln."

„Jas", mahnt Rapha, als hätte er zu viel verraten.

Die beiden tauschen einen Blick, woraufhin Jas seufzt und nickt.

„Euer dreckiges Geheimnis ist bei mir sicher, versprochen."

Ich sehe Rapha an und dieses breite Grinsen macht mich misstrauisch. „Warum sollte ich dir glauben? Du hasst mich und du wünschst dir, dass ich nie geboren worden wäre. Was für einen Grund solltest du haben, es nicht zu verraten?"

Er zuckt mit den Achseln und steckt die Hände tief in seine Hosentaschen. „Ich hasse dich nicht, ich finde dich nervig. Und ich würde es nicht dir zuliebe tun, sondern für meinen besten Freund."

Ich nicke. Das ergibt Sinn. Zumindest, wenn es wirklich so schlimm ist, wie sie mir weismachen wollen. Noch bin ich nicht überzeugt. Ich will nicht in mein Verderben laufen.

„Warum sollte ich euch glauben?"

Rapha seufzt. Jas lächelt mich hingegen liebevoll an. „Was kann ich tun, damit du es tust?"

„Verrate mir euer Geheimnis."

Seine Gesichtszüge entgleiten ihm. Hinter mir stößt Rapha die Luft aus, dann lacht er kehlig. „Für wie dumm hältst du uns eigentlich?"

Ich will mich zu ihm umdrehen und ihn anfauchen, doch Jas hält mich ab, indem er mein Gesicht umfasst und mich zwingt, mit meiner Konzentration bei ihm zu bleiben. Sanft küsst er meine Stirn.

„Ich würde es dir gern verraten. Aber ich kann nicht. Glaub mir, es wäre einfacher, wenn du es wüsstest. Ich kann dir nur versprechen, dass ich alles ernst meine, was ich sage. Du musst doch spüren, was ich für dich fühle, wenn wir uns sehen, oder nicht?"

Ohne es wirklich zu wollen, denke ich über seine Worte nach und kann am Ende nur nicken. Schon, als er mich geheilt hat, haben seine Augen ihn verraten. Auch jetzt lügt er mich nicht an.

Schlussendlich nicke ich.

„Ich gebe dir noch eine Chance. Aber wenn du mir das kleinste Gefühl gibst, mich zu verarschen, beende ich alles, was zwischen uns ist, und ich will nie wieder etwas mit dir zu tun haben."

Er sieht mich ernst an und nickt. Und ich hoffe, dass ich diesen Entschluss niemals bereuen werde.

Kapitel 17

„Guten Morgen, Süße. Wie geht's dir?"

„Jemand hat dir also verraten, dass ich von Vics Tod weiß?"

Ich höre Day am anderen Ende tief seufzen und schlucke meinen Ärger hinunter. Jetzt ist nicht der richtige Zeitpunkt, um in Rage zu verfallen und sie anzuschreien. Immerhin habe ich heute das Date mit Jas und ich bin unendlich aufgeregt.

„Hör zu, Ninou. Es war wirklich nur zu deinem Besten. Wir wollten dich vor der Wahrheit schützen."

„Und warum denkst du, mich davor schützen zu müssen? Ich dachte, gerade wir beide wären immer ehrlich zueinander. Ist das nicht auch der Grund, aus dem du mir von Anfang an erzählt hast, dass du mich zwar großziehst, aber nicht meine leibliche Mutter bist? Hältst du mich wirklich für so schwach und zerbrechlich, dass ich damit nicht umgehen könnte?"

Ich balle meine Hände zu Fäusten. Aber diese Gedanken beschäftigen mich schon eine Weile. Nur wollte ich bis zum Wochenende warten, um sie persönlich damit zu konfrontieren.

„Herrgott, du warst zwölf, als Vic starb. Natürlich wollte ich dir das nicht zumuten. Nicht, nachdem du nach der Nachricht, dass deine Eltern tot sind, so zusammengebrochen bist."

Der Stich sitzt tief und frisst sich in mein Herz. Auch heute noch tut es weh, an sie zu denken, ja. Aber ist das ein Grund, Vics Tod vor mir zu verheimlichen? Nein, weil der Schmerz sich dann mit dem Schmerz des Betrugs und Verrats vermischt, sobald die Wahrheit ans Licht kommt.

„Lass uns am Wochenende darüber reden, okay? Ich muss in den Unterricht und heute Nachmittag gehe ich auf ein Date."

Kurz ist es still in der Leitung und ich gucke auf mein Display, ob sie aufgelegt hat. Aber die Verbindung ist noch da. Ist es so ungewöhnlich, dass ich auf ein Date gehen will?

„Mit wem?"

„Spielt das eine Rolle?"

„Ja, natürlich. Wenn es jemand von den Jungs ist, kann ich das nicht unterstützen. Nur, weil Jasper dir das Leben gerettet hat, bist du ihm nichts schuldig. Okay?"

Ich reiße meine Augen auf. Für einen Moment weiß ich nicht, ob sie gut geraten oder ihr jemand etwas gesagt hat. Aber wer sollte das tun? Deshalb lüge ich.

„Nein, Mama, es ist nicht Jas. Ich bin ihm dankbar, ja, aber deshalb verliebe ich mich doch nicht direkt."

Sie seufzt erleichtert, woraufhin ich meine Stirn kräusele.

„Was genau wäre daran schlimm, wenn ich mit einem der Jungs ein Date hätte?"

Wieder diese Stille. Und ich werde das Gefühl nicht los, dass es noch mehr gibt, was mir niemand sagt. Hat es etwas mit dem Geheimnis zu tun? Weiß Day davon?

„Ich fände es seltsam nach allem, was sie dir angetan haben, verstehst du? Es ist doch nur eine Frage der Zeit, ehe sie dir wieder weh tun. Meinst du nicht?"

Da ist es passiert. Meine Bedenken, die mich seit gestern verfolgen, wurden ausgesprochen.

„Ja, du hast recht. Aber ich muss jetzt los, sonst komme ich zu spät."

„Natürlich, mein Schatz. Ich wünsche dir einen schönen Tag und viel Spaß auf deinem Date."

„Danke, dir auch. Bis in paar Tagen."

Ich lege auf und verstaue mein Smartphone in meiner Schultasche. Das Gespräch hat mir einiges von meiner Vorfreude auf heute genommen. Ich habe es nicht einfach und wenn dann Day, Leni und Vic kommen und mir die Beziehung auszureden versuchen, wird es nicht leichter, eine gesunde Partnerschaft zu Jas aufzubauen.

Den ganzen Tag über ändert sich das Gefühl nicht, weshalb ich mit Bauchschmerzen die Straße bis zu unserem Treffpunkt runtergehe. Mehrmals hatte ich das Smartphone in der Hand und habe irgendwelche

Ausreden eingetippt, sie aber nicht abgeschickt. Ich hatte mich so darauf gefreut und verstehe gar nicht, wieso nur ein einziges Telefonat mir die Stimmung so versauen kann.

Obwohl: Eigentlich lüge ich mir selbst etwas vor. Der Grund, warum ich so miese Laune habe, ist der, dass ich mittlerweile glaube, dass alles mit mir zusammenhängt. Sie halten sich von mir fern, und auf einmal machen sie alle mit mir rum. Die Beziehung zwischen Jas und mir darf nicht bekannt werden und Rapha wünscht sich, dass es mich nicht gäbe.

Diese Abneigung kommt nicht von ungefähr. Nur, weil ich wieder zu ihnen dazugehören wollte, ist das kein Auslöser für dieses Gefühl.

Dazu kommt, dass Vic, Leni und Day mich unbedingt von den Royals fernhalten wollen. Nur ergibt es keinen Sinn, dass Vic mir hilft, das Geheimnis zu lüften, mich aber trotzdem davon abhält, mit Jas zusammen zu sein. Also interpretiere ich vielleicht doch zu viel rein?

Ein Wagen hält neben mir und ich hebe meinen Kopf. Jas lacht mich vom Fahrersitz aus strahlend an und mein Herz macht einen Hüpfer. Alle Bedenken sind mit einem Lächeln wie weggeblasen. Es ist nur wichtig, in seiner Nähe zu sein. Bin ich schon bis über beide Ohren verliebt?

Ich öffne die Tür, steige ein und beuge mich als Erstes zu ihm rüber, um ihm einen Kuss zu geben. Und es ist nicht irgendeiner. Meine Lippen streichen über seine und wie ausgehungert plündere ich mit meiner Zunge seinen Mund.

„Liebes", raunt Jas zwischen zwei Küssen.

Ich will aber nichts hören, weshalb ich seinen sanften Protest mit einem weiteren Kuss ersticke.

Es ist mir gleichgültig, dass er auf der Straße steht und den Verkehr aufhält. Auch, dass jemand hinter uns hupt. Ich möchte ihn spüren und all die negativen Gedanken aus meinem Hirn verbannen.

„Wir sollten wirklich weiterfahren, bevor noch jemand die Polizei ruft."

Ich zucke zusammen und drehe meinen Kopf zur Seite, um auf die Rückbank zu gucken. Dort sitzt Rapha.

Er hat die Hände hinter seinen Kopf gelegt und sitzt breitbeinig da, was mich an die Szene mit Mace in meinem Wohnzimmer erinnert. Ein schmutziges Lächeln ziert seine Lippen und mit funkelnden Augen sieht er mich an.

Zwei Sachen gehen mir bei dem Anblick durch den Kopf. Erstens: Wie konnte ich ihn nicht bemerken? Und zweitens: Ich glaube, dass er mich noch nie so freundlich angesehen hat.

„Rapha hat recht. Schnall dich bitte an."

Doch ich schüttele den Kopf. „Was zum Teufel hat er hier verloren? Ich dachte, wir hätten ein Date. Du hast davon gesprochen, dass er dein Alibi ist, aber das heißt doch nicht, dass wir nichts mehr zu zweit machen, oder?"

Ich sehe Jas an, der meinem Blick ausweicht. „Anschnallen."

Kurz überlege ich, ob ich wieder aussteigen und den

Tag als kompletten Reinfall abstempeln soll, überlege es mir aber anders und bleibe sitzen. Nur wegen Raphas Anwesenheit will ich mir nicht alles versauen lassen.

„Schnall dich an, Babe. Wir erklären es dir unterwegs."

Widerwillig tue ich, was er sagt. Aber nicht ihm zuliebe, sondern weil ich Jas' Erklärung hören möchte.

Sobald der Gurt einrastet, setzt Jas den Blinker und fährt los. Das ungute Gefühl von vorhin hat sich wieder in meinem Magen festgesetzt. Er kann doch nicht wollen, dass Rapha nun bei jedem unserer Dates dabei ist. Alibi hin oder her. Ich brauche keine Zuschauer und schon gar niemanden wie ihn.

„Wenn die Jungs denken, dass ich mit Rapha unterwegs bin, dann stellen sie keine Fragen."

Ich wende mich Jas zu und sehe ihn eindringlich an. Natürlich sieht er nur kurz zu mir rüber, da er sich auf die Straße konzentriert. Aber dieser kurze Blick ist entschuldigend und ich möchte nachgeben und es sein lassen. Nur eine Frage liegt mir noch quer.

„Wird er immer dabei sein?"

Er zuckt mit den Schultern. „Ich kann es dir nicht sagen. Immer, wenn es nötig ist. Bist du böse?"

Ich werfe einen Blick über meine Schulter zu dem grinsenden Kerl auf der Rückbank, dem es offensichtlich gefällt, ausnahmsweise mal mich auf die Palme zu treiben.

„Zweisamkeit wäre mir lieber, aber ich werde es überleben. Ich frage mich nur, ob er nichts Besseres zu tun hat. Immerhin ist doch heute sein Geburtstag."

Im Augenwinkel beobachte ich, wie Rapha sich nach vorn beugt und eine Augenbraue hebt. „Du weißt, wann ich Geburtstag habe? Nicht mal die Lehrer wissen das."

Ich rolle mit den Augen und drehe mich in seine Richtung. Dadurch sind wir uns auf einmal so nahe, dass ich zurückzucke und ihn böse ansehe. Dafür, dass er mich so sehr hasst und ich ihn in Ruhe lassen soll, rückt er mir ziemlich auf die Pelle und nimmt mittlerweile einen viel zu großen Teil in meinem Leben ein.

„Wir waren ziemlich lange befreundet und wir sind Nachbarn. Ich weiß, dass du deinen Geburtstag nicht gern feierst. Du hältst davon nichts. Deshalb habe ich dir nicht gratuliert."

Er verzieht anerkennend den Mund. „Ich bin beeindruckt."

„Du ziehst deinen Wettgewinn also zurück?"

Wieder dieses breite Grinsen. „Da du mit meinem besten Freund zusammen bist und wir wohl oder übel miteinander auskommen müssen, kann ich nicht mehr so tun, als würde es dich nicht geben. Also ja."

Er reicht mir eine Hand nach vorn und ich betrachte sie abschätzend. Es würde mir das Leben leichter machen, wenn ich ihm wenigstens eine Chance geben würde. Denn er hat recht mit dem, was er sagt. Also schlage ich ein und sehe auf Jas' Gesicht ein erfreutes Lächeln.

Ich hänge an der Kletterwand, unwissend, dass ich eigentlich Höhenangst habe. Dabei bin ich nicht mal weit oben. Anders als Rapha. Der ist fast unter der Decke. Seine Körperbeherrschung ist beeindruckend. Aber Jas steht ihm in nichts nach.

Ich zittere am ganzen Körper, obwohl ich versuche, es zu unterdrücken. Immerhin bin ich gesichert. Selbst wenn ich fallen würde, könnte mir nichts passieren. Aber meine Gedanken haben keinen Einfluss auf meinen Körper. Die Angst hat nun die Herrschaft an sich gerissen. Mir ist schwindelig und meine Hände werden feucht.

„Tief durchatmen."

Ich halte inne und werfe einen Blick zur Seite. Jas ist bei mir, was mich etwas beruhigt und mir ein zittriges Lächeln ins Gesicht zaubert.

Obwohl er vermutlich lieber bei Rapha wäre, sich freier und schneller bewegen würde, bleibt er bei mir. Passt auf mich auf. Was mir ein warmes Gefühl beschert.

„Ich glaube, ich würde gern wieder runter. Aber bitte nicht abseilen, sondern klettern."

„Natürlich, Liebes. Ich wusste nicht, dass du Höhenangst hast."

Schnaufend lache ich auf. „Tja, liegt wohl daran, dass ich es selbst nicht wusste. Aber mir wäre es deutlich lieber, wenn ich wieder etwas mehr als ein paar kleine Griffe unter meinen Füßen hätte."

„Okay, dann gehen wir langsam runter. Keine Hektik, ich bin bei dir." Zuversichtlich sieht er mich an und ich versinke für den Bruchteil einer Sekunde in seinen Augen. Doch dabei wird mir noch schwindeliger, weshalb ich mich wieder auf meine Hände und Füße konzentriere.

Ich sehe nach unten, suche den nächsten Griff, auf den ich meinen Fuß stellen kann, und bereue es direkt, weil sich meine Welt noch schneller dreht. Ich sehe wieder nach vorn und versuche mein Glück.

Der Griff kommt jedoch später als erwartet und das versetzt mir so einen Schrecken, dass ich abrutsche und loslasse. Ich will schreien, aber nichts passiert, außer dass mein Magen in die Tiefe rutscht. Langsam öffne ich meine Augen und sehe Jas, der meine Hand gepackt hat und mir dabei hilft, wieder Halt zu finden.

„Danke", flüstere ich atemlos. Mein Herzschlag beruhigt sich und sobald ich mich bereit fühle, wage ich erneut den Abstieg. Diesmal funktioniert es. Ich sehe nach unten und der Schwindel holt mich direkt wieder ein.

„Hör auf, nach unten zu sehen, und konzentriere dich lieber nur auf das vor dir. Und das Atmen nicht vergessen."

Ich versuche, mich so gut es geht daran zu halten, was er mir rät, und tatsächlich klappt es gut.

Sobald ich am Boden angekommen bin, mache ich einen Freudensprung und falle Jasper erleichtert in die Arme. „Danke, dass du mich gerettet hast und sorry, dass ich dir den Spaß verderbe. Das hast du dir sicher anders vorgestellt."

„Hauptsache, ich kann Zeit mit dir verbringen. Mehr möchte ich gar nicht."

Dann drückt er mir einen Kuss auf den Haaransatz

und ich lächele ihn an. Er ist unglaublich. Wieso ist mir das vorher nie aufgefallen?

Irgendwann landet Rapha wieder auf dem Boden und grinst mich wissend an.

„Ist wohl nicht deins?"

„Nein, das bleibt euer Hobby."

Er lacht. Jas drückt mich enger an sich und ich schmiege mich an seine Seite. Jetzt, wo ich wieder festen Boden unter den Füßen habe, ist der Schwindel weg und es geht mir deutlich besser.

„Was hältst du von einem Boulder-Wettkampf? Wer zuerst auf der anderen Seite ist?", fragt Jas seinen Freund.

Der Schwarzhaarige zuckt mit den Schultern. „Klar, wieso nicht? Wir wissen sowieso, wer gewinnt."

Jas boxt ihm gegen den Oberarm und strahlt über das ganze Gesicht. „Na klar – ich."

„Das glaubst auch nur du, Sander."

Fasziniert beobachte ich die beiden, wie sie miteinander umgehen. Obwohl sie sich beleidigen, ärgern und „Wer hat das größere Ego?" spielen, sieht man die Vertrautheit zwischen ihnen.

Sie würden vielleicht nicht füreinander sterben, aber sie würden viel für den anderen geben.

Ich bekomme noch einen Kuss, einen langen, sehnsüchtigen, der mich unter Strom setzt. Danach stellen sich beide vor die Wand und warten auf meinen Startschuss. Obwohl ich natürlich Jas die Daumen drücke, wünsche ich beiden viel Glück.

„Auf die Plätze. Fertig. Los!"

Als würde viel an ihrem Sieg hängen, stürzen sie an die Wand. Jas liegt um eine Haareslänge in Führung, muss dann allerdings einen Alternativweg suchen, weil der nächste Griff zu weit weg ist. Das kostet ihn Zeit und da hat Rapha ihn überholt. Dieser ist gerade an einem Überhang-Boulder, was ziemlich anstrengend aussieht.

Ich stehe dort und beobachte sie fasziniert; ihre Körperspannung und die Genauigkeit ihrer Bewegungen. Das Spiel ihrer Muskeln sieht heiß aus und sie imponieren mir damit definitiv.

Jas holt Rapha ein, ist wieder auf seiner Höhe. Ich kann vor Aufregung nicht stillhalten und verlagere mein Gewicht von einem auf den anderen Fuß, die Daumen gedrückt. Es ist so verdammt knapp. Und dann sind sie am anderen Ende und ... Rapha springt als Erster von der Wand.

Schade. Aber sie waren beide super. Man merkt, dass sie oft hier sind.

Sobald auch Jas neben ihm steht, klatschen sie sich gegenseitig ab und kommen zufrieden auf mich zu.

„Glückwunsch", sage ich zu Rapha und schlinge meine Arme um Jas. Denn für mich ist er der klare Sieger. Doch ich behalte es für mich, weil ich keinen Streit will. Nicht jetzt, da es gerade so harmonisch ist und sich gut anfühlt.

Kapitel 18

Heute wollen Day und ich den Tag ganz allein miteinander verbringen. Gerade sind wir auf dem Weg zur Kirmes im Nachbarort. Da die Parksituation eine absolute Katastrophe ist, haben wir genug Zeit zu reden, während wir in die Stadtmitte schlendern.

„Du hast mir noch gar nichts von deinem mysteriösen Date erzählt. Wie ist es gelaufen?"

Bei den Worten erinnere ich mich an den schönen Tag zurück und lächele vor mich hin. Mir wird warm und ich werde kribbelig. „Es war echt schön. Wir waren klettern und am Abend waren wir noch tanzen. Ich hatte viel Spaß."

Ich sehe Day an, die mich warm anlächelt. „Das klingt wirklich super. Und wann lerne ich ihn kennen?"

Wie erstarrt bleibe ich stehen und bin vollkommen entgeistert. „Das mit uns ist ganz frisch. Warum sollte ich ihn schon vorstellen? Ich habe doch keine Ahnung, ob das etwas Ernstes ist."

Nun sieht sie überrascht aus. „Nicht? Ich dachte nur, weil du vorher nie mit jemandem zusammen warst. Möchte er nichts Festes oder bist du dir unsicher?"

Ich ziehe sie an ihrem Arm weiter, da die Passanten uns bereits anrempeln, weil wir mitten im Weg stehen geblieben sind.

„Ehrlich gesagt, ist es kompliziert. Ich bin unsicher, ob ich damit leben kann und möchte. Deshalb genieße ich, was ich bekomme, solange es mir dabei gut geht."

Sie nickt, wirkt aber abwesend und nachdenklich. Da sie nichts weiter sagt, lasse ich das Thema ruhen. Und dann sind wir schon da.

Wir holen uns direkt am ersten Wagen ein Bier und stellen uns hinter die Menge vor der großen Bühne, während der DJ uns mit den aktuellen Charts zudröhnt.

Mit einem Nicken macht Day mir deutlich, dass sie nach vorn - mitten in die Menge - gehen will. Also trinke ich aus und folge ihr. Wie die anderen wirft sie ihre Hände in die Luft und grölt den Sommerhit mit, der rauf und runter läuft.

Es dauert nicht lange, bis ich mich anstecken lasse und es ihr gleichtue, mich dabei voll verausgabe. So lange, bis ich heiser werde und was zu trinken brauche.

Also beuge ich mich ihr entgegen und rufe laut „Durst" in ihr Ohr. Sie nickt und gemeinsam bahnen wir uns einen Weg zurück durch die Feiernden und bestellen uns eine Cola.

Nebeneinander bummeln wir an den ganzen Buden und Fahrgeschäften vorbei und unterhalten uns. Stirnrunzelnd bemerke ich dann einen Tumult. Kichernde Mädchen laufen vorbei und wirken ganz aufgewühlt. Gibt es heute etwas Besonderes, von dem ich nichts mitbekommen habe? Vielleicht wurde ein Star eingeladen, auf dem Fest zu spielen.

„Weißt du, warum alle so aufgeregt sind?"

Day grinst breit und zeigt nach vorn. In dem Moment teilt sich die Menge und zum Vorschein kommen die Royals. Na Halleluja.

Doch das, was sich vor mir ereignet, ist beeindruckend. Obwohl wir Ende Oktober haben, scheint die Sonne heute ununterbrochen und setzt die Jungs in Szene.

Enzo führt die Gruppe an. Hinter ihm folgen Jas und Rapha, sodass Sam und Mace das Schlusslicht bilden.

Wenn es nur die Jungs wären, würde es mich nicht stören. Aber zu allen Seiten hängen irgendwelche Mädchen an ihnen dran.

Alle machen ihnen Platz und betrachten sie wie Stars und Sternchen. Gut, mit ihren aufgeknöpften Hemden und dem Selbstbewusstsein, das sie ausstrahlen, sehen sie wirklich heiß aus.

Sämtliche Mädchen und junge Frauen sehen ihnen mit glitzernden Augen hinterher. Deren Partner reagieren eifersüchtig und wollen die Aufmerksamkeit mit einem Rippenstoß wieder auf sich lenken.

Mein Blick streift den von Enzo und kurz den von Rapha. Aber allen anderen weiche ich aus.

„Dass sie auch überall denselben Effekt haben. Und das Schlimmste: sie genießen das noch."

„Niemand kann sich ihrer Ausstrahlung entziehen. Das ist auch gut für sie, weil ... Wollen wir uns eine Bratwurst holen?"

Mit schiefgelegtem Kopf sehe ich sie an. Was genau wollte sie sagen? Warum ist diese Aufmerksamkeit gut für die Royals? Aus zusammengekniffenen Augen betrachte ich Day, doch sie hat mir bereits den Rücken zugedreht.

Dass sie mir etwas verheimlicht, habe ich geahnt, aber nun verdichten sich die Anzeichen. Also versuche ich, sie durch das dichte Gedränge zu verfolgen und verliere sie.

Plötzlich stolpere ich über einen Hund. Dieser jault auf. Ich falle nach vorn. Direkt in die Arme von jemandem. Als ich ihn erkenne, nehme ich sofort Abstand. Verlegen sehe ich ihn an.

„Entschuldigen Sie, Herr Pegel! Ständig ziehe ich Sie in meine Tollpatschigkeit mit rein. O nein, ich habe Ihr Hemd ruiniert! Das tut mir wahnsinnig leid. Natürlich komme ich für die Reinigungskosten auf."

„Nina, immer mit der Ruhe. Ihnen geht es gut, oder?"

Ich beruhige mich und nicke. Trotzdem sehe ich mich zu allen Seiten um, ob jemand den Vorfall beobachtet hat. Wenn schon mein Lehrer hier steht, obwohl ich überhaupt nicht mit ihm gerechnet habe, will ich nicht wissen, ob sich nicht doch der eine oder andere Schüler hierher verlaufen hat.

Wenigstens muss ich mir keine Sorgen machen, dass die Royals es mitbekommen haben. Da sich die weiblichen Wesen in der Nähe nicht die Hälse verrenken, kann ich davon ausgehen, dass sie nicht da sind.

„Gut, das ist wichtiger als mein Hemd. Die Reinigung müssen Sie nicht bezahlen. Es war nicht Ihre Absicht."

„Ninou? Wo bist du?"

Ich sehe mich um und hebe meine Hand, um Day zuzuwinken. „Ich bin hier."

„Ninou?", fragt Mister P überrascht.

Ich zucke die Schultern und dann stößt Day zu uns. Sie will etwas sagen, als sie Mister P wahrnimmt und ihr der Mund aufklappt.

„Mama? Erinnerst du dich an Herrn Pegel?" Sie wird rot.

„Ja, natürlich." Beide begrüßen sich verhalten, was mich stutzen lässt.

„Kommt, ich lade euch auf ein Getränk ein."

Die beiden lächeln sich an und ich bin eindeutig überflüssig. Also gehe ich ein paar Schritte rückwärts, um mich aus dem Staub zu machen. „Für mich nicht, danke. Ich werde mich noch etwas umsehen. Und nochmal Entschuldigung, Mister P."

Bevor noch irgendwer der beiden etwas sagen kann, drehe ich mich um und verschwinde in der Masse. Gerade als ich mich frage, was ich als Nächstes tun soll, vibriert mein Smartphone und ich lese die eingegangene Nachricht von Jas.

*„Triff mich, sobald es dunkel ist,
am Riesenrad. Und Liebes, ich will,
dass du dich vorher schon reibst
und kurz vorm Orgasmus aufhörst.
Und zieh die Unterwäsche aus."*

„Ich weiß nicht, ob ich das kann."

„Mach es, Liebes. Für mich."

Mein Körper spielt augenblicklich verrückt und mir wird heiß. Die Vorstellung, seiner Bitte nachzukommen, ist auf den ersten Blick befremdlich. Auf den zweiten ist der Gedanke jedoch ziemlich aufregend. Nur wie hat er sich das vorgestellt? Ich kann es unmöglich hier in der Öffentlichkeit tun und ich finde es verrückt, überhaupt darüber nachzudenken. Will er mich auf dem Riesenrad verführen?

Schon der Gedanke daran macht mich feucht. Ich brauche mich nicht mal anzufassen, um für ihn bereit zu sein. Trotzdem suche ich das Toilettenhäuschen auf und lasse mich in einer Kabine nieder.

Mein Herz wummert kräftig gegen meine Rippen. Soll ich es wirklich machen? Mir wird vor Aufregung schwindelig.

Langsam streichen meine Hände über meinen Bauch, nach hinten zu meinem Rücken und hoch zum Verschluss meines BHs. Bevor ich zu lange darüber nachdenken kann, öffne ich ihn, ziehe die Träger unter den Hoodieärmeln nach unten, sodass ich herauskann, und ihn hervorhole. Schnell stopfe ich ihn in die Bauchtasche des Hoodies.

O mein Gott, ich mache das wirklich. Und es ist prickelnder, als ich annahm.

Dann ziehe ich die Jeans und meinen Slip hinunter. Ich steige aus meinen Sneakers und aus der Wäsche. Meine Mitte pocht und verlangt nach Aufmerksamkeit. Ich spreize meine Beine etwas, lehne mich gegen die Kabinentür und versuche, die Menschen und Geräusche um mich herum auszublenden.

Mit geschlossenen Augen stehe ich da, visualisiere Jas und seinen verführerischen Körper und stelle mir vor, dass es seine Hand ist, die mir unter dem Pulli über die Brüste streichelt. Wie sie sich ihren Weg über meinen Bauch bahnt und eine sanfte Gänsehaut durch die hauchzarte Berührung auslöst.

Je tiefer meine Hand wandert, umso größere Aufmerksamkeit verlangt mein Kitzler. Er ist schon angeschwollen und will berührt werden.

Mit einem Finger fahre ich durch meine Spalte, spreize meine Lippen und presse meinen Mund zusammen, als ich an meiner pochenden Klit ankomme. Ich umrunde sie, unterdrücke das Stöhnen.

Mein Atem wird schwerer und meine kreisenden Bewegungen schneller. Ich kann mich nicht lange beherrschen. Meine Fantasie geht mit mir durch und so dauert es nicht lange, bis ich so aufgeheizt bin, dass ich kurz vor meinem Orgasmus stehe.

Für eine Sekunde denke ich daran, es zu Ende zu bringen. Ich will kommen. Mein Finger und meine Hand sind bereits nass und ich spüre das herannahende Ende.

Atemlos ziehe ich meine Hand zurück und muss erstmal runterkommen. Als ich meine Augen öffne, wird mir bewusst, wo ich mich befinde. Inmitten einer dreckigen Toilette auf einem Fest.

Schnell schlüpfe ich zurück in meine Hose und ziehe sie mir über den Hintern. Doch ohne meinen Slip ist es ein seltsames Gefühl an meiner Spalte. Vor allem, weil die Naht sich zwischen meine Lippen schiebt und mich mit jeder Bewegung weiter reizt.

Mit erhitzten Wangen halte ich inne und weiß nicht, wie ich mich jetzt verhalten soll. Jemand klopft an die Kabinentür und fragt, ob alles in Ordnung sei. Ich antworte, dass ich gleich fertig bin.

Dann vibriert mein Smartphone.

„Wo bleibst du? Wir haben nicht so viel Zeit."

„Bin gleich da."

Ich werfe einen Blick auf die Uhr. Die Sonne ist vor einer Weile untergegangen und ich war länger hier drin als angenommen.

Obwohl mich jeder Schritt quält und ich mein Stöhnen unterdrücken muss, verlasse ich die Toilette. Entschuldige mich bei der Frau, die offenbar ziemlich dringend muss, und mache mich auf den Weg zum Riesenrad.

Zwischendrin muss ich immer wieder innehalten, weil ich sonst direkt kommen würde. Ich habe das Verlangen, meine Jeans zurechtzurücken, aber nicht vor all diesen Menschen.

War das sein Plan? Sollte ich mich quälen und mich nach Erlösung sehnen? Wenn ja, hat er sein Ziel definitiv erreicht. Ich bin spitz wie selten und immer wieder kurz davor, meine Lust hinauszustöhnen.

Als ich das Riesenrad sehe, bin ich unendlich erleichtert. Ich stehe mittlerweile so unter Spannung, dass ich es nicht mehr lange aushalte. Genau das, was der Mistkerl wollte.

Mich zusammenreißend gehe ich weiter und erkenne Jas. Mein Herz beginnt, heftiger zu schlagen und in meiner Mitte zieht sich alles verlangend zusammen. Ich will nur noch über ihn herfallen.

Allerdings bekommt meine Lust einen riesigen Dämpfer, als ich Rapha hinter ihm auftauchen sehe. Offenbar war er gerade im Kassenhäuschen und hat Tickets gekauft. Müssen wir wirklich alles mit ihm zusammen machen? Eigentlich dachte ich, wir könnten jetzt dort ansetzen, wo ich aufhören sollte.

Dennoch stoße ich mich mit den Füßen vom Boden ab, laufe Jas entgegen, breite meine Arme aus und springe ihm in seine. Er fängt mich, ich stöhne gequält auf und schlinge meine Beine um seine Hüften. Die Reibung ist zu stark. Wenn ich ihn nicht bald in mir spüre, werde ich es mir mit der Naht machen.

Küssend gebe ich mich meiner Begierde hin und beiße ihm in die Schulter. Jas seufzt mir ins Ohr. „Was ist denn los? Du bist so wild, Liebes."

Er tut ganz überrascht, aber ihm muss klar sein, dass ich vor Lust vergehe. Die Unschuldstour kaufe ich ihm nicht ab. Dann lässt er mich herunter und ich nehme Rapha im Augenwinkel wahr.

„Hey, Babe, schön, dich zu sehen. Du wirkst ziemlich aufgeregt."

Ich erstarre. Weiß er es? Hat Jas es ihm gesagt? Das wäre verdammt unangenehm.

„Raphaël", sage ich bemüht gleichgültig und nicke ihm zur Begrüßung zu. „Bist du gar keine naive Blondine aufreißen?"

Er grinst verwegen. „Nein, weil ich euch den Arsch freihalte, Zuckerpuppe. Ach, und wir sollten vielleicht die Smartphones zurücktauschen. Jetzt wird Enzo immerhin keinen Verdacht mehr schöpfen."

„Stimmt."

Mir entgleiten meine Gesichtszüge und ich beobachte, wie sie ihre exakt gleichaussehenden Smartphones zurückgeben. Rapha sieht mich ganz genau an und zwinkert mir zu. Das ist der Todesstoß. Ich verbrenne innerlich, so unangenehm ist es mir, als mir klar wird, dass ich nicht mit Jas, sondern mit ihm geschrieben habe.

„Du hast dich heute für eine ziemlich enge Jeans entschieden. Reibt die nicht sehr im Schritt?", erdreistet er sich zu fragen und grinst so frech, dass ich ihm zu gern dieses dreckige Grinsen aus dem Gesicht schlagen möchte.

„Es geht schon", würge ich hervor, aber das Zusammenpressen meiner Schenkel straft mich Lügen.

Ich sehe das Funkeln seiner Augen und werde das Gefühl nicht los, dass er sich köstlich auf meine Kosten amüsiert.

„Was meinst du, wollen wir Riesenrad fahren?"
„Klar."

Es ist sonst niemand da, der ebenfalls mitfahren will. Die meisten sind entweder viel zu betrunken oder wollen es werden.

Mit einem fetten Grinsen dreht der Mädchenmagnet sich zu uns herum und winkt uns heran. Ein Angestellter öffnet uns eine Kabine und Jasper lässt mir den Vortritt. Kurz spricht er noch mit Rapha, der zu meiner Erleichterung nicht miteinsteigt. So können wir wenigstens fünfzehn Minuten Fahrt ohne ihn genießen. Die Kabine wird hinter Jas geschlossen, der sich mir gegenübersetzt und ein ähnliches Gesicht macht wie sein Freund. Ruckartig setzt sich das Rad in Bewegung und ich sehe ihn fragend an.

„Was habt ihr getan? Ihr grinst beide um die Wette."

„Rapha hat uns ein Geschenk gemacht."

Skeptisch sehe ich ihn an. „Ach, und wie sieht das aus?"

„Er hat dem Kassierer genügend Geld geboten, dass wir nach oben fahren und dort zwanzig Minuten den *Ausblick genießen* können."

Bei den Worten „Ausblick genießen" malt er Gänsefüßchen in die Luft und zwinkert mir zu. „Ist nicht viel Zeit, aber sie sollte uns reichen."

Mit großen Augen sehe ich ihn an und kann nicht glauben, was er gerade gesagt hat. Er will es wirklich hier oben machen. In einem Riesenrad.

In mir beginnt es heftig, zu kribbeln, und ich kann es kaum noch abwarten. Mein Blick gleitet an ihm vorbei nach draußen, um wieder zu Luft zu kommen. Doch ich muss ihn direkt wieder ansehen. Und kaum sind wir oben, da setze ich mich breitbeinig auf seinen Schoß und küsse ihn hungrig. Meine Finger krallen sich in Jas' Nacken und bevor ich anfange, mich an ihm zu verbrennen, löse ich mich und sehe tief in Jas' grüne Augen.

„Ich verzehre mich nach dir. Dich zu sehen, ohne dich ansehen zu dürfen, zu sehen, wie die Mädchen euch hinterhergaffen und dich wollen, wie ich dich will … das ist pure Folter. Aber es macht mich scharf auf dich."

„Und mich macht es an, wie selbstverständlich du dir nimmst, was du willst."

Mit fahrigen Händen knöpfe ich sein Hemd auf und streiche mit meinen Fingerkuppen über seine definierte Brust, gleite über jede Erhebung und Vertiefung. Seine Haut ist glatt, warm und fühlt sich hervorragend an. Meine Lippen folgen meinen Fingern, legen eine feuchte Spur kreuz und quer über seinen Oberkörper. Die gezielt platzierten Bisse an Hals, Schulter und Brust verfehlen ihre Wirkung nicht.

Sein Schwanz regt sich in der Jeans.

Endlich genießt Jas nicht mehr nur, sondern wird aktiv. Er umschlingt meinen Oberkörper und küsst mich überall, wo seine Lippen meine Haut erreichen. Ich gebe mich ihm hin, lege meinen Kopf in den Nacken, als er meinen Hals küsst. Sobald er meinen Busen erreicht, drücke ich mich ihm entgegen. Gefangen in meiner Leidenschaft und dem Spiel seiner Lippen merke ich nicht, wie sich ein Arm von mir löst. Jas öffnet meine Hose und zerrt sie herunter. Ich hebe meinen Hintern hoch, um ihm zu helfen. Unerwartet spielt er mit den Ketten meines Piercings und streicht über meine Schamlippen.

„Habe ich dir eigentlich je gesagt, wie heiß ich dein Piercing finde und wie eifersüchtig ich war, als Mace davon erzählt hat?"

Seine geraunten Worte berühren mich in mehr als einer Weise. Doch bevor ich es zerdenken kann, stoße ich einen heiseren Schrei aus, als er mit einem Finger unerwartet in mich eindringt.

Plötzlich liegen seine Lippen auf meinen und wie von allein verflechten sich unsere Zungen zu einem erotischen Spiel, das knisternde Funken durch meinen Körper schickt, als hätte jemand Wunderkerzen in mir angezündet. Seine Zunge ist geschickt und ich stelle mir vor, wie geschickt sie wäre, wenn er sie weiter unten zum Einsatz brächte.

Ein Keuchen entringt sich meiner Kehle, als seine Finger sich in mir zu bewegen beginnen und mein Verlangen weiter steigern.

„Oh Liebes, du zerfließt ja förmlich …"

Ganz von allein drückt sich mein Unterleib seinem Finger entgegen, bis noch ein zweiter dazukommt und sich sein Daumen auf meine geschwollene, harte Perle legt. Auch wenn ich es genieße, will ich ihm ebenfalls ein schönes Gefühl bereiten und ihn in eine Pfütze aus Ekstase verwandeln.

Mit fahrigen Fingern öffne ich den Bund seiner Jeans, schiebe die Boxershorts herunter und befreie seine Erregung aus ihrem Käfig, die sich mir prall und in voller Länge präsentiert. Augenblicklich werde ich feuchter. Ich hebe meine Hüfte, um seine Finger aus mir gleiten zu lassen und dann auf den Boden zu sinken. Ich umfasse seinen Schwanz locker, um die Vorhaut runterzuziehen und sein bestes Stück mit meinen Lippen zu umschließen. Langsam nehme ich ihn tief in mir auf und beginne, ihn sanft zu saugen. Dafür ernte ich ein tiefes Stöhnen und spüre das Zittern, welches ihn durchströmt.

Als ich seine Erregung wieder herausgleiten lasse, bekommt Jas minimal meine Zähne zu spüren, was ihn rau stöhnen lässt. Mit meiner Zunge umkreise ich seine Eichel. Unkontrolliert stößt er seinen Schwanz in meinen Mund und zieht sich direkt wieder zurück.

„Entschuldige, Liebes. I-ich … das wollte ich nicht."

Mit seinen Händen umfasst er mein Gesicht, zwingt mich, zu ihm aufzusehen, und dirigiert meinen Kopf hoch, um mich erst auf die Stirn, auf die Nase und dann auf den Mund zu küssen. „Für einen Moment hatte ich mich nicht unter Kontrolle."

Ich bin ihm nicht böse. Deshalb lächele ich ihn beruhigend an und streichele ihm über die Wange.

„Bitte, Baby, ich will dich in mir spüren", raune ich ihm gegen die Lippen.

„Ich weiß, Liebes. Gleich ..."

Er gibt mir einen Zungenkuss und ich beiße ihn vor Ungeduld. Sein Stöhnen heizt mir weiter ein.

Als er mich freigibt, bringe ich mich über ihn und lasse mich auf seine zuckende Erregung nieder. Ich seufze und spüre die Funken durch meinen Körper toben, darauf hoffend, sie mögen bald in mir explodieren.

Von meiner Begierde getrieben, beginne ich, ihn zu reiten, spüre seine Hände auf meinem blanken Arsch und kralle mich in seiner Schulter fest.

Schwer springen meine Brüste auf und ab, während ich mich auf ihm bewege. Meine Lippen schließen sich fest um ihn, wollen ihn nicht gehen lassen und ich spanne meine Muskeln an, um es ihnen gleichzutun und uns beiden noch mehr Lust zu bereiten.

Es dauert nicht lange und ein silberner Schleier legt sich über meine Augen, als ich kurz davor bin, zu kommen. Unser Stöhnen vermischt sich miteinander und weil mir das nicht reicht, lege ich selbst Hand an, drücke meine Finger auf meine pralle Knospe und katapultiere mich in ungeahnte Höhen. Mit einem Aufschrei komme ich, krampfe mich um ihn und nehme ihn mit mir.

Kapitel 19

Rapha

„Du verlangst da echt viel von mir."

Ich kann förmlich durch das Smartphone sehen, wie er mit den Augen rollt. Aber er kennt mich lange genug, um zu wissen, dass es keine einfache Sache ist, um die er mich bittet.

„Wirst du es tun oder nicht?"

Wie gern möchte ich nein sagen und es würde mich auch nicht weiter jucken. Mir egal, ob Jasper sauer oder beleidigt wäre. Einzig ein Gedanke hält mich davon ab.

Je mehr ich ihm helfe, umso mehr kann ich davon ausgehen, dass Ninas Fokus auf ihm liegt und auch dort bleibt.

„Ja. Sag mir, wann ich wo sein muss, und ich werde da sein."

Sobald er mir die Daten durchgegeben und seinen Standort geschickt hat, hole ich meine geliebte Ducati aus der Garage und einen zweiten Helm, den ich, durch die Öffnung unten und bei hochgeklapptem Visier, über meinen Arm ziehe. Kurz streiche ich über das Leder des Sitzes und schwinge mich rauf.

Mit einem vertrauten Schnurren erwacht meine Maschine und Adrenalin jagt durch meinen Körper. Das Vibrieren fährt bis in meine Fingerspitzen.

Allerdings wird die Freude dadurch getrübt, dass ich Nina eineinhalb Stunden durch die Gegend kutschieren darf. Viel mehr gefällt mir der Gedanke, sie zu versetzen und damit zu ärgern. Nur würde ich damit die Freundschaft zu meinem besten Freund gefährden und das ist sie nicht wert.

Also fahre ich wie besprochen einen Kilometer vor unser Dorf und erkenne sie schon von Weitem. Sie tänzelt durch die Gegend und sieht glücklich aus. Ihr breites Grinsen fällt mir umso mehr auf, je dichter ich ihr komme. Wenn man das sieht, möchte man am liebsten spucken.

Sobald sie bemerkt, dass ich langsamer werde und schließlich vor ihr zum Stehen komme, sieht sie mich skeptisch an. Ja, Babe, ich habe genauso wenig Lust auf dich wie du auf mich, aber da werden wir jetzt beide durchmüssen.

Ich klappe das Visier meines Helmes hoch, lasse den Motor jedoch laufen.

„Wirst du mir jetzt sagen, dass er nicht kommt?"

Es juckt mir in den Fingern, genau das zu tun: sie

in dem Glauben zu lassen, dass er Besseres zu tun hat. Aber ich lasse es und verdrehe stattdessen die Augen.

„Ja, irgendwie schon. Aber genau genommen will ich, dass du den Helm aufsetzt und dich auf meine Maschine schwingst, Babe."

Ich nehme den Helm von meinem Arm und reiche ihn ihr. Doch sie nimmt ihn nicht, sondern betrachtet ihn nur. Es war klar, dass es nicht leicht werden würde, sie zu überzeugen. Diese Frau ist eben eine wandelnde Nervensäge.

„Wieso sollte ich das tun?"

Wie gern würde ich ihr sagen, sie solle nicht so dämliche Fragen stellen. Mein Geduldsfaden ist kurz, Jas hat mit seiner Bitte schon ein beträchtliches Stück abgeschnitten und ich ahne bereits, dass Nina den Rest schneller, als gut für sie ist, auflösen wird.

Tief Luft holend, halte ich ihr den Helm mit Nachdruck hin.

„Weil ich deine Möglichkeit für einen guten Fick bin."

„Aber doch nicht mit dir!"

Angeekelt sieht sie mich an. Das kratzt mehr an meinem Ego, als ich zugeben will. Ich will das überspielen und verdrehe deshalb die Augen. Nicht, dass ich mit ihr ins Bett will, aber bisher hat sich keine Frau dagegen gewehrt. Für gewöhnlich stößt mich keine von der Bettkante, sondern zerrt mich eher noch ins Bett rein. Und das, obwohl keine von ihnen weiß, wer ich bin.

„Bist du wirklich so dumm, Babe? Ich bringe dich

zu Jasper, weil es bei mir weniger auffällt, als wenn er mit wem wegfährt."

„Und wo ist er? Hätte er mich nicht in irgendeinem Nachbarort aufsammeln können?"

Meine Hand verkrampft sich um den Helm, den sie mir bisher nicht abgenommen hat. Ich hoffe für sie, dass wir die Fahrt schnell hinter uns bringen. Zum Glück kann ich da etwas nachhelfen.

„Entweder du nimmst jetzt diesen verdammten Helm und steigst auf oder ich fahre ohne dich. Wie kann man nur so unfassbar stur und nervig sein?"

Mit großen Kulleraugen sieht sie mich an und ich muss das Seufzen unterdrücken. Dieses Biest beherrscht ihre wenigen Reize perfekt und das, ohne sich dessen bewusst zu sein. Das macht sie noch unausstehlicher.

Endlich nimmt sie mir den Helm ab und setzt ihn auf. Ich richte meine Aufmerksamkeit auf mein Smartphone und schreibe Jasper, dass wir uns jetzt auf den Weg machen und in einer Stunde da sind.

„Fahr gefälligst vorsichtig."

> *„Keine Sorge. Ich werde bloß die Zeit etwas vorspulen. Immerhin will ich euch nicht länger als nötig warten lassen."*

„Du meinst, du möchtest nicht länger als nötig in ihrer Nähe sein?"

Grinsend stecke ich das Telefon zurück in die Jackentasche und ziehe den Reißverschluss zu. Er kennt mich halt.

„Kannst du endlich aufsteigen? Oder bist du zu klein?"

Der Sozius ist hoch, aber mit den Fußrasten sollte sie trotzdem raufkommen. Auch bei ihrer winzigen Größe.

„Danke, ich schaffe das schon."

Endlich kommt sie schwungvoll auf meiner Maschine zum Sitzen, hält sich aber nicht an mir fest. Was bitte hat sie vor? Es gibt keinen Haltegriff und die Geschwindigkeiten, die ich fahren werde, würden sie direkt runterschleudern.

Deshalb greife ich blind hinter mich, packe ihre Handgelenke und ziehe sie mit einem Ruck nach vorn, sodass sie gegen meinen Rücken knallt. Sie stößt einen überraschten Schrei aus, wehrt sich aber nicht, sodass ich ihre Hände um meinen Bauch schlingen und sie anweisen kann, ihre Finger miteinander zu verschränken.

Auch wenn wir beide sonst nicht scharf auf Körperkontakt sind, kann ich nur so für ihre Sicherheit garantieren.

Als ich mir ganz sicher bin, dass sie sicher sitzt, klappe ich mein Visier runter und gebe Gas. Doch egal, wie sehr ich die Fahrt genieße, ich ertrage ihre Nähe nicht.

Sie rutscht dichter an mich heran und ihre Körpermitte schmiegt sich dabei an mich. Schweiß bricht mir unterm Helm aus und ich kann nicht fassen, was da gerade in meiner Hose passiert.

Mein Schwanz regt sich und wenn sie ihre Hände nur noch einen Zentimeter tiefer gleiten lässt, wird sie es merken. Ich schlucke und meine Wut steigt mit jedem Kilometer, den wir zurücklegen.

Kurzerhand greife ich nach ihrem Handgelenk, schiebe die Hände höher und konzentriere mich gleichzeitig auf etwas anderes. Zum Beispiel darauf, wie nervig ich sie finde.

Doch gerade habe ich mich wieder unter Kontrolle, da rutscht sie erneut auf dem Sitz hin und her und sucht nach einer anderen Position. Wieder reagiert mein Körper anders darauf, als ich es will.

Wutentbrannt darüber, dass sie der Auslöser für meine Erektion ist, fahre ich in einem kleinen Waldstück in eine Forstauffahrt und halte an. Ich klappe mein Visier hoch und drehe mich zu ihr um.

„Was ist mit dir nicht richtig? Kannst du nicht mal ruhig sitzen bleiben?"

Nina macht es mir nach und steigt ab. „Doch, sicher, nur muss ich dringend pinkeln und ich wusste nicht, ob du genervt wärst, wenn wir deshalb anhalten müssen."

Ich stöhne auf. Auch das noch. Hat sie eine Blase wie eine Erbse oder was? Bevor ich etwas sagen kann, ist sie bereits hinter dem nächsten Gebüsch verschwunden und selbst mit Helm höre ich das unverkennbare Zischen, was man nur verursacht, wenn es wirklich dringend ist. Wie hat sie sich das vorgestellt? Wollte sie lieber einpinkeln?

Weil ich mir nicht vorstellen will, wie sie mit heruntergelassener Hose hinter dem Busch hockt, beschleunige ich die Zeit, damit wir nicht zu viel davon verlieren.

„Du hast die Zeit manipuliert, richtig?"

Ihre Stimme ist so nah, dass ich überrascht zu ihr herumfahre. Ich habe ihr Näherkommen nicht mitbekommen. Und ihre Aufmerksamkeit beeindruckt mich. Die Jungs haben mir erklärt, wie es sich für sie anfühlt, wenn ich meine Gabe nutze. Aber obwohl sie wissen, wie es ist, merken sie nicht immer, wenn ich sie einsetze. Sie sind viel zu oft mit sich selbst beschäftigt und haben ihre Aufmerksamkeit nicht im Moment.

Aber Nina hat es gemerkt. Schon beim Rennen, obwohl sie da nicht mal wusste, dass ich überhaupt eine Gabe habe und wie die aussieht. Und selbst jetzt, wo ich erwarte, dass sie gedanklich bereits bei ihrem Date mit Jasper ist, scheint sie diesen Moment zu leben. Auf eine seltsame Art beeindruckt mich das, auch wenn ich es niemals zugeben würde.

„Ja, weil du uns Zeit raubst, Babe."

„Tue ich das?"

Sie stellt sich neben mich, den Helm in ihren Händen. Ihre Augen funkeln herausfordernd. Heute legt sie es wirklich darauf an. Wieso habe ich das nur zugelassen ohne eine Art Rückversicherung?

„Babe, du willst nicht, dass ich die Beherrschung verliere. Also steig auf."

Doch anstatt auf mein Urteilsvermögen einzugehen und mir zu vertrauen, sieht sie mich überlegen an. Automatisch frage ich mich, ob sie irgendein Wort von dem verstanden hat, was ich gerade sagte.

„Ich weiß, warum du mich hasst und mich nicht begehrenswert findest."

Ich ziehe meine Augenbrauen in die Höhe. Eine Sekunde lang glaube ich, dass Jasper ihr unser Geheimnis anvertraut hat. Doch dafür ist sie viel zu entspannt. Dann wird mir klar, was sie da von sich gibt.

Interessiert es sie so sehr, dass ich sie nicht will? Sagt sie nicht immer, dass sie sich vor mir ekele? Aber auf ihren Grund bin ich tatsächlich gespannt. Wenn sich jemand überschätzt, dann ist es unsere hochwohlgeborene Nina.

„Ach ja?"

Sie kommt einen Schritt dichter und sieht mir so tief in die Augen, dass ich tatsächlich Sorge habe, sie könnte Wahrheit von Lüge unterscheiden. Doch das hat sie nichts anzugehen. Alles, was ich mir von ihr wünsche, ist, dass sie mich in Ruhe lässt.

„Ich bin anders. Du hasst mich, weil ich dich auch nach allem, was du gesagt und getan hast, vor Mister P verteidige. Weil ich dich schätze und dir vertraue, obwohl ich es nicht sollte."

Sie glaubt, damit ins Schwarze zu treffen. Doch sie irrt sich gewaltig. Deshalb hasse ich sie nicht. Vielmehr ist es der Grund, weshalb ich sie für grenzenlos dumm halte. Und vielleicht bewundere ich sie dafür ein klitzekleines bisschen.

Dennoch lösen ihre Worte etwas in mir aus. Ich fühle mich in die Ecke gedrängt. Und es ärgert mich, dass sie glaubt, mich zu durchschauen, und irgendwelche Vermutungen als gegeben hinstellt.

„Du suchst nach einer Frau, die dir das Gefühl gibt, nach Hause zu kommen. Eine, bei der du dich anlehnen kannst und du sein kannst, wie du bist. Eine, bei der du dich als jemand Besonderes fühlst und die dich glauben lässt, dass du nicht verloren bist. Und weil ich das in dir auslöse, aber mich nicht für dich interessiere, hasst du mich."

So schnell, wie meine Hand in ihrem Gesicht landet, kann ich nicht denken. Das klatschende Geräusch hallt im Wald wider.

Mit weit aufgerissenen Augen sieht sie zu Boden und führt ihre Hand zu der Wange, die ich getroffen habe. Zitternd steht sie vor mir, aber alles, woran ich denken kann, sind ihre Worte, die sich um meinen Oberkörper winden wie eine Würgeschlange. Ich bekomme kaum Luft.

„Du kotzt mich an. Das, was ich bin, bin ich nur deinetwegen. Du bist an allem schuld, was in meinem Leben danebengegangen ist. Deshalb hasse ich dich und nicht wegen des Mists, von dem du so überzeugt bist. Ich dachte ernsthaft, jetzt, wo du Jasper fickst, könnte ich mit dir klarkommen. Aber ich habe mich geirrt. Sprich mich bloß nie wieder an, solange es sich vermeiden lässt."

Ich zittere vor Wut und balle meine Hände zu Fäusten. Jetzt hasse ich sie noch ein Stück mehr, weil sie mich dazu gebracht hat, genau der Arsch zu sein, den alle in mir sehen – nein, der ich bin.

Wortlos setzt sie sich den Helm auf und schwingt sich wieder hinter mich. Ich bin zu sehr in Rage, um mir über ihre Nähe Gedanken zu machen.

Sie schlingt ihre schlanken Arme um meine Taille, und das *fest*. Glaubt sie ernsthaft, dass ich sie nach dem Streit vom Motorrad fallen lasse? Irgendwie ärgert mich der Gedanke noch viel mehr. Den Fokus darauf gerichtet, sie bald abliefern zu können, starte ich die Kiste und gebe Gas.

Wir sind nicht lange wieder auf der Straße, da legt sich meine Wut und ich bereue, was ich getan habe. Nicht nur dass die Jungs mich umbringen werden, sollten sie von der Ohrfeige erfahren. Und ich zweifele nicht daran, dass sie Jasper direkt davon erzählen wird. Sondern auch, weil ich wieder wunderbar zur Schau gestellt habe, was für ein Wichser ich bin.

Ganz egal, was ich in die Hände nehme, ich mache es kaputt. Ich bin nicht nur ein schlechter Schüler und Sohn, sondern auch ein schlechter Freund und nun auch ein Frauenschläger. Für solche Menschen hatte ich vorher immer nur Verachtung übrig und nun bin ich genauso verachtenswert. Ich bin eine wandelnde Katastrophe.

Ninas Hände wandern während der Fahrt hoch, sodass ihre Arme meine Brust umfassen. Es fühlt sich für einen Augenblick an, als möchte sie mich halten. Als würde sie ahnen, was für ein Sturm in mir tobt und als wolle sie mein Anker sein, damit das Boot nicht kentert.

Aber sie kann nicht wissen, was in mir vorgeht. Und aus welchem Grund sollte sie mich beruhigen? Sie ist hier ganz klar das Opfer und ich bin nur ein Mistkerl, der die Fassung verloren hat.

Trotzdem ist ihre Berührung tröstlich und holt mich von meinem Selbstkasteiungstrip wieder runter und meine restliche Wut verpufft.

Meine linke Hand zuckt, weil ich sie auf ihre legen will. Ich möchte sie festhalten, ihr zeigen, dass es mir leidtut. Und ihre weich aussehende Haut berühren.

Ich presse meine Kiefer aufeinander. Sowas sollte ich nicht denken. Es würde mir das Genick brechen. In vielerlei Hinsicht.

Zum Glück ist die Fahrt schneller vorbei als befürchtet und kaum, dass wir stehen, steigt Nina ab. Ich folge ihr.

Weil ich nicht weiß, wie ich anfangen beziehungsweise was ich sagen soll, strecke ich mich. Ich sehe mich flüchtig um. Um uns herum wächst Dünengras und hinter dem Hügel kann man die Wellen der Ostsee brechen hören. Das hier ist eine schöne Ecke.

Der Wind zerrt an unseren Klamotten und Haaren. Immerhin haben wir den ersten November und wir können froh sein, dass es nicht regnet.

Ich drehe mich ruckartig zu ihr um und erstarre, weil sie so nahe vor mir steht.

„Es tut mir leid."

Absolut verwirrt sehe ich sie an. Ich runzele verständnislos die Stirn. Für einen Moment hörte es sich an, als hätten wir gleichzeitig dieselben Worte gesprochen. Aber das ergibt doch überhaupt keinen Sinn.

„Was bitte tut dir leid? Ich habe dich geschlagen."

„Und du hast mich gewarnt, dass du kurz davor stehst zu explodieren. Aber ich wollte nicht hören und habe mich mit meinen Worten zu weit aus dem Fenster gelehnt. Ich wollte dich provozieren, wusste aber nicht, dass das passiert."

Fassungslos stehe ich ihr gegenüber und kann nicht begreifen, was sie da sagt. Diese Frau ist unfassbar.

„Was hast du denn erwartet, was passiert?"

Sie antwortet nicht, dafür verfärben sich ihre Wangen zunehmend. Ich weiß nicht, was ich davon halten soll, und lasse es daher unkommentiert.

„Nina ...", beginne ich schwerfällig.

Ihr klappt der Mund auf und die Augen fallen ihr fast raus. Ich muss mich zusammenreißen, keine abfällige Geste zu machen. Immerhin will ich mich entschuldigen und nicht weitermachen. Aber nur, weil ich sie bei ihrem richtigen Namen nenne, muss sie nicht gleich ausflippen.

„Hör zu. Du musst dich für gar nichts entschuldigen. Selbst wenn ich dich tausendmal gewarnt hätte, das gibt mir noch lange nicht das Recht, dir eine Ohrfeige zu geben. Was ich tat, war grundlegend falsch, auf ganz vielen Ebenen, und ich kann es nicht wiedergutmachen. Ein Mann sollte niemals eine Frau schlagen. Das ist niveaulos. Überhaupt ist jemanden zu schlagen nicht richtig, wenn es sich nicht um Notwehr handelt.

Und obwohl du keinen Grund hast, sie anzunehmen, bitte ich dich hiermit aufrichtig um Entschuldigung. Ich schwöre dir, ich werde es nie wieder tun."

Nina lächelt mich strahlend an, als wäre überhaupt nichts gewesen. Dann tritt sie auf mich zu und schlingt ihre Arme um meinen Nacken. Stocksteif stehe ich da und kann mich nicht bewegen. Ich möchte die Umarmung erwidern, aber gleichzeitig auch nicht. Sondern sie am liebsten von mir stoßen.

Als sie sich von mir löst und mir wieder gegenübersteht, legt sie ihren Kopf leicht schief und sieht mir tief in die Augen.

„Ich spüre, dass du es ernst meinst, und deshalb vergebe ich dir."

„Was vergibst du ihm, Liebes?"

Ich drehe meinen Kopf ruckartig nach links. Dort steht Jasper und sieht mich aus schmalen Augen an. Die Sonne bricht in dem Augenblick hervor und bescheint ihn von hinten.

Sofort trete ich einen Schritt zurück und er geht zu seiner Freundin, um sie zu begrüßen. Sie küssen sich tief und innig, weshalb ich meinen Blick abwende und meine Hände hinter meinem Kopf verschränke.

Als sie sich voneinander lösen, sehe ich meinen besten Freund an und will ihm die Wahrheit sagen, als Nina mir zuvorkommt. Sie macht eine wegwerfende Handbewegung, ehe sie ihm eine Lüge auftischt, die mich sprachlos zurücklässt.

„Eines seiner Überholmanöver war riskant und ich fand es knapp. Aber er ist ein sehr guter Fahrer, weshalb ich keine Angst hatte. Er wusste die ganze Zeit, was er tut."

Obwohl ihre Ausrede bei weitem weniger schlimm ist als die Wahrheit, durchbohrt Jasper mich mit seinem Blick und maßregelt mich still. Aber lieber soll er das denken, als die Wahrheit zu wissen.

Ich wollte sie ihm wirklich sagen, aber wenn Nina es nicht macht, dann brauche ich es auch nicht. Die Frage ist nur: Wieso tut sie es nicht?

Sie linst zu mir herüber und lächelt mich zaghaft an, als wäre das nun unser kleines Geheimnis. Bisher hatte ich immer andere, teils schmutzige, aber dieses hier fühlt sich intimer an als alle anderen zuvor.

Dankbar nicke ich ihr zu. Dann wird unser Blickkontakt unterbrochen, weil Jasper sich mir zuwendet und mir auf die Schulter klopft.

„Danke, dass du sie hergebracht hast."

„Kein Problem. Ich lasse euch mal allein."

Ich winke ihnen zum Abschied, setze meinen Helm auf und steige auf meine schwarze Rennmaschine, während die beiden Arm in Arm den Dünenweg zur kleinen Hütte entlanggehen.

Als ich die Ducati starte, dreht Nina sich nochmal zu mir um und ihr verschmitztes Lächeln verschlägt mir den Atem. Keine Ahnung, was ich von all dem halten soll. Aber ich bin ihr etwas schuldig, ohne dass sie es weiß.

Den ganzen Heimweg über denke ich an sie und hasse mich dafür.

Nina

Ich schmiege mich an Jas' Seite und Sand fliegt mir ins Gesicht. Fluchend bleibe ich stehen und reibe mir die Augen.

„Geht's?"

„Ja, ist schon gut. Hast du das alles allein auf die Beine gestellt?"

Wieder sehe ich mich staunend um. Wir stehen vor einer kleinen, schäbigen Holzhütte, die jedoch einen besonderen Charme ausstrahlt. Alles ist mit Lichterketten und Rosen dekoriert. Wo man auch hinsieht, es leuchtet und wirkt warm und gemütlich.

„Ja, ich war den ganzen Tag damit beschäftigt. Und von hier aus haben wir auch einen privaten Zugang zum Strand. Auch dort habe ich etwas vorbereitet."

Seine grünen Augen leuchten vor Stolz und ich finde, stolz kann er auch sein. Denn dass er sich solche Gedanken um Deko und Verpflegung gemacht hat, und zwar nur für mich, ist überwältigend und beeindruckt mich tief.

Ich falle ihm um den Hals und flüstere ihm „Danke" ins Ohr. Die Fahrt hierher hat mich aufgewühlt und die Verbindung, die ich zwischen Rapha und mir empfand, als ich für ihn gelogen habe. Man könnte Rapha für einen Feigling halten, weil er nicht zu seinen Gefühlen stehen will, aber das ist er nicht.

Er hat mehr Mumm als manch anderer, ansonsten hätte er sich nicht entschuldigt.

Jas greift nach meiner Hand und verschränkt unsere Finger miteinander, was mich in die Gegenwart zurückholt. Ich betrachte unsere Hände und genieße das Gefühl der Verbundenheit, das diese Geste in mir auslöst.

Gemeinsam gehen wir zum menschenleeren Strand. Glücklich befreie ich meine Füße aus den Schuhen, auch wenn wir kaum die Temperaturen dafür haben. Ich laufe bis ins Wasser und stoße einen spitzen Schrei aus.

„Verdammt, ist das kalt."

Zwei Arme umfassen von hinten meinen Bauch und Jas legt seinen Kopf auf meiner linken Schulter ab. „Wir haben auch nur sechs Grad und nachts friert es. Erwartest du ernsthaft warmes Wasser?"

Ich höre den Spott heraus und drehe mich in seiner Umarmung um. Wir sehen uns an und egal, was ich gerade noch vorhatte, es ist weg.

Ich klappere mit den Zähnen, woraufhin er mich hochhebt, ohne den Blick von mir zu nehmen. Unsere Lippen finden automatisch zueinander.

Küssend trägt er mich zu einem geschmückten Strandkorb, der direkt auf den Sonnenuntergang gerichtet ist. Er setzt mich darauf ab und beugt sich über mich. Doch er ist nicht nah genug. Am Kragen seiner Jacke ziehe ich ihn zu mir herunter, sodass er auf mir zum Liegen kommt. Sein Körper drückt sich auf meinen.

„Du machst mich ganz wuschig."

Erfreut sieht er mich an. „Ich kann in deiner Nähe auch kaum klar denken."

Gerade will er mich erneut küssen, da sehe ich etwas im Augenwinkel. Ich drehe meinen Kopf beiseite, sodass Jas nur meine Wange erwischt. Stockstark sehe ich zu Vic, der mich mit einem vernichtenden Blick straft.

„Stimmt etwas nicht?"

Mein Blick huscht kurz zu Jas und gleich wieder zurück, doch Vic ist verschwunden. Habe ich ihn mir nur eingebildet? War er hier, um mich daran zu erinnern, dass ich mich von Jas fernhalten soll? Immerhin ist er sehr direkt mit seiner Aussage gewesen, dass er es nicht gut finde, wenn ich mich weiterhin mit ihm treffe.

„Nein, alles gut. Ich dachte, ich hätte was gesehen."

Als hätte ich damit die Stimmung ruiniert, setzt er sich. Ich richte mich auf und will etwas sagen, da legt er seinen Arm um meine Schultern und ich kuschele mich an seine Seite.

Schweigend sitzen wir da, sehen auf das Meer, hören den Wellen zu, wie sie im flachen Wasser brechen und lassen den Sonnenuntergang auf uns wirken.

Da holt Jas eine Gitarre hervor, die vorher an der Seite gelehnt hat. Ich bemerke sie erst jetzt und bin ganz aus dem Häuschen. Mir hat noch nie jemand ein Ständchen gebracht.

Wieder taucht Vic auf und klatscht in die Hände. Doch seine Mimik spricht dafür, dass er genervt ist.

„Wie romantisch, nicht wahr? Frag dich lieber, für wie viele Mädchen er schon gespielt hat."

Es ist, als hätte Vic mir gewaltsam einen Stein zum Schlucken gegeben. Ich bekomme ihn kaum runter und sobald er in meinem Magen angekommen ist, verursacht er mir Schmerzen.

Mir ist bewusst, was Vic vorhat. Er will mir das Date versauen, aber das werde ich nicht zulassen. Trotzdem kann ich mich kaum auf das Lied konzentrieren, weil sich meine Gedanken drehen. Bin ich vielleicht doch nur ein Spielzeug? Ein leichtes Mädchen?

Ich weiß nicht, ob der Song zu Ende ist, oder er ihn abgebrochen hat. Jas' Gesichtszüge wirken eisig und er hält die Gitarre krampfhaft fest.

„Ich verstehe schon. Das hier ist für dich zu kitschig oder du hast keine Lust, hier zu sein, und bist nur zu nett, um es zu sagen. Soll ich dich nach Hause fahren?"

Mein Herz rutscht mir in die Hose. Panik macht sich in mir breit. Wütend sehe ich an Jas vorbei zu Vic, der hämisch grinst.

„Besser, du nimmst sein Angebot an und lässt dich nach Hause fahren. Dann konzentrierst du dich vielleicht wieder auf das Wesentliche. Das hast du nämlich ziemlich aus den Augen verloren, seit du deine rosarote Brille trägst."

„Verschwinde einfach."

Doch Vic steht dort mit verschränkten Armen und lacht feixend. „Schätzchen, ich bin dein Gewissen. Irgendjemand muss ja an deinen Verstand appellieren, dass du keinen Fehler begehst."

Ich balle meine Hände zu Fäusten und suche nach etwas, womit ich ihn bewerfen kann. Doch egal, was ich finden würde, es würde knallhart durch ihn durchfliegen und er würde nichts spüren.

„Ich wusste nicht, dass du es so hassen würdest."

Mit großen Augen drehe ich mich zu Jas um, der in sich zusammengesunken dasitzt und mir nicht mal in die Augen sehen kann. Bestürzt beuge ich mich vor und umfasse sein Gesicht. Ich suche den Augenkontakt und als ich ihn habe, küsse ich ihn zaghaft.

„Es ist Vic, okay? Er ist hier und will mir ausreden, mit dir zusammen zu sein. Vic glaubt, dass du nur mit mir spielst."

„Er ist hier? Jetzt in diesem Augenblick?" Suchend sieht er sich um, aber natürlich kann er niemanden sehen. Ganz abgesehen davon, dass Vic sich mittlerweile aus dem Staub gemacht hat.

„Nein, er hat sich gerade aufgelöst."

Er fährt sich mit der Hand durch die Haare, ein klares Zeichen seiner Nervosität.

„Ich spiele nicht mit dir, solltest du dich das fragen. Ich glaube, er will nur verhindern, dass ... Eigentlich dürfte ich nicht mit dir zusammen sein und Vic weiß, was passiert, wenn es ans Licht kommt. Vermutlich will er mich davor schützen."

Ich sehe ihn an. Seine Gedanken ergeben Sinn, das würde zu Vic passen. Aber warum versucht Vic das dann mit Lügen? Er kann doch einfach sagen, dass unsere Beziehung zu Problemen führt.

„Nina, Liebes, ich liebe dich. Mehr als mein Leben. Du kannst mir glauben."

Seine Worte berühren mich tief in meiner Seele und lassen die Wärme zurückkommen. Sie hüllt mich ein wie eine Decke und ich glaube ihm. Wieso sollte ich es auch nicht tun? Seine Augen lügen nicht und wenn er sich wirklich in Gefahr bringt, nur um mit mir zusammen zu sein, dann gibt es doch keinen größeren Liebesbeweis, oder?

Händchenhaltend gehen wir zurück zur Hütte, wo Jas einiges an Essen auftischt und mir sofort das Wasser im Mund zusammenläuft. Er hat uns ein Drei-Gänge-Menü gezaubert und dazu noch Dutzende Leckereien. Wie auf Kommando knurrt mein Magen und wir sehen uns an, bevor wir in Gelächter ausbrechen.

Stunden später liegen wir gemeinsam im Bett. Vollkommen außer Atem und verschwitzt. Ich bin froh darüber, dass Vic uns die restliche Zeit in Ruhe gelassen hat. Mir gefällt es, so losgelöst von Raum und Zeit zu sein.

Wenn man mich fragen würde, würde ich nichts ändern wollen. Von mir aus könnten wir in dieser kleinen Hütte leben bis zum Ende unserer Tage. Alles, was ich brauche, habe ich hier. Und was nicht, kann ich mir besorgen.

Jas' Atemzüge werden gleichmäßiger und ich sehe zu ihm auf. Er ist eingeschlafen und auf seinen Zügen liegt ein zutiefst friedlicher Ausdruck. Wenn man genau darauf achtet, sieht es sogar aus, als würde er lächeln.

Das zu sehen, macht mich froh. Denn mir geht es genauso. Ich fühle mich wohl bei ihm. Mein Herz sprudelt vor Glück über und ich weine stumm. Es ist lange her, dass ich mich so geliebt gefühlt habe wie in diesem Moment.

Nur schwebt noch immer dieses Geheimnis über uns und lässt mich nicht los.

Kapitel 20

Am nächsten Abend gehe ich zum Babysitten und bin froh, aus dem Haus zu kommen. Day und Mister P schweben sowas von auf Wolke sieben. Ich habe Jas gefragt, ob er dazukommen möchte, aber es ist ihm zu riskant. Also bleibe ich mit den wunderschönen Erinnerungen an unser Date allein.

Na gut. So allein, wie man mit den Geistern sein kann.

„Vic hat mir erzählt, dass du gestern ein Date mit Jas hattest. Wolltest du mir davon noch erzählen?"

„Schon irgendwann. Aber ich weiß ja, was du davon hältst."

Ich klingele und bevor Leni mir antwortet, öffnet mir Oliver lächelnd die Tür. Ich winke ihm zur Begrüßung, doch er zieht mich in eine flüchtige Umarmung.

„Komm rein. Tanja kann es kaum erwarten."

„Es ist auch schon lange her."

Er nickt ernst. „Und dir ist bei dem Autounfall wirklich nichts passiert?"

Ich schüttele den Kopf. „Nein, es war nur der Schock."

Er atmet erleichtert aus und ich trete ein. Der junge Vater sieht mir nach und ich tue, als würde ich es nicht bemerken. Mit ihm allein fühle ich mich immer seltsam. Manchmal glaube ich, dass er auf mich steht, obwohl er seine Frau wirklich liebt, das sieht man. Aber diese bewundernden Blicke, als wäre ich etwas Besonderes, und diese übervorsichtige Art lassen mich manchmal an dieser Liebe zweifeln.

Da er aber keine Avancen macht und mir auch sonst nie zu nahetritt, komme ich weiterhin zum Babysitten. Ich freue mich, ihm und seiner Frau einen freien Abend zu ermöglichen, und außerdem liebe ich Tanja. Nicht zu vergessen, dass es eine super Möglichkeit ist, mal aus dem Haus zu kommen, in dem Mister P förmlich eingezogen ist. Dieses frisch verliebte Pärchen erfüllt wirklich alle Klischees, die man so im Kopf hat.

Auf leisen Sohlen pirsche ich bis zum Wohnzimmer, aus der die Stimmen einer Kinderserie zu mir dringen. Eigentlich möchte ich sie überraschen, doch bevor ich mich zeige, springt Tanja bereits auf und kommt auf mich zugelaufen. „Nina", ruft sie und wirft sich mir in die Arme.

Ich ziehe sie in eine feste Umarmung und frage mich, was mich verraten hat. War es vielleicht mein Parfüm? Oder war ich zu laut?

Als wir mit Knuddeln fertig sind, schiebe ich sie

von mir, sodass ich sie betrachten kann, und sehe sie erstaunt an.

„Bist du etwa größer geworden?"

Mit stolzgeschwellter Brust nickt sie und sieht mich mit leuchtenden blauen Augen an. Sie nimmt meine Hand und ich lasse mich von ihr in den Stand ziehen. Dann lotst sie mich bis zum Türrahmen, auf dem ein Strich weit über dem Letzten angezeichnet ist.

„Wahnsinn. Wenn du so weitermachst, bist du bald größer als ich."

Wir lachen und Tanja nennt mich allen Ernstes „Dummkopf". Da mischt sich Oliver direkt ein.

„Tanja, was hatten wir über Beleidigungen gesagt? Ganz egal, wie lustig das Wort klingt, niemand wird gern beleidigt."

Beschämt lässt sie den Kopf sinken und zieht ihn zwischen die Schultern. „Tut mir leid, Nina."

Ich wuschele ihr durch die Haare und lächele sie aufmunternd an. „Ist schon vergessen." Sie strahlt und Oliver wirkt zufrieden.

Plötzlich platzt Lena ins Wohnzimmer. Sie läuft den Raum hektisch ab und scheint etwas zu suchen. „Schatz, weißt du ... Ach, hi, Nina!"

Als sie mich entdeckt, bleibt sie stehen, legt mir ihre Hände auf die Schultern und haucht mir einen Kuss auf die Wange.

„Um acht Uhr sollte Tanja im Bett liegen. Wir haben morgen einen Termin und ich möchte nicht, dass sie die ganze Zeit müde ist."

Ich nicke. „Kein Problem. Ich kriege das hin. Versprochen."

Etwas zupft an meinem Bein und als ich an mir herabsehe, entdecke ich Tanja. Kurzerhand nehme ich sie auf den Arm und zusammen winken wir ihren Eltern nach, die in den Wagen steigen und davonfahren.

„So und was machen wir jetzt? Hast du schon Abendbrot gegessen?"

Sie schüttelt den Kopf.

„Und was hättest du gern?"

„Eierpfannkuchen."

Ich runzele die Stirn. „So spät noch? Ich weiß nicht, ob deine Mutter davon begeistert wäre."

Tanja zieht die Mundwinkel herab und macht runde Kulleraugen und schon hat sie mich überzeugt. Bei dieser süßen Schnute kann ich einfach nicht widerstehen.

„Ist okay. Geh du weitergucken, während ich dir welche zaubere." Tanja freut sich wie ein Honigkuchenpferd und tänzelt zurück ins Wohnzimmer.

Während ich den Teig anrühre und im Hintergrund Pferde wiehern höre, schweife ich gedanklich ab.

„Ist das sein Ernst?", fragt Leni und ich sehe sie irritiert an.

Da berührt mich etwas an der Schulter. Erschrocken fahre ich herum und zucke zusammen.

„Ich bin dann wohl wieder unerwünscht."

„Verdammt, Jas, du hast mich erschreckt. Wie kommst du hier herein?"

Er grinst frech, beugt sich vor und haucht mir einen Kuss auf die Lippen. Für eine Wiedergutmachung ist das ein schöner Anfang, aber da fehlen noch einige Küsse.

„Im Badezimmer steht das Fenster auf."

„Und dann bist du wie ein Kleinkrimineller eingestiegen? Warum hast du keine Nachricht geschrieben? Dann hätte ich dir ganz zivilisiert die Tür geöffnet."

Er zuckt mit den Schultern. „Eigentlich hatte ich erwartet, dass du dich mehr freust."

Ich seufze und die Anspannung weicht von mir. Liebevoll blicke ich ihm entgegen und lächele gelöst. „Natürlich freue ich mich, aber du hast mir einen riesigen Schrecken eingejagt."

Er legt seine Hände an meine Hüften und zieht mich an seine Brust, die ich bereits ausgiebig erkunden durfte.

Allein die Erinnerung an letzte Nacht lässt meine Mitte pochen. Instinktiv reibe ich mich an ihm. Er knurrt mir ins Ohr und mein Herz überschlägt sich. Hektisch atmend finden unsere Lippen erneut zusammen.

„Nina?"

Ich wirbele herum und versuche, Jas hinter mir zu verstecken, was schon allein dadurch nicht klappt, dass er gute zwanzig Zentimeter größer ist als ich. Mit gerunzelter Stirn sieht Tanja zwischen uns hin und her. Dann werden ihre Augen groß.

„Oh, wie toll. Spielen wir jetzt Vater-Mutter-Kind? Jasper ist der Vater, du das Kind und ich die Mutter."

Das Kichern bahnt sich seinen Weg aus meiner Kehle und ich halte mir schnell die Hand vor den

Mund, um die Kleine nicht zu verärgern.

„Wäre es nicht besser, wenn du das Kind wärst? Immerhin sind Jasper und ich schon groß."

Ich pikse sie in den Bauch, woraufhin sie gackert und gekitzelt werden will. Also mache ich so lange weiter, bis sie kapituliert und mich bittet, aufzuhören.

Kurz halte ich inne, lasse meine Hände aber an Ort und Stelle. „Ich mache so lange weiter, bis ich die Mutter sein darf."

Ihre Miene wird ungewöhnlich ernst. „Aber wenn ich groß bin, dann werde ich Jasper heiraten. Er weiß es nur noch nicht."

Sprachlos sehe ich zu Jas hoch und wieder zu Tanja hinab, die sich aufgerichtet hat und ziemlich überzeugt von ihren Worten ist.

„Natürlich wirst du das ..." Jas räuspert sich hinter mir, doch ich hebe die Hand, um ihn vom Sprechen abzuhalten. Da geht ihm auf, was ich vorhabe, denn er geht in die Hocke und lächelt sie entwaffnend an. Kein Wunder, dass jedes Wesen mit zwei Augen im Kopf verrückt nach ihm ist.

„Aber bis es so weit ist, vergehen noch viele Jahre. So lange werde ich bei Nina bleiben, okay? Und vielleicht findest du ja jemand anderen?"

Sie legt ihren Zeigefinger an ihr Kinn und scheint genaustens darüber nachzudenken. Das sieht zu süß aus. Und ich staune immer wieder, wie erwachsen sie manchmal schon rüberkommt. Da vergisst man gern mal, dass sie noch ein Kind ist.

Plötzlich erstrahlt ihr Gesicht vor Glück und sie nickt. „Okay, abgemacht."

Daraufhin beugt sich Jas zu ihr hinab und gibt ihr einen unschuldigen Kuss auf die Wange, der sie quietschen lässt. Verlegen legt sie die Hände an ihr Gesicht und drückt es zusammen.

Ich grinse und auch Jas lacht heiser.

„Gehst du ein wenig spielen? Das Essen dauert noch etwas."

„Okay. Kann Jasper mitkommen?"

„Ich komme gleich nach, versprochen."

Mit einem zufriedenen Lächeln zieht sie von dannen und Jas zieht mich von hinten an sich. Er vergräbt sein Gesicht an meinem Hals und seine Lippen küssen den Übergang zu meiner Schulter. Ich zerfließe unter seinen Berührungen.

„Ich hoffe, du bist nicht eifersüchtig, Liebes."

„Keineswegs. Wenn sie älter wird, lernt sie andere Jungs kennen und vergisst das wieder."

„Und ich werde bis dahin verheiratet sein."

Einen Herzschlag bin ich wie erstarrt. Dann drehe ich mich fassungslos herum und sehe ihn mit großen Augen an.

„Ach, wirst du das?"

„Das hoffe ich sehr. Denn ich will dich für immer an meiner Seite wissen."

Er lächelt schief und die Schmetterlinge in mir flattern wild umher. Trotzdem fühle ich mich überfahren. Natürlich wünsche ich mir eine Familie, aber nicht so bald. Wir sind nicht lange zusammen, da kann man doch kaum vom Heiraten sprechen, oder?

„Sollte das jetzt ein Antrag sein?"

„Du hast recht. Ich kann das besser."

Ich will ihm widersprechen und ihm sagen, dass ich das ziemlich überstürzt finde, wo wir uns nicht mal in der Öffentlichkeit als Paar outen dürfen. Doch er verschwindet, und ich höre ihn mit Tanja reden.

Weil ich mich von meinem Gedankenchaos ablenken will, wende ich mich den Pfannkuchen zu. Aber ich bin so nervös, dass ich den Schneebesen loslasse und mich an der Arbeitsplatte abstütze. Damit hat er mich eiskalt erwischt.

Kurz drängt sich ein Gedanke an die Oberfläche. Und zwar der, dass ich Jas wirklich mag, mir aber unsicher bin, ob ich genug für ihn fühle. Was, wenn es jemanden gibt, für den ich ähnlich empfinde? Immerhin habe ich mit fast allen Royals rumgemacht.

Schnell verdränge ich den Gedanken, rühre den Teig fertig und stelle die bereitgelegte Pfanne auf den Herd. Ich konzentriere mich auf das Fett, das in der Pfanne schmilzt. Dann gebe ich einen Klecks Teig hinein und erschrecke mich, als Jas wieder neben mir auftaucht.

Meine Knie werden weich und ich klammere mich so fest an den Pfannengriff, dass meine Knöchel weiß hervorstehen. Sind wir nicht zu jung, um über sowas nachzudenken?

Irgendwie hatte ich mir meine Zukunft anders vorgestellt. Karriere machen, heiraten, ein Kind bekommen und eins adoptieren. Und ein Royal war niemals

Teil dieser Gleichung.

„Gibst du mir deine linke Hand?"

Zögernd reiche ich sie ihm und versuche, nicht zu zittern, was natürlich nicht klappt. Strahlend sieht er mich an. Offenbar verwechselt er meine Panik mit Aufregung und ich bringe es nicht über mich, ihn vom Gegenteil zu überzeugen.

Er nimmt mit dem Verschluss voran einen Stift in den Mund – warum ist der mir nicht eben schon aufgefallen? – und zieht mit seinen Lippen die Kappe ab.

Mit dem schwarzen Permanentmarker malt er mir um den Ringfinger einen Strich.

„Was soll das werden?"

Bevor er spricht, verschließt er den Stift wieder.

„Mein improvisierter Verlobungsring."

„Und wenn ich nein sage?"

„Dann hat er mich wenigstens kein Geld gekostet."

Das bringt mich zum Lachen und nimmt mir die Anspannung.

„Du brauchst mir nicht zu antworten. Ich merke, dass dich das überfordert. Aber ich wollte, dass du weißt, wie ernst es mir mit dir ist."

„Danke", hauche ich und schlinge meine Arme um seinen Nacken. Wir kuscheln einen Atemzug lang, dann rieche ich etwas Verbranntes.

„Verflucht." Ich wende mich dem Stück Kohle zu, das ein Pfannkuchen werden sollte. „Den habe ich total vergessen."

Sanft schubst mich Jas beiseite, schmeißt mein Missgeschick weg und lässt erneut Fett in der Pfanne zergehen.

„Geh schon, ich mach das hier."

Ich gebe ihm einen Kuss auf die Wange. „Wenn du mich richtig fragen würdest, wäre ich vielleicht sogar gewillt, ja zu sagen, wenn du das Kochen übernimmst."

Bevor er darauf reagieren kann, wende ich mich ab, spüre aber seinen Blick in meinem Nacken prickeln. Kurz darauf gibt er ein gefluchtes „Fuck" von sich. Das lässt mich kichern. Also bringt nicht nur er mich durcheinander.

Kaum, dass Tanja eine Stunde später als geplant im Bett liegt und schläft, kuscheln wir uns auf die Couch. Meine Finger malen unter seinem Shirt Muster auf die Brust, während er mit meinem Haar spielt. Irgendwann streichelt er mir über den Nacken.

Der Fernseher läuft, doch ich kann mich nicht auf den Film konzentrieren. Stattdessen sehe ich zu ihm auf. Er drückt mir einen Kuss auf die Stirn.

„Meintest du das vorhin ernst?", frage ich ihn.

„Was genau?"

Ich bin mir sicher, dass er weiß, wovon ich spreche. Ist es ihm unangenehm? Aber wenn er es nicht anders will, spreche ich es halt aus.

„Dass du mich heiraten willst. Ich meine, wir sind noch gar nicht so lange zusammen und außerdem schwebt dieses Geheimnis noch immer über uns wie ein Damoklesschwert."

Der Blick, der mich daraufhin trifft, ist voller Liebe. „Ich sagte dir bereits, dass ich dir schon lange verfallen bin. Also ja, es ist mein Ernst. Ich liebe dich und möchte den Rest meines Lebens mit dir verbringen."

Seine Ehrlichkeit und die Entschlossenheit seiner Worte nehmen mir die Luft zum Atmen. Ich bin überrumpelt, obwohl er es mehrmals erwähnt hat. Trotzdem treffen mich seine Worte mitten ins Herz.

Ich starre ihn an, unfähig, ein vernünftiges Wort rauszubringen. Das scheint ihn traurig zu machen. Denn er rückt von mir ab und seine ganze Körperhaltung fällt in sich zusammen.

„Ich weiß, für dich ist es zu früh, weil du nur Augen für Mace hattest. Aber ich wusste immer, dass ich dich will."

Vermutlich sollte ich etwas erwidern. Ihm sagen, dass ich ihn auch liebe und mein Leben mit ihm verbringen will. Aber etwas hindert mich daran.

„Wie hast du dir das denn vorgestellt? Wir dürfen wegen eures seltsamen Geheimnisses nicht zusammen sein. Wie kannst du da vom Heiraten sprechen? Ich kann nicht zulassen, dass ich mich vollends auf dich einlasse, wenn ich nur verletzt werde. Verstehst du? Solange du mir euer Geheimnis nicht verraten kannst, kann ich mich nicht zu hundert Prozent auf dich einlassen."

Seine grünen Augen sehen mich bedauernd an und dann lehnt er sich zurück und sieht sich den Film an. Wut kocht in mir hoch, weil er mich ignoriert und nichts dazu sagt. Andererseits hat er mir mehrmals zu verstehen gegeben, dass er es mir nicht sagen kann. Nur was hat unsere Beziehung dann für eine Zukunft?

Kapitel 21

Den ganzen Tag schon klingen Weihnachtslieder durch das ganze Haus, während wir es schmücken. Heute ist Heiligabend und wir bekommen Besuch von Days Freunden und deren Söhnen. Das heißt, ich bin den ganzen Abend mit den Royals zusammen.

Obwohl es schwierig wird, mir nichts anmerken zu lassen, bin ich unglaublich aufgeregt. Jas war krank und deshalb die letzte Woche nicht in der Schule. Umso mehr freue ich mich, ihn heute wiederzusehen.

Da klingelt das Telefon und Day ist abgelenkt. Also nutze ich die Gelegenheit für eine kleine Verschnaufpause und hole mein Smartphone hervor. Erfreut entdecke ich eine Nachricht von Jas. Ich überfliege die Zeilen und mir entgleiten meine Gesichtszüge.

Es ist aus.
Bitte mach daraus kein Drama.

*Akzeptiere es und laufe mir nicht
wie all die anderen Weiber nach.*

Meine Sicht verschwimmt und meine Hand krampft sich schmerzhaft um mein Smartphone. Immer wieder lese ich die Zeilen und begreife sie dennoch nicht.

Das muss ein übler Scherz sein. Wieso sollte er plötzlich Schluss machen? Ausgerechnet heute und per SMS?

Dann begreife ich es und die Tränen schießen mir in die Augen. Die ersten tropfen auf das Display. Das wird im nächsten Moment schwarz. Genauso wie mein Herz.

Fast zwei Monate hielt sein Wunsch, mich zu heiraten. Wir hatten viele schöne Dates, manche mit Rapha, andere ohne ihn. Da waren wir im Kino, im Freizeitpark oder haben intensive Gespräche bei Spaziergängen geführt. In der Zeit habe ich gemerkt, dass es zwischen uns ernst ist, sodass ich mir wirklich vorstellen konnte, mein Leben mit ihm zu verbringen.

Und eine einzige Nachricht reicht, um alles wertlos erscheinen zu lassen.

Mein Herz zieht sich zusammen, ich fühle mich ohnmächtig und kann den Schmerz nicht verhindern, der sich in mir ausbreitet und mich lähmt.

Dieser Feigling! Er hat nicht mal die Eier in der Hose, es mir persönlich zu sagen. Stattdessen schreibt er mir eine Nachricht. Seine Worte sind verletzend. Als hätte er Angst, dass ich versuchen könnte, ihn umzustimmen, und er mich deshalb absichtlich verletzen wollte.

„Nina?"

Ich antworte Day nicht, sondern lasse mich mit dem Gesicht voran in mein Kissen fallen. Nie hat etwas so weh getan wie das. Wollten mich Leni und Vic davor bewahren? Aber es fühlte sich alles echt zwischen uns an.

Jemand klopft an meine Tür. „Bist du hier?"

Still weine ich weiter in mein Kissen, bis sich eine Hand auf meinen Rücken legt.

„Möchtest du darüber reden?"

Nein. Möchte ich nicht. Und trotzdem wende ich mich ihr zu. Durch den Tränenschleier sehe ich Day an und lehne mich schluchzend an ihre Brust. Jeder Atemzug tut weh. Ich möchte mich verkriechen und nie wieder hervorkommen und gleichzeitig möchte ich alles, was mir in die Hände fällt, kaputt machen.

Day hält mich und streicht mir beruhigend über den Rücken. Obwohl sie genug vorzubereiten hat, ist sie hier bei mir. Aber sie hat mich auch gewarnt, ich solle mich von den Royals fernhalten.

Ich habe nicht erwartet, dass mich Jas' Verlust so tief trifft.

„Möchtest du heute Abend lieber hier oben bleiben?"

„Ich möchte nicht allein sein."

Day zieht mich enger an sich und gibt mir einen Kuss auf meinen Scheitel. „Gut, ich sage die Party ab und dann machen wir es uns gemütlich. Entweder wir gucken uns einen Film an oder wir kuscheln bloß."

Sie steht auf und ich halte sie am Arm zurück. „Du

freust dich schon lange auf den Abend. Außerdem hast du viel Arbeit reingesteckt. Ich esse mit euch und gehe dann schlafen."

„Wirklich?" Zweifelnd sieht Day mich an. Wahrscheinlich merkt sie, dass ich genau das nicht will. Mit ihr zusammen einen Film zu gucken, klingt viel verlockender. Aber ich möchte ihr den Abend nicht verderben.

Deshalb zwinge ich mich zu einem Lächeln und wische mir die Tränen weg. Dann nicke ich und sehe ihr die Freude an.

„Übrigens war Henrike am Telefon. Jasper geht es noch nicht besser, deshalb kommt er nicht mit."

Sobald ich seinen Namen höre, beginnt mein Herz zu rasen und die Tränen treten mir wieder in die Augen. Andererseits bin ich unendlich erleichtert. Ich könnte nicht mit ihm an einem Tisch sitzen und so tun, als wäre nichts. Es wird schwer genug, Enzo nicht an meinen Gedanken teilhaben zu lassen.

„Wenn ich könnte, würde ich meine Freunde bitten, ihre Jungs zu Hause zu lassen."

„Ist schon okay."

Sie sieht mich nachdenklich an. „Du kommst einfach runter, wenn du so weit bist?"

Nickend stehe ich von meinem Bett auf und gehe in das Badezimmer. Schon taucht Leni neben mir auf und ich falle ihr direkt in die Arme. Sie tätschelt mir den Rücken und ich ahne, dass sie ihre Worte unterdrücken muss.

„Nun los. Sag schon, dass du mich gewarnt hast."

„Vielleicht, wenn du es halbwegs überstanden hast. Doch nicht jetzt, wo dein Herz frisch gebrochen wurde."

Ich schluchze gegen ihre Schulter. Das rechne ich ihr hoch an. Aber Leni war immer für mich da und hat sich um mich gekümmert.

Es klingelt und ich löse mich von ihr. Sie sieht mich mitleidig an und wischt mir die Tränen aus dem Gesicht.

„Ich hätte nicht gedacht, dass verlassen werden so weh tut. Die ganze Zeit denke ich darüber nach, woher das kommt. Hat er mit mir gespielt oder bin ich nicht gut genug?"

„Hey, Miststück", sagt sie und nimmt mein Gesicht in ihre Hände. Ihre Augen sehen tadelnd auf mich hinunter. „Du bist gut genug. Wenn, dann ist er nicht gut genug für dich, klar?"

Ihre Worte treiben mir die Tränen in die Augen. Es tut gut, das zu hören und daran erinnert zu werden, dass es nicht meine Schuld ist.

„Kannst du Vic bitte sagen, dass es mir leidtut? Aber ich weiß nicht, ob ich gerade noch bereit bin, das Geheimnis zu lüften."

Eine weitere Hand legt sich auf meine Schulter. Ich wende mich ihr zu und blicke in das mitleidige Gesicht meines besten Freundes. „Das weiß ich doch. Es tut mir wirklich leid. Es wäre mir lieber gewesen, es wäre dir erspart geblieben."

Auch ihm werfe ich mich in die Arme, doch halte diesmal die Tränen zurück. Ich sollte mich wieder fassen und runter auf diese Party gehen. Deshalb löse ich mich von ihm, wasche mir das Gesicht und bediene mich an dem Make-up von Day.

Am Ende sehe ich frisch aus und man sieht nur meinen traurigen Augen an, dass ich geweint habe. Bevor ich runter gehe, werfe ich einen prüfenden Blick auf mein schwarzes Kleid. Es ist etwas verknittert und ich würde es am liebsten ausziehen, weil ich es nur für Jas angezogen habe.

Mit den Händen streiche ich darüber, um das Schlimmste zu beheben, dann gehe ich nach unten. Meine Beine zittern und ich möchte am liebsten umdrehen. Niemanden von ihnen sehen.

Plötzlich umgibt mich ein Windhauch. Da stehen Leni und Vic neben mir und lächeln mich aufmunternd an.

„Wir bleiben an deiner Seite."

In ihrer Nähe fühle ich mich besser, stärker und richte mich automatisch etwas auf. Ich lächele aufgesetzt und schreite die Treppe hinab. Man hört bereits das summende Geräusch, das immer entsteht, wenn viele Menschen auf einmal sprechen. Im nächsten Moment betrete ich das Wohnzimmer, in dem wir alles hergerichtet haben. Die Gespräche verstummen und alle Blicke richten sich auf mich.

Die Jungs sehen mich so an, dass mich das Gefühl beschleicht, dass sie Bescheid wissen. Auch die Erwachsenen betrachten mich neugierig.

Ich gebe jedem von ihnen zur Begrüßung die Hand, sehe ihnen kurz der Höflichkeit wegen in die

Augen, und stehe das alles durch, weil meine beiden besten Freunde bei mir sind.

Dafür bin ich umso erleichterter, als ich sitze und auf meinen Teller starre. Die Gespräche werden wieder aufgenommen und meine Haltung fällt in sich zusammen.

Ich sitze zwischen Day und Mace. Rapha sitzt mir gegenüber und ich glaube, ihn im Augenwinkel nach meiner Aufmerksamkeit haschen zu sehen. Doch ich fixiere weiter meinen leeren Teller und bete dafür, dass dieses Essen schnell vergeht.

Der Einzige, dessen Anwesenheit mich nicht erschlägt, ist Elric. Solange wir nicht in der Schule sind, darf ich ihn beim Vornamen nennen. Er und Day sind wirklich süß im Umgang miteinander.

Während Day und ihre Freunde in anregende Gespräche verwickelt sind, sind die Jungs seltsam ruhig und starren mich immer wieder an, was ich möglichst zu ignorieren versuche.

Nach dem Essen verabschiede ich mich mit der Ausrede, Kopfschmerzen zu haben und werde von der Schwere des Liebeskummers auf meiner Brust fast erdrückt. Ich torkele die Stufen hoch und klammere mich fest an das Geländer.

Ein Arm schlingt sich um meine Hüfte und stützt mich. „Lass mich dir hochhelfen."

Ich zucke aufgrund der unerwarteten Berührung zusammen und sehe Mace an. Sein Blick ist einfühlsam.

Den ganzen Abend habe ich niemanden angesehen. Weder wollte ich zeigen, wie schlecht es mir geht, noch wollte ich wissen, ob sie den Grund dafür kennen. Soweit ich weiß, wäre es nicht gut, wenn sie es wüssten. Aber diese Augen, der Blick darin, sie sagen mir alles, was ich wissen muss.

„Lass mich los", flüstere ich.

Verdutzt sieht er mich an, nimmt seine Hand aber nicht von mir. Ich beginne, heftig zu zittern, woraufhin er mich fester hält.

„Ich sagte, du sollst mich loslassen. Das ist alles eure Schuld. So ist es doch, oder?"

Ich sehe das entschuldigende Aufblitzen in seinen Augen, ehe er mich nichtssagend ansieht. „Keine Ahnung, wovon du sprichst."

„Wenn du mich wirklich für so dumm hältst, frage ich mich ernsthaft, wieso du mich geküsst hast. Oder stehst du auf Dummchen? Ihr könnt mir nichts vormachen. Nicht nach allem, was in der letzten Zeit passiert ist. Und wenn du mich nicht sofort loslässt, dann hacke ich dir deine Hand ab."

Er hebt seine Hände und sieht mich mit einem Blick an, der mir zeigen soll, dass er mich für verrückt hält. Aber ich habe es satt, dass sie mit mir spielen und mit mir umspringen, wie es ihnen gerade in den Kram passt.

„Du kannst den anderen sagen, dass ich mich, wenn mich noch einmal jemand von ihnen, auf was für eine Art und Weise auch immer, ohne mein Einverständnis berührt, vergesse. Ich bin keines eurer Spielzeuge, sondern ein Mensch mit echten Gefühlen und ich lasse mir nicht mehr darauf herumtrampeln.

Lange genug hat es gedauert, bis ich diese Erkenntnis hatte. Und jetzt verschwinde."

Meine Stimme zittert und trotzdem bringe ich die Worte mit Nachdruck heraus. Die Zeit der Spielchen ist vorbei. Ich habe es endgültig satt und werde keinen Zweifel mehr daran offenlassen.

„Du klingst, als hättest du es mal wieder bitter nötig."

Wütend fixiere ich ihn. Ich weiß nicht, ob er mich aus der Reserve locken will oder einfach ein Arsch ist. Dann löse ich den Schuh von meinem Fuß und hebe ihn in die Luft.

„Ist ja gut. Du musst nicht gleich übertreiben."

Sobald er weg ist, setze ich mich auf die Treppe. Ich zittere so stark, dass ich Sorge habe, meine Beine könnten unter mir wegbrechen.

„Ich bin wirklich stolz auf dich. Das war lange überfällig."

Ich lächele Leni an, die sich neben mich setzt. Das war es wirklich und ich fühle mich leichter ohne diesen Ballast, den ich viel zu lange mit mir herumgeschleppt habe.

Gerade erhebe ich mich, als aus der Küche tuschelnde Stimmen dringen. Erst denke ich mir nichts dabei und will nach oben gehen, als ich mitbekomme, dass jemand heftig diskutiert.

Ich sehe zu Leni, die mit den Schultern zuckt. Also schleiche ich bis zur Küchentür, die einen Spaltbreit offensteht.

„Ich sage euch, sie ist total durchgedreht, hat mir

gedroht, meine Hand abzuhaken, wenn ich sie nicht loslasse. Außerdem meinte sie, dass sie von niemandem mehr unerlaubt berührt werden will. Und dann wollte sie mich mit ihrem Latschen bewerfen."

Ich höre jemanden schnaufen und werfe einen Blick durch den Spalt. Enzo verdreht die Augen, Sam steht bedrückt in einer Ecke und weiß nicht, wohin mit seinen Händen und Rapha lehnt mit verschränkten Armen an der Kücheninsel. Sollen sie mich für bekloppt halten! Es ist das Beste, was ich machen konnte.

„Und warum, denkst du wohl, wird sie das gesagt haben?", mischt sich Rapha ein und klingt ziemlich gefasst und so, als würde der Grund auf der Hand liegen.

„Weil sie verletzt ist. Sie glaubt, sie wird nie wieder jemanden so lieben wie Jasper. Das ist doch Bullshit." Mace gestikuliert wild mit den Händen und wirft sie zum Schluss in die Luft.

Ich reiße meine Augen auf. Hätte nicht gedacht, dass er so unempathisch ist. Wieso fühlt er sich angegriffen? Es ist fast, als wäre ihm die Chance auf den Sieg durch die Lappen gegangen.

„Dafür, dass du sie angeblich liebst, verstehst du sie echt schlecht."

Überrascht sieht Mace zu Rapha und auch die anderen beiden sehen ihn an. „Und du willst jetzt sagen, dass du sie besser kennst als wir? Obwohl niemand sie je mehr hassen könnte als du?"

Mace geht auf ihn los, doch Enzo geht rechtzeitig

dazwischen. Also fängt er doch die Gedanken der Umstehenden auf. Wieso hat er mich dann hier noch nicht entdeckt? Oder will er, dass ich das Gespräch mitbekomme?

„Ich denke nicht, dass er sie noch in dem Ausmaß hasst wie vor der Beziehung von Jasper und Nina. Wenn er sie denn jemals gehasst hat."

„Pass besser auf, was du sagst und halt dich gefälligst aus meinen Gedanken raus." Rapha schnauft wütend.

„Aber Enzo hat nicht unrecht. Du willst nur, dass jeder glaubt, du würdest sie hassen. Oder nicht?", wirft Sam in den Raum.

Ist das wahr? Wenn ja, warum möchte er mir weismachen mich zu hassen, wenn es nicht so ist?

Rapha ballt die Fäuste und fixiert seinen Pflegebruder. Eine Weile ist es still. Dann lockern sich seine Hände und er verschränkt die Arme vor der Brust.

„Keine Ahnung, was er glaubt, aus meinen Gedanken herauszulesen. Aber gerade Enzo müsste besser als ihr wissen, dass es nie per se um sie ging, sondern um all die Umstände, die sie mit sich bringt. Das ändert aber nichts daran, dass eine Beziehung mit ihr nicht auf meiner Wunschliste steht, und ich keine Lust habe, mit ihr ins Bett zu gehen. Anders als die restlichen achtzig Prozent von uns."

Betretenes Schweigen.

Mit einer unwirschen Geste wischt Mace Raphas Worte davon. „Und was genau verstehe ich nicht, du Frauenversteher?"

Weil Rapha nur seitlich zu mir steht, kann ich den Ausdruck seiner Augen nicht deuten. Aber seine Körperhaltung zeigt deutlich, wie genervt er ist.

„Du sagtest, dass sie meinte, dass es unsere Schuld sei, dass die Beziehung aus ist. Und da du ein verdammt schlechter Lügner bist, hast du ihr sicher die Antwort geliefert, die du ihr nicht geben wolltest. Natürlich weiß sie, dass ihr dahintersteckt."

„Das ist lächerlich. Sie war dabei, als wir gesagt haben, dass niemand sie anrührt. Und das aus gutem Grund. Sie kann froh sein, dass ich nichts verraten habe, weil ich sonst uns alle anschwärzen müsste."

Ich reiße meine Augen auf. Offenbar weiß Enzo wirklich nicht, dass ich hier bin. Es kann nicht in seinem Sinne sein, dass ich das höre. Bei wem müsste er sie denn anschwärzen? Und weshalb? Haben sie ein Keuschheitsgelübde abgelegt? Doch der Gedanke ist Schwachsinn. Immerhin sind vor allem Rapha und Sam keine Kinder von Traurigkeit.

Hat es etwas mit mir zu tun? Ich halte kurz inne und mir stockt der Atem. Das ist nicht möglich. Day wird doch nicht ihre Hand darin haben, oder? Schnell schüttele ich den Kopf. Warum sollte sie ihnen verbieten, mit mir zusammen zu sein? Immerhin schien sie sich zu freuen, dass ich einen Freund habe. Und wenn es ganz speziell nur die Jungs wären? Aber warum sollte sie das tun?

Leise ziehe ich mich zurück. Ich habe genug gehört, damit mir der Kopf schwirrt. Doch kaum habe ich mich abgewandt, drückt die Last wieder auf meine Brust, sodass mir das Atmen schwerfällt. Wenigstens wurde ich für einen kurzen Moment von meinem Schmerz abgelenkt.

Kurz entschlossen nehme ich meine Winterjacke von der Garderobe und verlasse das Haus. Ich brauche dringend Sauerstoff. Sobald die eiskalte Luft mir entgegenschlägt, kann ich zum ersten Mal wieder frei atmen. Und trotzdem blutet mein Herz.

Es ist nicht richtig, wie es gelaufen ist. Haben die Jungs ihn gezwungen, Schluss zu machen, weil sie hinter unsere Beziehung gekommen sind?

Meine Füße tragen mich von allein die Straße runter, bis zum Haus der Sanders. Da diese noch bei Day sind, muss Jas folgerichtig allein zu Hause sein.

Also steige ich die Veranda hoch und klingele. Weil der Wind peitscht und ich keine Mütze oder Winterstiefel anhabe, friere ich und versuche, meine Hände wärmend aneinander zu reiben.

Nach einigen Atemzügen, die Wolken in die Luft malen, klingele ich erneut, diesmal Sturm. Ich möchte das jetzt klären. Möchte, dass er mir versichert, dass nicht er es war. Eigentlich hätte es mir gleich klar sein müssen, denn die Worte in der Nachricht waren nicht seine. Niemals könnte er mich so verletzen, oder?

Weil alles Dunkel bleibt, hämmere ich energisch an die Tür. „Jas? Ich bin es. Bitte mach mir auf. Lass uns über alles reden. Bitte."

„Du solltest nicht hier sein, Babe."

Ertappt fahre ich herum und sehe Rapha an. Er hat recht, das sollte ich nicht, aber ich konnte nicht anders. Dann runzele ich die Stirn.

„Woher weißt du überhaupt, dass ich hier bin?"

„Ist das wichtig?" Er zuckt mit den Schultern und lächelt mich schief an.

Mein Blick verdüstert sich. „Ja. Ja, ich denke schon. Also?"

„Sam hat deine Aufregung und Trauer gespürt, als du uns belauscht hast. Weil ich dich oben nicht finden konnte, wusste ich, dass du hier bist."

Überraschenderweise breitet sich ein warmes Gefühl in mir aus. Ich hätte schwören können, dass Jas ihn angerufen oder ihm geschrieben hat, damit er mich von hier weghoh. Aber dass es tatsächlich seine Weitsicht war, beeindruckt mich ehrlich gesagt.

„Und warum hat Enzo mich nicht mitbekommen?"

Seine Miene verfinstert sich. Ich habe offenbar ein falsches Thema angeschnitten. „Sagen wir einfach, dass er dazu gerade nicht in der Lage ist."

„Aber deine konnte er auch hören."

„Willst du wirklich mit mir darüber diskutieren?", fragt er gereizt und überdreht die Augen.

„Nein, aber vielleicht über das, was ihr da besprochen habt."

Er schüttelt entschieden den Kopf. „Das Gespräch war nicht für deine Ohren bestimmt. Ganz sicher werde ich nichts dazu sagen."

„Du hasst mich nicht?"

Nun werden seine Augen groß wie Unterteller, ehe er sich in die Hände haucht. Auch er trägt keine Mütze, dafür Boots und eine dicke Jacke. „Lass uns drinnen reden, okay? Ich friere mir die Eier ab und man sollte dich hier nicht sehen. Das würde alles nur schlimmer machen."

Ich verschränke die Arme vor der Brust. „Erst möchte ich es von ihm persönlich hören."

„Babe, er wird nicht rauskommen und du machst es für euch beide nur schwieriger."

Unwillkürlich füllen sich meine Augen mit Tränen. Ich fange an, zu beben. „Aber ich liebe ihn und ich habe es ihm nie gesagt."

Schluchzend schlage ich meine Hände vors Gesicht und wieder schüttelt mich ein Heulkrampf komplett durch.

Warme Arme schlingen sich um mich und der Duft von Motorradabgasen hüllt mich ein. Irgendwie beruhigt mich dieser Geruch. Er erinnert mich an ein tiefes Kribbeln im Bauch, den Wind im Gesicht, wenn man ohne Helm fährt, die Luft, die an einem reißt, wenn man mit starker Geschwindigkeit unterwegs ist. Die Nähe sorgt dafür, dass ich aufhöre, zu zittern, und irgendwann nehme ich meine Hände von meinem Gesicht, schmiege mich an das Kunstfell seiner Jacke und schlinge meine Arme um seine Hüften.

Ich spüre seinen Atem auf meinem Haaransatz und dann einen leichten Druck, als hätte er mich geküsst. Ein Kribbeln fährt durch mich, weil ich niemals damit gerechnet hätte, dass Rapha mich jemals trösten würde.

Er macht keine Anstalten, sich von mir zu lösen, und ich bin ihm dankbar dafür; kralle mich fester in den Stoff seiner Jacke, in der Hoffnung, er würde mich nie wieder loslassen.

„Ich denke, dass er es weiß."

„Hat Day mit euch ein Abkommen? Verbietet sie euch, mit mir zusammen zu sein?"

Rapha löst die Umarmung auf und nimmt Abstand zu mir. Ich bereue sofort, das Thema angesprochen zu haben, weil ich seine Nähe, seinen Halt gerade so sehr brauche.

„Ich weiß nicht, wie du darauf kommst. Aber das ist total absurd."

„Dann sag mir, was los ist. Wem müsste Enzo Rede und Antwort stehen? Und wie passe ich da rein?" Ich ziehe hysterisch an meinen Haaren, weil mir alles zu viel ist. Der Schmerz lenkt mich für einen Moment von der Ohnmacht ab, die ich verspüre.

„Das kann ich nicht."

„Wieso?"

„Weil ich dafür getötet werden könnte."

„Verarsch mich nicht."

„Das tue ich nicht", sagt er ruhig. Zärtlich legt er eine Hand an meine Wange und ich versuche, in seinen Augen etwas zu finden, was seine Worte Lügen straft. Doch sie sehen mich geduldig an. Alles in mir schreit nach Antworten. Nur werde ich keine bekommen. Auch das sehe ich in seinen Augen.

„Du bist ganz kalt von den vielen Tränen."

Er öffnet den Reißverschluss seiner Jacke, schiebt sie etwas auf und zieht mich an seine Brust. Ich höre seinen Herzschlag, ruhig und gleichmäßig.

Er ist das genaue Gegenteil von meinem. Klar, für ihn ist alles in Ordnung. Weder musste er seine große Liebe gehen lassen noch wurde er von ihr verlassen. Und solange er mir das Geheimnis nicht verrät, hat er keine Probleme.

Wieder laufen meine Augen über und ich schluchze. Das ist alles so verkorkst. Er hält mich fester und ich frage mich, was ich hier mache. Ich stehe vor dem Haus des Mannes, den ich liebe. Und werde von seinem besten Freund, dem, der mir immer wieder gezeigt hat, wie sehr er mich hasst, getröstet. Das bringt mich noch mehr zum Weinen.

„Ich kann nicht sehen, wie du weinst", flüstert er in mein Haar und ich stocke.

Was ist aus dem Rapha geworden, der mich am lautesten von allen ausgelacht hat? Dem kein Streich zu schlimm oder mühsam war? Der mich anschreit?

„Es ist nicht das erste Mal, dass ihr mich zum Weinen gebracht habt."

„Aber es ist das erste Mal, dass ich dich dabei nicht hasse."

Wenn ich über seine Worte nachdenke, hat Enzo recht. Etwas zwischen uns hat sich verändert. Und zwar an dem Tag, als er mich zur Ostsee gefahren hat.

Die Erkenntnis lässt mein Herz schneller schlagen und füllt mich mit Zuneigung. Ein Lächeln schleicht sich auf meine Lippen.

Vic wird immer meine Nummer eins sein und auch Leni wird mir immer mehr bedeuten, aber wenn man aus ganz unvorhergesehener Ecke einen neuen Freund dazugewinnt, dann sollte man nicht wählerisch sein.

„Komm, ich bringe dich nach Hause. Die anderen sollten dich nicht hier sehen. Sie würden falsche Schlüsse ziehen und das könnte böse ausgehen."

„Könnte auch er getötet werden?", wispere ich heiser und Angst kriecht in mir hoch. Rapha nickt und ich muss die Galle, die in mir aufsteigt, runterschlucken. Ein Kribbeln durchläuft mich und lässt mich schütteln. „Keine Sorge, ich werde auf ihn aufpassen. Du kannst das auch, indem du dich nicht mit ihm zusammen sehen lässt."

„Aber ich liebe ihn", protestiere ich und drücke mich von ihm ab. Ich will das nicht hinnehmen, kann es nicht. Es muss doch eine Lösung geben.

„Ich weiß, aber ich fürchte, das wird euch nicht viel nützen. Es ist schlichtweg egal. Eines Tages wirst du es verstehen. Darauf gebe ich dir mein Wort."

Seine Worte klingen falsch in meinen Ohren. Wie kann Liebe egal sein? Was hindert ihn daran, zu mir zu stehen?

„Wird sich das jemals ändern? Werden wir jemals zusammen sein dürfen?" Es ist der letzte Strohhalm, an den ich mich klammere. Wenn ich weiß, dass ich nur warten muss, halte ich das aus. So lange, bis sie aus diesem blöden Vertrag draußen sind. Worum es sich auch immer handelt. Wir schaffen das. Unsere Liebe schafft das. Da bin ich mir sicher.

Rapha sieht mich mitfühlend an, woraufhin ich hoffnungslos die Schultern hängen lasse.

„Ehrlich gesagt, fürchte ich, dass du bis dahin jemand anderen gefunden haben könntest und Jasper vergisst. Und ich weiß, dass er dich nie vergessen wird. Das ist die wahre Tragödie an der Sache."

Wieder beginne ich, zu weinen, und hinterlasse heiß-kalte Spuren in meinem Gesicht. Ich lecke mir eine salzige Perle von meiner Oberlippe und lasse den Geschmack auf meiner Zunge zergehen. Sie schmeckt nach Traurigkeit, unerfüllten Wünschen und Träumen. Was hier passiert, ist nicht richtig. Das kann es nicht sein.

„Bitte lass mich zu ihm. Ich will nur ein letztes Mal mit ihm reden." Meine Stimme ist dünn und kratzig. Ich flehe ihn ungern an, weiß mir aber nicht anders zu helfen. Mit großen, wässrigen Augen bitte ich ihn um seine Erlaubnis, doch er knickt nicht ein und lässt sich nicht umstimmen. Sein Kopfschütteln ist endgültig.

„Dafür bedeutet er mir zu viel. Komm jetzt oder ich trage dich."

Die Stimmung wandelt sich. Seine Geduld ist aufgebraucht. Das Thema ist beendet und er wird nicht länger zulassen, dass ich seinen besten Freund in Gefahr bringe. Das will ich ja auch nicht. Aber ich möchte ihn nur noch einmal sprechen. Möchte ihm sagen, dass ich ihn liebe und das ich auf ihn warte.

Ich werfe einen letzten Blick nach oben zu Jas' Zimmer, das dunkel daliegt und sehe, wie sich der Vorhang leicht bewegt. Stand er dort? Hat er uns beobachtet? Wird er runterkommen, um mit mir zu sprechen? Hat er das vielleicht in den falschen Hals bekommen?

Von Panik getrieben, klopfe und klingle ich wie eine Besessene. Ein Arm schlingt sich um meinen Bauch und hält mich auf. Ich werde in die Luft gehoben und strampele mit den Beinen, schlage auf seinen Arm ein und schreie und kreische.

„Lass mich los! Ich muss ihn sehen!" Nur am Rande bemerke ich, dass ich wie eine Furie klinge. Wie eine verrückte Stalkerin, die von der Polizei festgenommen wird.

Rapha hingegen lässt sich davon nicht beeindrucken. Er wirft mich nur von seinen Armen über seine Schulter und entfernt sich mit entschlossenen Schritten. Ich schlage auf seinen Rücken ein, will, dass er mich loslässt. Trotzdem denkt er nicht daran.

Die Lichterketten und die restliche Weihnachtsbeleuchtung gehen aus. Unerwartet liegt das ganze Haus stockdunkel vor uns. Das einzige Licht, welches jetzt noch scheint, ist das der Straßenlaterne.

Ich gebe auf und füge mich, weil ich weder die Nachbarn noch den Wachdienst auf den Plan rufen will. Ich hänge wie ein Sack Kartoffeln über Raphas Schulter, während er mich nach Hause trägt.

Er öffnet die Tür zu meinem Haus und bleibt im Eingangsbereich stehen. „Dainora? Kannst du bitte mal kommen?"

Was hat er vor? Leben kommt in mich und ich versuche, mich aus seiner Gewalt zu befreien. Ich weiß nicht, was er zu bezwecken versucht. Aber er will mich doch nicht bei meiner Mutter verpetzen?

„Lass mich sofort runter."

„Ich denke gar nicht daran, Babe."

Der Spott in seiner Stimme ist kaum zu überhören. Ihn amüsiert das Ganze mächtig. Dieser Mistkerl. In der Hoffnung, dass er mich runterlässt, schlage ich ihm mit der flachen Hand auf den Hintern, aber alles, was ich damit erreiche, ist ein kehliges Lachen und einen Klaps von ihm auf meinen Arsch.

Ich ziehe geräuschvoll die Luft ein. Das hat er nicht getan!

„Du hast gerade nicht ernsthaft ..." Ich spüre dem Schmerz nach und auch etwas ganz anderes, was ich schnellstmöglich aus meinen Gedanken verbanne.

„Du hast angefangen."

Zähneknirschend ergebe ich mich meinem Schicksal. Das Ganze belustigt ihn viel zu sehr, als dass ich jetzt vernünftig mit ihm sprechen könnte.

Seine Belustigung hält so lange, bis die Tür zum Wohnzimmer aufgeht, Stimmen daraus zu uns herüberschwappen und Days Füße vor mir auftauchen. Ich wende meinen Kopf und sehe ihren entsetzten Blick.

„Was genau wird das hier?"

„Ich bringe dir deine Tochter nach Hause. Du solltest aufpassen, dass sie keine dummen Sachen macht."

„Wie kann Jas eine dumme Sache sein?", hauche ich. Kurz davor, erneut zu weinen.

„Nicht er, Babe. Auch nicht deine Gefühle. Das Risiko, entdeckt zu werden."

Sachte setzt er mich ab und ich kann weder ihm noch meiner Mutter in die Augen sehen. Ich fühle mich schwach und unterlegen. Niemals würde ich gegen sie beide ankommen.

„Sie wird sicher wieder versuchen, abzuhauen. Du solltest bei ihr bleiben."

„Ist gut, ich werde alle nach Hause schicken. Danke, dass du sie hergebracht hast."

Er hebt die Hand, als wäre das nicht der Rede wert. Aber Day und ich sehen das anders. Wenn auch aus unterschiedlichen Gründen. Sie ist dankbar, dass er mich hergebracht hat und ich dafür, dass er bei mir war und mich aufgefangen hat.

Ich sehe ihm in die Augen und kann mich nicht entscheiden, ob ich mich darüber freuen oder doch sauer sein soll.

Freuen darüber, dass er mich tröstete. Oder sauer sein, weil er mich nicht mit Jas sprechen ließ und bei Day verpetzt hat.

Er lächelt mich an. „Irgendwann wirst du mir dafür danken."

Die Weihnachtsfeiertage ziehen an mir vorbei. Ich liege die meiste Zeit im Bett, verweigere das Essen und weine, sodass meine Augen gar nicht mehr abschwellen. Denn immer, wenn ich mich wieder fasse, kommt ein neuer Gedanke, der mich runterzieht. Und irgendwann hänge ich in dieser Abwärtsspirale in meinem Kopf fest.

Vor allem denke ich viel über die Situation mit den Royals nach. Wie sie mich behandeln, was ihr Geheimnis ist, wieso Jas und ich nicht zusammen sein dürfen und was das zwischen Rapha und mir ist.

Ich starre an die Decke und grübele zum wiederholten Mal darüber nach, wie ich das Geheimnis lüften kann.

Meine Verbindung zu Jas wurde getilgt. Und weil ich mich ihm nicht nähern darf, brauche ich einen neuen Ansatz.

Dann wäre da noch Rapha, aber er ist genauso stur wie ich, das wird auch nichts. Außerdem meinte er, dass er getötet werden könnte, wenn er mir auch nur ein Sterbenswort verriete. Und egal, was ich von ihm halten mag, dafür möchte ich nicht verantwortlich sein.

Plötzlich habe ich einen Geistesblitz. Wieso bin ich nicht eher darauf gekommen? Wenn es einen Vertrag gibt, dann gibt es vielleicht auch ein Schriftstück davon.

Nur wo soll ich da anfangen? Wenn es einen Ausdruck davon gibt, haben dann alle einen oder verwaltet Enzo ihn? Aber wenn es so wäre, dann wäre die Lagerung in der Schule wohl wenig sinnvoll. Also sollte ich lieber hier in das Haus von Enzos Familie einbrechen? Aber ihr Grundstück ist viel zu einsehbar von allen Seiten. Das von den Sanders würde sich dazu besser eignen.

Der Gedanke lähmt mich. Wenn ich mich irre, aber entdeckt werde, bekomme ich höchstwahrscheinlich große Probleme. Will ich meine Nachbarn wirklich gegen mich und Day aufbringen? Nur was bleibt mir anderes übrig? Eigentlich habe ich keine Wahl, denn von sich aus werden sie mir nicht sagen, was los ist. Je länger ich über die Idee nachdenke, umso begeisterter bin ich von ihr. Aber unbemerkt bei Enzo einzubrechen, würde sich schwierig gestalten.

Als hätten sie geahnt, dass ich Redebedarf habe, materialisieren sich Vic und Leni vor mir. Da ich seit Weihnachten das Bett so gut wie nicht verlasse, sind sie und Day meine einzigen Gesprächspartner.

Doch jetzt springe ich auf und baue mich vor

den beiden auf. Ich packe sie an den Händen und dränge sie dazu, Platz zu nehmen.

„Ich habe *die* Idee. Das ich da nicht schon viel früher draufgekommen bin."

„Du warst anderweitig beschäftigt."

Ich ignoriere Vics tadelnden Einwurf, ebenso seinen dazu passenden Blick.

„Ich werde bei den Sanders einbrechen, Jas' Zimmer durchsuchen und mir hoffentlich so die Informationen besorgen, die ich benötige."

Statt der erwarteten Begeisterung schlagen mir lediglich eine gehobene Augenbraue von Leni und eine gerunzelte Stirn von Vic entgegen.

„Du willst dich strafbar machen?"

„Und warum ausgerechnet bei den Sanders?"

Ich lasse die Schultern sinken und atme geräuschvoll aus. „Eigentlich hatte ich mit einer anderen Reaktion gerechnet. Ich habe nicht vor, mich erwischen zu lassen. Und sie wohnen am abgelegensten. Gibt es sonst noch Einwände?"

Die beiden Geister werfen sich einen Blick zu, dann grinst Vic breit.

„Super! Ich bin dabei. Endlich bist du auf der richtigen Spur."

Leni sieht allerdings noch immer skeptisch aus.

„Ich denke, du solltest es lieber lassen. – Und ich finde es nicht gut, dass du sie noch dazu ermutigst, Vic."

Nun werde ich misstrauisch. Ich lege meinen Kopf schief und kneife meine Augen zusammen.

„Was genau?"

„Es wäre besser, wenn du nicht versuchst, ihr Geheimnis zu lüften, und schon gar nicht auf diese Weise."

Eine böse Vorahnung beschleicht mich, aber ich ignoriere sie. Das kann unmöglich sein. Auch wenn die Geister nicht aktiv eingreifen dürfen. Wenn Leni wüsste, um was es sich bei dem Geheimnis handelt, hätte sie doch eine Andeutung gemacht, oder?

„Du weißt es doch nicht etwa?"

Peinlich berührt rutscht sie unruhig hin und her und weicht meinem Blick aus. „Das Geheimnis wird dir nicht gefallen. Du wirst dir wünschen, es nicht herausgefunden zu haben. Also verwirf den Gedanken lieber."

Die Wut vereinnahmt mich und ich sehe nur noch rot.

„Ist das dein Ernst? Du weißt, wie sehr ich ihr Geheimnis lüften will, und du hast mich in dem Glauben gelassen, du wüsstest nichts? Hast du mich vielleicht auch boykottiert?", brülle ich ihr entgegen.

Der klitzekleine rationale Teil in mir weiß, dass es unfair ist, ihr das vorzuwerfen. Aber der emotionale Teil in mir explodiert vor Enttäuschung.

Meine Zimmertür schlägt auf und Day schneit herein. „Was ist hier los? Wieso schreist du so rum?"

Ich verschränke meine Arme vor der Brust und schnaufe schwer. Gerade will ich ihr die Situation erklären, als ich stocke und meinen Mund wieder zuklappe.

„Es hat dich nicht verwundert, dass Rapha meinte, ich könnte wieder abhauen. Überhaupt die ganze Situation ... Du warst weder überrascht noch hast du irgendwelche Fragen gestellt."

Mit großen Augen betrachte ich sie und stelle fest, dass sie auf ihrer Lippe herumkaut. Auch ihre Körperhaltung ändert sich. Sie wirkt nervös.

„Du weißt es auch", hauche ich fassungslos.

Mir fehlen die Worte. Ich schüttele den Kopf, versuche, das irgendwie zu begreifen, doch alles, was ich verstehe, ist, dass ich belogen wurde. Von den zwei wichtigsten Personen in meinem Leben. Bin ich denn so wenig vertrauenswürdig, so zerbrechlich? Muss man mich davor schützen? Oder bin ich nicht wichtig genug, um mich einzuweihen, mir das Geheimnis anzuvertrauen?

Ich will sie anschreien. Meiner grenzenlosen Wut, die durch meine Adern prescht, Luft machen. Aber gleichzeitig habe ich Angst, etwas zu sagen, was ich hinterher bereuen könnte.

Also tue ich das Einzige, was mir einfällt. Ich wende mich von ihnen ab, gehe zu meinem Bett und werfe die Decke über mich. Weder will ich sie jetzt sehen noch mit ihnen reden.

Alle drei sprechen mich an, doch ich ignoriere sie. Sie versuchen es eine Weile. Jemand will mir die Decke wegziehen, doch ich halte sie beharrlich fest und trete um mich. Irgendwann geben sie auf und lassen mich allein. Erst dann brülle ich in mein Kissen und lasse den Tränen freien Lauf.

Ich verbringe den ganzen restlichen Tag in meinem Bett und komme nicht über diese Kränkung hinweg. Sie hat sich tief in meiner Brust festgesetzt und legt sich wie ein Schatten über mich.

An meiner Tür klopft es, doch ich reagiere nicht. Day hat mehrmals versucht, mit mir ins Gespräch zu kommen, und ich habe alle ihre Versuche abgeblockt. Die Wut sitzt zu tief. Noch bin ich mir unsicher, wie ich damit umgehen soll. Und solange ich das nicht weiß, fällt mir kein besserer Weg ein.

Die Tür geht auf und ich beschäftige mich weiterhin mit meinem Smartphone.

„Ich hoffe, du bist nicht nackt."

Als ich diese Worte höre, versteife ich mich und mein Blick ruckt in derselben Sekunde zur Tür, in der Rapha steht. Seine Augen finden und fixieren mich.

„Was willst du hier?", frage ich und erschrecke mich selbst über den Klang meiner Stimme. Das viele Weinen fordert seinen Tribut.

Es ist mir unangenehm, dass er mich hier so verwahrlost sieht. Meine Augenlider sind geschwollen, meine Haare zerzaust und ich rieche nach Schweiß.

„Day sagte, dass du dein Zimmer nicht verlässt und kaum isst."

Ich ziehe meine Augenbrauen in die Höhe.

„Und was interessiert es dich? Könntest du bitte gehen?"

„In ein paar Stunden ist Mitternacht. Du solltest nicht allein ins neue Jahr gehen, Babe."

Er lässt sich nicht aus der Ruhe bringen, obwohl

ihn meine Art vor ein paar Wochen sicher direkt auf die Palme gebracht hätte. Doch jetzt hat er die Hände lässig in den Taschen seiner Jeans vergraben und lehnt locker im Türrahmen.

Ihn zu sehen, regt mich noch mehr auf. Ich wünschte, ich könnte ihn anschreien, meine Wut irgendwie loswerden. Doch ausgerechnet heute bietet er mir dafür keine Fläche.

„Es kann dir egal sein, wie ich Silvester verbringe. Geh wieder runter auf diese beschissene Party und lass mich in Ruhe."

Er lacht rau, was bei mir für einen Schauder sorgt. Dieser Mistkerl lacht mich aus. „Du kannst ja eine richtige kleine Kratzbürste werden. Das finde ich irgendwie niedlich, man kann dich dabei einfach nicht ernst nehmen."

Ich greife nach meinem Kissen und werfe es kurz entschlossen nach ihm. Natürlich wehrt er es spielend leicht ab und ich lege eines meiner Kuscheltiere nach, die nach all der Zeit noch immer ordentlich aufgereiht auf meinem Bett liegen.

„Ach, und wieso?", frage ich grollend.

„Weil du die gütigste Person bist, die ich kenne."

Augenblicklich halte ich inne und lege das Kuscheltier in meiner Hand wieder an seinen Platz. Diese Worte aus seinem Mund bedeuten mir viel.

Mit Tränen in den Augen sehe ich zu ihm auf und muss mich zusammenreißen, um nicht loszuheulen.

„Ich verstehe einfach nicht, warum jeder von dem Geheimnis weiß, nur ich nicht. Bin ich es nicht wert?"

Rapha nähert sich mit geschmeidigen Bewegungen und setzt sich zu mir auf das Bett. Offenbar stört es ihn nicht, dass von mir ein ziemlich strenger Geruch ausgeht. Die Tatsache lässt meine Wangen heiß werden.

„Darum geht es also. Du zweifelst an dir. Wieso kannst du die Dinge nicht aus einem positiven Blickwinkel betrachten? Hast du schon mal darüber nachgedacht, dass du zu kostbar bist, um dir die Last dieses Geheimnisses aufzubürden?"

Obwohl seine Worte ernst klingen und ehrlich gemeint sein könnten, bringt er mich bloß dazu, trocken zu lachen. Der Witz war wirklich gut. Und fast hätte ich ihm seine Worte abgekauft. Aber die letzten Jahre haben mir gezeigt, dass ich in ihren Augen nichts wert bin.

„Haha. Guter Witz."

Rapha steht auf und wirkt wenig amüsiert. Eher, als hätte ich ihn gekränkt.

„Weißt du, du machst es einem echt nicht leicht, dich zu mögen."

Ich sehe ihn mit großen Augen an. Das schlechte Gewissen überrollt mich. Aber was erwartet er? Nach all dem Mobbing glaubt er doch nicht wirklich, ich würde ihm das abkaufen?

„Ich werde jetzt gehen. Rutsch auf dem Weg ins neue Jahr nicht auf deiner Überheblichkeit aus."

Damit ist er verschwunden und ich bleibe schwer schluckend zurück.

Heute ist der Tag der Tage.

Die erste Woche im neuen Schuljahr ist fast beendet und gleich beginnt das Freundschaftsspiel im Volleyball der Jungs gegen die Mannschaft aus Hagenow. Da unser Dorf direkt nebenan liegt, haben die Royals und ich einen besonderen Bezug zu diesem Spiel. Und dennoch wird sich keine bessere Gelegenheit bieten, um meinen Plan durchzuführen.

Seit Rapha an Silvester gegangen ist, brüte ich mit Vic an dem Plan und wir haben jede Möglichkeit durchgespielt, die schiefgehen könnte. Angefangen bei den Sanders, die überraschend nach Hause kommen könnten und damit endend, dass die Polizei mich festnimmt.

Aber dieses Risiko ist es mir wert. Ich möchte nicht länger belogen oder hingehalten werden. Und auch nicht mehr für dumm verkauft.

Immer wieder geht mir durch den Kopf, was Rapha mir gesagt hat. Ich sei zu kostbar, um die Bürde des Geheimnisses zu tragen. Aber ich weiß, wie viel ich aushalten kann. Und zwar eine Menge.

Bald ist der Unterricht vorbei und dann haben wir uns in der Turnhalle einzufinden. Aber wenigstens werden keine Anwesenheiten geprüft. Schon allein, weil sich kein Schüler das Spiel entgehen lassen würde. Mit Ausnahme von mir.

Ich bin froh, dass die Royals bereits in der Turnhalle sind und ich nicht mehr auf meine Gedanken aufpassen muss. Und die Nähe zu Jas ist kaum zu ertragen. Jetzt, da alle Bescheid wissen und wir nicht zusammen sein dürfen, ist es noch schlimmer als vorher, ihm über den Weg zu laufen.

Das einzig Gute ist, dass er seither allen Mädchen aus dem Weg geht. Hin und wieder tauscht er heimliche Blicke mit mir, die mein Herz einerseits in die Luft hüpfen und gleichzeitig in tausend Teile zerspringen lassen.

Kaum klingelt es zum Stundenende, ist der Tumult nicht zu überbieten. Alle packen ihren Kram ein und schnattern laut. Während die anderen vom Spiel reden und sich freuen, dass die letzten zwei Stunden ausfallen, stehe ich unter Strom.

Ich werde mich gleich nicht nur von der Schule davonstehlen, sondern auch in ein Haus einbrechen. Auch wenn der Plan einfach klingt, kriege ich immer größere Zweifel. Eigentlich möchte ich kneifen, doch wenn ich daran denke, dass ich damit die Beziehung zu Jas retten könnte, wäre ich am liebsten schon dort und hätte in der Hand, was ich suche.

Auf dem Flur sehe ich eine riesige Menschentraube stehen und runzele die Stirn. Warum gehen sie nicht direkt in die Turnhalle? Lachen die etwa?

Ich drängele mich nach vorn, um zu sehen, was da so witzig ist, und erkenne es sofort. Ina steht bei ihren beiden Freundinnen und die Naht hinten an ihrer Leggings ist gerissen. Sie lacht beschämt und hält sich die Hände notdürftig vor ihren Arsch. Selbst ihre beiden Freundinnen stehen nur feixend daneben.

Ohne darüber nachzudenken, nehme ich meine Jacke, stürze nach vorn und halte sie vor Ina, sodass sie von allen Blicken abgeschirmt wird.

„Verpiss dich."

Sie will zurückweichen, doch ich stehe über ihrer Beleidigung und folge ihr.

„Man sieht deinen halben Hintern. Also nimm sie schon."

Ina greift nach meiner Jacke und bindet sie sich um die Hüften. Ihre Wangen sind hochrot und sie sieht verlegen zu Boden.

Als ich mir sicher bin, dass man nichts mehr erkennt, drehe ich mich zu meinen Mitschülern um. Einige stehen tatsächlich mit gezücktem Smartphone da und haben offenbar alles aufgenommen oder mindestens Fotos gemacht.

„Ihr seid alle so erbärmliche, widerliche Kakerlaken. Reicht es nicht, dass ihr mich mobbt? Fändet ihr es geil, wenn man euer Missgeschick aufnimmt und ins Netz stellt? Also verzieht euch."

Einige wenden sich tatsächlich ab, aber die meisten bleiben stehen und belächeln mich. Für mich habe ich mich nie stark gemacht, aber bei anderen kann ich einfach nicht wegsehen.

„Na, konntest du dich endlich wieder als Retterin aufspielen?"

Ich sehe Bella augenrollend an. „Da ihr es nicht getan habt, ja. Eure Freundin auszulachen, anstatt ihr zu helfen, ist wirklich erbärmlich."

Bella und Tiffany entgleiten die Gesichtszüge. Ich weiß nicht, ob es daran liegt, dass ich mich mal nicht zurückhalte oder wegen dem, was ich gesagt habe. Auf jeden Fall ziehen sie beleidigt von dannen und nur Ina bleibt. Denn auch die restlichen Schüler scheinen nun das Interesse zu verlieren.

„Behalte die Jacke ruhig", sage ich und lächele sie an. Dann möchte ich mich abwenden, doch sie hält mich auf.

„Das war echt nett von dir. Danke schön."

Ich winke ab. „Kein Problem. Ich weiß, wie es ist, wenn man ausgelacht wird."

Verlegen lässt sie den Blick sinken. „Tut mir echt leid."

Sie sieht mich entschuldigend an und ich spüre, dass sie es ernst meint. Ich winke lächelnd ab.

„Es ist nicht okay. Was du wegen uns durchmachen musstest, war echt scheiße. Ich verspreche dir, ich mache da nicht mehr mit."

„Freut mich, dass du das sagst. Ist schon vergeben." Wir lächeln uns an und gehen langsam über den Korridor.

„Wenn ich mich mal revanchieren kann, sag es mir ruhig."

Ihr Angebot ehrt mich. Aber gerade will ich ablehnen, als mir tatsächlich etwas einfällt. Also sehe ich sie verschmitzt an.

„Ich habe keine Lust, mir das Spiel anzusehen. Kannst du mir den Rücken freihalten?"

Nun grinst sie und hält mir ihre Hand hin. „Das sollte kein Problem sein."

Dann schlage ich ein.

Da ich genau weiß, wann Wachwechsel ist, passe ich diesen natürlich ab, bevor ich hinter das Haus der Sanders laufe, um über die Hintertür einzusteigen.

Die ganze Fahrt hierher hatte ich Bauchkrämpfe und Herzrasen. Den Plan jetzt umzusetzen ist einerseits aufregend und andererseits beklemmend. Eine sehr unangenehme Gefühlsmischung.

Jetzt kommt es mir zugute, dass ich früher mit den Jungs befreundet war und mich in allen Häusern bestens auskenne.

So weiß ich, dass es eine Alarmanlage gibt, um die sich Vic gleich kümmern wird. Er wird den Schaltkreis so lange aufrechthalten, wie es ihm möglich ist und mir dadurch hoffentlich genügend Zeit verschaffen.

Da beide Autos weg sind, kann ich mir sicher sein, dass Frau und Herr Sander noch auf der Arbeit sind.

Mit zittrigen Händen wühle ich in meiner Hosentasche nach der Haarklammer. Als ich sie endlich habe, atme ich erleichtert auf. Nochmal sehe ich mich zu beiden Seiten um, doch entdecke niemanden.

Es braucht mehrere Anläufe, ehe ich die Klammer in das Türschloss geschoben kriege und noch länger dauert es, die Tür zu öffnen.

Schweiß tritt mir auf die Stirn. Auch unter den Achseln schwitze ich zunehmend. Dabei haben wir Minusgrade. Wenigstens liegt kein Schnee, sodass mich keine Fußspuren verraten.

Endlich macht es *klick* und ich warte darauf, dass Vic sagt, dass er die Alarmanlage außer Gefecht gesetzt hat. Als er mir das Go gibt, öffne ich die Tür, schleiche hinein und lehne sie wieder an.

Ich lausche, ob sich wirklich niemand mehr im Haus befindet, und als ich mir sicher bin, gehe ich die Treppe nach oben und direkt in das Zimmer von Jasper.

Frustriert lasse ich die Schultern hängen. Hier sieht es aus, als hätte eine Bombe eingeschlagen.

Überall liegen Klamotten verstreut und ich bin mir nicht sicher, ob sie getragen sind. Neben dem Bett liegen benutzte Taschentücher und ich ahne, wieso sie dort liegen.

Ich wende mich ab und lasse meinen Blick weiter durch den Raum wandern. Es hat sich einiges geändert, seit ich zum letzten Mal hier war. Aus einem Kinderzimmer wurde ein Schlafzimmer.

Okay: Wo würde ich etwas verstecken, wenn ich nicht wollte, dass jemand darüber stolpert? Ich wende mich dem Kleiderschrank zu und öffne die beiden Türen. Unter der Kleidung wohl nicht, aber vielleicht hat er irgendwo eine Kiste stehen. Doch so unaufgeräumt es in seinem Zimmer ist, so ordentlich ist es im Schrank. Bis auf seine Klamotten herrscht darin gähnende Leere.

Ich schließe die Türen und überlege, wo ich als Nächstes gucken sollte. Vielleicht unterm Bett? Obwohl ich Sorge habe, dort etwas zu finden, auf das ich nicht vorbereitet bin, gehe ich rüber, kicke die Taschentücher mit dem Fuß beiseite und knie mich hin.

Mein Herz beginnt, zu rasen, als ich eine Kiste darunter entdecke. Mit langen Armen versuche ich, sie zu erwischen, doch es ist kein Rankommen. Also keine Schachtel, die er ständig hervorholt. Ich berühre sie mit den Fingerspitzen, stecke meinen Kopf unter das Bett und kriege sie gepackt.

Ich ziehe sie nach vorn und öffne ungeduldig den Deckel. Doch anstelle eines schmutzigen Geheimnisses kommen alte Erinnerungen zum Vorschein.

Mein Atem stockt. Das sind Fotos von mir. Die meisten sind aus der Zeit, als wir noch befreundet waren. Einige Bilder zeigen mich in den letzten Jahren. Ich wusste nicht mal, dass er mich fotografiert hat. Ein Bild ist vom Abend der Jubiläumsfeier. Und weiter unten in der Kiste sind Briefe, die wir im Unterricht geschrieben haben. Oder Bilder, die ich ihm gemalt habe.

Er hat das alles aufgehoben. In einer Kiste gesammelt. Das finde ich unglaublich süß und rührend. Also hat er die Wahrheit gesagt, dass ich ihm schon lange etwas bedeute. Es ist nur dieses elende Geheimnis, dass uns alles kaputt macht.

Verdammt, das Geheimnis.

Panisch verschließe ich die Schachtel wieder und schiebe sie zurück unter das Bett.

Da er keine weiteren Schränke hat, wende ich mich dem Schreibtisch zu. Als Erstes fällt mir das T-Shirt auf, das über der Stuhllehne hängt, und rieche daran. Mir wird sofort warm ums Herz, weil mir meine Fantasie vorgaukelt, in seinem Arm zu liegen. Doch die Realität holt mich wieder auf den Boden der Tatsachen zurück.

Plötzlich ertönt ein lautes Signal und lässt mich zusammenzucken. Panisch sehe ich zum Flur. Es ist die Alarmanlage. Vic hat alles getan, was er konnte, und ich habe meine Zeit verschwendet.

Verdammt.

Ich öffne die Schubladen und die Schranktüren des Schreibtisches. Bei den Schulsachen brauche ich nicht suchen. Er wird die Papiere kaum mit ins Internat nehmen. Kopflos springe ich auf und blättere durch den Inhalt, doch finde nichts Ungewöhnliches.

Also nehme ich mir die Ringordner vor und blättere einen nach dem anderen durch. Ich will die Hoffnung schon aufgeben und verschwinden, da fällt aus dem letzten ein Schnellhefter heraus.

Stirnrunzelnd betrachte ich ihn.

Weil ich jedoch keine Zeit habe, stecke ich diesen einfach ein und verlasse das Zimmer. Als ich die

Treppe runtersprinte, stolpere ich und kann mich gerade noch am Geländer festhalten.

Der Alarm wird lauter und trotzdem glaube ich, dass mein Herzschlag das noch übertrifft. Ich hechte durch das Haus bis zur Hintertür und schlage sie hinter mir zu.

Aber noch kann ich nicht durchatmen. Erst als ich auf der Straße stehe, erlaube ich mir, stehen zu bleiben und tief Luft zu holen.

Das Blut rauscht in meinen Ohren und mein Herz rast. Aber ich habe es geschafft, ohne entdeckt zu werden.

Da kommt der Wachdienst auf mich zu gerannt und sieht mich alarmiert an. „Nina, ist alles gut bei dir? Weißt du, was passiert ist?"

Ich schüttele den Kopf, weil ich Angst habe, dass man mir ansieht, dass ich an dem Lärm schuld bin. Zittrig hebe ich die Hand und zeige in Richtung des Waldes. „Jemand Fremdes ist da entlanggelaufen."

„Danke. Geh schnellstmöglich nach Hause und schließe die Tür ab", ruft er mir zu. Dann läuft er in die von mir angezeigte Richtung. Ein zweiter Wachmann kommt aus der anderen Richtung zu ihm. Der erste nimmt sein Funkgerät und ich höre noch, wie er nach Verstärkung ruft, ehe er um die Ecke verschwindet.

Das schlechte Gewissen in mir meldet sich. Die Security glaubt, dass jemand hier war, der nicht hierhergehört und die Sanders denken, dass jemand Fremdes ihre Sachen durchwühlt hat. Ich will mir das Gefühl gar nicht vorstellen. Und es tut mir auch wahnsinnig leid. Aber ich musste es tun. Alles, was ich jetzt hoffe, ist, dass es sich auch gelohnt hat.

Deshalb mache ich mich auf den Weg nach Hause, um meinen Fund zu begutachten. Wäre es nicht wichtig, würde der Hefter doch nicht in einem Ordner stecken, oder?

Kapitel 24

Ich zittere überall. Die Aufregung und die Angst sorgen dafür, dass der Hefter in meiner Hand so stark ruckelt, dass ich ihn kaum aufkriege. Darin könnte sich entweder die Lösung für all meine Probleme befinden oder etwas, was ich überhaupt nicht gesucht habe.

Meine Augen sind rot geädert, da ich die ganze Nacht nicht geschlafen habe. Genauso wie sämtliche Dorfbewohner.

Durch den Einbruch war heute Nacht die Hölle los. Ein Großaufgebot an Polizisten war hier und alle waren in Panik.

Wenn ich jetzt darüber nachdenke, wird mir so übel, dass ich mich direkt übergeben könnte. Sie alle sind in heller Aufregung, können nicht schlafen und haben Angst, nur weil ich meine Neugierde befriedigen möchte.

Damit ich den Ordner endlich aufbekomme, lege ich ihn auf meinen Schreibtisch. Tief hole ich Luft. Ich zögere. Jetzt heißt es alles oder nichts.

Ich schlucke schwer und öffne den Pappdeckel. Dahinter kommt ein dickes, griffiges Briefpapier zum Vorschein und die Überschrift sowie das Wasserzeichen lassen mein Herz zwei Stockwerke tiefer rutschen.

„*Das Abkommen*". Und die Siebmarke des Kaisers.

Wie gebannt brennen sich meine Augen an den beiden Wörtern fest. Ein heißer Schauer durchläuft mich, als mich die Erkenntnis trifft, endlich gefunden zu haben, wonach ich seit Monaten suche. Eine Antwort auf das seltsame Verhalten der Royals und hoffentlich auch darauf, weshalb mich Day und Leni hintergangen haben. Und womöglich auch eine Lösung, wie ich wieder mit Jas zusammenkommen kann?

Meine Augen wandern über die Zeilen, verschlingen sie geradezu. Mit jedem Satz werde ich sprachloser. Ich muss tief durchatmen, um nicht über dem Gelesenen zusammenzubrechen.

Am Ende streiche ich gedankenverloren mit dem Finger über die sieben verschiedenen Handschriften und fühle die Unebenheiten, die der Stift hinterlassen hat, als er stärker aufgedrückt worden ist. Meine Gedanken rasen und wollen eingefangen werden. Viel zu viele Fragen sind offen, viel zu viele Ungereimtheiten nicht geklärt.

Der ganze Vertrag klingt absurd. Wie etwas Ausgedachtes, ein Filmrequisit oder so.

Um die Blätter nicht zu ruinieren, kopiere ich sie, nehme einen Stift zur Hand und fange an, auf der Kopie herumzuschmieren, zu unterstreichen, einzukreisen, Fragen zu notieren.

Vertrag

zwischen

dem Kaiser Europas
Alarich Arian Rühle von Lilienstern
(nachstehend: Kaiser)

und

dem Kronprinzen des Königreichs Frankreich,
Raphaël Louis Leroy
vertreten durch Anaëlle und Maxime Leroy

dem Kronprinzen des Königreichs Finnland,
Samu Leevi Ikonen
vertreten durch Lilja und Joona Ikonen

dem Kronprinzen des Königreichs Belgien,
Vic Rayan Diallo
vertreten durch Milou und Basile Diallo

dem Kronprinzen des Königreichs Großbritannien,
Jasper Valentin Cavendish
vertreten durch Azure und Raye Cavendish

dem Kronprinzen des Königreichs Tschechien,
Marek Matej Vesleý
vertreten durch Tereza und Oudrej Vesleý

dem Kronprinzen des Königreichs Italien,
Lorenzo Aurelio Fiore
vertreten durch Celeste und Emanuele Fiore
(nachstehend: Prinzen)

§ 1 Vertragsgegenstand

Die Prinzen verpflichten sich dazu, die Kronprinzessin zu beschützen. Dafür gesteht der Kaiser ihnen eine sichere Unterkunft in Deutschland zu.

Darüber hinaus stehen die Prinzen der Kronprinzessin zur Wahl, wenn diese ihren zukünftigen Ehemann erwählt.

Soweit dieser Vertrag Bestand hat, wird der Frieden gewahrt und es herrscht Waffenstillstand, bis die Kronprinzessin ihren 21. Geburtstag feiert. Anschließend tritt der Kaiser mit den Königreichen in neue Verhandlungen.

§ 2 Rechte und Pflichten

Der Kaiser verpflichtet seine Streitkräfte, sich für den Schutz der Königreiche einzusetzen.

Den Prinzen wird der Kontakt zu ihren Heimatländern, unter Einhaltung strikter Sicherheitsmaßnahmen, eingeräumt.

Für die Weile ihres Aufenthalts bekommen die Prinzen ausreichend Unterhalt vom Kaiser.

Die Geheimhaltung dieses Vertrages gegenüber der Kronprinzessin und Dritten ist unerlässlich.

Solange der Vertrag in Kraft ist, haben sich alle Parteien an ihn zu halten. Eine frühere Abreise ist nicht gestattet.

Sobald die Kronprinzessin eingeweiht und in die Gesellschaft eingeführt wurde, ist sich ihr entsprechend ihres Ranges zu nähern und gegenüberzutreten.

Etwaige Übel dürfen nur angewandt werden, wenn es keine Möglichkeit gibt, das Geheimnis anders zu wahren und sind im Rahmen der Belastbarkeit ihrer Psyche zu wählen.

Unter keinen Umständen ist es erlaubt, die Kronprinzessin körperlich anzugreifen oder zu verletzen.

Die Prinzen verpflichten sich dazu, niemandem ihre Gaben zu demonstrieren, da sie Hinweis auf die Herkunft geben und sie unnötig in Gefahr bringen könnten.

Der Kaiser erwartet jeden Monat einen Report.

Sollte das Unterfangen wider Erwarten scheitern, ist dem Kaiser und den Königen unverzüglich Bericht zu erstatten.

§ 3 Strafrechtliches

Jedwede Zuwiderhandlung des Vertrages wird geahndet. Die jeweilige Strafe liegt im Ermessen des Kaisers, im Grunde des Vorsatzes und der Schwere.

Alarich Arian Rühle von Lilienstern

Raphaël Louis Leroy

Samu Leevi Damén

Vic Rayan Diallo

Jasper Valentin Cavendish

Marek Matej Vesley

Lorenzo Aurelio Fiore

Berlin, 25.06.2008

Unterschrift　　　　　　　　　Ort, Datum

Die nebenstehenden Unterschriften der Vormünder lese ich mir schon gar nicht mehr durch.

　Tatsächlich fliegen meine Augen immer wieder über den Anfang. Nicht nur dass ich einen Vertrag in den Händen halte, den unser Kaiser geschlossen hat. Was für sich schon ein ziemlicher Schock ist. Nein, die genannten Prinzen heißen genauso wie meine Royals. Nur mit dem Unterschied, dass die Nachnamen ganz andere sind.

Die Ahnung, die sich in mir aufdrängt, verursacht mir Bauchschmerzen. Wenn es sich bei ihnen wirklich um Prinzen handelt, weiß ich nicht, wie ich damit umgehen soll.

Wieso sind sie hier und nicht in ihren Ländern? Weshalb wohnen sie in diesem kleinen Dorf? Und warum tun sie so, als wären sie ganz normale junge Männer?

Aufgabe: *Herausfinden, ob die Prinzen der Länder verschwunden sind.*

Von was für einer Kronprinzessin ist hier die Rede? Wir haben doch gerade im Unterricht gelernt, dass es nur den unehelichen Sohn Liam gibt und dass die Kaiserin vor fast neunzehn Jahren eine Fehlgeburt erlitten hat.

Und der Verdacht in mir erhärtet sich immer mehr. Wenn es sich wirklich um Prinzen handelt, erklärt es wenigstens, warum ein so hochtrabender Name wie *Royals* für sie in Ordnung war.

Wenn das stimmt, dann verstehe ich nun auch, wieso sie nicht mit mir zusammen sein dürfen. Wenn die Kronprinzessin einen von ihnen heiraten darf, dann wäre es nicht gut, wenn sie vergeben wären.

Aber sie sollen die Kronprinzessin beschützen? Wer zum Teufel ist das? Es muss ja eines der Mädchen sein, mit denen sie oft rumhängen.

O Gott, es ist doch nicht Bella, oder?

Da die Kronprinzessin laut dem Abkommen nichts davon weiß, würde Bella nur noch hochnäsiger werden, wenn sie von ihrer Herkunft erführe. Ich würde es kaum ertragen, unter ihrer Herrschaft zu leben. Meinen Wunsch, auszuwandern, bekräftigt das nur.

Und welcher Frieden wird damit gewahrt? Hat es etwas mit diesem Vertrag zu tun? Geht es etwa um die Unruhen, von denen Mace in seinem Vortrag gesprochen hat? Ich krame das Handout von ihm hervor und prüfen die Länder mit denen der Prinzen. Sie stimmen überein. Wurde so also der Frieden herbeigeführt?

Aber das dürfte erklären, wie es vor neunzehn Jahren zum Modellprojekt unseres Dorfes gekommen ist. Errichtet nach dem Vorbild einer Closed Community existieren hier Sicherheitsmaßnahmen wie in kaum einem anderen Dorf im Land. Denn wenn hier wirklich Prinzen leben, würde ich sie auch so gut absichern wie möglich.

Aber was ist mit den ganzen Leuten, die hier wohnen? Gehören sie dazu? Sind alle außer mir eingeweiht?

Das erklärt auch, warum sie nichts sagen. Aber wieso sollte ausgerechnet ich dieses Geheimnis nicht mittragen dürfen? Als würde ich aller Welt erzählen, dass sie Prinzen sind.

Und wieso sollten Gaben auf die Herkunft schließen lassen? Niemand weiß, dass die Könige eine Gabe besitzen, oder?

Ob der Kaiser auch eine Gabe hat? Dann wäre es interessant, zu wissen, welche.

Aufgabe: *Welche Gabe wird dem Kaiser nachgesagt?*

Und das Rapha oder Jas getötet werden könnten, wenn sie gegen den Vertrag verstoßen, war wirklich nicht gelogen. Indem Jas mit mir zusammengekommen ist und sich verliebt hat, würde er der Kronprinzessin nicht zur Auswahl stehen oder könnte sich weigern, sollte sie ihn erwählen.

Und natürlich hat die Prinzessin Vorrang vor einem verwaisten Mädchen wie mir.

Deswegen sagte Rapha, dass ich in Zukunft vielleicht mit Jas zusammen sein könne; und zwar dann, wenn die Kronprinzessin sich nicht in ihn verliebt.

Bei einer Sache bin ich mir jedenfalls sicher: Dies ist das Geheimnis, das sie mir nicht sagen wollten – nein, nicht sagen konnten. Und jetzt, wo ich es weiß, gibt es umso mehr unbeantwortete Fragen. Ich verstehe nur nicht, wieso alle anderen eingeweiht wurden, aber ich nicht. Und was Leni damit meinte: wenn ich es wisse, dann würde es mir nicht gefallen.

Natürlich finde ich es nicht berauschend, dass es sich bei den Royals eventuell um Prinzen handelt, aber wenn sich die Prinzessin für einen anderen entscheidet und ich mit Jas zusammen sein kann, ist doch alles schick. Obwohl er dann König wird und ich Königin oder königliche Gemahlin. Was nicht meine Wunschvorstellung ist.

Weil die ganzen Fragen beantwortet werden wollen, öffne ich meinen Laptop und forsche danach, was ich in Erfahrung bringen kann.

Ich versuche, etwas über die Verwicklungen und Aufstände der Länder herauszufinden, gebe jedoch schnell auf. Normalerweise findet man zu jedem Thema etwas im Internet. Nur bezüglich der Königreiche, der Könige und des Kaisers kriege ich keine Seiten geladen. Egal wie oft ich versuche, sie zu öffnen und neu zu laden, nichts passiert. Andere Seiten funktionieren hingegen problemlos. Auch wenn ich nach Gaben suche, passiert nichts. Als würde mein Internet spinnen.

Also mache ich mit meinem Smartphone Fotos, verstecke den Vertrag zwischen einigen Schulblöcken und mache mich auf den Weg nach unten. Im Wohnzimmer werde ich fündig.

Verlegen stehe ich in der Tür und beobachte, wie Day in den Armen meines Lehrers liegt. Es hat wahnsinnig zwischen den beiden gefunkt und seither sehen sie sich ständig. Und ganz egal, ob ich sauer auf sie bin, ich freue mich für sie. Sie hat es verdient, wieder glücklich zu sein. Und Mister P ist ein anständiger Mann mit einem bodenständigen Beruf. Sie passen perfekt zusammen.

„Elric?", frage ich leise in den Raum hinein, um die beiden Turteltauben nicht aufzuschrecken. Obwohl es für mich seltsam klingt, meinen Lehrer zu duzen, legt er am Wochenende Wert darauf. Nur ist es schwer, ihn nicht als Lehrer anzusehen, wo ich ihn fast jeden Tag im Unterricht habe.

Überrascht richtet er sich auf und wendet sich mir zu.

„Ja, Nina? Was ist los?"

„Kann ich S… dich sprechen? Es geht um etwas Wichtiges, aber es könnte unter Umständen längere Zeit in Anspruch nehmen. Mir liegt es sehr am Herzen."

Einen Wimpernschlag lang sieht er mich an, dann wendet er sich an Day, die mich ebenfalls überrascht ansieht. Allerdings spürt sie, wie wichtig es mir ist. „Ist schon okay. Geh ruhig mit."

Erst daraufhin nickt er und gibt ihr einen Kuss auf die Stirn. Das zu sehen, zaubert mir ein Lächeln aufs Gesicht.

Dann folgt er mir in mein Zimmer und ich bitte ihn, auf dem Sofa Platz zu nehmen. Neugierig und ein wenig verständnislos sieht er mich an, bis ich ihn von seiner Ungewissheit erlöse.

„Es geht um ein wichtiges Thema, von dem ich weiß, dass du mir Antworten liefern kannst, die mir das Internet nicht zu geben vermag. Ich kann dir nicht erklären, wieso, aber sie sind von existenzieller Wichtigkeit für mich. Okay?"

Elric nickt, lehnt sich entspannt zurück und wartet gebannt auf meine erste Frage. Ich öffne die Galerie in meinem Smartphone und reiche es ihm. Kaum erkennt er, was ich ihm zeige, legt sich seine Stirn in Furchen und er wirft mir einen flüchtigen Blick zu. Mit zwei Fingern vergrößert und verkleinert er das Bild, sieht sich jedes kleine Detail an. Danach wischt er nach links und sieht sich das nächste genauso akribisch an.

„Sind die Unterschrift und das Siegel echt?"

Er sieht vom Handy auf und starrt mir in die Augen. „Woher hast du diese Fotos? Hast du das Original?"

Entschieden schüttele ich den Kopf. „Ist das echt?"

„Ich denke schon. Es sieht zumindest so aus. Allerdings kann ich das aufgrund eines Fotos nicht genau sagen."

Er reicht mir das Smartphone zurück und ich lege es auf meinen Schreibtisch.

„Okay, es geht also um den Kaiser. Was genau hast du für Fragen?"

„Weißt du, ob die Könige Gaben haben?"

Verdutzt sieht Elric mich an und scheint in meinen Augen nach einer Antwort zu suchen. Sein Mund steht ihm offen, was verdammt amüsant aussieht.

„Also haben sie welche?"

„Wie kommst du auf diese Frage? Nina, in keinem Buch steht etwas über Gaben. Die Menschen sollen vergessen, dass es überhaupt Leute unter uns gibt, denen eine Gabe auferlegt wurde. Man findet also fast nichts darüber. Nirgendwo. Das meiste wird durch Mundpropaganda weitergetragen, aber niemand will darüber reden. Du hast es doch selbst gesagt. Also wie kommt es, dass du diese Frage so gezielt stellst?"

„Ich habe einen Hinweis darauf gefunden in den Papieren, von denen ich dir das Siegel und die Unterschrift gezeigt habe. Haben die Könige Gaben?"

Ich begegne dem noch immer starren Blick von Mister P. Dann scheint er sich zu entspannen.

„Der Großvater unseres Kaisers hat in jedem Land seinen jeweiligen besten Freund zum König ernannt. Was keiner wissen darf: Die Könige wurden nach einem bestimmten Kriterium ausgewählt. Jeder von ihnen hatte eine bestimmte Gabe. Etwas, das derjenige von seinen Eltern vererbt bekommen hat, sodass er es auch an seine Nachkommen weitergeben würde. Ganz so, wie es beim Kaiser selbst war."

„Das heißt, der Kaiser hat auch eine Gabe?"

Elric nickt. „Sogar eine sehr Machtvolle, wenn man sie richtig einzusetzen weiß."

„Welche?"

„Er kann mit verstorbenen Seelen kommunizieren."

Das ist absolut unmöglich! Aber die Beweise sprechen dafür. Verfluchte Scheiße!

Ich springe auf, schnappe mir den Hefter, laufe zur Tür und reiße sie so stark auf, dass sie gegen die Wand knallt und ein lautes Echo erzeugt. Mit fliegenden Schritten eile ich die Treppe hinunter und platze in das Wohnzimmer.

Tief atmend stehe ich vor der hochgeschreckten Day.

„Meine Eltern sind nicht tot", stoße ich hervor und sehe sie erwartungsvoll an. Doch ihr Blick ist missbilligend, bis er weich und nachsichtig wird.

„Ach, Ninou, wie kommst du darauf? Deine Eltern hatten einen Autounfall, das weißt du doch."

„Ach ja? Dann erkläre mir das hier!"

Ich werfe ihr den Hefter auf den Schoß. Sie blickt mich erst verständnislos an, dann den Hefter und blättert ihn auf. Sobald sie erkennt, um was es sich dabei handelt, wird sie kreideweiß, lässt den Hefter zufallen und sieht mich aus trüben Augen an.

„Wo hast du das her?"

„Ist das wichtig? Ich möchte endlich die Wahrheit wissen."

Sie nickt ergeben. „Ich werde die Jungs dazu holen. Ab hier betrifft es nicht mehr nur uns."

Es dauert nicht lange, bis die Royals alle bei uns eintrudeln. Sie wirken überrumpelt, neugierig und besorgt. Day hat ihnen den Grund nicht genannt, weil sie meinte, sowas bespreche man nicht am Telefon. Dennoch hat sie deutlich gemacht, dass dieses Treffen keinen Aufschub duldet.

Der Blick jedes Einzelnen von ihnen dringt tief in mich ein und mit dem neuen Wissen, das ich habe, sehe ich sie mit ganz anderen Augen. Jeder von ihnen ist ein Prinz, kurz davor, ein König zu werden. Das ist sehr harter Tobak und verursacht mir Magenschmerzen.

Sie gehen an mir vorbei, Day hinterher ins Wohnzimmer, und setzen sich auf ihre Anweisung. Elric steht neben mir, unsicher, ob er geduldet wird oder nicht. Ich glaube, dass es Day lieber wäre, er würde gehen, sie aber gleichzeitig seine Unterstützung braucht und ihn deshalb nicht gehen lassen will.

Ich schließe die Tür und setze mich den Royals gegenüber, während Elric weiterhin stehen bleibt und sich im Hintergrund hält. Vermutlich fällt niemandem seine Anwesenheit auf, denn alle sind mit anderen

Dingen beschäftigt.

Day setzt sich zu unserer Runde und alle fünf starren sie erwartungsvoll an. Auch Vic taucht neben mir auf und strahlt wie die Sonne. Er war die treibende Kraft und hat nun endlich bekommen, was er wollte – ich habe das Geheimnis gelüftet.

„Würde uns jemand aufklären, weshalb wir hier sind?", fragt Rapha und lehnt sich mit verschränkten Armen an die Rückenlehne des Sofas.

„Die Gefühle hier im Raum sind kaum auszuhalten."

„Nina hat eine Frage an uns."

Sofort richten sich alle Augen auf mich. Mir wird etwas schwummrig vor der Aufgabe, die mir nun bevorsteht. Will ich wirklich die Wahrheit wissen?

„Ich bin gestern Abend bei den Sanders eingebrochen und habe dein Zimmer durchwühlt", sage ich und wende mich am Ende des Satzes direkt an Jas. Großes Entsetzen schlägt mir entgegen. Ihre Gesichter werden kreideweiß, so wie zuvor das von Day.

„Weshalb hast du das gemacht?", fragt Sam.

„Sie hat sein Zimmer durchsucht und das Abkommen gefunden", klärt Enzo, der meine Gedanken gelesen hat, die anderen auf.

Sie keuchen und sehen sich der Reihe nach an, dann Day und schließlich wieder mich. Mir wird schlecht, wenn ich an die erste Frage denke, die ich ihnen stellen will. Doch sie brennt mir am meisten auf der Zunge.

„Wer bin ich?"

Schweigen. Wieder werden Blicke getauscht, nur diesmal liegt alle Aufmerksamkeit auf Day. Sie wollen, dass sie mir das erklärt. Also wende ich mich ihr zu und möchte mich am liebsten in die Vase neben mir übergeben.

„Du bist Nina Emilia Malou Rühle von Lilienstern, die Kronprinzessin Europas. Dein Vater ist der Kaiser und deine Mutter, die Kaiserin, ist meine Zwillingsschwester."

Jemand hinter mir keucht laut, doch ich kann mich nicht darauf konzentrieren, weil meine Gedanken durcheinanderwirbeln. Das ist ein schlechter Scherz. So muss es sein. Ich bin unmöglich die Kronprinzessin. Das würde alles zerstören. Mein ganzes Leben wäre vorbei.

„Dein Leben fängt jetzt erst an", mischt sich Enzo ein und ich sehe ihn wütend an.

„Halt dich aus meinen Gedanken raus", zische ich und er nickt ergeben.

„Ich werde mich zurückhalten."

Seine Reaktion sorgt für eine umfangreiche Gänsehaut. Das ist falsch. Es fühlt sich nicht bloß ungewohnt, sondern richtiggehend verkehrt an.

Mit großen Augen sehe ich die Jungs an und die Körperhaltung von ihnen allen hat sich verändert. Sie wirken weniger entspannt, sitzen stattdessen gerade und scheinen auf etwas zu warten.

„Und ihr seid Prinzen?"

Ein kollektives Nicken. Ich schlucke.

„Wieso diese Lügen? Warum wurde ich in dem

Glauben großgezogen, dass meine Eltern gestorben sind?"

„Es diente alles deinem Schutz. Glaub mir, es ist ihnen nicht leichtgefallen, aber es gab Anschläge auf deine Eltern und sie hatten Sorge, dass dir etwas passiert."

Ich verziehe das Gesicht, als hätte ich in eine Zitrone gebissen. Dieser Gedanke schockt und lähmt mich zugleich. Wer würde das wollen? Ich liebe mein Leben so unbeschwert und ohne Verpflichtungen, wie es ist.

„Und wieso soll ich einen von ihnen heiraten? Gibt es keine anderen Männer? Oder sollte ich es als Privileg sehen, dass ich einen von ihnen abbekomme?"

Ich sehe sie der Reihe nach an und ein jeder windet sich unter diesem Blick. Sie sind plötzlich so handzahm. Das ist unnatürlich.

„Du musst niemanden von ihnen heiraten. Die Entscheidung obliegt allein dir, aber natürlich hat sich jeder von ihnen all die Zeit Hoffnungen gemacht."

Ich nicke und wieder streift mein Blick jeden Einzelnen. „Was muss ich noch wissen?"

Enzo zuckt mit den Schultern. Es ist offensichtlich, dass sich die anderen nach ihm richten und er deshalb auch das Wort hat. „Kommt darauf an, was du wissen möchtest."

Ich beiße mir auf die Wange und sehe ihm tief in die Augen. „Was alles eine Lüge war. Ich möchte jede einzelne Sache wissen, die mir verschwiegen oder bei der mir bewusst ins Gesicht gelogen wurde."

Alle Anwesenden zucken zusammen. Sie weichen meinem Blick aus und wieder ist es Enzo, der sich dem als Einziger stellt.

„Frau Grunnemann weiß Bescheid. Der Unterricht, bei dem du uns erwischt hast, war der für unsere zukünftige Position. Wir lernen alles Nötige, um ein Land zu regieren, seit wir in Deutschland sind. Alle hier lebenden Personen sind vom Militär und eingeweiht. Sie dienen deinem und unserem Schutz. Und wir haben dich nicht verstoßen, weil du eine Frau wurdest, wie du denkst, sondern weil du uns zu nahestandest. Wir hatten Angst, den Vertrag zu brechen oder dich hinter unser Geheimnis kommen zu lassen."

Er erzählt alles kurz und knapp und mir klappt der Mund auf. Denn im Umkehrschluss bedeutet das, dass mein ganzes Leben eine Lüge war. Nichts daran war echt. Wirklich gar nichts.

Ich weiß nicht, was ich dazu sagen soll. Es schmerzt mich ungemein. All die Zeit habe ich Day vertraut und sie hat mich am meisten von allen belogen. Aber die anderen stehen ihr in nichts nach.

Wieder breitet sich Schweigen über uns aus. Dann springe ich auf und laufe aus dem Raum, die Treppe hoch bis in mein Zimmer. Dort hole ich meine Sporttasche aus dem Schrank und werfe einige Kleidungsstücke hinein.

Schweiß steht mir auf der Stirn. Ich will nur hier weg. So weit wie möglich. Irgendwohin, wo es keine Kaiser oder Könige gibt.

Gerade plündere ich mein Sparschwein, als die Tür geöffnet wird. Day steckt ihren Kopf ins Zimmer und will sich offenbar nach mir erkundigen. Vermutlich hat sie mich weinend auf dem Bett liegend erwartet. Und obwohl mir zwar nach weinen ist, ist mein Selbsterhaltungstrieb größer.

„Was machst du da?"

„Ich packe, wie du siehst. Wenn meine Eltern sich die letzten achtzehn Jahre von mir trennen konnten, dann werde ich ihnen auch die nächsten nicht fehlen. Prinzessin sein ist das Letzte, was ich will. Du weißt, wie sehr ich die Monarchie hasse."

Days Augen werden groß und rund. Die Jungs kommen hinter ihr zum Vorschein. Sie versperren mir den Weg durch die Tür, als ich an Day vorbeischieße und raus will. Ich pralle an Raphas und Enzos Brust ab und stolpere rückwärts wieder ins Zimmer.

„Lasst mich gehen."

„Das können wir nicht tun."

„Wieso nicht?", frage ich und will heulen und sie gleichzeitig schlagen. Alles bricht über mir zusammen und sie stehen dort wie Richter, die über mein Leben bestimmen.

„Das ist unmöglich, Nina", antwortet Rapha. „Verstehst du es noch immer nicht? All das hier ist nur deinetwegen. Wir wurden von unseren Eltern hierhergebracht in der Hoffnung, einer von uns würde der Prinzgemahl. Jedes Land hofft darauf, stärker mit dem Kaiserreich verbunden zu sein. Obwohl wir über dich wachen sollten, sollten wir dir nicht zeigen, wer wir sind, geschweige denn, wer du bist. Du hast all die Jahre unser Leben bestimmt und unsere Aufgabe gegenüber dem Abkommen stand immer an oberster Stelle. *Du* standest an oberster Stelle. Nina, du bist die Kronprinzessin und von nun an werden wir dich wie eine behandeln."

Entsetzt schlage ich die Hand vor den Mund und kann meine Tränen nicht länger zurückhalten. Schluchzend verberge ich mein Gesicht in meinen Händen und sofort ist jemand bei mir und legt einen Arm um mich. Ich erkenne am Parfüm, das mich umhüllt, dass es die Frau ist, die mich seit achtzehn Jahren tröstet. Sanft streicht sie mir durchs Haar und über meine Wange. „Es ist alles zu viel auf einmal."

„Nein, das ist es nicht. Ich will nicht in einem Leben gefangen sein, dass mich zu Grunde richten wird. Bitte lasst mich gehen. Bitte", schluchze ich.

„So gern wir das tun würden. Das geht nicht, Süße", antwortet Day. „Ich habe deinen Vater bereits informiert und er erwartet dich im Schloss. Dein Leben gehört von nun an nicht mehr dir, mein Schatz. Von nun an gehört es deinem Vater und deinem Volk."

Ende Teil 1

Danksagung

Dies ist mein erstes Buch und ich bedanke mich bei allen, die mir geholfen und mich unterstützt haben.

Als erstes danke ich meiner Mama und Carina für die Plothilfe und das Testlesen.

Dann danke ich meiner Lektorin Svenja, meiner Korrektorin Dominique und meiner Designerin Désirée. Ihr habt super Arbeit geleistet und es hat mir viel Spaß gemacht, mit euch zu arbeiten.

Natürlich danke ich auch Jessi, Susi, Emilia und Vivi, genau wie meinem Mann, der mir den Rücken freigehalten hat. Und allen anderen, die mir bei Entscheidungen geholfen haben. Auch wenn ich nicht jeden erwähnen kann, ich bin dankbar für jede noch so kleine Hilfe.

Und am meisten danke ich Dir. Dafür, dass du mein Buch erworben und bis hierher gelesen hast. Das bedeutet mir sehr viel.

Dankeschön.

Deine Saskia

P. s. Schreib mir gerne, z. B. welcher der Royals dein Favorit ist.